KUWEI
酷威文化
图书 影视

[美] 凯洛琳·米勒　著
陈辉　黎志萍　译

上帝怀中的羔羊

四川文艺出版社

献给温蒂和小比尔，我对他们的爱不相上下。

第一章

希恩转身挥手告别,和伦祖坐上牛车离开了。她的母亲、父亲、贾斯珀和里阿斯站在自家房子前面目送她离去。主持希恩与伦祖婚礼的老人在家里没有出来,只留下其他人在外面送别希恩。不过家里最小的杰克却不在那儿,他一脸悲伤地跑开了。杰克曾指着伦祖·史密斯的脑袋,布下了最恶毒的诅咒。现在他正在河岸沙堤的柳树下面趴着,这条河距离他父亲的房子两公里远。他在恶狠狠地诅咒,希望红色多毛的虫子钻进伦祖·史密斯的耳朵眼,长出带角的头和毛茸茸的尾巴,把伦祖的内脏全都吃光。

不过希恩一定不喜欢这样,她会做各式各样的巴拉圭茶为他解毒。木已成舟,希恩已经走了,成了他的人。床也铺好了,要让她躺上去。她永远都不会知道自己是多么地在意。她再也不是他的姐姐了,她全部都归伦祖了。

现在她睡的不再是杰克的床,而是伦祖的床。一想到这个,这孩子就悲从中来,几乎窒息。他发现自己连吸口气都困难。他闭上眼睛仿佛就能感受到被子下面姐姐温暖的身体。她有力而纤细的手会把他的头揽进她的怀抱,拎起他的腿放在自己身边,他们就这样互相偎依地睡在一起。夜里他可能会翻个身,于是她瘦小的身体就会挨着他的后背,形成一道保护性的曲线。

他睁开眼睛,粘在脸上的白沙渐渐变成了远处的眼前起伏的山峦和河谷。头顶上是新发芽的柳条,随着河谷里的风上下摆动。他朝嘴边的一小堆沙子吹了口气,沙堆应声塌了下来。如果他会回家给小牛喂草,那家里人会以为他原本就在那里。

木轮子的牛车缓慢前行,希恩和伦祖的身体也随之微微跃动。去新家的路上会经过一片树林,绕过长满柏树的大沼泽地,蹚过一条小河,再翻过一个斜坡。斜坡上长着越橘树,热天里还会有响尾蛇出没。再往前走,参天大树和美丽的草地映入眼帘。这个地方位于希恩娘家以西十公里,在这儿伦祖已经为希恩建好了新家,房顶上垒着一个土制的大烟囱。房子一旁是乌泱泱的灌木丛和甜丝丝的月桂树,一条小溪从底下潺潺流过。希恩的母亲在房子后门外新栽的无花果树、七姐妹蔷薇和香石竹已经开始生根了。

为了建房子,伦祖砍下了附近所有的树,希恩的兄弟们帮他在木头上切出槽口,卡扣在一起搭出结实的墙体,用松树的心材制成厚重的木板做出严实的墙壁。他们还为奶牛建好了牛圈,奶牛贝琪此时正待在那里,紧挨着她的是一只黑白花的小牛。伦祖打算在地里播种完毕之后,为希恩建一座冷藏间,用来存放牛奶和黄油。夏末时分,希恩的兄弟们会过来帮他搭建玉米地的围栏,那里种的玉米会做成供食用的玉米粉,以及用来喂牛的饲料。南瓜、豌豆、土豆、甜瓜……他们会在地里种满这些蔬果,并让它们长得很茂盛。而希恩负责给他们浇水。她的母亲告诉她,女人必须学会照料蔬果、花园、牛奶、黄油和孩子;男人则要学会饲养和宰杀牛羊,种植和收割庄稼。

希恩的脖子被她的新帽子捂得直冒汗,于是她索性把帽子摘下来,将帽绳沿着下巴系好,让帽子在背后摆动。她那小麦色的脸庞饱满而欢快,嘴唇紧紧地闭着。风掠过她的额头,将她的头发从中间分开。她那明亮的棕色眼眸羞怯地左右顾盼。

  和风,煦日,沉重的牛蹄踩在滑溜溜的棕色松针和软沙上缓慢前行,这一切都让她感到平和而满足。她羞涩地扫了一眼伦祖蓄着胡须的脸。他那因为日晒而黝黑的脖子上挂满了汗珠。希恩又往上看了看他那头粗犷的黑发,头发上戴着一顶别致的礼帽,这顶帽子是他去年秋天在海岸集市上买的。看了看伦祖那宽大的头颅,强壮的肩膀,希恩赶紧把目光移开。跟他挨得那么近,他那一头粗犷的黑发,强壮的男性肩膀,让她有点儿紧张。这个男人沉默而坚定地坐在她身旁……他是她的丈夫了。

  现在希恩结婚了。每年会来这个地区主持两次婚礼的老人,为他们俩送上婚礼祝词:"您愿意娶这位女子泰莉莎·希恩·卡佛为妻吗?"从此希恩也要自立门户了。她成了女主人,成了伦祖的妻子,为他操持家务。

  希恩要自己搅拌牛奶,把牛奶倒进奶罐,烹制自己的奶油,再把它们放在阳光下曝晒,让它们闻起来香甜纯净;她要自己栽种侍弄瓜果蔬菜,跟在她的男人后面播种玉米,看着幼苗渐渐长大,牵着耕牛,拉着锋利明亮的爬犁前行,翻动长满青草的田地。从今往后她将拥有自己的玉米地,跟随自己的丈夫,过上自己的生活;她羞涩的将目光从他粗壮有力的脖颈匆匆移开,却又偷偷看了看他衬衣下面那强壮有力,挂满滴滴汗珠的身躯。

  牛车沿着小道绕过沼泽地的一角,经过时紧贴着路边的灌木丛,让人感到阵阵凉爽和甘甜。沼泽地里的积水和黑色海绵状的沼泽让空气变得潮湿;黄色的茉莉花在高高的树干上攀爬,一簇簇香甜艳丽的花朵在绿叶中竞相盛开;灰白高大的柏树树干上覆盖着新长出的树叶。整个沼泽地都因为花香而躁动起来。

夏天，满是淤泥的沼泽地显得慵懒而燥热。短吻鳄在泥巴里打着盹儿，水蛇在水里游走；冬天，沼泽地显得阴暗又令人生畏，野兽在寒风中尖叫，水面暗沉而寂静；而现在，在希恩的大喜之日，花团锦簇的黄茉莉在松树枝头绽放，凉爽而阴暗的树荫下高大的枫树似乎在燃烧，所有的小树和高耸的松树上都点缀着蜡色的叶芽，像是在举起祝福的蜡烛，每棵树的顶端、所有的枝干上都燃烧着白色的蜡烛，熠熠的烛光里孕育着新生。黄鹂鸟漫不经心地叫着；红衣凤头鸟反复唱着一首短歌，不断提示着春天的到来。希恩能够听到身边小动物们逃离时悄然而又匆忙的脚步声；灌木丛先是短促而慌张地沙沙作响，然后又安静下来。一窝山鹑受到惊吓，仓皇飞走了。每当庄稼收完后伦祖总会来捉上几只。另外，沼泽地里还有火鸡、松鼠和鱼⋯⋯各式各样的野味。嗯，这些野味吃起来一定棒极了！

希恩把腿拢了拢，以防裙子被牛车旁边冒出来的竹刺扯坏。厚重的裙子下，希恩的左腿跟伦祖的右腿紧紧地靠在一起。通往小河的路向左急剧倾斜，这让她不得不紧贴着伦祖，虽然她并不愿意这样。挨着他这么近，她的心怦怦直跳。她试图从他身边挪开，但却没有成功，因为牛车倾斜得实在很厉害。她不得不紧挨着他的肩膀呼吸。牛儿停下了脚步，低下头在小河里饮水。浅棕色的河水在脚下流淌；月桂树叶在树梢泛着盎然的绿意；一丛竹叶浮在水面上随波摇曳；午后的阳光也被浸染成干净的浅绿色。希恩看着缓慢的水流将小河的沙底冲刷出小小的涟漪。不远处还能听到松鼠在树梢上吵闹跳动。伦祖那黑色的眼睛转向了希恩，这是他们上路以来他头一回瞧她。

他问道："你累了吗？"

她羞红了脸，沿着小河看向远方："不，我不累。"

伦祖顺着希恩的视线望向远方，两人都沉默不语。她有种感觉，伦祖和自己心有灵犀。于是她更害羞了，害羞得不敢从他身边挪开。

她说："这个地方天热的时候最适合放你的猪群了。"

"你应该说，我们的猪群。"

希恩的眼睛里充满了羞涩。他的眼神和语气让她觉得无处藏身。

伦祖说："如果你怕蛇的话，猪群可以帮你赶走毒蛇。"

"我不怕蛇……"

他黑色的眼睛闪亮了起来："你什么都不怕，是吗？"

希恩摇了摇头，不知所措地垂下了双眼。他注视了她片刻，然后深沉而温柔地对她说："小可爱！"

他蓦地转过头去，吆喝着那头牛。牛儿拉着他们越过河岸，岸上的沙子被河水冲刷得很白。接着是一个上坡，两旁丛生的矮棕榈树随风低语；矮栎树上的新叶子有浅黄也有绿；松树粗壮的树干上面，树叶在空中沙沙作响，大片茂密的绿草地被风吹得一起一伏。而希恩的奶牛总是会在这里吃草。

伦祖在新开垦的地上砍伐的树桩还在缓慢燃烧，烟雾飘过整个沼泽地。希恩透过低地上的一片薄雾，看到了自己的新房子。明亮的金黄色，犹如太阳的颜色矗立在阳光下；屋外的木头刚制成不久，剥去褶皱的树皮，浅褐色的树干并排组成了一堵堵墙；屋顶的烟囱也刚刚被伦祖涂上新泥巴；屋后新建的围栏里围着希恩的奶牛和牛犊；房子周围新开辟的土地上，分布着很多树洞，里面燃烧的树桩，在寂静的空气中冒着青烟。

伦祖已经把土地上的矮树丛清理干净，劳作让伦祖的手变得多茧而粗硬，厚重的肩膀也显得有点弯曲。田地已经整理成黑土块，随时可以在垄沟里播下黄色、黑色、白色的种子，转眼间就会长成绿油油的一片。有时，希恩甚至能想象出成排的、高大的玉米树在风中婆娑，连房子都被遮住无法看到。屋后会种上棉花，还有一片烟草地，供伦祖采摘晒干后卷成香烟享用。希恩会在后院里种下一棵葡萄藤，藤条顺着葡萄架爬满整个院子，明天她还会播下一把向日葵种子，那是她母亲交给她的，让她用来喂养母鸡和公鸡。

牛儿拉着车缓缓地爬上斜坡，然后陷进了新开垦的土地。牛车通过高低不平的地面到达家门口时颠簸得厉害，于是他们的家门前就有了第一道车辙印。房子离希恩更近了，木头在午后的阳光下变成金黄，房顶的倾角很大程度上有助于排掉雨季的积水，门窗户扇都拼接得严严实实，能够抵挡冬季最凛冽的寒风。

门前的院子，地面平整，没有犁耙翻整的迹象。一片片干净崭新的土地，把田地和房子连在一起。小鸡快步跑过门口，它们离开了希恩母亲饲养的鸡群，总觉得有些不安；奶牛在围栏里孤单地哞叫。伦祖抬起一条长腿，翻过牛车跳到了地上。他转身朝向希恩，嘴唇微微张开，牙齿在他柔软而浓密的胡须中若隐若现。他略带羞涩地把手臂伸向希恩："快下来吧，小可爱！"她感到心安，扶着他的胳膊从牛车下到了地面。

她走进屋内，木头拼接而成的地板虽然还没擦洗过，但也还算干净。伦祖已经在一角安好了床；木板上铺着厚厚的谷壳，伴随着人体的翻动，发出轻柔的沙沙声。谷壳先是用水浸泡软化，然后在最近天晴的时候晒干而成。谷壳上面铺着一层用柔软的新棉花制成的厚床垫，希恩的母亲先把棉花装在家纺的条纹棉布里，再用结实的粗线缝制成型。床垫上安放着希恩的羽毛褥垫，这些羽毛是每年从一只只鹅身上搜集来的。在这上面铺着家纺的床单和希恩的被子，其中一床被子上黑白相间的黑寡妇图案是希恩做姑娘时缝制的。她还带来了另外两床被子——上面分别绣着"东方之星"和"少女的眼泪"，也是她自己缝制的。这些被子对于这种凉爽的天气来说已经绰绰有余了。在冬天来临之前希恩还会再做几床厚被子。伦祖的母亲已经答应四月剪羊毛时会送给他们一批羊毛改善生活。

壁炉前摆放着做工精致的椅子。这是伦祖做的，木头明亮崭新，椅子上铺的牛皮毯是不久前刚鞣制好的；墙边搁着一个低矮宽大的箱子，用来存放被子之类的用品；壁炉上方吊着铁锅和巨大的玉米饼煎锅；椽条上吊着他们父母给的各种肉类，屋子一角放着一桶脱了壳的玉米；院子里那台磨坊是用来磨玉米的，希恩只需要转动磨坊上的石头就行。在庄稼收获之前，无论是向史密斯家还是卡佛家，只要伦祖和希恩需要，伦祖都可以要来成车的玉米。希恩可以随时去母亲那里获取作物的种子，她很快就会在自己的菜园里播种，不出一个月菜园就会满眼绿色。

房子现在随时都可以住人了。希恩的母亲已经铺好了床，在壁炉上支好了锅具。贝琪今晚还不能供应牛奶，因为她和小牛犊还没有分开，但过了今晚希恩就可以开始挤牛奶了。

希恩把随身带过来的一包衣服摊开，放到箱子里。她把帽子挂在床头的木钩子上，旁边挂着伦祖的新帽子和旧的熊皮帽。希恩脱下新鞋，抹了抹鞋面上的薄灰，把鞋放进箱子。她赤脚走路的时候感觉地板有点凉。

天快黑了，伦祖抱来了干柴，生起了灶火，接着又去了牛圈。母亲给了很多冷菜晚上吃，但这是在新家度过的第一个夜晚，希恩打算在自家的壁炉上自己做饭吃。她割了块肉,用玉米粉、水、盐做成玉米面包。在她做饭时,有首歌的旋律冲到了嗓子眼,她想唱,但怕被伦祖听到。希恩把做好的饭摆上餐桌,然后朝他喊了一声:"饭做好了。"

他进了屋,俩人开始吃饭。他们看了看对方,目光又都转向了桌上的食物,笨拙地把面包掰开放到肉汤里。

夜幕降临,壁炉里的火生了起来,屋子里充满了柔和跃动的光。希恩清理了餐桌,打水洗脚。

伦祖走到床边,弯下腰,拿出一包东西。他把那包东西拿到坐在炉火旁的希恩面前,把它们摆在地板上给她看:

"我想你也许会喜欢这里面的某样东西。"

一张洗干净的绵羊皮毯;一个由樱桃木打造的箱子,精致小巧,不足一英尺[①]高,箱盖周围雕刻着球形和环形把手,箱子扣则是用一块比小手指还要细的木头做成的,合上箱子的时候扣件就合在一起卡牢了;下一件是用牛角雕成的珍珠状首饰;六个雪松木发夹;还有两根雪松木织针,打磨得光滑闪亮。

伦祖的手好神奇,他能做出几乎任何东西。希恩仔细地把玩着每样东西。她无法决定最喜欢哪一件。

她拿着纤细的雪松木针,比划着穿针引线的动作。木针随着她的手指滑动,清凉又迅捷。她害羞地说:"我要用它给你织几双冬天穿的袜子。"

他呆呆地看着她的手,一脸的不知所措:"还是给你自己织几

[①] 英尺(foot):计量单位,1 英尺 =0.3048 米。

双吧……"

她接着说:"伦祖,你不用给我准备这么多漂亮的东西。"

他解释道:"我只是想把它们作为礼物送给你,小可爱。"

她把这些漂亮的礼物放进箱子,把羊皮毯铺在床边。她在炉火前洗了脚,然后走到床边的昏暗处把衣服脱到脚边,拿起一件母亲织的套头内衣从头上套上穿好。她钻进被子,身下柔软的谷壳轻声地沙沙作响。她把脸转向墙边,等着伦祖回来。

当希恩从炉火旁走进床边的阴影时,伦祖出了屋子,穿过夜色来到了牛圈。今晚的夜色薄如罗纱,不像无月之夜那般漆黑。不过月亮也不大,一轮残月挂在天边,清凉而高远,空旷而向下的月牙预示着雨水的到来。在满月之前,月亮会清空它里面的雨水,新土地将会被雨水浸透。伦祖必须在地里播下种子,给贝琪和她的牛犊在牛圈较近的一侧搭一个棚子。母牛的确已经习惯下雨了,但这只黑白花的小牛或许不喜欢淋雨,而且有了遮雨棚,希恩在挤奶的时候就不会被雨淋到了。

伦祖走到牛圈粗壮的围栏边,倚靠着围栏。贝琪听到了他的脚步声,走到围栏旁,用一声低缓的哞叫回应他低声的呼唤。他用手逗弄着她的耳朵,用指甲挠着她粗短的背毛。他用手遮住了牛眼多骨的眼窝。每次抚摸奶牛的前额都会让他觉得有看不见的白色头骨在注视着他,他有时会在丛林深处发现动物的头骨,那是游荡到那里死去的动物留下的。不会说话的动物死去的时候不喜欢有东西看着它,它们会走到小溪边躺下等待死亡。没有谁会知道有东西死了,除非你看到秃鹫在某棵瘦小的柏树上空由高至低地盘旋,或者庄严地排成黑色的一排坐在尸体旁,挨个用嘴巴拾掇着油乎乎的黑色羽

009

毛。如果你留心观察，就能在下面发现一具动物的皮囊，中间被啄开，里面已经被啄食一空，只剩下一堆干净的白骨。

伦祖能听见小牛在用鼻子拱着母牛的乳房。其实它并不饿，但它大概是想趁着能喝到奶的时候多喝点。明天小牛就会被关起来，而母牛则会被带到沼泽地旁的斜坡上去吃草。

伦祖转身面对着他的土地，胳膊肘搭在围栏上，身体向后靠着。他的目光穿过淡淡的黑夜，远处的田地已经准备就绪。透过淡淡的黑夜，他仿佛看到土地上长出了沉甸甸的庄稼。玉米要种在这里，棉花要种在那里，豌豆则要种在牛圈外面近一点的地方，因为豌豆在秋天会引来山鹑；他还要为希恩开辟一块菜园种植蔬果，在小溪边搭建一个洗衣房；他要清理掉那附近的灌木丛，因为灌木丛中的水蛇常会偷偷游过来咬你一口；他还要用柏木给希恩造一块跟他母亲一样的洗衣板，以及一个带有肥皂架的洗衣槽。他已经挑选好了木头，接下来的工作就是剥掉树皮，挖好形状，再装上四个支脚。他要干的活儿很多，再加上还要为希恩办的小事，够他一直忙到下霜。土地还要一劳永逸地用栅栏围起来，就不用说需要造多少根栏杆了。

在这个初夜，月牙孤零零地挂在天上，在森林和流水之上，月亮不知疲倦地重复着圆缺。伦祖发现从他的左肩上望出去，看不到任何树木或云彩。这预示着雨水和好运的到来，他走回了家，怀揣着隐隐的渴望。下个月希恩就要打猪草，所以伦祖会在小溪的另一边给老母猪建好猪圈。他脚步沉重地穿过后院，格外用力地推开后门。他要养一两只小猎犬去抓兔子，这样会让家里热闹起来。

希恩听到伦祖进来了，她的睫毛在脸颊上不停地抖动着。希恩把脸藏在薄薄的白被单下面，她的睫毛柔软而细长，眼眸热切而明亮。

第二章

猪圈建在远离小溪源头的支流边上,当新月再次到来的时候,八只小猪已经在猪圈里吱吱乱叫了。因为奶水和脂肪而身躯变得沉重的母猪,在栅栏中间昏昏欲睡地向前拱行。她身后的小猪在松软潮湿的猪圈里乱窜,贪婪地拉扯着它的乳头。小猪里有五只公的三只母的。在希恩脑海里仿佛已经能看到,伦祖建好了烟熏房,矮棕榈树叶绳结下吊着随风摇曳的肉条和火腿,用白色刺柏软木新做的罐子里装满了软腻的白色猪油。不过建烟熏房用的树还没伐倒,小猪们却被身陷泥沼的母猪绊倒了。

希恩的向日葵已经有一英尺高,菜地里的蔬果也很快就可以采摘,香石竹向外蔓延着,到处都长着一绺绺花朵,引得希恩驻足观赏。希恩的父亲送给她一副搅乳器,把手是他亲手做的,上面刷了油亮的浅黄色油漆,雕刻着精美的图案。希恩喜欢在后门外的空地上搅牛奶,因为从那儿她可以看到伦祖在犁沟里忙碌的身影。现在,玉米已经长得有人的手掌么高了。而那些长出来的棉花苗,多得都快挨到后门了,这种深绿色的农作物成熟后就会开花,里面的棉絮可以拿来做成冬衣和棉被,还可以拿去海岸集市换取其他物资。

天气晴朗炎热。希恩把搅乳器搬到后门台阶旁的空地上,将一罐覆盖着厚厚一层奶油的酸牛奶倒了进去。她坐在门口,一边在田里四处搜寻伦祖劳作的身影,一边迅捷而轻松地把搅奶棒反复捣向搅乳器的底部。她在搅乳器的瓶口围了一块白布,防止搅奶棒搅拌时奶白飞溅出来。

希恩把所有的黄色玉米种子都撒进了地里。她走在伦祖犁出的垄沟里,每撒四粒种子就要念完这四句顺口溜:"一粒会被毛虫吃,一粒会进乌鸦嘴,一粒会在地里烂,最后一粒长出来。"她已经用洗衣槽浸泡过四次衣服,在空地上努力洗掉衣服上的污渍,用沸水把衣服漂白,在溪水中把衣服冲洗干净,最后把衣服搭在粗壮的灌木上晒干。

两人的衣服希恩一起洗,伦祖那汗迹斑斑的长衬衫和裤子,希恩的短衬衣和织布机上织出的原色、浅蓝色以及混色的家纺布宽下摆女裙。她从母亲那里带来的其中一件裙子是棕黄的混合色,这件裙子没有洗过。裙子被叠得整整齐齐,跟她的小牛皮软鞋一起放在箱子里。她最喜欢这件棕色的裙子,因为她穿的这条裙子结的婚。深色更适合成熟的女性。她打算不洗这件棕色裙子了,洗过的衣服永远没有新的好,哪怕洗的时候小心翼翼,洗后再用熨斗仔细烫过也没用。

母亲送了她三种禽蛋:长型的白色鹅蛋;小个的、长着斑点的、拥有奇怪外形的珍珠蛋,当然还有鸡蛋。希恩的红毛老母鸡已经在房子下面烟囱位置的松针鸡窝里孵化那二十个珍珠鸡蛋。希恩打算让老母鸡在洗衣槽旁边的老树底下孵化鹅蛋,后门台阶下的鸡窝里可以孵鸡蛋。这样不久后院子里就会出现很多跑来跑去的小鸡小鹅,她会给它们喂食喂水。伦祖要竖起一根高高的杆子,从他母亲那里拿来葫芦苗种下,等葫芦爬满后,燕子就可以在上面筑巢,这样老鹰就不敢来了。伦祖还要养几条小猎犬驱赶负鼠。

希恩捣牛奶的手并没有放松,胳膊的动作也没有放慢。她注视着搅乳器盖子上的酸奶花,奶油很快就会冒出来了。

她拿开搅乳器的盖子,搅了搅牛奶;金色的奶球在奶白中游走。她继续搅拌,奶油汇集成松松软软的一大块。她提着搅乳器穿过房间,把它放在餐桌上,取出奶油,把水挤干,撒上盐粒,然后从储藏奶制品的架子上取下木模,把奶油倒了进去。这样晚上伦祖吃玉米面包时就可以蘸着吃了。她从架子上取下一个罐子,把脱脂牛奶倒进去,关上门窗不让苍蝇和小鸡进来,然后抱着这罐牛奶顺着垄沟去找伦祖了。

这几日的太阳很晒。之前连日阴雨,伦祖只能待在壁炉旁制作一批木罐——一个装盐的大罐子,几个装调味料的小罐子。希恩现在没有调味料可用,不过伦祖秋天会去海岸集市,他会通过以物换物,用牛车拉走又拉回许多东西。希恩可能也会有东西让伦祖带去交换几样漂亮物件,可能是用家养的鸡制成的煎鸡肉,或是鹅毛,或是装在小块白布里的花籽。

希恩从没去过海岸集市。父亲说那不是女人应该去的地方;那里的人浑身透着朗姆酒的酒气,横冲直闯,动辄拳脚相向,和集市里的人打得头破血流。所以一直没有女人敢去那儿。希恩的母亲就从没去过,不过在她家从卡罗莱纳迁往松林的旅途中,曾经过都柏林。她从带篷的马车里下来,在周围略微走了走;希恩经常听她说起宽阔的马路两边的房屋鳞次栉比,四周民宅环伺。路上的人们来来往往,在建筑物间川流不息。希恩的母亲见过一个犹太人站在自家仓库的大门里,那是她见过的唯一一个犹太人。他的身材比较矮小,肤色偏黑一些。希恩的父亲向他换来了一袋精美的缝衣针,针眼儿是金子做的;还有一枚专为希恩母亲的手指定制的顶针。她至今还保存着顶针和其中一些缝衣针;将来母亲过世后,这些东西就会传给希恩。希恩的母亲喜欢漂亮的小玩意儿,对此,希恩的父亲颇有微词:"交换出去一群奶牛,你也只能换回来一把珍珠发梳和几把小剪刀。"他抱怨说。他对妻子的这个爱好一直心怀不满,或许是因为她总是宁愿做针线也不愿摘棉花。她喜欢待在家里,喜欢坐在壁炉旁边做着女人该做的慢工细活,不喜欢在地里辛苦地劳作。她会因为诸如把她的名字叫错这样的小事而一个星期闷闷不乐。她讨厌丈夫叫自己名字的方式,他把她的名字念成"Seen(西恩)",可即使是傻子也知道应该念作"Cean(希恩)"。当她这个女儿出生后,她对文斯·卡佛(她的丈夫)没好气地说:"现在多花点时间学学该怎么念,她的名字叫'Cean'(希恩)。"希恩曾听她父亲说他不喜欢给自己的女儿用他妻子的这个古怪名字。他想让她用自己母亲的名字泰莉莎。最后,母亲给她取名泰莉莎·希恩,但她一直被唤作希恩。

希恩的脚趾头陷进玉米地温暖潮湿的泥土里。她稳健地迈着双腿,用胯部托住那罐脱脂牛奶。

玉米苗在奋力生长,当初希恩把所有的种子都播进了地里,现在举目望去,一排排玉米苗郁郁葱葱。如果伦祖需要希恩帮忙的话,她要干的活就是播种和帮忙锄草。母亲从不喜欢在地里干活,希恩却并不介意。正如父亲说的那样,只要衣服尚能蔽体,就必须种好庄稼,她觉得父亲说的对:要事排第一。母亲是个好女人,但她整天围着织布机转悠却不对。母亲在织布或纺纱时,听着屋子里洋溢着纺车转动时发出的嗡嗡声会很开心。母亲很喜欢染色,经常把她钟爱的靛蓝色染料和枫树皮、白杨或挖到的各种不知名的树根混在一起,看看能调出什么新颜色。她会把棉花或纺纱放进染缸,把它们轻轻浸入冒着泡打着旋儿的染液里。然后她会把布料取出,搭在倾斜的灌木丛上晾干，颜色就会在丝线里缓慢地融合，最后再用绿橡树灰调制的碱液定色。有时，她也用商陆果的汁液在布料上染出一抹红色，让衣服看起来更艳丽。不过这种颜色在衣服洗后会褪掉，挺可惜的。

希恩在纺布时也会尝试新的染料。伦祖会在棉花采摘后为她建造一台织布机，这段时间则在夜晚的壁炉旁给她做纺车。他用刀子削砍边角安装轮辐，木头发出轻柔的吱吱声。希恩会把她所有的裙装染成蓝色或黄色，或者在织布时把颜色组合在一起。她还想要一件镶着黄色荷叶裙边的蓝色长裙。

她的眼睛看向天际，背景是淡蓝色的天空，配色是淡黄色的阳光。蓝色和黄色是绝配，做出来的长裙搭配帽子一定非常好看。

希恩沿着犁沟走向伦祖，而伦祖已经叫停了耕牛，在犁沟的尽头等着她。希恩本可以在靠近棉花地的另一端等他过来，可她并没有想到这一点。

她把奶罐递给伦祖："我想你可能会喜欢喝点刚做好的脱脂奶。"

他接过罐子，把旧帽子的帽沿往后挪了挪，用袖子擦了擦脸，"好啊，太阳挺晒的。"

希恩静静地看着他喝牛奶。套着木轭的耕牛漠然地站在地里，它惺忪的双眼紧闭，下巴在咀嚼反刍的食物时侧向移动着，牛头因为满足感轻轻地摇摆着，前腿直挺挺地矗立在泥土里。

伦祖再次把罐子举到嘴边，大口地喝着牛奶。他的衬衣敞开着，汗水顺着仰起的脖颈上亮褐色的皮肤滚滚而下。他的喉结随着牛奶的吞咽而跃动——往下是他胸口上黑色的卷毛，再往下则是他挂满汗水的小麦色皮肤下的五脏六腑。希恩她注视着他的皮肤，随着呼吸而起伏伸缩。这让她想起没保存好的牛肉里生出的蛆虫，白胖的圆虫子蜂拥着爬起来又倒下，就像是伦祖肚子上那一块块白色的肥肉在蠕动。她自己还没反应过来，胃里就突然一阵恶心，将早上吃的全部吐在了犁沟里，伦祖在一旁扶着她的肩膀。这一切来得如此突然，让人始料不及。她现在感觉好多了，羞愧地说：

"天哪，我还从来没有像今天这样在光天化日之下就吐了，就像狗在草丛里呕吐那样狼狈。"

伦祖往边上让了让。他的眼神充满焦虑，粗乱的眉毛因为担心而紧锁。

希恩羞愧地低着头，两眼注视着她的大脚趾刨着他们双脚之间的软土。

他盯着她那张因为羞愧而涨红的脸说：

"你最好回到屋里，外面太晒了。"

等她离开后，他调整好方向吆喝耕牛起身。但很快又叫停了耕牛，注视着希恩沿着长长的犁沟往回走，她光脚的足迹在她来时已经形成了一条浅浅的小路。牛奶罐又放在了她的左胯上。等她距离棉花地还有一半路程时他才再次吆喝起耕牛。

他向不慌不忙步履沉重的耕牛大吼一声："开工啦！"

希恩扫视着一排排的玉米苗，同样的高度，同样的绿色。她回想起当初播种时的情景；这些种子同黑暗抗争，熬过寒夜和烈日，最终破土而出，焕然一新，难以辨认。你或许不知道，正是这些种子，它们白色的根须在黑土里向下延伸，不断汲取养分，才能向着太阳长出亮绿的叶子、高高的谷穗和沉甸甸的谷物，最终收获新的谷种。

第三章

　　刺莓挂满了枝头，渐渐干瘪，最后又落回到滋养它们的泥土里。沙坡上结满了紫色小球状的越橘。长在高个灌木上的鹅莓在随风摇摆，个儿大却不怎么甜。希恩收了些冬青枝做扫帚，她把冬青搁在洗衣房的顶上晒干。这些脆直的树枝打掉叶子后做成扫帚，可以清扫垃圾，让庭院保持整洁。每天清晨扫地时，扫帚上的枝条在门阶前的沙地上划出一道道波纹状的痕迹。小鸡跑过后，会在清扫过的地面上留下三只爪的足迹。伦祖的大脚印一直伸向庄稼地。希恩的脚印则是跟其他印迹交织在一起：一会儿要给扇着翅膀争先恐后的小鸡喂食，一会儿要给快要成年的小牛喂水；母牛现在对小牛已经不大理睬了，伦祖说不需要再养一头公牛，所以这头小牛会被杀掉。

　　希恩现在怀有身孕，所以偶尔会胡思乱想。虽然她明明知道伦祖会杀掉小牛，但她也不希望伦祖杀掉这只小牛。一天夜里当伦祖上床睡觉时，她其实是想求他用小牛和玉米交换一头小母牛。可他们没有多余的玉米换东西，明年他们才能自给自足，到那时牲畜和他们自己才有足够的玉米吃。而且她也不需要再养一头奶牛。如果要说实话，她其实就是不希望杀掉小牛。她不用非要看着伦祖用斧子砸向它的前额，但她会听到它的哀嚎，知道它要死了。要不她就回娘家待几天，却苦于没有合适的理由。况且她还要帮着伦祖剥皮收拾，因为在这么炎热的天气里绿头苍蝇滋生得很快。

她从没听说过有人对牛犊怀有如此深厚的感情，或许是因为在某种意义上它就是希恩的孩子，他们同在这片土地上生活。每天早上伦祖会下地劳作，贝琪整日待在沼泽地旁散步吃草，希恩和小家伙（她对小牛的称呼）则留下来看家。她会走到牛圈边上用棍子帮它挠背、捉虱子；小牛则会跷起尾巴在牛圈里跑跑跳跳，用头去顶围栏，透过栏杆之间的空隙去顶希恩。她一直认为它是个聪明的小家伙；当它在撒欢儿炫耀的时候它懂的跟她一样多。

可现在小牛会被杀掉，成为他们的盘中餐。希恩会捶打嫩牛肉，在壁炉上煎成牛排；把黄色的牛油制成蜡烛，把老牛肉炖烂，给母亲送过去半头牛。伦祖会把牛皮摊开挂在房子后墙外面，让太阳把它晒干。然后伦祖会把牛皮鞣化，直到牛皮变得柔顺；把床底下的鞋楦拿出来，把牛皮做成皮鞋。他曾逗她说会为她做鞋子，不过在穿上脚之前他的小可爱还得等上很多天。鞋子做成甚至要等到霜降，不过希恩只要知道伦祖要给她做鞋就已经高兴极了。她会把新鞋子放进箱子，跟她自己带过来的鞋子放在一起。现在小牛还在嗷嗷叫着，看到什么都要上去脚踢头顶；很快伦祖就会把内里血淋淋的牛皮摊开挂在后墙上，然后做成皮鞋给小可爱穿，这样在夏天地里滚烫的沙子就不会灼伤她的脚了。这一连串的思绪就像棉花秆上的水珠，一颗接一颗，跟串珠一样均匀而紧密地挨在一起。

母亲曾告诉过她，这样的状态会让女人遇事胡思乱想。母亲说最好的办法是让自己保持忙碌。可希恩却无法停止想东想西。她的手在干活，脑子却在走神。看起来似乎她最终会像她母亲一样，终日在织布机上忙碌。奇怪的感觉在她身体里来了又去，尖锐而冰冷的颤抖，随后是阵阵沉重的暖意。莫名的小东西在她身体里生长，突然而又轻柔，就像春天带给枫树的第一抹绿色。它正在简单而坚定地伸展着看不见的湿漉漉的根茎，就像柏树苗在远处的沼泽地里扎根。它悄悄地向她袭来，就像晚上的黑暗从树林里出动，吞噬了这片空地，填满门窗间的每一处空隙却不留痕迹。各种冲动在她体内碰撞膨胀，胀得她都快要炸了；然而却并没有爆发出来，无论是通过话语、唱歌或其他方式。伦祖说她的脚踝肿了。到现在为止只有脚踝给出了信号。

木兰开出了杯状的大花朵，洁白如月。希恩从一节矮树枝上折下一朵带回家里，把它插在餐桌上的罐子里。白色的大花朵向上向外伸展，下面是花托底部长出的白色坚硬的花籽。从外围暗绿色的叶子中间依稀可见棕色光滑如同狗耳朵的花萼，紧紧地包围着花蕾，直至它绽放的那一刻。树林里到处都能见到木兰花。希恩从木兰树的矮树枝上折下花朵，带回家去给家里添香，白色的花朵压弯了花枝，装点着她的餐桌。有一天她走到一棵木兰树低矮的树枝下，然后爬到了树上。她的眼睛掠过油亮亮的树叶，搜寻着可以够得着的花朵。站在繁茂的树枝当中感觉很闷热；枝丫伸展出去像是一条条木筏，浓密的树叶像一堵墙一样密不透风。希恩忖量着：这里是木兰的家，家里满眼翠绿生机勃勃，巨大的白色花朵装点着家里的墙壁。她决定不再折花了；她要让花朵留在树上，高贵而洁白地盛开。这棵树就是一个家，收拾得精致而整齐。她不会再从树上折花装扮她的餐桌了。

希恩出门去采越橘，采回来后炖成甜甜的菜肴留给伦祖晚上吃。她戴上太阳帽，穿上伦祖的旧靴子朝右边走去，走过新开垦的棉花田，走进长在多沙的山脊上那茂密的矮棕榈和矮栎树林里。荆棘勾住了她的裙子。她的左手提着一只木桶。她的眼睛不时在靠近地面的灌木上看到成串的浆果,更远的林子里还有很多很多;树叶和浆果的表面灰蒙蒙的,像是掉进了尘土里。再往里走走她就可以弯腰待在一个地方采摘,摘到的紫色浆果就能在木桶底部堆起厚厚的一层,每一颗都带着灰色的霜痕,果蒂的部位张着略带褶皱的小嘴,上面还长着一根缝纫线一般粗细的蒂子。

她寻到了一处膝盖高的灌木林,木桶里的浆果也装满了半桶。和柔软多汁的黑莓不同,这些光滑坚实的小果子不会弄脏她的手指。把果子从树上摘下来很轻松,最后只需把少许绿色的果实留在树上静待成熟。要收获谷物和棉花你需要付出汗水;要吃到肉你需要宰杀猪牛;而这些浆果却是唾手可得。收获浆果不需要流汗流血。成熟的果实轻轻一碰就会落进你的手里,就像是非常渴望离开树丛,找到等待它们到来的手。这有点儿像是跟在伦祖后面播种玉米;她感受到相同的满足感。

山坡上阳光炙热。没有一丝微风,矮栎树一动不动。希恩在担心家里没搅完的牛奶;她要赶回去做好脱脂奶,这样伦祖晚餐时就能享用。或许她应该像平日一样继续摘果子;伦祖晚上可能并不喜欢吃炒肉、土豆以及她匆匆焙制的玉米面包;他已经习惯吃一盆绿叶菜或者干豌豆了。

突然间她周遭的空气震颤了起来。那是一种刺耳而富有变化的嚓嚓声,有的时候沉闷像打雷,有的时候又窸窣像玉米壳在摩擦,这让她害怕得失去了知觉。在她周围某个地方潜伏着一条响尾蛇,它就在附近,但她却搞不清它藏在哪个方位。她弯着腰,不敢走也不敢留,她的脑子和身体一样空洞麻木。突然间她感到右臂肘关节稍靠上的地方像是被粗钝的树枝刺了一下,转头一看,一条响尾蛇就立在她眼前,又小又丑的脑袋上长着黑亮的眼睛。她伸出左手一把抓住这条蠢蠢欲动的灰蛇,把它扔了出去,蛇摔在散落的浆果上,不停地扭动着身体。

希恩的手在针扎般的伤口上方紧紧勒住胳膊,使出全力按压,拇指下面都能感觉到脉搏的跳动。她僵直地站着,踉跄着后退了几步,嘴里发出的尖叫声完全控制了她的身体。她听到尖叫声萦绕着她的脑袋;声音像是从地面而起,穿透了她的身体;尖叫声围着她的脑袋乱飞,根本不受自己的控制,简直震耳欲聋。接着恐惧令她沉静下来。她用拇指按压阻止胳膊里血液的流动,最后连骨头都被压得生疼;她跑向她的家,跑下斜坡,迎着松顶吹来的风继续跑,风声就像突降的阵雨,一阵持续而密集的雨点,而后戛然而止。她跑过犁田,呼唤着伦祖。

听到她穿过田地朝他跑来,他赶紧跳过垄沟跑上前去迎接她,全然不顾地里的玉米苗都被踩断了。当他接住她的时候,她的脸因为痛哭都变丑了。她不停地摇着头,断断续续地说:

"伦祖——伦祖……我被响尾蛇咬了……摘的果子都撒掉了。"

他抓住她的胳膊,用刀子把伤口下面的肉割开;然后用双手使劲挤压,鲜血从伤口处汩汩流出。他把她抱在怀里,跑向家门口,把她放在台阶上坐好。他在家里的储物架上找到一小瓶松香油,拿过来抹在她的胳膊上;清亮的精油,混合着鲜血,顺着她的胳膊滴下来,弄脏了她的衣服。他又从那个架子上的棕色罐子里找出一瓶威士忌拿给她喝下。

她的呼吸舒缓了下来。伦祖用一块干净的布给她包扎了伤口，她的恐惧也逐渐退去。

进到屋里，她四肢舒展，躺到床上，肉和土豆没有炖，牛奶也顾不上搅了。她的呼吸变得缓慢而沉重；眼皮忍不住地往下掉；厚重的疲惫感在她的血液中蔓延，虽然太阳还挂得老高，她还是睡着了；在她的意识深处，疼痛还在时不时地袭扰她。伦祖注意到她的脸上泛着一丝青灰，身体浮肿，肤色苍白。他又给她灌了好多朗姆酒，当酒壶贴近她的唇边时她摇头拒绝，被他狠狠地训斥。她需要她的母亲来照顾，但他不敢冒险离开她，而且他相信她能挺过去。他用刀子在她胳膊上切得很深，放了很多血，然而当他看着她的时候，他的内心还是非常的紧张害怕。

傍晚时分她醒了，脸上重新焕发了光彩。伦祖思忖着蛇毒应该是自行散尽了。她的脑袋还是一团浆糊，因为喝多了朗姆酒的缘故，而不是蛇毒，血液里那要命的中毒感已经消失了。

还有一个小时太阳就下山了，伦祖说：

"我最好去把那条蛇清理掉，你能告诉我在哪里遇到蛇的吗？"

希恩在丈夫面前觉得很惭愧，因为是她引起了这一切。她怯生生地说：

"一直走过棉花田，爬上山坡。就在林子开始变密的地方……你能看到我撒在地上的果子，我估计蛇还在那里。"

在他转身出去时他隔着肩膀粗声说道：

"以后你最好待在家里，这才是你该待的地方。"

在他走后她静静地躺着，回味着他的话，给他带来这么多麻烦她觉得好自责。

她轻轻地把左手放到包扎好的伤口上。回想起那一幕，她又颤抖起来，再次感觉到令人恶心的滑溜溜的蛇在她手里扭动；那条冰冷而丑陋的响尾蛇一跃而起，照着她的手就是一口。她害怕极了……害怕极了……如果蛇咬的位置再高一些，那将会是她的脸而不是胳膊，可怕的蛇头紧挨着她的脸，圆溜溜的眼睛紧挨着她的眼睛，尖锐的蛇牙钉在她的脸颊上，白色浓稠的毒液喷射到她脸上，而她则会痛苦地死去。她会被绑在床上，身体因为痉挛而变形，最后变得冰冷而死灰，就像那条蛇一样。

她在想，"这是我第一次感到害怕。"

她继续思索着，有点艰难地得到一个结论：

"但这很可能不会是最后一次。"

她很骄傲，因为她知道自己现在已经是一个女人了。

"成为一个女人就要经历这一切。"

忽然间她静了下来，睁大了眼睛，呼吸在张开的双唇间停了下来。她把手放到小腹上，在她的体内有一扇翅膀扑腾了一下，一颗心脏跳动了一次，那么的柔弱，用尽了仅有的一点力量，比梦境更不真实的事情已经成为了现实，确定无疑。

天快黑的时候伦祖回来了，扛着的锄头柄上挂着两条光滑绵软的响尾蛇。它们很可能是公母一对。他拿回了希恩的木桶，里面装着她的帽子。他把长而光滑的蛇肚皮划开，把灰色的麟皮从看起来像鱼肉的蛇肉上剥掉。然后他把蛇肉熬煮了很长一段时间，把炼出来的蛇油装进一个小瓶里。蛇皮他会钉在房子后墙上，蛇头向上，晒干。蛇尾巴上的响环一根绳上拴了十四个，另一根绳上拴了九个，都吊在壁炉上面。希恩以后肯定受不了再听到响环震动的声音，但把它们挂在婴儿脖颈上逗弄孩子会让出牙期度过得容易些。蛇油和单薄粗糙的杂色蛇皮伦祖会带去海岸集市换些东西回来。

天色已黑,他们准备睡觉了,希恩想为她带来的麻烦做个弥补。她说:

"今天晚上我们的孩子踢了我一下,伦祖。"

他在床上挪动的时候很小心,尽量减少谷壳发出的噪音;他清了清嗓子说:

"你不应该跑出去摘果子。以后,除非有我跟着你,你还是尽量待在家里,小可爱。"

希恩在他的话里听出了安慰。

以后除非有他陪着,不然她就只需在家收拾屋子。

第四章

在整个夏天里,邻居们送给伦祖和希恩很多礼物。他们和缓而真诚地说出祝福的话语,满怀歉意地奉上他们的礼物:"玛丽觉得你们或许可以再养一两只母鸡。你这些年迈的多米尼克鸡已经不怎么下蛋了,所以我就带来了几只。"接着说话的人就从麻袋里把几只肥肥的母鸡倒在了地上。

希恩和伦祖千恩万谢地收下了这些礼物:"太谢谢您了,让您费心了!"

猪圈里多了四头小猪;一群母鸡跑到外头地里刨食,有时则会待在后门盯着希恩撒食物给它们;三只老雌鹅和一只公鹅在棉花田里步履蹒跚地进进出出,伦祖经过时则会傻乎乎地冲着他嘶鸣;除了希恩自己养的一群珍珠鸡,现在又多了五只,天刚亮它们就从树上优雅地飞下来,落在栅栏顶上排成一排,一待就是一上午。远至布鲁西溪的邻居都会过来坐坐,尝尝希恩做的玉米面包和冰凉的脱脂奶;太阳西下的时候他们就会回家了。

在希恩看来,这个夏天过得好慢。腹中的小家伙让她的身体变得笨重,呼吸变得急促,穿衣、饮牛、锄草的动作也变得迟缓了。无论做什么都感觉有点笨拙。到了夜里蟋蟀密集的叫声让空气也变得沉重;白天里蚱蜢则在歌唱着刺耳单调的曲子。在一天里稍微凉快点的时候,空气里则充斥着鸟叫声。知更鸟站在树苗和荆棘上,扯着脖子使劲儿叫着,有的则待在希恩家的烟囱顶上唱着平直、沉重、金黄色的音符——给人感觉甜腻腻的,就像蜂蜜的味道。在月夜它们的叫声让希恩睡不好,天亮起床后就疲惫不堪,脾气暴躁,不愿意给伦祖做早饭。糟糕的脾气在她体内就像低烧一样挥之不去,模糊了她的眼睛,让她变得虚弱,容易哭泣。伦祖说她多愁善感,告诉她如果一个人放任坏情绪蔓延,它们会变本加厉地折磨你。希恩会走到牛圈边上,对着小牛哭泣;小牛则会走近她,让她用棍子给它的背挠痒。伦祖会把小牛杀掉;希恩缓缓留下的泪水滴到它头上。但她并不只是因为小牛而哭泣;她也不知道自己到底怎么了。

在这些日子里,太阳升起一两个小时后空气就开始沉静下来。一直到中午一种沉重的寂静覆盖了鸟叫声,树林角落里的小动物们发出的啁啾声,以及微风掠过绿色粗壮的玉米秆发出的沙沙声。空气酷热,密不透风;酷热的魔鬼在广袤的沙地上肆虐。伦祖在炎热的白天里一直在劳作;太阳把他褐色的皮肤晒得越来越黑,他透过太阳地里沙沙作响的绿庄稼望过来的时候,目光显得更黑了。希恩担心他白天顶着烈日干活会中暑,但他却不以为然。炎热的天气对棉花和玉米的生长有利;酷暑也不会对人造成伤害,只要他能够补充足够的凉水,多出出汗就没事了。

希恩把他们的衣服放在洗衣槽里一起浸泡;他的衣服因为沾满了汗水而变得僵直;她的衣服前挡因为和壁炉、油污和洗碗水接触而变得很脏。她用白色的捶衣棒把汗水、污垢和洗碗水从衣服里捶打出来;她用母亲做的褐色肥皂调制出强力肥皂水,把衣服放进去煮沸去除污渍;再用清凉的溪水把衣服清洗干净;最后把衣服晾晒在小溪旁边的树丛上，阳光会把它们晒干，洁净的衣服上散发着香甜的味道。当她在洗衣时有时候会感到虚弱，她就靠着洗衣槽休息直到脑子清醒过来；有时小家伙会在肚子里踢打推搡，她就站在那里微笑着，放在肥皂水里的手一动不动，感受着孩子烦躁的小任性。

在一个炎热凝重的夏日，伦祖杀了那头小牛。希恩想躲在屋里不出来，但她不愿意输给她的情绪；那样的话伦祖又会说她多愁善感了。伦祖叫着小牛的名字，它从牛圈另一边跑过来，傻乎乎而又装模作样地顶着栏杆尥着蹶子；这时伦祖抡起斧子使出浑身力气砸向小牛杂色的前额；而一旁的希恩也把眼睛转向了别处。小牛应声跪地，痛快地哀嚎着；伦祖用屠刀割破它的喉咙，结束了它的嚎叫。血流了出来。你必须割破喉咙，要不然出血会淤积在体内。希恩没有哭；她会忍住不让眼泪流出来；她觉得自己就像被敲了脑袋的小牛，内心在流血。

她帮着伦祖在洗衣槽里清洗牛肉，这里方便他们从小溪里取水。她用那把屠刀切割着牛肉，双手被血染成了红色；斑斑血迹凝结在刀片和手腕上。

不久以后，房子的后墙外面肯定会挂起一块牛皮，她知道这块牛皮会是红白相间的杂色；皮子经过处理后会拿去给小家伙做几双鞋子。

小牛已经被宰杀了，事情并没有那么糟糕。她很满意自己没有把内心的感受告诉伦祖；女人需要和男人一样坚强。不，女人必须比男人更坚强。男人不在乎把斧子砸向小牛的额头；女人却很在乎，但她还要站在一旁目睹这一幕。男人只要让女人怀孕就有了一个孩子，而女人却要忍受它挤占位置带来的不适，忍受它踢打她的身体，忍受它的重量拖累她的行动。女人必须比男人更坚强。

宰杀完毕后希恩已经筋疲力尽了。她打算到第二天再熬制牛油。她的脸通红，两条腿上的肌肉因为长时间站在壁炉旁弯腰煎牛排而疼痛。伦祖把一些牛肉切成长条的薄片，挂在太阳底下晒成肉干；新鲜的牛肉吃完之后他们就吃这个了。他把宰杀后丢弃的气味难闻的下水残肢倒进棉花田远端，距离希恩种植的向日葵不远的一个深坑里。他从不喜欢看到一群秃鹰一哄而上吃掉动物的遗体。

上午早些时候伦祖把公牛套上牛车，希恩爬上来坐在伦祖身边，他们启程穿过空地，顺着山坡向下，朝她娘家驶去。牛车里放着一半的牛肉，老旧干净的木板上沾着新鲜明亮的血迹。在牛肉的下面和上面伦祖都覆盖了新砍的矮棕榈树叶，飒飒作响的树叶给牛肉在烈日下带来一片阴凉。

他们沿着小路模糊的痕迹前进，希恩则在静静地思索着。这条路她走的次数不多；她只回去娘家两次，一次是去拿肥皂和盐，一次就是回去看看。在这两次之间，她的父母也过来看过她，给她带来了父亲新做的搅奶器和母亲织的一条狭长的家纺布。今天希恩要带回母亲的蜡烛模子，用它把牛油做成蜡烛。现在她和伦祖是随着鸡的作息睡觉的，但等到小家伙出生后，夜里起来就不方便了，希恩就需要用到蜡烛了。她会把牛油倒进模子里，把模子浸在一桶冷水中，然后把蜡烛从模子里取出来，再把它们放到柜子里保存起来。

她发现自己的思绪随着时间的推移漂得越来越远，就像河水越往下就越浩浩荡荡直奔大海，直到冬季的某一天她躺在床上等待分娩。当她还是个小姑娘的时候她的大哥贾斯珀曾告诉她，在枯木和树桩洞里面可以找到新生的婴儿，于是整个上午她都在外面搜寻着婴儿。她现在还记得那天的情景,心里不觉莞尔……那是夏天里一个寂寥炎热的早晨,杰克还是个不会走路的婴儿。母亲忙不过来的时候,她就负责照看杰克,背着他四处走动,给他喂奶好让他停止哭闹。那天她背着他走到了树林里,在一个树桩洞里寻找婴儿——一个光着屁股动来动去脸蛋红润的婴儿——就像她第一次见到的杰克一样;不过她要找到的婴儿应该更小,就像贾斯珀手里的漂亮可爱的小熊玩偶——只会比它更可爱。希恩坐在伦祖边上,牛车沿着小路颠簸前行,她的思绪却远在另一个开心的地方。她那时是个腿很细、爱较真的孩子,背上背着杰克。她能感受到温暖的沙子从脚趾间冒出来;她能听到大风拂过高大的松树发出的叹息声……

小家伙突然在拥挤的娘胎里动了起来,快速而温柔地踢打着。冬天的某个早晨她会发现它就躺在她身边,一找就会找到它,小小的,脸红扑扑的,一个让人无法相信的新生命。不过这个婴儿会长大,还会学走路。

步履缓慢的公牛绕过一片倾斜的月桂树,希恩终于看到了她母亲的房子,饱经风雨却依然矗立在这片土地上。她父亲自从和她母亲从卡罗莱纳迁居到此就一直在开垦这片土地。希恩的母亲一直都不太喜欢这片乡野之地。她出生在红山区,不习惯沙岭和矮树林,广袤荒凉,树林的上方零星地矗立着长叶松树,永不停歇地迎着风叹息,在暴风雨中呻吟,在秋天的强风中倒下,在季节变换中干枯死去。远处还有沼泽地,散发着热瘴,滋生着蚊蝇。她一直不喜欢松树。她觉得这是一种黑色不祥的树。木兰也是黑色而不祥的,开出的花又有点太白了,就像病恹恹的孩子。她觉得整个大地看起来都很糟糕,低洼平坦难以生活。而在卡罗莱纳,风中的雪白杨树叶会在银色和褐色之间变换着颜色,门前台阶两旁会栽着小雪松,成排的黄杨树一直种到大门口。她曾从母亲这里带回去一些卡罗莱纳的茉莉花和黄杨树的插枝种在院子周围的松树林里,其中一些已经长成了高大挺拔的大树。她不喜欢这个地方;这里庄稼长得很好,可在卡罗莱纳邻居们住得更近,人们更开心,闲暇时有乐子玩,教堂里大家一起坐在地上吃饭,逢集时乡亲邻里会从四处赶来,欢声笑语热闹非凡。

希恩的眼睛扫过环绕着娘家干净门庭的灌木丛。回到娘家她很开心;总觉着相比自己家,这里更安全,充满回忆。她的新生活,她的新家还有很多空白,需要随着时间的来来去去才能被填满。父亲的家周围,所有的栅栏都是在很多年前就劈好建好的;所有的牛圈都已经建好并装满了饲料;历经一家人多年的生活,这座房子和它周围的土地已经变得醇熟而温暖。

希恩的父母走过前院的沙地来到牛车旁迎接他们。她的父亲热情地说:"赶快下车进屋坐。"

她母亲开心却又小声地说:"真高兴你把她带过来,伦祖,当然也欢迎你过来。"

她的眼睛停在希恩的脸上,充满爱意地温柔地看着她。伦祖说:"我们觉得你们可能喜欢吃点新鲜的牛肉。今天早上我们刚杀了希恩的小牛。"

他从牛车上搬下来一大块红色的牛肉,所有人都进了屋,感受着安静而真诚的欢迎之意。

希恩的父亲说话语速缓慢,但充满威严。在打草料方面,父亲如今仍不输自己的大儿子贾斯珀,后者比他整整小二十岁,且身高足有六英尺二英寸①。父亲在犁田的时候，只要天气晴好，即使他远在两英里②外的十英亩③田里，大家都能听到他吆喝耕牛的声音。希恩的父亲管理家事的方式跟吆喝耕牛没啥区别：他发出命令，大家照做。他的妻子跟孩子一样顺从；她唯一的反抗之举就是在她纺纱织布时桀骜不驯的沉默不语。这时她的丈夫就不知道什么命令才能让她紧闭的嘴唇张开说话了；无论他说什么，她的眼睛总是死死盯着织针的末端，双手在织针之间使劲儿地拉扯着粗糙的纺线，一言不发。

他的严厉让孩子都不敢靠近他；他们如此地害怕他，如果有事也是通过他们的母亲传话。多年前贾斯珀和里阿斯第一次要去海岸集市的时候就是这样。睡在阁楼上的两个孩子听到母亲在为他们求情，而她以为他们俩已经睡着了。

"文斯，你不介意带着两个孩子去海岸集市吧？"

跟着是短暂的沉默；两个孩子屏住了呼吸；父亲回答说：

"我没想过要带他们去。"

"我知道如果能去他们一定会很开心，虽然我没听到他们说想去。"

他知道她在撒谎，他知道两个孩子求她在他面前说情，让他带他们同去。他在羽绒床垫上朝自己一侧使劲儿翻了个身：

"要是他俩不会像两个恶棍那样争吵打架，我会考虑带上他们。"

---

① 英寸（inch）：计量单位，1 英寸 =2.54 厘米。
② 英里（mile）：计量单位，1 英里 = 1.609 千米。
③ 英亩（acre）：计量单位，1 英亩 =4046.865 平方米。

他们俩知道这件事没问题了。贾斯珀和里阿斯静静地躺在阁楼的床上，两手捂住因为兴奋而鼓起的肚子。父亲沉入了梦乡，打着呼噜；母亲躺在他身边，她的胳膊放在自己一侧，脸上严肃的表情消失不见了，取而代之的是比开心更温柔的表情。希恩和小杰克躺在阁楼的另一张床上，深长地呼吸着，俩人头挨着头睡在一个枕头上，她的胳膊环抱着他。他们知道贾斯珀和里阿斯可以去集市了，而他们却不能去。女人和小孩是不能去海岸集市的。

里阿斯是希恩的二哥，大家坐在一起谈论着庄稼和天气，这时他从地里回来了。他说：

"你好伦祖！你好希恩！"

他笑容满面眼神狡黠。文斯说他在家里所有人里面是最会讨价还价的。文斯一直都很欣赏里阿斯；母亲似乎最看重贾斯珀。希恩和杰克倒是无所谓；这只是父亲和母亲看问题的角度不同罢了。他们自立门户的时候文斯都会分给他们一块地和一些家畜，数量都一样；但文斯一直说里阿斯会利用得更好。他喜欢嘲笑细胳膊细腿的杰克，母亲总是会说："你自己小时候也那样，我可记得。"

一家人围坐在房间里，到访的正式气氛让大家有点不知所措。基本上都是伦祖和文斯在说话。过了一会儿，母亲把希恩叫到了单独搭建在屋后的厨房里，屋里几个男人忽然沉默了下来。那是女人之间的谈话，他们羞于听到内容。

母亲给希恩看了几件小衣服，都是她亲手裁剪和缝制的。每样衣服都只做了一件，用来告诉希恩尺寸和裁剪的方法。现在希恩会完成剩余的工作；第一个孩子的衣服女人都必须自己做。母亲会教给女儿宝贵的建议：她必须喝檫树茶补血；手臂举过头顶、搬重物的时候必须小心；宰杀牲畜时千万不要离得太近——要不然孩子生出来可能会因此而带上胎记；受到惊吓时千万不要抓自己，因为这样的话胎儿最容易生出胎记。

听着母亲的话，希恩心里害怕极了，却不敢告诉她实情；母亲的话刹那间变成了可怕的印记，正随着胎动在希恩的心头震颤——她不能告诉母亲响尾蛇的事，也不能说出她目睹小牛的头被斧子猛击时的感觉，苦涩的眼泪从她的眼睛和喉咙向身体里流淌，在她的身体内部感觉在缓慢而无助地流血。在她体内发生的事情一点也不可爱灵巧漂亮；很可能到处都是一片血红。上帝啊！她感觉自己的胸口可能会因为之前的事情而出现一个扁平的脑袋、一对圆溜溜的黑眼睛和可怕的毒牙。她仿佛都能感觉到——盘绕，跳动。她感觉自己就要晕倒了，慌乱而盲目地伸出双手要去抓住母亲。

大家都围在她身边；她的母亲朝她脸上泼了些凉水。希恩看到杰克站在门里，准备要跑开藏起来，脸上写满了恐惧。希恩的母亲说：

"安心休息一会儿，很快你就会像蟋蟀一样活蹦乱跳了。"

她转向男人们，举止中流露出对女人的事情了如指掌的优雅：

"炎热的天气让她中暑了。"

杰克从门边消失了，他跑向了牛圈，把脸埋进粗糙干燥的玉米穗里。他的心跳到了嗓子眼，因为她并没有死。

当他们准备离开时，希恩在房子四周徘徊，呼唤着杰克。他没有应声，于是她来到了地里。他害羞地走到敞开的牛圈门口，站在那里等着她过来。她站在地上；他待在牛圈的门里，赤脚站在齐腰高的门槛上。他望向房子，嘴唇和眼睛因为尴尬而显得不安。她看到在地的另一头一群珍珠鸡正在散落的谷壳堆里觅食。她说：

"没什么事,杰克。我很快要生孩子了,仅此而已。"

她走回到屋里,他的目光一直跟着她的后脑勺,直到再也看不到。

当她从视线里消失后,他转身跑向四下散落的玉米堆,找到牛圈里最远的那个角落,躺在那里颤抖着哭泣,把脸埋在发霉干涩的玉米穗里。

"少校",他那只视线模糊的老猎狗,来到牛圈门口四处嗅着,呜呜地叫。躺在玉米堆上的杰克冲它嚷道:"闭嘴,'少校'。"

猎狗在牛圈门下面趴了下来,低垂的下巴小心翼翼地搁在了爪子上,叹了口气,闭上了眼睛。

第五章

里阿斯想到了一个计划：在离家两英里远的河上把木头拴在一起做成木筏，用木筏把货物运到海岸集市。

他把这个想法告诉了父亲："你只需要一路漂过去就行了，爸爸。"

但是文斯要干的农活太多，根本抽不出时间实施这个新奇的计划。

"可是爸爸，木筏也是可以作为木材换东西的。"

文斯不喜欢跟孩子争论："没人会去吃木头。我一直都是赶牛车去的。我觉得你不可能比你爸还聪明吧。"

里阿斯的下巴颤抖着，牙齿紧咬在一起。他的块头比他父亲大，可他还是很怕他。

"我想我一个人是没法搭好木筏漂去集市的吧？"

老头的眼睛冒火了。

"够了，里阿斯！"

里阿斯走了出去，从后门走向农田；他的脸色有点苍白，双手在微微颤抖。当他自立门户后他会顺着河漂过去，所以帮帮他吧上帝！因为只有当他自立后这个计划才能实现。

到了十月，棉花芯已被摘光，田里只剩下一排排光秃秃的棉花秆；草料已经拔好，玉米已经收完，地里只剩下些玉米秸秆随风飘荡。

男人们挑拣好用于交易的物品，把它们装到速度缓慢的牛车上——棉花、土豆、红糖、羊毛、牛皮、蜂蜜。有些人还带上了兽皮——黑熊、灰负鼠、野狼、火狐，甚至还有柔软的灰兔子皮。

文斯装车了棉花、羊毛和牛皮。西恩捎上了用不着的一桶猪油和三条火腿，一袋干豌豆，从她的蜂巢生产出的透明蜂蜜和蜂蜡。今年她没拿出鹅毛，因为她在为贾斯珀和里阿斯未来的媳妇攒鹅毛。这两个孩子现在随时都可能会自立门户。在这里，边远林区的年轻人结婚都很早。今年她还打算多织些布，希恩马上要生孩子了。她原本想再放上一袋用作香肠调料的干辣椒和鼠尾草，但文斯说这个换不来任何东西。

伦祖和希恩把货物装上了自己的牛车。伦祖有些沾沾自喜，而希恩却对第一次带自己家的东西去海岸集市交易很没信心。他们车上只有堆得老高的棉花，上面覆盖着父亲的一些兽皮。角落里放着一袋小物件，用东西盖住了；里面有织针、发夹、调料罐，这些调味罐是他在玉米和棉花收割完毕后的农闲时光里用雪松和刺柏木雕刻出来的；女人喜欢这样的小玩意儿；或许伦祖可以用来交换点东西，万一没人识货的话，就让伦祖再把它们带回来。希恩没什么东西可以带过去的。明年她会提前准备好，让伦祖把她自己的东西带过去换点什么。她想要一件金件。明年她会让里阿斯帮她换回一件金件。里阿斯在换购首饰方面绝对是行家里手。父亲和贾斯珀在交易棉花和小猪时都很健谈，可他们并不屑于为了女人的东西而讨价还价。希恩并不介意让里阿斯帮她换购东西。每年她都会送过去足够的东西换回一件金件。这些金件会越攒越多。她会把它们放进箱子里，用一只手那么大的袋子扎起来，直到袋子装满为止。

在去集市的路上,男人们有时候会在牛车旁步行,以减轻牲口的负担。如果天气晴好,晚上出月亮,他们会在四到五天内到达。算上三到四天的交易和法庭开庭时间,整个行程大约需要两周。时间已经进入秋季,落叶纷纷,他们回到家后很快就要开始杀猪、磨甘蔗了。

希恩的母亲在文斯出门期间一直忙于给一家老小缝制新被和制作过冬的棉衣。男人们离开后活儿也轻松了下来——喂喂牲口料理料理家务就行了。今年她会有点孤单,因为希恩需要杰克过去帮她干干活儿。杰克非常乐意跟希恩待在一起,他现在还太小,没法去海岸集市。

男人们计划在集市开始的第一个周一前的那个周四的白天在碧格溪集合。

在他们出发前一天,希恩和伦祖来到了文斯·卡佛的家里,希恩知道她父亲很不耐烦,但她仍然说道:

"爸爸,我一个人待在家里一点儿都不害怕,杰克也不会给伦祖带去额外的负担。我可以把老'少校'拴在我家。"

她和她父亲站在他房子外狭窄的走廊上。他的目光越过矮树林,落在几头正在吃草的奶牛身上。铃铛的叮当声从树林中传来,想必是一头牛甩了甩脖子。文斯注视着远处的奶牛,希恩拿不准他会怎么回答她。他一边看着奶牛一边说:

"我不喜欢你一个人待在家里。"他大声说道,"(但如果你这么说,)跟他说他可以去。"

然后,他走下了台阶穿过院子离开了。

希恩找到杰克的时候,他正赶着公牛把一堆粪肥从地里拖到位于棉花田远端他母亲种的糖梨树下,手不停地拽着牛头上晃动的皮褶子。他从地里走过来,吆喝着公牛绕过一片紫薇树。粪肥堆在一个滑板上,杰克走在它旁边,吆喝着前面的公牛。

希恩从烟熏房旁边走过去叫住了杰克。她倚靠着烟熏房站着。现在她的肩胛骨之间总感觉到疼;她母亲说如果哪天疼痛往下移到了腰背部,她就要临盆了。

杰克的眼睛盯着沾满粪便的滑板的边缘,周遭充斥着浓烈的恶臭。她说:

"爸爸说你可以跟着伦祖去海岸集市。"

他蓦地抬起眼注视着她。她的脸现在已经浮肿,脸颊上生出了褐色的雀斑。她原本温暖明亮的眼神因为怀孕的疲惫变得有点黯淡无光。他们俩互相对视了一会儿。她说:

"我会把'少校'拴在家门口,这样坏人就不敢来了。"

他的目光回到了堆满粪肥的滑板。尽力模仿大人的口气生硬地说:

"我是不会把'少校'借给你玩的。"然后他朝着公牛吼道,"起来干活,又懒又笨的老家伙。"

老牛缓慢前行,杰克在滑板边上跟着。希恩在后面跟他说:

"我觉得你得把它拴起来,它才会待在我那儿。"

杰克没有回答;他继续走过玉米地里蜿蜒到远处的犁沟,微风吹过光秃秃的枯萎的玉米秆,簌簌作响。

从这里到海岸集市有八十英里的路程,途中要经过松树林和矮棕榈树林、狗尾草的草地,偶尔还能见到沼泽地。树木倚靠在一起,藤蔓一直爬到树顶,卷须伸向四面八方,把高处遮得严严实实,形成薄薄的一层绿荫。他们蹚过浅浅的小河和沙底的小溪；穿过深一点的河滩，即使在干旱的天气里河水也会淹没车轴；有时可能还要搭乘渡船渡过一条河，那里的摆渡工是个健谈的家伙，从他那里能听到很多消息。

到了夜里人们围着橡木篝火搭起帐篷宿营。他们在炭火上煎培根片、烤玉米饼，用白灰烤土豆吃。他们用威士忌酒桶装满河水以供饮用。公牛被拴在四处吃草，人们围坐在篝火旁聊天吹牛：猎熊奇遇，长着二十五个响环和一个盘扣的响尾蛇，夜晚在沼泽地里四处飘荡、发出女人般哭声的火球。年纪大些的人对这些故事一笑置之，而那些年轻人却会沉溺于这些奇闻异事不能自拔。其他人都在打呼噜了，杰克却还是久久不能入睡；每当猎狗跑出去追赶野兔或负鼠时他就会汗毛直竖。从乡下来的老头库克告诉了他一件事：在他家前院里的玫瑰花丛下面的地里，每天晚上在黑暗中都会发出巨响——砰、砰、砰——就像是大锤敲击的声音；而当到了夜里，声音就消失了。几里路外的乡亲都过来听过，都能证明这件事是真的。老头库克相信那里有座坟，里面肯定有什么东西想要敲开地面爬出来，但他很害怕，不敢挖开玫瑰丛看个究竟。

杰克在被子底下瑟瑟发抖，疲惫的眼睛转向外面漆黑的夜色。天上的星星模糊不清，月亮升到了树干高的位置。杰克很困惑，为什么老头库克能生活在院子会砰砰作响的鬼地方；杰克不敢，即便他将来长大成人什么都不怕的时候……

他们越接近海岸集市，前面的路看起来就越平坦。杰克现在能一直看到路的尽头，接着是个拐弯，路边长满了树。现在时不时的会碰上行人；这条路的另外一头通向家乡的木屋、林中空地和小溪河流，这一头则通向海岸集市！

到了第四天的下午，杰克的眼睛在海岸镇上鳞次栉比的平房间流连忘返。常绿橡树沿着陡峭的河岸一字排开直到视线尽头。灰色的苔藓从树枝上垂下，随着风慵懒地摆动。鸡、猪和奶牛在房子之间的空地上游荡。道路从房子之间穿过通向河岸，河水在两岸之间流淌奔向大海。杰克顺着河流的方向望过去，河水因为涨潮而有些波澜不惊；然后他把目光收了回来想休息一下，因为突然看到了太多新奇的东西。他想如果能有机会他会走到岸边，坐下来想看多久就看多久；他不愿意匆匆忙忙地欣赏风景……

人们从牛身上卸下货车，把牛拴在常绿橡树下吃草。黄昏来临之前火就会生起来，橡树下四处洋溢着人们的欢声笑语。有个家伙是从奥尔塔马霍河①乘着木筏顺着河流漂下来的，船上还装着牲口。他递给大伙一罐酒，酒罐在人们中间传来传去；有些人马上就把酒罐递了出去，另一些人则在犹豫片刻后把酒罐举到嘴边喝了起来。杰克瞪大了眼睛听着人们大声地招呼着彼此，他们前些年来过这里，还互相记得。文斯·卡佛很开心；他藏在浓密胡须下的嘴唇咧开来，露出又大又黄的牙齿哈哈大笑，高声地开着玩笑。

当人们吃完面包和肉，火也生了起来，夜色包围着橡树下一堆堆跳动的篝火；杰克仰面躺着，手指交叉放在头下，听着他从未听过的奇闻异事。从火堆升起的浓烟向上穿过挂着苔藓的常绿橡树；吵闹声惊醒了在高枝上昏昏欲睡的小鸟，叽叽喳喳地叫着。火逐渐

---

① 奥尔塔马霍河（Altamaha）：位于佐治亚州的一条河流。

熄灭，人们的脸几乎无法辨认。杰克觉得在看不见他们脸的时候他们的故事更好听。他们奇怪的谈话就像越过河岸的河水泛着泡沫冲向远处，搅动着他的肠胃。他们谈到了卡罗莱纳发生的旱灾；那是母亲一直魂牵梦绕的地方。春天里奥尔塔马霍河河水泛滥，淹没了所有的沼泽地。

人们聊起了种庄稼的新方法，还说北方的人在谈论打仗。北方人长着肥大黝黑的面庞，胡须的形状和内陷忧郁的眼睛让他们看起来都差不多；他们说起话来很慢，不过要表达的意思却像藏在胡子里的嘴巴一样让人捉摸不透。老人们预言会有一场血腥的战争，但年轻人却一笑置之。（北方人）怎么可能打到这里？北方如此遥远，与我们相隔千山万水！那些字眼不断在杰克脑海中涌现；他穷尽自己所有的智力试图想象出遥远的北方、千山万水以及战争的意思。人们说到了非洲，说那里的人黑得像黑皮猪一样；他们把黑人用船运过来卖掉。不过杰克长大后肯定不会买黑奴，哪怕他有一袋子的金子。一个人说一船的黑人臭得就像一堆死尸，如果有风吹过，这种味道会顺风传很远，闻起来就像一群牲口被杀后留在那里腐烂。是什么让他们那么黑？是什么让他们那么臭？人们交谈的声音在夜里起起落落，越过经验的限制直达细微的思绪。杰克伴着人们说话的声音入睡了，连绵不绝的声音萦绕着他的睡梦，就像浅浅的褐色溪水缓缓淌过布满褶皱的沙底，不带走一颗沙粒。

在大家动手用炭火上的三脚锅弄熟肉和面包吃完后不久，里阿斯就从树底下走开散步去了。所有这些话都是老生常谈了，而且聊天的人里面有一半都醉醺醺的。另外，这些都是老家伙们之间的谈话；年轻人是不能插嘴的。母亲说他长得太快，裤子都要穿不下了。或许是这样。自立门户、独立自主,根本没有这样的事情。伦祖现在是一家之主了。里阿斯也会结婚,他肯定会。可他认识的那些傻妞——谁会跟她们结婚呢?她们只会对着你傻笑;你跟她们说话时她们总是沉默不语,感觉就像奶牛场里的小母牛瞪着眼睛看着你。小母牛,她们就是小母牛……智商也就跟小母牛差不多吧。

他在薄薄的夜色里沿着街道闲逛,踢着街道上的松土。房子的壁炉里生起了火,火光通过门窗户扇透射出来,与昏暗的暮色格格不入。从左边的一所房子里传出了欢声笑语。这里一定是金布罗酒吧。只要你有东西交换,你就可以在这里喝到威士忌。里阿斯从未喝过威士忌。父亲把它放在一个罐子里,吊在高高的屋椽上,不过威士忌是用来治疗响尾蛇咬伤和热症的。

里阿斯在门外的夜色中站了一会儿,端详着坐在空旷的长形房间里的人。几个人坐在挨着墙放的一条长凳上;其他人蜷缩在椅子里,后背对着熊熊燃烧的炉火。房间的空气里充斥着烟草、唾沫和威士忌的混合气味——里阿斯站在门口犹豫不决。父亲从不来这儿;父亲知道了一定会暴跳如雷……里阿斯走进了房间。

人们对他不怎么在意,只是稍微停了会儿谈话,打量了他一下。一个坐在柜台后面角落里凳子上的女孩用欢快的语气跟他说:

"你好!"

她笑了, 眼睛里洋溢着欢迎和肯定。她的胸部很丰满,臂膀很结实;她站起来几乎跟里阿斯一样高。里阿斯直勾勾地盯着她笔直浓密的眉毛下面的眼睛。她的眼睛是灰蓝色的,就像猫的眼睛;她的皮肤好白好白。

他不知道怎么点酒水。他的手在微微颤抖,于是他把双手放到背后握在一起。

"来点儿威士忌？"

她笑了笑，注视着他的眼睛，戏弄着他；她知道他是个新手。里阿斯的脸通红，但他没有把眼睛从她的眼睛移开。她问道："纯的？"

他点点头，红着脸，虽然他并不明白这个词的含义。

她把酒倒进他面前柜台上的一个马克杯里，他拿起杯子一饮而尽。他剧烈地咳嗽起来；由于威士忌浓烈而热辣的味道，他的呼吸经过喉咙时感觉要爆炸了。她推给她一杯水，眼里带着嘲笑。过了一会儿他的呼吸恢复了正常，他清了清嗓子，不过她的眼睛仍然带着嘲笑。他能感到在她白色的喉咙里，往下直到她粉红色的光滑的食管里也都藏着嘲笑和戏弄；他突然很想扇她大嘴巴，扼住她的喉咙，把她粉红色的食管给压扁。她没道理就因为他是新手而嘲笑他；他会跟嘲笑他的人拼命。他把手平放在柜台上，对她怒目而视。她的眼睛暗淡下来，嘴巴也闭上了。她的眼睛扫视了一下专心聊天的人们，然后又转回来看着里阿斯。她的手越过柜台，放到他的手指上，轻柔而又清凉。可他却感觉到像被火烧，这种感觉瞬间传遍他的血液、头、脚，灼烧着他的五官。在他的体内对她涌动着一股怪异的感觉——这种感觉钻进了他的皮肤，融入了他的呼吸，充斥着他的视线和感官，让他不能自已。他看着她的手，如牛奶般洁白，搭在他被日头晒成红褐色的手上。他想：我的胳膊被袖子遮住的部分也很白；我的白皮肤来自我的母亲，她那边的人都是蓝眼睛白皮肤。

女孩对他说："想出去走走吗？"

他忽然觉得自己是个男人了，羽翼丰满无所畏惧。他马上点点头，什么话也没说。她朝炉火旁的一个男人喊道：

"爸爸,看一下柜台!"

那个男人转过身看着她,又看看里阿斯,嘟噜了几句,转回身去继续聊天。

他们走了出去,现在夜色更浓更黑了,月光像是落在上面而不是穿过它;至少在挂着苔藓的常绿橡树下面是这样;漆黑一片、冷风阵阵;大风是从海面上刮过来的,推动潮水逆流而上涌进河道,漫过带着咸味的湿地;湿地里的草一片褐色死气沉沉,只有在涨大潮的时候才会被潮水推得动弹一下。

第二天是安息日。商人们涌进教堂聆听一位穿着教袍的牧师高声朗诵庄严的祈祷文;这位牧师双膝着地,身体前后晃动,在高高的神坛上宣讲着上帝将会降怒于在安息日喝朗姆酒、咒骂或劳作的人,以及那些拒绝向上帝的仆人缴纳什一税的庄稼汉。然而上帝的圣言却感化不了来自边远地区的冷漠固执的乡民;当牧师喊出献身呼召时,只有几个人来到松木板搭建的圣坛前祈祷忏悔痛哭流涕,痛斥魔鬼撒旦和他的种种劣迹。像文斯·卡佛这种老家伙和城镇的生活格格不入,对任何流露情感的行为都嗤之以鼻;他们挺直脖子横下一条心,对自己犯下的罪过无动于衷,尽管其中有些人面对良心的谴责而感到不安。

第二天,贾斯珀和来自佛罗里达海岸的一个小伙子比试了一下摔跤,结果三局都赢了。上午是属于年轻人的;年长些的男人忙着在镇上四处做着交易,有时跟自己人,有时跟商店老板;年轻人则会去河边闲逛,岸边拴着独木舟和平底船,随波撞击着码头上的大木头。河道上在举行划船比赛;旁边还有摔跤比赛,以及友好的赌博活动,赌注从一杯酒到一头小猪不一而足,押注的对象可以是任何东西——划船比赛、摔跤手，或者下一次会是哪头牛甩尾巴赶走一只讨厌的苍蝇。

当大法庭开庭后，交易和体育活动都会暂停，人们蜂拥而至，纷纷坐到粗糙的木板凳上，法庭里弥漫着温热的臭烘烘的气息。案子是由法官和律师进行审理的；法官大人嘴里吐着烟草，说起话来慢慢吞吞，做事优哉游哉；律师们则在法庭上带着帽子以彰显他们的身份。最好的那个律师是个叫作哈茨霍恩的家伙，他头戴一顶高帽，手里拿着一根带节的手杖。他把这些东西放在法官的松木讲台前，义正词严地在跟一个偷牛贼辩论，这个家伙之前匆忙潜入佛罗里达，一个星期前才回来，回来后就被关进监狱等待审判。

另外一个案子是关于县上的一个年轻人被杀案。这个年轻人在丛林里遭到两名暴徒的伏击，他们用一把采松节油的鹤嘴锄把他的脑袋砸开了花，然后抢走了他的金表和钱币。辩论持续了好多回合，而在这场官司里哈茨霍恩是为那两名暴徒辩护的。严肃的陪审员朝着角落里吐着痰，之前的陪审员吐的烟草痰液已经把角落溅成了褐色。涌进法庭的听众在一旁机敏地判断着各方的优势；大家的观点分歧很大，在陪审团低声合议并宣布他们的裁决之前，人们下的赌注越来越高。

法庭针对一个当事人的法律权利问题爆发了激烈的争吵；人群中的年轻人希望自己也变成律师，为案子做出绝妙的辩护——这样就不用在炎热的夏日在玉米地里犁田讨生活了。如果你是律师，你可以雇人打理你的饮食起居，而你只需要穿上时髦的衣服在外逍遥，手里漫不经心地甩着你的手杖。

关于案子的争论在裁决宣布后很久还在持续。人们围坐在宿营地的篝火旁热烈地讨论着。文斯·卡佛一直敢于说出自己的想法，无论局势是否有利都坚持自己的观点；即便是再无懈可击的论点他都能够轻松应对，就像是水泼到鸭子的背上一样。杰克觉得他父亲其实应该是一名律师，他一定能盖过哈茨霍恩。父亲阐述了一个清晰而尖锐的观点，将另一个人精心编织的一套说辞驳得体无完肤；贾斯珀的嘴角露出了一丝微笑；他暗地里很崇拜父亲；他也很崇拜他自己——他可以随便把这里的年轻人摔个屁股墩，用膝盖压住他们的肚子让他们动弹不得，每次拳头砸下去的时候他们都会发出痛苦的呻吟。

但现在里阿斯却很恨他的父亲，即便当他看到文斯·卡佛在这群人当中鹤立鸡群而生出一丝自豪感。（因为文斯即使面对生于海岸长于海岸的人仍然能够立于不败之地。）里阿斯甚至希望自己这个秋天压根就没来过这里。这趟海岸集市的旅程之所以令他对父亲生起恨意是因为他在结束后必须重新回到家乡，继续顶着夏日响午的烈日，冒着冬天破晓的严寒下地干活，继续手扶爬犁开出长长的垄沟，继续在垄沟里播撒粪肥，继续翻垦新的土地，继续给牲口添料加水。他变得闷闷不乐，谁跟他说话他都没好气。贾斯珀说里阿斯是中了邪了。

里阿斯确实是中了邪了，这是一种慢性的酷刑一般的热症，一种轻微而曼妙地撩拨着他的血脉的颤栗，一种遥远而真实的白日梦，只要他一想到这个女孩，梦境就会把她带到他的面前。

母亲说他长得太快，裤子都嫌小了。他确实是长得太快了……里阿斯还没意识到他新的自信有多么强大；他要面对自己的父亲；他要说出自己的想法；他和父亲一样高一样壮；他现在是个男人了。

他每天都过得浑浑噩噩，愤怒和叛逆让他不堪重负；每天晚上他都会从营地篝火旁走开来到酒馆，那个女孩的眼睛会在柜台另一边等待着他；她的手会滑过柜台搭在他的手上；她会跟他出去，走到常绿橡树下卿卿我我，那些橡树的枝条随风拂过河岸。灰色的苔藓在潮水强劲而持续的呼吸里摇摆，潮水不断地袭来，漫过河岸涌上陆地，一波比一波猛烈，并最终淹没潮沟和海绵状的泥滩，然后后退、后退、后退，潮水又重归大海直到第二天重新来过。

她的名字叫玛戈特——玛戈特·金布罗。他的父亲经营着这家小酒馆，人们可以在这里喝朗姆酒，吃炸鱼，或者开房间过夜，只要有东西拿来交换。

在海岸集市的第四个晚上，里阿斯单独把他父亲叫了出来。两个人一前一后往回家的路走了一小段。现在里阿斯不再怕他父亲了；他的手没有发抖。两人在路上静静地站着，白沙在黑乎乎的草丛和树木以及洒满微弱月光的夜空的映衬下反射着亮光。

里阿斯说："爸爸，我想结婚。"

老头嘴里咕哝着。里阿斯等待了长长的一分钟，他能听到父亲一来一回的呼吸声。他得在感到害怕前了结此事。他马上又说："我不会明天就急着结婚的。"

文斯还是什么话都没说，但他缓慢而沉重的呼吸声让他儿子感到害怕。里阿斯说：

"她的名字叫玛戈特·金布罗。"

他父亲在黑夜里看起来似乎变得更黑更安静了。他忍了一下，黑暗掩藏了他双手握拳的动作和脖子上血管的偾张，然后用刺耳并带有威胁的口吻说：

047

"里阿斯,那个女人是个荡妇。"

儿子的脸都僵硬了下来:

"不,她不是。她跟我说过那帮家伙是怎么诽谤她的。那都是谎言。"

他父亲在黑暗中羞愧难当。里阿斯说那都是谎言……老头在嘴里琢磨着回答他的措辞,掂量着他可能要经历的痛苦,体会着他可能要承受的羞耻感,话到了他嘴里却没有说出口。他不能说:"我跟你说的不是谣言。"不,他不能告诉里阿斯一切都是真的,尽管根据他的经验,他很清楚这就是事实。但他可以拿起他的皮鞭抽向里阿斯,让他明白不能四处浪荡,像个傻瓜一样被人戏弄。他越想越愤怒,洪亮的嗓音在黑暗中炸裂:"你不能跟她结婚,里阿斯!"

里阿斯无视他父亲的命令。

"我就是要跟她结婚,爸爸。她已经跟我说过要嫁给我。我们已经在一起了。"

老头的下巴颤抖着;他整个身体都在颤抖。他要狠狠地给上里阿斯一鞭子,让他永远爬不起来。他要打得他后背皮肉绽开。他要打得他满地找牙。他向前走了一步,要去牛车里拿他的皮鞭,但他停下了,他的胸口堵得厉害,让他不能思考,不能迈步,两手不知所措。他怎么能够责备里阿斯呢?他被气蒙了;他感觉身体沉重僵硬无法动弹,感觉黑暗会永远蒙住他的脸,刺骨的风会一直掠过他的耳朵,他的儿子会一直杵在他面前,令他无话可说羞愤难当。

他叹了口气,转身向篝火走去。大家都裹着被子,大部分人都睡着了。文斯躺在杰克和贾斯珀边上,对着渐渐熄灭的火堆里跳动的火光闭上了眼睛。可他睡不着。昏暗中男人们夹杂着喉音的鼾声此起彼伏。文斯的侧畔是河流哗哗的流水声,虚空里洒遍新满月的月光,月亮高高地挂在老橡树稠密的树枝之上。他怔怔地望着夜空,长时间的睁眼不眠令眼睛有些疼痛。当他儿子在天亮前蹑手蹑脚地回来时,他假装已经睡熟了;里阿斯就在杰克另一边躺下睡了。

贾斯珀和杰克跟一个海岸镇上的人划船沿着河流来到了河水流入大西洋的地方。潮水中屹立着一个小岛,周围沙滩环绕。他们借着退潮来到这里,也会借着涨潮划船回去。杰克担心万一不涨潮了他们要怎样才能回去;他们不可能划这么远的距离。

潮水退去了。

杰克肚子朝下摊开四肢趴在白色的硬沙地上,双手托着腮,胳膊肘陷进海沙里。目光所及之处都是海水——蓝绿色的海水夹带着泡沫慵懒地翻卷着涌过来,就像是罐子里沸腾的肥皂水。他把目光转向遥远的南方,然后沿着天际线平滑的边缘慢慢转到北方;天际线稍微有点弧度,就像是三脚铁锅的边缘。过一阵子潮水还会回到他躺的地方,就像是一群数不清的奇怪绿色牲口蒙眼狂奔,扬蹄嘶吼,争先恐后;它们轻轻踏过白色的沙滩,沿着河岸向上冲,随后掉下来滚成一团,发出奇怪的响鼻声,时而露出绿色光滑的脊背,时而抬起柔软的白蹄在空中乱舞。

越过大洋,那一边就是非洲,就像乌鸦那样径直地飞过去。在他的想象当中一支火枪正在飞跃这片绿色的海洋。或者是西班牙的舰队正在跨越大海前往非洲,隐藏在那片水域之外无法看到?或者是来自英格兰的船队,带来了漂亮的衣服,还有五花八门的新奇玩意儿,各种玻璃器皿和罐头盒子,以及黄金首饰?杰克祈祷能有一艘帆船跃出海平面,来到这条河的入海口,让他一饱眼福。然而并没有帆船出现。这个季节海上经常会有暴风雨，老人们说；没有船这个时候会来，无论是装满金子的商船还是弥漫着黑人臭味的运奴船——黑人的鼻子上穿着圆环，就像公牛的鼻子一样，头顶上长着黑色的卷毛。当他仰面躺在沙滩，眼睛盯着东方的海平面时，浑身不由地微微颤栗。各种名词刺激着他的神经，就像声音刺激着他的听觉一样，各种奇怪的、令人无法相信的名词：非洲和黑人；英格兰和她那像海鸟一样的舰船；另外一种被叫作大帆船的货船，黑暗的货舱里装着涂成红色的西班牙黄金，黄金在大洋深处巨浪的冲击下发出叮当的脆响；黑人、白人、跟红木一个颜色的棕色皮肤的人……天哪，海岸镇真是一个奇怪的地方，令人难以置信；从这里你可以乘船前往西班牙或任何其他地方，在这里你可以躺在沙滩上，任凭海浪来来去去，一会儿便把你的痕迹冲刷得干干净净。杰克开心地琢磨着，如果他在这里躺到天黑一动不动，海浪会涌上来把他淹死，在夜里不断地冲洗拍打着他，把他卷进处于暴风雨季节的大海里。海水在夜里不是绿色，而是黑色的——黑漆漆冷冰冰，卷起的海浪冲击着河岸。

　　杰克挺起腰身站了起来，拍一拍手上、胳膊肘和衣服上的沙子。从沙滩上走开是件很开心的事，因为潮水会涌上来，这样就不会淹死了。

　　当他们借着涨潮划船回去时，海沙粘在了杰克的头发上，海浪的巨响在他耳边轰鸣，他根本听不清贾斯珀和那个海岸镇的人所谈论的剥生蚝最简便的方法。

　　杰克觉得大海是他最喜欢的景色，不过还有其他事情也挺好玩。在他们营地周围很远的地方会看到穿着长裙的女人站在那里，头上戴着奇怪的帽子。你只能在清晨看到她们，在柜台上交易食盐、精纺毛料或药品。她们是镇上的家庭主妇,其他时间都在家里操持家务。镇上还有些店铺可以闲逛;他会保持一个礼貌的距离,听着人们激烈地讨价还价;他的眼睛则在商店的货架上瞅来瞅去——衣服、火枪、木罐、白镴酒壶,五花八门各式商品。

在一家店里有一盒白鼠。它们的皮毛雪白如奶,有着粉红雾状的眼睛,粉色的脚爪,连耳朵里面也是粉色的。它们会爬上笼子的木栏杆嗅着杰克的手指,它们如丝般的胡须会微微地抽动。它们看起来是那么可爱,雪白无瑕,一点儿都不怕人!一个一头黑发的邋遢男人是它们的主人,他喂它们吃小块的奶酪。它们就像是宠物松鼠,用后腿站立,从他手里抓东西吃。如果手上有货物,杰克一定会换一只过来;他一定会把它送给希恩,让它从她的手跑到肩膀上;它会坐在那里,用它珍珠般的小牙齿轻咬她的耳朵。只要有一天他在父亲那里获得一块属于自己的棉花田,他就会换购一只送给希恩。

小白鼠确实是难得一见的奇景。男人们围着盒子,伸出粗壮的手指逗弄寻找着奶酪的小鼻子。贾斯珀发现他父亲的话很对——老鼠成宠物,食物必浪费。不过里阿斯却喜欢时髦可爱的小动物;有一次他从白鼠主人的手里接过一只,用他晒得黝黑的长手指抚摸着它的皮毛。它的皮毛比棉花还软,也比鹅的后羽要软;它摸起来就像他因为干活而变得粗硬的手触碰到了玛戈特光滑的肌肤,它的颜色就像玛戈特的肌肤在黑夜的映衬下那样白。如果他有自己的货物,他或许会换购一只吱吱叫的小家伙。

即使是伦祖也无法把目光从这些可爱的小东西身上移开。

第六章

　　玛戈特坐在文斯·卡佛的牛车上，趾高气昂地回家了。海岸镇的牧师之前已经宣布："你们现在已经走进婚姻的殿堂，我以上帝的名义宣布你们结为夫妻。"文斯·卡佛的愤怒与沉默又有什么意义呢？还有贾斯珀的暗送秋波？伦祖·史密斯和里阿斯的弟弟杰克坐在后面的牛车里跟着他们。甚至杰克也在观察着这个跟着他们一起回家的奇怪女人，他的脸上看起来写满了对她的敌意；但是玛戈特的头却高高扬起，全然不屑他们可能对她怀有任何刻薄的成见；她现在跟了里阿斯，她要跟里阿斯一起坐她公公的牛车回家，因为里阿斯跟她说过她可以。

　　里阿斯脸朝西北方向，遥望家乡；此时的家乡正值潮湿的秋天，长叶松树在寒风的吹拂下歪向风吹的方向，预示着冬季快要来了。那里有他独自一人开垦、种植和收割的田地。对于这些土地里阿斯应该拥有一些权利，除非父亲发疯不分给他应得的土地和耕牛，以及帮忙盖房子。里阿斯会为玛戈特建起一处房子；他要砍伐筹集木头，请邻近的大人和孩子过来帮忙；他会宰牛杀猪，在地上的浅坑里架起白色的橡木炭火，把牛排猪肉放在炭火上烹煮。玛戈特会做鸡肉炖米饭，用三脚锅做发酵面包和土豆饼。可要去哪里弄土豆、猪、牛、鸡呢？里阿斯的下巴因为不安而变得僵硬；你永远不知道父亲会做出什么举动,而且他因为里阿斯娶这个女人已经气得火冒三丈。里阿斯知道他对玛戈特有成见。里阿斯觉得除了他以外,没人理解她。就像他第一次见到她的那个夜晚,现在他可以感受到她就在身边,即使她离他有三英尺远,坐在牛车的座位上。当他想到她的时候心里并不担心。"白天有云柱,夜晚有火柱。"他的思绪赶紧从亵渎神灵中走出来,因为这两句话来自于他在海岸镇听到的经文;上帝带领人们穿越荒野,白天有云柱指引方向,夜里有火柱给予光明。他觉得玛戈特和发光的圣物一样迷人,这样的想法撩拨着他,把他的思绪从布道引向玛戈特;无数的想法就像一群蜜蜂身上带着同一蜂巢所特有的甜味,嘴里发出温暖的嗡嗡声,以及蜂蜜酿造产生的苦甜气息。里阿斯觉得同时想到经文和女人似乎是在犯罪;但在他看来玛戈特就像一朵云彩翻腾而过,飘向无人知晓的远方;在他看来她就像夜晚的烈火,红得就像鲜血,燃烧释放的热量会灼伤靠近它的东西。他很清楚过于迷恋一个女人是罪恶,是必须提防的心魔,是必须立誓消除的肉体上的污点;男人必须要传宗接代,但他也绝不能沉溺于女人的身体。里阿斯知道把玛戈特和圣物混为一谈是罪过;女人应被安排在适当的位置,男人剩余的时间应该勤于劳作,享受洁净的娱乐。他在脑子里必须先把玛戈特放在一旁,筹划如何为她建造一处栖身的房子。他现在还没法盖房子,除非父亲态度软化。他们将不得不在阁楼里睡觉,贾斯珀代替希恩和杰克睡另一张床。再或者母亲也许会给玛戈特腾出一个地方。

玛戈特的衣服放在牛车座位下面的一个镶着锡边的牛皮小箱子里。她坐在她的东西上面,旁边是赶车的文斯。贾斯珀和里阿斯坐在后面的车厢里,底下垫着叠好的被褥。每个人都各怀心思。里阿斯的脑海黑暗而混乱，但又壮观恢弘，就像山雨欲来的天空里划过一道道锯齿状的闪电。贾斯珀在担心里阿斯，以及父亲怒对这桩突如其来的婚事所带来的后果；他还担心这个傲慢白皙的女人玛戈特，她的脸庞和身体顾盼流转之间透着慵懒的美，让人心神不宁。文斯·卡佛不用抬高声调就能揭掉你的皮，吓你个半死。但贾斯珀最担心的是他母亲，她对突然上门的这个儿媳妇根本没有准备——一个漂亮、高傲的来自海岸小镇的儿媳妇，穿着荷叶花边的裙子，头戴黑色礼帽，上面还镶着花。他的母亲双手粗糙黝黑，眼睛近视看不清东西，这个玛戈特会不会看轻她？这个眼中带着嘲笑嘴唇抿出褶子的女人会不会成天赖在床上，而他的母亲却在做饭椿奶锄地呢？

在伦祖的牛车上两个人的心思却在别的事情上：一个人仿佛看到广袤的大海上航行着白色的帆船，穿越大海来自特立尼达前往新大陆，然后再去往新加坡，他自己则是其中一艘船的船长，爬上帆缆的高处，系牢晃动的风帆；他不知道如何系绳子，但他会学会的。另一个人则看到一个棕色皮肤的小女人，一脸温顺地站在他旅途的终点等着他，她的肚子里怀着他的儿子，一起站在路边迎接他的归来。

公牛缓慢前行；白沙从车轮的后面溅落下来，发出沙沙的响声。天空上白云朵朵。短暂而凛冽的风吹过，树林随之簌簌作响；冬天就要来了，它们都害怕了。树叶染成了纷乱的潮红色。低矮的野树颤抖着，树叶一会儿转向这边，一会儿转向那边，像是在躲避寒风吹向它们的死亡气息。老松树在不停地叹息；冬天不会杀死它们细长光滑的松针；它们将保留绿色的身姿，老的松针落下的时候新的松针已经长好，因此没人能够从它们的习性上了解到这个季节的任何信息。枫树依然屹立，满树毛边的干叶子看起来就像扫把支撑着天空；橡树像死去的巨人在刺莓树丛上面晃悠踉跄；除了松树以外，冬天裏挟着寒风消灭了所有的树叶，大地变成了巨大的坟墓，混合着雨水和无力的阳光，落叶会在不知不觉中腐烂，就像人死后一样。其他生物会随着落叶一起消失；他们会在黑暗阴冷的木头或洞穴里躲起来，直到来年响尾蛇杂色的皮肤滑过它的脊背，野兔把它们柔软的鼻子凑在一起，唧唧地叫着宣告春天的到来。

一片红枫树叶从空中飘落，斜着落到文斯·卡佛的破帽子上，接着擦过他肌肉隆起的肩膀，然后落到了车辙里，一个木车轮碾过，把它轧进了沙子里。文斯·卡佛吆喝着公牛，从沉重的宁静中站起身来。没有必要再挣扎了。木已成舟。分给里阿斯一片土地，一群公牛，一头奶牛，把他打发走。那个女人……他无法把心中的怒火付诸实施；这种情绪积郁在他身体中间，让他感觉脑袋轻飘飘空荡荡；情绪在体内生长，啃食着他的内脏，他的羞耻，他的骄傲，他对里阿斯的爱。里阿斯和党鞭一样聪明，眼明手快。他也很固执，谁的话都听不进去。但那个女人将会带给他很多教训；是的，难道不是吗！在他们的关系结束之前她会让他遍体鳞伤。她会把里阿斯拖进地狱，她一定会这么做。但这不能怪里阿斯；怪也是要怪文斯自己。上帝在惩罚他。他最喜爱里阿斯，而她要夺去的正是里阿斯。现在她得到他了。荡妇！婊子！他已经跟里阿斯说过她的情况，可里阿斯听不进去。上帝堵住了里阿斯的耳朵，于是文斯将会通过他最爱的儿子遭受惩罚；撒旦弄僵了文斯傲慢的舌头，于是他不能告诉里阿斯全部的真相。撒旦专门跟上帝作对；文斯自看了那个女人第一眼起，就站在了撒旦和他的魔众这边；现在他遭到了惩罚。文斯的脑袋耷拉了下来。他必须拿起他的十字架；他必须闭上嘴巴忍受这一切。为什么他会认为黑暗能够掩盖邪恶,距离会让罪过沉默,保守秘密是一种美德?睁开眼睛看看吧,以色列的上帝不会打盹也不会睡着。文斯低头鞠躬,面向一位拥有无限智慧、从不眨眼、绝顶聪明的伟大法官承认自己的错误,这位法官对他有罪的孩子做出了公正的惩罚。没有必要恨里阿斯和那个女人,她会叫他父亲,而他则要叫她的名字。没有必要恨她。这是一杯他的苦酒,他必须把它喝掉。他安慰着自己的心灵,告诉自己她也有罪;上帝必定也会给她酿一杯更苦的酒。

玛戈特安详地昂着头,脖颈往下是雪白的肩膀,还有那光滑深陷的乳沟,都藏在黑色的衣服里;丰腴柔软的手臂穿过她的衣袖。黑色的布料缝制成收腰的大摆裙,包住了她的身体,下面露出质地柔软的高跟鞋。唯一露在外面的是她雪白的脸庞和双手,似乎在为破坏了黑色的和谐而羞愧。她的手放在大腿上,袖口处精美的白布荷叶边让她的手腕更显柔美。她昂头挺胸的姿态和脸上高傲的表情衬着她高挑的身材,她修长的双脚穿着一双新式的英伦制作的漂亮高跟鞋。她对身体的自豪之情洋溢在她的眼睛里,那双眼睛清澈湛蓝如一汪湖水,清澈得让人猜不透深浅。她的眼神透着柔媚,就像她肘弯内侧的嫩肉;光滑的皮肤紧紧包裹着她的脚踝,蓝色的血管跟随着她心脏跳动的节奏,轻柔地跳动。她的眼神不时地向下扫视,然后徘徊在她身前,仿佛在说:你们所看到的并不是真正的我;不;你们看到了沉重的黑色长裙,但这下面掩藏的是香泽四溢的胴体,就像是美妙的白色火焰释放着热情;皮肤就像牵牛花蕊吐出的丝一样嫩滑,包裹着象牙般洁白的肋骨,然后在那里秘密地长出粉红色的乳头,就像是两朵含苞欲放的花蕾。美丽环抱着她,洋溢在她的眼睛里，美丽的重压使得她在被别人关注时垂下双眼；美丽让她放慢了脚步，于是她美丽的肌肤和接合精密的骨骼，以及自由呼吸、脉动和滋养着自己的血肉，得以安静而柔顺地生发成长，就像是芸芸众生里的一个小生命，浩瀚宇宙中的一个小世界，忠实地运行在它粗俗可爱的轨道上，有条不紊地穿越自己的春夏秋冬。

她安详地昂着头，尽管担忧还在滋扰着她刚刚获得的安全感。现在她嫁给了一个她喜欢的男人。其他男人或高或矮，浑身臭汗亦或刚洗过澡，但他们都长得贼眉鼠眼，嘴里臭气熏天。而这个男生里阿斯，清瘦高挑眉清目秀；他的嘴没有难闻的朗姆酒味道，贴上她的嘴唇时清新可人；他稚嫩的胡须收拾得很干净，就像棕色的棉花经过雨洗后又在日晒风吹下变得干燥；他的双手紧紧地搂着她——而不是在她身上摸来摸去上下其手，他紧紧地不顾一切地抱着她，就像抱着一袋金子。

她全然不顾那个坐在她身边的老头，弓身前倾，手里攥着皮鞭。他的目光落在公牛的两耳之间，仿佛在施着某种咒语。贾斯珀，他丈夫的哥哥她也看不上，觉得他幼稚又愚蠢；尽管他比里阿斯年长，但他和里阿斯不同——贾斯珀很幼稚而且永远都长不大，就像有些女人永远都成熟不起来，眼睛里一直透着孩子般的犹疑。这些女人会委身嫁给邻居家的儿子，饲弄鸡鸭牛羊，生一堆流着口水的小孩；另一些女人干脆就跟了别人介绍的第一个男人，这样就心满意足了。但玛戈特·金布罗绝不会这样将就！她知道自己想要嫁给什么样的男人，她只会倾心于他。她第一眼就爱上了瘦高傲慢的里阿斯——他要了杯威士忌，然后一饮而尽，并不是因为他喜欢这么喝，而是因为他没喝过酒；他吞下这杯烈酒，然后用眼神让她停止对他的嘲笑。

噢，她爱死这个男人了！她全身心地爱上了他；她的胳膊已经倦怠，不愿再接受新的爱情，她紧闭的双唇拒绝了很多其他人的亲吻，她的双脚再也没有在夜晚出去赴约；她掏心掏肺地爱上了这个男人。

她身上流淌着她母亲的爱尔兰血统。她的母亲玛丽在玛戈特降生前一天晚上还在金布罗酒馆的大桌子上跳着快步舞。人们至今对此还津津乐道。在玛戈特呱呱坠地之前，她母亲几乎很少正儿八经地待在床上睡过觉。玛丽曾经在众人面前哈哈大笑，因为她的女儿打小就很出挑，但后来没人看见她的时候，她却对着墙哭泣。在玛戈特还不会写名字的时候她就教她跳快步舞；玛丽的言行举止深深地影响着她的女儿，就像阳光悄无声息地在细嫩的肌肤上留下一层又一层轻似微尘的褐色印记。

玛丽一直都很野蛮任性，她的心只爱她自己。她并不爱迈凯亚·金布罗；他带着她吃香的喝辣的，给她买漂亮衣服，还为她设立了展示衣服的衣帽间，但她并不爱他。他饿了她就把食物胡乱堆放在破桌子上；客人只要想跟她喝一杯她就会跟他干一杯烈酒。为了不激怒迈凯亚，她在喝酒时总是避开他。在河流的入海口有一个小岛，在那里海水经常逆流而上冲进河道。退潮时只需要轻轻地划桨她就可以到达小岛，想要回来时乘着涨潮就能返回。从她来到海岸镇的那天起玛丽就喜欢上了那个小岛。远方是一望无尽的大海，近处是茂密的灌木丛和齐人头高的矮棕榈树，竹藤在她的衣袖和脸颊上拉出一道道血痕。常绿橡树枝繁叶茂，仿佛给小岛带上了桂冠，卷帘般的苔藓从枝条上垂下。玛丽喜欢走进这片荒野，漫无目的地闲逛，哪怕有响尾蛇突然窜出来咬她的腿她也不在乎，因为如果真的发生了，她又能怎样呢？她会躺下来等待死亡；她的血液会凝固，心脏会被紫色的凝块阻塞而停止跳动。在岛上的洼地里海水会倒灌进来，她会在沼泽草地里踯躅，毫不担心可能会有珊瑚蛇悄无声息地偷袭，因为如果真的咬了她，她就会躺下来，面朝上，看着天空从湛蓝变成漆黑一片，于是她就会知道明天她将不用关心是晴还是阴；她也不用再回去忍受烂醉的凯伊的玩弄。不。她要把他彻底忘掉。每每当她躺在水草里，周围是孤寂的常绿橡木，海风吹过沙沙作响，她就会忘记凯伊[①]，想起爱尔兰，想起流向赫布里底群岛的湖泊；她会想起母亲喂猪的情景，想象她手搭凉棚望向南方，望向都柏林和利物浦，因为帆船都是从利物浦出海的。角尾黑龙经常会把船拖回它们的巢穴，把船上的人啃得骨头都不剩，这些人愚昧至极，居然敢在黑龙的地盘上造次。唉，玛丽心里很清楚，她是不可能再回去她的家乡了——扯着呼噜的肥猪，还有那泥巴做的茅草屋。

玛丽喜欢退潮，因为那是回家的方向。她能够想象出潮水在遥远的爱尔兰海岸掀起的惊天骇浪。

她会看着退去的潮水把海滩留给矶鹬和海鸥。海浪不情愿地卷着浪花冲向沙滩，然后破碎成泡沫的花边。近处混着泥巴的海浪无力地送出泥泞的湿答答的泡沫。有时她会蹚蹚海水，把她沉重的裙摆撩到膝盖，挡住裹着泥沙的泡沫的去路，于是泡沫就打在她的腿上，发出羽毛摩擦的声音，就像无数的小嘴亲吻她的腿所发出的声音。每次离开大海后，她都要依靠萦绕在耳边的大海的声音获得安慰，而海贝壳也能在耳边发出这种声音，只要想听就能听到，即使贝壳

[①] 凯伊（Cajy）：即迈凯亚（Micajah），前者是后者的昵称。

远离大海。

然而,玛戈特十四岁的时候玛丽就患水肿症去世了。她死得平静安详,就像优雅的人物应该展现的那样,就好像没在这个世界存在过。她死的时候眼睛从沾满烟渍的屋椽上面望出去,直勾勾地看着远方。最后她像是经历了一个摄人心魄的惊喜,停止了呼吸,安静了下来;她苍白的嘴唇惊讶地大张着。她双目圆睁,没有目标地盯着远方,直到护士的手把它们合上,她身体的每一个不能言语的细胞好像都在说:这是不可能发生的,我眼前的一切!然而她的眼睛曾经在搜寻,或者看到了什么,她永远都说不出了。

旅途漫漫,玛戈特的头耷拉到了肩上,就像是亭亭玉立的花朵无奈地凋零。路途遥远,阴沉的天气令车队欲速而不能,尽管人们在阴霾寒冷的空气里吹着哨子,在头上啪啪地挥着鞭子催促着拉车的公牛。随时可能到来的雨水会带来寒冬,他们必须赶在下雨之前回到家里。

平底的车厢里放满了人们交换来的货物,随着摇晃颠簸而在滑动、碰撞和跳跃;金件都集中放进皮袋子里,塞在男人的怀里。编织粗糙的羊毛外套捆在他们身上,温暖又舒适。玛戈特在脖子上系着一件松鼠皮缝制的长披风。她帽子上粉色的花朵跟头顶上和路边的树叶看起来有些格格不入。树叶呈现出猩红的斑块和黄疸的颜色;叶子正在死去,脆弱的叶柄已经抓不住曾经供给它们养分,现在却令人费解地断供的树枝。

到了夜里玛戈特睡得很少,她蜷缩在树叶、苔藓或者松针堆成的床上,把自己裹在一床带衬垫的羊毛被里,这床被子是从她父亲的阁楼储藏室里拿来的。隔着厚厚的被子她能感受到强壮身长的里阿斯睡在她身边；他的胳膊重重地搭在她身上，他的胸口贴着她的肩膀，他呼出的气息温暖着她的耳朵，沉重而急促的呼吸声让她几乎都听不到美洲豹猫的尖叫声。她嫁给他是一种奇怪、甜蜜而又带点苦涩的经历；她无眠的双眼看着肆意的狂风扫过树梢，后面是一轮下弦月挂在天上；大风在黑夜里刮得呼呼作响，把树枝吹得东倒西歪。现在她的名字就叫玛戈特·卡佛了，结婚的誓词让她和里阿斯·卡佛走到了一起，但她内心有一种神秘的感觉在告诫她不能掉以轻心；孩子吹起一个薄薄的肥皂泡时会因为它的美丽而屏住呼吸，尽管他知道如果不继续吹气，这个五彩斑斓的泡泡就会消失。

里阿斯对玛戈特的感觉就如同她对他的感觉一样小心翼翼。他担心自己无法一直拥有她。如果他父亲要把她赶走，他只能两手空空带她离开。但即使那样他还有钱能让她生活无忧心甘情愿地跟他在一起。他担心的是疾病，还有死亡，它们都喜欢吞噬年轻美丽的肉体，就像是溃疡病总喜欢找上丰满柔软的玫瑰花蕾。里阿斯总是担心这个充满魔力、嘴里说爱他的女人有一天会消失于无形，或者收回对他的爱。他很清楚任何凡人之间的感情都比不上他对她的感情。某种不幸一定会发生，他觉得那一定是她发现他并没有她想象的那么完美。现在她信誓旦旦地说她从没有像现在这样深爱一个男人，可里阿斯担心他无法一直能让她这么地爱他。她跟他说过她曾经爱过另外一个男人。

她把从女人的角度认为应该让他知道的那部分事情告诉了他——那个男人的名字，以及对他的花言巧语的描述。

但她并没有把所有事情都告诉他。

第一次见到奥德利·皮科克的时候她正站在爬满葫芦藤的十层

围栏旁边；弯曲状的绿色葫芦显得十分可爱，填满了围栏上的所有空隙。玛戈特正在摘一些小葫芦用来做成盐罐、水瓢之类的东西；剩下的葫芦她要留在藤上等它们长大成熟用来做菜吃或炼油。

奥德利·皮科克悄悄地走到她背后，突然大喝一声"吓到你啦"，声音大得差点把她给吓死；可当她惊恐地转过身，却看到他正看向别处，舌头歪在脸上，好像他压根就不知道她在那里。哦，她永远记得那个无赖奥德利·皮科克说的那些花言巧语。"嘘，小宝贝。"他说，然后捏捏她的脸蛋，直接吻上了她的嘴。他的眼睛贪婪地盯着她，就像鸭子看见了金甲虫。他会唱"阴沉的冬天已经走远"，直至唱得你心旌荡漾。在一个复活节的清晨他教她玩啄鸡蛋的游戏，而那时他们应该待在教堂里敬拜万能的上帝。现在她知道了，可那时她还不知道，因为那时她才十五岁，而且没人告诉她（教堂的事）；凯伊·金布罗在安息日会一直睡到中午，根本不关心他的小女儿是不是去教堂了。

在她心里那个奥德利·皮科克永远都是个无赖；但她永远都不会对别人说出她对他的看法——尤其是里阿斯。

奥德利是个玩弄女性的花花公子，精通世故。在他惊呼她的腰围如此之小的时候她就应该知道他的德行了；那时他央求她允许他试一下能否用他的大手在她的腰上围两圈。他曾混迹于圣奥古斯汀的茶会和舞会；在卡罗莱纳跳过沙龙舞；他送她便宜的金色饰品别在她衣服胸前；他总是喜欢用手围住她的小腰，惊叹于她娇小的腰身。他总是在喊，"天哪！你的嘴真的是烈焰红唇。"他会一直盯着她的嘴唇看，直到她出于少女的羞怯把嘴唇抿起来。他会把藏在行李袋底部的钱拿给她看，晚上睡觉的时候他就把袋子和骑兵手枪放在他的枕头底下。这些东西是她后来用手拨弄他脑袋的时候发现的。他把他的金子摆出来给她开眼——有达布隆金币、几尼金币[①]、葡萄牙金币、约翰尼斯金币、美元，钱多得都让她看花了眼。他往她的耳朵灌着甜言蜜语，给她的嘴送上一个个亲吻。他把她迷得神魂颠倒，让她没有心思经营酒馆、烤玉米饼、炖鸡汤、切鹿肉，甚至听不进去其他任何人的话。她对他如此迷恋，就像没有空气的真空渴望狂风，焦热的土地渴望甘露。

然而有一天他骑着他栗色的瘦马走了，那匹马的名字叫萨利·索尔特。他走的路通向萨凡纳，随身带着行李袋、手枪、弯刀、短枪、牛角火药桶、枪袋、皮鞭、皮箱，等等一切。即使她看到他把所有东西都打包了，她仍然相信他在两周内就会回来，因为他亲口跟她说过。他挥挥帽子向玛戈特告别，然后两腿一夹，靴子上的银刺刺得马立刻纵身飞驰，那马刺还是玛戈特为他上过油的。

一段时间以后来来往往的人捎信跟她说，他在萨凡纳的一间酒吧里喝酒的时候死了。店主一把刀子直接刺进奥德利的肺脏，因为他玷污了店主女儿的名声。他们告诉她，他只要一呼吸，鲜血就伴着气泡汩汩涌出，一直到他断气。从此以后玛戈特再也没有听到过他的消息。

长久以来她就觉得奇怪，为什么她父亲没有因为奥德利·皮科克对她始乱终弃、败坏了她的名声而杀了他。最终她的困惑有了答案，有一天她在凯伊·金布罗放在阁楼的橡木上的钱盒子里发现了葡萄

[①] 几尼金币（Guinea）：英国的旧金币，值一镑一先令。

牙金币。

玛戈特并不害怕生死，她怕的是她和里阿斯的关系可能会生变。将来会有人管不住自己的舌头把她的事情告诉里阿斯，而她就会失去他。里阿斯是她唯一不想失去的男人。她没有回到爱尔兰跟她的外婆一起在猪圈里生活，她确实有点抱歉。但她不会回去。她曾经很喜欢她父亲酒馆的那种热闹、粗野的生活，直到她遇到了里阿斯。白胡子的老家伙各个站得跟松树一般挺直，黑胡须的年轻人强壮如牛，从船上蜂拥而至来到柜台买酒喝，他们的衣服上带着一股檀香木和烟草的味道；他们要么在谈论好望角的风暴，要么就在说里约岩石上的灯光；而她则会认真听着，雪白的双手托着下巴，脖子和肩膀淹没在她黑色的长发里。她的眼睛会和某个水手的眼睛不经意间交会；然后她会垂下眼睛避开视线。

海岸之外是狂野的大洋，就像一条暴躁的巨龙缠绕着地球；有时在睡觉有时会醒来。爱尔兰遥不可及；青山如翡翠欲滴，山谷云雾笼罩，房屋星罗棋布，炊烟袅袅升向寂静的天空；一条苍白的小路漫不经心地通向南方。但在这里却有水手强有力的吻，热烈而咄咄逼人，就像是水手说起的热带水域上的狂暴季风。在这里她的耳朵上可以吊着长长的金耳环，在金链子的底端叮当作响；金耳环贴着她的脸摇摆碰撞，这种感觉让她欲罢不能。

她很庆幸最终还是没有回爱尔兰，因为即使在认识里阿斯之前她也尝到了很多声色之乐。玛戈特的母亲在垂死之际曾经要求孩子的父亲送玛戈特坐船去爱尔兰。那时玛戈特还挺想坐着船乘着风破着浪回到故国。但她父亲是个喜欢拖沓之人；反正明日复明日何其多哉。没等到合适的船从好望角开过来停靠在岸边随波荡漾，玛戈特的脖子下面已经多了一个拴在巴西产的银链子上的丝绸荷包。她在荷包里藏着硕大的金耳环、大拇指般粗细的玉雕、一把月亮水晶、象征着厄运的猫眼指环;许多的稀奇玩意儿随着她慵懒的举手投足在荷包里摩擦着抛光了表面;她的身上散发着迷人的玫瑰花香,一个长着红胡子的爱尔兰年轻人送了她一瓶精油,他对她说:"你让我想起了一个人……"

从海岸镇出发后的第四天,公牛加快了它们的脚步。不知怎的,空气变得熟悉起来;小路上方的树枝也显得和蔼可亲了。西边的太阳还挂得很高,牛车已经隆隆地驶向文斯·卡佛的家。

西恩·卡佛站在台阶上迎接家里的男人们回家。她的眼睛已经看见牛车上文斯旁边位子上的模糊身影;那一定是一位陌生人,要在家里吃饭过夜——一位穿着披风的陌生人。

杰克从伦祖的牛车上一跃而下。伦祖喊道:"哎呀,你总是这么上蹿下跳的……",然后吆喝着公牛向他家走去,而希恩就在家门口等着他。

里阿斯帮着玛戈特下了牛车。贾斯珀不安地换着脚站着。文斯清了清嗓子。

"孩儿他娘,你儿子在海岸镇娶了个媳妇回来。看看合不合你意。"

文斯故意笑得很大声,杰克和贾斯珀对这门婚事放心了些。里阿斯的下巴也放松了。母亲的视力很糟糕,但她还是注意到了他涨红的脸和尴尬至极的气氛;她还注意到了他的妻子,脸色苍白,双唇紧闭,看起来像是受了很大的委屈。西恩润了润嘴唇开口说话了,好让她的儿媳妇感觉自在一些。

"快,里阿斯!快点都进来……家里的晚饭很丰盛,床也够睡。"

里阿斯想跑到母亲面前,张开双臂抱住她,把头埋在她厚厚的裙褶里大哭一场,就像他小时候那样;那一次他驯养的一只哀鸽被一只猎鸡鹰给猎杀了。尽管现在他已经长高了很多,成了男子汉,他知道她现在还是会像之前那样说:"好了,好了,不要再去想它了……"

他们走进屋里,文斯大声地抱怨说狗子瘦得都皮包骨头了,言语中似乎在暗示西恩家里还需要一个女人帮忙料理家务;说家里的狗瘦就等于在说女人做饭不行。

里阿斯的内心简直要爱死他父亲了。

玛戈特不得不在她婆婆的耳边把自己的名字重复了两遍;在卡罗莱纳从来没听过这样的名字……不过这个名字的确很好听。

文斯听到她的唠叨吼了起来:

"名字当然好听啦!里阿斯让我、贾斯珀和杰克在那边帮他一起挑出来的好姑娘,人好名也好。在我们家总算有个名字好听的了。"

然而当西恩带玛戈特看那间空房,玛戈特走进房间把披风搁在床尾的时候,他的心几乎都要碎了。因为那光亮的樱桃木床架是他多年前为了西恩的新房间亲手打造和抛光的。但文斯却哈哈大笑,把嗓子都笑劈了,然后猛拍里阿斯健硕的肩膀,夸赞他娶回了一个好老婆。

当牛车绕过沼泽地,老"少校"马上从坡上冲了下来,狂叫着迎接伦祖。

希恩迈着沉重的步伐走下山坡,迎接丈夫回家。她圆润的脸庞容光焕发,充满了喜悦。噢,过去的那些白天显得那么漫长,夜晚又让人觉得心烦意乱，莫名地害怕。现在伦祖回来了，这是他第一次离开她！她的喉咙紧锁，可她会在回到家后抱着他大哭一场。然而当他的双臂搂住她不堪重负的肩膀，他的双手抚摸着她的头发时，她还是双手捧着脸哭了；他们俩站在一起，中间稍稍隔着一点距离，那是他们的孩子夹在了他们中间。他继续抚摸着她的头发，安慰她说："别哭了，小可爱……"

他从牛车车厢的底部取出了他的礼物，一起拿出来的还有弹药和食盐。礼物里有她心仪的黄金首饰；有六把细长的手工制作的银勺子，可以摆放在她的餐桌上；有一块从商铺买来的布料，以及从中国和印度运来的香料；还有一只关在木笼子里的小白鼠；伦祖说它会爬上她的胳膊，藏在她的脖子后面，轻咬、逗弄她的耳朵。

"里阿斯娶回来一个老婆……从没见过长得那么漂亮的。"

希恩惊愕得下巴都合不起来了；突然冒出这么多事情，她根本反应不过来。伦祖说："皮肤白得像这只小白鼠……"

她什么话都没说，因为她脖子上小白鼠的鼻子温柔的触碰让她分了神。她的皮肤在白色鼠毛的映衬下显得越发黝黑了；紧挨着柔软而粉红的老鼠鼻头的雀斑也显得更黑了。

最后她说：

"我很好奇，如果她知道了怀着孩子走路是什么滋味的话，她是不是还能那么地优雅漂亮……"

不过她并不是在抱怨；她只是在好奇。

第七章

在十二月一个晴朗而寒冷的日子,伦祖把冬季燕麦播进地里。十一月细雨蒙蒙、天气凄冷;柴火都湿漉漉的,希恩暗自责骂自己,努力用这种柴火做好饭。十二月的天气晴朗了起来。松树林里异常寒冷,不过倒也挺干燥宜人。天亮之后伦祖会出去喂牲口、挤牛奶,寒冷让他的手失去了知觉;但是当太阳升起来之后一切都变得暖和起来。希恩会在天快亮之前做好早餐,然后他们俩围着炉火一起吃饭。一日三餐当中伦祖最喜欢他的早餐了——油滋滋的煎培根,玉米粉熬成的浓稠细滑的玉米粥,玉米饼,还有糖浆。后来有时候希恩会从她的木桶里抓一把面粉做硬皮面包,把它放在抹了油的三脚铁锅上烘焙。

她习惯在天亮之前为伦祖做好早饭。他总是会先把出木炭,再用壁炉旁边劈好的柴火把火生好。(屋外紧闭的百叶窗下面的木架子上堆满了柴火,随手可取。有伦祖在就有用不完的柴火。)她会在床上躺着,直到房间暖和了再起来;但她并不是在偷懒;伦祖嘱咐她要照顾好自己。当公鸡开始打鸣的时候她就差不多做好饭了。他们吃饭的时候猪猡们开始在房子外面一侧的猪圈里躁动起来;贝琪在严寒中哞哞叫着走开了。家禽伴着第一缕亮光从树上飞下来,怯生生地顶着风走过院子,来到房子挡风的一侧,靠着木头偎依在一起;公鸡时不时地将脖子伸得像一把小号,唱出急切而又高亢的曲子:

喔　喔　喔　喔　　　喔　喔　喔

伦祖在替西恩挤牛奶的时候，东方的天空泛起鱼肚白；不过黑暗仍然没有完全从空气中褪去，直到太阳冒了出来并开始缓慢地向上爬升；接着天空变得晴朗开阔起来；黑暗转瞬即逝，就连洗衣槽周围和房子北边屋檐下的灌木丛也变得亮堂起来。还会有风像慢慢落下的鞭子一样刺痛着脸颊，不过感觉要比夜里呼啸着掠过房屋的寒风柔和多了。这风声会让希恩跟伦祖紧挨着睡在一起，让她庆幸自己躺在温暖的羽绒床垫上，盖着温暖的被子，而不像外面那些可怜的哑巴畜生只能将屁股对着寒风瑟瑟发抖。

在寒冷的冬季，乌黑发亮的蛇钻进了洞里，蟾蜍也躲在泥巴里不出来了。在泥土深处那些蛇或许正躺在那儿打盹，缓缓地盘绕着，雌雄两条蛇凶恶的脑袋时不时地交叠在一起。在潮湿的夏日里青蛙高唱着具有金属质感的单调曲子；现在它们却躲在黑魆魆的某个地方昏昏欲睡地眨着眼睛，成千上万的它们蹲坐在成千上万个泥巴洞里，长着一副丑陋的腰腿肉。鸟儿在枯死的干草里搜寻着干瘪的种子。在希恩的豌豆地里，山鹑寻到了裂开的干豌豆荚，那里面有免费的干豌豆可供这些野禽们充饥。

狂风横扫整个矮树林，松树在使劲拉扯着深埋在泥土中的树根；北风吹来它们倒向南面，东风吹来它们倒向西面；而当风头过去之后，天气又变得安静宜人，松树又像以往那样笔直地站立起来，仿佛被快速地固定在盘踞在泥土中的黑色的根须上。成群结队的昆虫已经不见了；它们的鸣叫声曾经让这里喧闹不已；蟋蟀发出的沉重刺耳

069

的歌声，其他虫子从草丛中发出的令人心烦的尖细叫声，让人觉得夏日的炎热更加咄咄逼人。夏夜里蚱蜢高声唱着单调刺耳的长音符，中间混杂着成千上万的其他昆虫的各式调子。蝗虫金黄色的翅膀颤动发出的得得声在夜里响起，震荡着炎热的空气。那些嘈杂的声音现在都消失去哪里了呢？这些小家伙儿都拥挤在迷宫般的地下地道里；许多已经死了，留下它们还未出生的幼虫藏在温暖的毛茸茸的虫茧里，挂在树枝上随风摇曳，另外一些附在落叶朝下的一面上，还有些紧抱着干草的底部；大自然显得漫不经心，不过没关系；即使一千只死去了，还有千千万万只在蛰伏。

在夏天的黑夜里你可以听到许多小生命的呼吸声和叫声此起彼伏，就像是一层薄薄的装饰物盖住了一堵毛石墙。而冬夜却和夏夜迥乎不同。冬天的夜晚荒凉孤寂，听不到那些带翅膀的昆虫发出的并不唐突的吱吱叽叽声。现在听不到黑夜的存在了；除了狂风呼啸而过，剩下的就是一片寂静。有时在黑色的寂静之中会传来美洲狮的吼叫，还有野猫在空地附近的树林边缘哀嚎。有时还会听到猎狗飞奔出去追赶过于靠近房子的胆小动物。

希恩现在睡眠不好，不管她怎么翻来覆去都觉得呼吸困难。但这并不是她最难受的夜晚，最难受的时候是她的孩子在肚子里长大的那段时间；现在孩子已经长成，她的身体只要休息待产就可以了。现在她可以在夜里听着外面的声音却不害怕。现在壁炉里一直烧到天亮的木头会在墙上和角落里投射出各种奇怪的形状，但她不再害怕了。

现在在后面这种状态里，她又像前几个月那样敏感了，但那种烦躁和预感不再让她感到恶心；现在她无需悲痛就能想到野生动物是如何不顾一切地保护幼崽了，也能体会到在伤害降临时它们是多么地悲伤——美洲狮的利爪深埋进幼鹿娇嫩的后腿肉里,老鹰闯进松鼠的巢穴饱餐一顿,秃鹰飞过跑向幼崽的母兔抓起窝里毛还没干的小兔,看到地上出现阴影就必须逃跑的田鼠……哦,这些动物母亲一定非常难过,她想,生养了幼崽却又被吃掉,如此往复,一次又一次。怀孕的母畜跟她一样身体笨重,行动不便,然而每当危险突然降临,他们一定会撒开四蹄仓皇逃命。但她们仍然是诚实可爱的母亲;山鹑是种胆子极小的动物,可如果你想把孵蛋的母山鹑从窝里赶出来,她一定会守住她的鸟窝,拼命地啄你的脚;长着娃娃脸的负鼠在被抓住的时候会装死,以此来保护畏缩在她肚袋里长着黑眼睛的幼崽……

而她有伦祖在身边为她和孩子消灾解难;她在家里安全而又温暖,不用担心外面每每出现的野兽的身影和嚎叫声。炉火旁有一个石头罐子,里面烧着热水,随时准备迎接小家伙的降生。娘家在六英里外,而且很快就会住过来照顾她。墙角处安放着伦祖制作打磨的胡桃木摇篮,摇篮很深,等待着迎接她的孩子安睡其中。不过大部分时间她会让孩子跟她睡在一起。伦祖说有时候母亲跟婴儿睡在一起的时候会不小心闷死孩子;有时候母猪会闷死幼崽……但希恩不会!她会是一位漂亮妈妈,绝不会像又蠢又丑的母猪一样闷死她的孩子。

她要感谢万能的上帝让所有的事情都进行得如此顺利。她现在吃的是白面包;上帝赐给这个世界两种面包:美味可口的白面包,强忍眼泪默默咽下的苦涩的黑面包。不过无论他赐给你哪种面包,你都必须吃下去。如果你胆敢把面包扔回到上帝脸上,你在有生之年一定会悔不当初。希恩以前经常听她母亲说她和文斯如何为他们的傲慢和冷酷付出代价，换回的都是母亲所说的披麻蒙灰、深感懊悔，所以从那以后他们的心肠就变得越来越善良温柔了。这件事母亲说起过很多次。

西恩从卡罗莱纳迁移过来的时候怀里抱着一个女婴，名字叫娜奥米·伊丽莎白。母亲说她和父亲从没有像爱小伊丽莎白那样爱过其他孩子。他们不敢这样做，因为上帝说过"除了我你们不能再信其他的神！"伊丽莎白出生在卡罗莱纳，九个月后西恩和文斯告别了乡亲南下来到了佐治亚。母亲说她在南下的路上犯了太多的罪过，因为当她在哄伊丽莎白入睡的时候总是唱着"遥远的地方有一片乐土"，彼时她总是在想着卡罗莱纳，那里的人们住得很近，在皓月当空的夏夜举行聚会，乘坐干草车出游；她从未想过当她唱歌时没想到天堂其实是罪过。母亲和父亲在刚安顿下来的时候可谓诸事不顺；大雨泡烂了地里的种子；奶牛得了黑腿病死了；猪猡全身浮肿病倒死了；甚至家禽也生病了，过半家禽的嘴和头先是烂掉然后死了。西恩一直在做玉米糊当饭吃，直到最后没了粮食，除此以外他们没有牛奶也没有糖。后来她就用文斯捕的野兔或者小鸟炖汤吃——因为他绝不会浪费弹药。他能用石头从树上打下来松鼠——因为松鼠数量众多而且不怕人，很容易得手；他能用自制的鱼钩钓鱼；他们煮这些东西吃的时候不放盐，因为没有盐。然而西恩却很开心，因为她还有奶水喂伊丽莎白，直到最后乳汁也没了（无论她喝再多的水也没用），乳房再次变得松软瘦小如同少女。唉，那段时光真的是太艰难了。那段时间西恩和文斯只能啃黑面包充饥，而他们却拒绝吃它；至少他们在上帝之手面前把脸转了过去，抱怨他对他们如此不公。现在西恩感谢上帝让他们熬过了艰难时光，但在那时她还年轻，见识也浅。那时她也像乔布的老婆那样，不断跟文斯找碴诅咒上帝寻死觅活，而文斯也是针尖对麦芒。他们过得凄惨而愚蠢，自以为比上帝更懂得应该如何管理世事。于是上帝就给了他们一个教训。

在第二年疾病肆虐的晚春时节，伊丽莎白新得了感冒，蜷缩在西恩的怀里，日夜哭个不停。感冒先是侵袭了她的头部，随即迅速恶化，病情隐藏得太深，西恩没能及时发现。她把文斯从湿透的泥土中挖出来的野生止疼剂敷在伊丽莎白的脸和脖子上；她给她喂蛇根草水，期望能把她热得烫手的高烧降下来；她把猫薄荷茶和松鼠果酒混在一起给呜咽的婴儿灌下去，防止她的嘴巴一碰到西恩手里的锡勺就扭头移开。最后，文斯在树林里四处搜罗他母亲用过的各种草药——治疗风寒的菖蒲，比红色药效更好的白色檫木树根，治疗皮肤中毒的蠕孢菌，不一而足。文斯赶回家，皮靴外面裹着厚厚的泥巴，把湿漉漉的草药交给西恩；西恩则想尽各种办法把树根和叶子混在一起炖煮，再把汤水都喂给孩子喝。然而高烧和浮肿却一直没有消退。

最后，文斯做了一个祷告，这个祷告西恩在她一生当中听过很多次。他那双多毛的长满了老茧的双手紧扣在胸口上，手指不停地互相拨弄着；他的双眼紧闭，因为不敢睁着眼睛直面上帝。他想闭着眼睛伸手抓住上帝，就像当年雅各布跟神的使者角力一样。不过比起一百英里外的荒野之地，上帝似乎距离海岸镇和卡罗莱纳要近得多。上帝是否记得他和西恩已经带着孩子迁徙至此，一个游荡着美洲狮、野猫和嗜鱼蛇的地方——一个从这里越过佛罗里达海岸就是说着异国语言，要跟白人再打一仗的西班牙人——一个从这里向南和向西不远的地方游荡着红色的魔鬼，急不可耐地要撕开你的头皮的地方？他记得吗？这非常令人怀疑。文斯不得不大声祈祷，长时间地痛苦挣扎，好让上帝在遥远的地方听到他的祷告！于是文斯大声祈祷，他黝黑的双臂伸向空中祈求神力拯救这个孩子，这个来自于他和西恩骨血的白皮肤的小上帝，在她短暂的一生里，她那弱小的身躯就是他们顶礼膜拜的神坛。文斯祷告道："万能的上帝啊，您一定能越过荒野听到我的祈祷；您一定能拯救一切生老病死；您只要碰一下发烧的额头就能在眨眼之间让她退烧。"文斯赞颂着伟大的上帝，希望他能心满意足，拯救伊丽莎白："您一定看到小家伙生病了。请用您爱的恩赐和温柔的仁慈救救我们家里那可怜的小家伙吧。并不是说我们配得上您的恩赐……不是！我们弱小而且有罪，就像那尘土中可怜的爬虫……"他捶打着胸口；卑微的泪水滚落他的脸颊，消失在他的胡须里；他不停地祷告直到筋疲力尽，大声地说着生硬的祷词直到凝噎不语，寂静中只能听到孩子急促的呼吸声，仿佛急着远离她的身躯。

当祈祷转为沉默，依旧双膝跪地的文斯睁开了眼睛，西恩在床边抬起了头。他们看到了他们的孩子。她的额头依然火热，但手脚已经冰凉；在她被西恩热切地抚摸了无数次的纷乱的头发边缘湿了一大片，西恩一直在徒劳无功地喂她喝煮好的草药水。

他们把孩子的遗体放进木匣，把她埋在房子左边的草地下面。文斯取下他那本巨幅《圣经》，展开来，在一页貌似卷轴的纸上写下了一行字。差不多两年前他写道：

父亲文森特·纽瑟姆·卡佛
母亲西恩·拉维迪·特伦特·卡佛

娜奥米·伊丽莎白生于1810年6月19日

现在他在下面继续写道：

辛于1812年4月9日

西恩现在会告诉你，他们在伊丽莎白的病榻前卑微地向上帝祈祷，但他们已经太久没有做过祷告了……上帝惩罚了他们，并且仍然在惩罚他们……在那之后另一个孩子甚至在心脏开始跳动之前就夭折了，有一天西恩独自一人的时候流产了。之后又过了漫长的四年，上帝终于给他们送来了一个孩子；那个孩子就是贾斯珀。彼时上帝被他们持续的泪水和祷告打动了，他的宽容之光终于照到了他们身上；他接着给他们送来了里阿斯和希恩，不久以后杰克也降生了。由于他们已经悔过自新，文斯的庄稼也欣欣向荣起来；现在他们过得很富足，当他们撒手人寰的时候也可以留给孩子们一些财产了。

希恩躺在床上，向万能的上帝祷告，祈求上帝不要让她还未出生的孩子死于头部的风寒、高烧或者其他疾病，只要他的母亲还活着。她在上帝面前自降身价，希望上帝知道她的谦卑恭顺；上帝就在那里，隔着镶满了珍珠、只能向内开启的大门，端坐在流光溢彩的宝座上。

如果是儿子的话，她打算用他名字纪念她的父亲和伦祖的父亲——文森特·罗恩·史密斯。这是一个优美响亮的名字。第二个孩子，如果是个儿子她会取名叫阿隆佐，用以至敬他的自己的父亲。她还会给一个儿子取名杰克——这会让小杰克开心死了……她对着自己微笑，思绪在形形色色的梦境中游荡：她梦到她的小姐姐伊丽莎白，

075

如果还活着现在已经为人妻母，但在希恩看来她一直都是个小孩子，夭折在床上，正如她三十年前那样；她梦到自己的儿子，三十年后也长成了男子汉，但不知为何身长却永远无法超过她肚子里的这个胎儿，不过她自己却能看到，能用手碰到，直到月亮再次变小乃至消失不见。她打着瞌睡，思绪在这上下六十年的光阴里往来穿梭。

当十二月的月亮接近满月的时候，希恩的母亲过来跟她一起住了。伦祖的父亲带来了迪茜，他的妻子，帮助照看卧床的希恩。小家伙预计是在月圆日到来，如果那一天他没有降生，那只有下一个月圆日才有可能是男孩，如果在月亏之日生产，女孩的可能性会更大。孩子的祖母和外祖母赶在月圆日到来，就是希望她生个男孩。伦祖需要男孩帮着垦地打饲料；女孩则比较困难，除了织布摘棉花。

他们围着炉火等着孩子的降生，伦祖、希恩和两位母亲；白天里月亮在天上从东到西按照它的轨迹运行；到了夜晚它被肥胖的天空顶了出来，沉甸甸黄灿灿无所不知。月亮的力量强大无比；她用看不见的皮带拉扯着潮汐；她掌管着四季的更迭，随心所欲地增减季节的长短；她可以呼风唤雨，也可以让雨停下，只要她愿意；她的光芒会让大地变得坚强或者虚弱，结果如何都取决于某种奇特的配方，这些配方在伦祖或希恩（或者迪茜及西恩）的年代之前很久就已经为人们所了解了。豌豆如果在无月的黑夜里种下去永远都不会生长；土豆必须在下弦月的时候埋进土里，这样它的根才能往下生长——所有根系作物都是这样；灌木作物必须在月亮渐圆的时候才能向上生长……月亮的神力无限；它甚至掌管着女人的月事，这谁又能解释清楚呢？它会把睡在满月月光下的孩子弄得神志不清。现在太阳不会乱开玩笑，但月亮却是随心所欲、变化无常，仁慈善良亦或令人憎恶都随她的心情，就像她的脸一样让人无法捉摸。

希恩把多余的被子在炉火前面铺成一个床垫，好让迪茜和西恩睡在上面，炉火能够温暖她们年老粗糙的双脚。有时候她们俩会小声嘀咕到深夜，聊到这样或那样的分娩经历，产褥热，以及刀切造成的每道疤痕。两人都带来了一袋草药，这些草药都是在时令季节里保存下来的，分别系好后放进干净的白布里；两人在生孩子方面都经验丰富，能够照顾好她们的孩子希恩，还有希恩的心肝宝贝。迪茜的家在十英里外，距离河对岸两英里。她认识很多希恩他们已经数月都没听到过消息的人，于是她讲了很多的奇闻异事：一头身形巨大的肥猪，一个邻居被杀案，一场夏天的雹暴把玉米地砸得片甲不留，蒂莫西·霍尔的老婆生了一个孩子，浑身长满红色的杂毛，一只眼睛生在前额上。不过他还是死了，多亏上帝垂怜。迪茜天生聪明急智；她说话很快，说过很多令人吃惊的事情，希恩经常被她逗笑，但奇怪的是伦祖很少笑——他也不爱哭；喜怒形于色不是他思考的方式。西恩说话也不多；她很害怕说话。希恩搞不清楚她要说什么。

伦祖也害怕说话，但这又能怎么样呢？他帮助家里的母猪接生过很多猪仔。他还曾经敲碎了一头小母牛的脑壳，因为他知道她已经受伤太重无法复原；即使他没有杀掉她，她也肯定已经死了。

迪茜说个不停，一个笑话讲完就咯咯地笑了，笑得她那瘦小的鼻子都皱了起来；当她笑的时候她会把头往后一甩；她的头长得小巧玲珑，肤色焦黄，像是一只温顺的母鸡。迪茜很少想过分娩这件事。希恩是个坚强的女孩；她不会发生意外的；她会顺顺利利地生完孩子。

母亲们到来后的第三个夜晚,迪茜在用糖浆做糖果,炉火旁充满了欢声笑语。吊在炭火上的铁罐里,糖浆在吧嗒吧嗒地冒着泡,必须用长长的牛角勺不断搅拌防止糖浆飞溅出来。迪茜、希恩和伦祖的脸被热气烤得都要起泡了。迪茜最后一次把糖浆放进葫芦瓢舀的水里试做了一颗糖果,接着宣布马上就可以拔糖了。

伦祖坐在椅子上,双手已经涂好了油脂。希恩站在他后面看着,因为大家不让她拔糖。她趴在伦祖的椅背上;他的头发摩擦着她的胸口;她把手放在他的肩膀上;她抬起双手,把它们放在他的脖子上,在那里她甚至能感觉到他血管的脉动。她用手指捋一捋他的胡须,然后又把手放回到他的脖子上。她现在可以笑着去回想她是否曾经害怕过他;因为她从没见过哪头奶牛对待小牛像伦祖对待她那样温柔……

突然间她的双手紧紧地摁住了他的脖子;巨大的疼痛勒住了她腹中的胎儿,久久不去。

伦祖扭过头去,注视着她的脸。恰好在那时疼痛消失了,她温顺如绵羊般地冲着他微笑。她现在没事了;毕竟时候还没到。可是伦祖脖子上的脉动变得更强更快了。他对正在取下沸腾的糖浆罐子的母亲说:

"妈妈,你最好把接生的东西都准备好……"

迪茜被吓得原地转了个圈儿,罐子里的糖浆泼到了火炉上。希恩听到她的母亲在惊恐地嚎叫,看见糖浆在她瘦骨嶙峋的脚上冒着泡,而母亲在滚烫如同熔化硫黄的一大滩液体里慌不择路,四处奔走。

西恩坐在椅子上,又一阵剧痛让她无法呼吸,伦祖则在忙着把西恩脚上冒着泡的褐色液体擦干净。迪茜把柔软的毛蕊花膏药敷在她的脚上,一面在一遍又一遍地小声说着:"可怜的孩子!可怜的孩子!我宁愿被烫伤的人是我。我真的希望被烫伤的人是我……"

在最初那波剧烈的疼痛过后,西恩就再也没有喊过疼。她露出牙齿咬住嘴唇,忍着疼痛坐在那里,伤痕累累的双脚远离炉火,一阵阵灼烧感不断地侵蚀冲刷着她的双脚。她对希恩说:

"把注意力从你身上移开,亲爱的……多想想其他事情……"

午夜过后很久,希恩还在房间里,按照迪茜告诉她的那样来回踱步;她走啊走,直到一步都迈不动了,因为迪茜不让她休息;她必须保持站立,哪怕最后一波疼痛令她的身体颤抖得就像得了疟疾;这阵疼痛其实应该是把她击倒的最后一波攻击,所幸有伦祖在一旁把她扶了起来。走过来,又走过去,迪茜叫她就这样来回走动,她的脸色是绿的,汗珠和泪水混在一起挂满了脸颊。要不是伦祖把她扶住,帮她把脸擦干,在她的耳边说着"小可爱"这样的话,任何一次疼痛都足以让她倒地昏厥。她不会抱怨,因为她的母亲没有因为脚上的烫伤而喊疼;甚至当她不得不在天亮前躺倒在床她也没有抱怨一句——伦祖站在床的一头,迪茜站在另一头,两人合力帮她抬上了床。西恩强忍着脚上的剧痛,看着自己的女儿正在忍受另一场痛苦,心里想着宁可自己一人遭这两场大难。

第二天伦祖实在是受不了了。他出门顶着凛冽的寒风喂了贝琪,挤了牛奶,把她赶出去吃草。然后他又匆忙赶回了家。他问母亲道:

"为什么她生得这么艰难?"

迪茜板着脸说:"这很正常……生头胎都这样……"

伦祖争了起来:"这不正常……肯定有问题。你不妨告诉我实情……"

"不,没什么问题。头一次生孩子基本上时间都很长……"

伦祖背过脸去，嘴里嘟哝着："不会再生第二个了……"

迪茜的嘴角露出怜悯的微笑。她已经无数次听过这句话了。在下一轮十二个月结束之前，他们总是会把她再叫回来的……她的目光一边寻找着西恩的眼睛，一面温柔地嘲笑着男人愚蠢的叫嚷……西恩的目光则在关注着她女儿翻来覆去的脸，一刻也不放松；希恩蓬头乱发，双眼紧闭，神志不清；她的手被锁在头后方的床架上。从头后方去握她的手不太好，但如果不这样的话伦祖要想从她的手挣脱就一定会弄伤她。

伦祖转过身去不想再帮忙了，因为希恩开始像低声喘息的动物那样呼吸了。她听起来太像那头前额被敲碎的小牛——它当时已经受伤很长时间，无论如何都是要死的。

他站在炉火前面，盯着炽热的火苗，眼睛里不情愿地流出豆大的泪珠，径直流进胡须里。伦祖知道他的小可爱快要死了。他知道是因为西恩一直在目不转睛地注视着她女儿的脸；他知道是因为迪茜粗硬的不知所措的双手已经穷尽了所有的努力；他知道是因为他的小可爱像一头不能说话的小牛一样在死亡即将来临时痛苦地呻吟。甚至在他聆听的时候他也害怕，因为她的呻吟在渐渐平息，她的疼痛在消失，她就像死人一样躺在床上一动不动。

前院的狗子叫了起来，一个女人的声音在命令它们安静。房间里没有人去理会，因为他们根本就没有注意到这些声音。谁来谁去又有什么关系呢？他的小可爱就要死了，旁边的人却束手无策。

片刻之后前门响起拳头的砸门声，迪茜去开了门。里阿斯的妻子玛戈特冲了进来，搓着手跺着脚，好让被冻得麻木的手脚舒缓过来。她快速地扫视了房间，来到床边站了一会儿。她转身跟西恩说：

"我知道该怎么办……我睡不着。我的内心告诉我必须过来……我让贾斯珀送我来的。里阿斯觉得我就是个大傻瓜。贾斯珀现在还待在外面呢。"

她脱掉外套,跟迪茜讨论了一个救急的办法,希望赶在这个孩子要了它母亲性命之前把它接生出来。

接下来伦祖烧旺了炉火,煮了大锅的开水;他把希恩抱起来,她躺在他的怀抱里看起来就是具死尸;他觉得她已经死了,因为当他叫她小可爱的时候,她的眼皮甚至都没有动一下……如果她听到了他的呼唤,她一定会有所回应……

屋里响起了婴儿一声接一声愤怒的啼哭;哭声缓解了西恩眼中的痛苦。伦祖伺候希恩躺下;他叫了叫她,可她的眼皮依然没有动过。他抓住了脐带,通过这根脐带,鲜活的生命从这个女人的身体流淌到这个孩子体内,直到现在停了下来;他接着剪断了脐带,因为它的使命已经完结了。他把孩子身上的那一截脐带扎好,孩子就此成为一个独立的生命体,就像画龙点睛的那一笔。希恩创造了这件作品——比织布或者缝纫衣物难度更大,也更精美。她自己没法完成这最后一个环节,所以他替她完成了。然后他坐在她身边,等待她的脸庞重现血色,恢复神志。

稍后她睁开了双眼,面对她说出的可怕问题,他一个字都答不上来。他也不知道,他根本不敢去瞧她含辛茹苦生下来的这个小家伙。还是里阿斯的妻子玛戈特的笑声驱散了希恩的恐惧,她说:

"孩子身体棒极了。没有哪家的孩子比她更健康了……"

伦祖从玛戈特那里了解到希恩生的是个女孩,在场的所有女人都在嘲笑他的愚蠢——所有女人,除了西恩。说真的,他之前不知

081

道是个女孩——而且也不在乎。

迪茜把小家伙儿抱到床上,让她跟她的母亲躺在一起。玛戈特问道:"给她起什么名字?"

希恩的目光从婴儿身上抬起,看着伦祖:"全听伦祖的……"

她的目光又回到怀里陌生的小东西身上,她没想到会是个女孩,也没想过该起什么名字。她躺在床上,思绪万千,一面关注着怀里的这个新生命,其他女人则聚集在远处的炉火旁,忙着准备迟来的早饭。伦祖坐在她身边,她的一部分意识正在从萦绕着她的生活直到现在的梦境中醒来……她是个女孩,就像她自己一样,是个小女孩——大姑娘——最后成为女人……希恩的知觉被她过去的痛苦拉扯着,她无法相信有这么多的惊喜。她从来不曾想过,一直让她魂牵梦绕的小男孩会如此迅速地消散于空中,而她的臂弯却没有感到一丝的空虚或失望,因为取而代之的是这个令人惊喜的小女孩。

伦祖的声音从她上方很远的地方传来:"你喜欢那些木兰花……"

希恩的思绪抓住了这个词——木兰——高贵洁白——香气宜人——美得让人不忍攀折,让人觉得不该把它留在黑暗的房间里凋零……而她怀抱的是一朵小花,为她而摘,归她所有,怀抱在她胸前,就像海岸镇的女人戴着华美的黄金胸针。

她朝炉火旁白皮肤的陌生女人喊道:

"她的名字叫玛格诺莉亚[①]……"

玛戈特转身,微笑着走到希恩的床边,用她修长雪白的双手温

---

① 玛格诺莉亚(Magnolia):这个名字的意思就是木兰花。

柔地为希恩和新生的婴儿铺平被子和枕头。

伦祖赶紧向希恩介绍:"希恩,这是里阿斯的妻子玛戈特。"

两个女人交换了一下眼神,算是打过招呼。希恩温柔地说道:"她的名字叫玛格诺莉亚……"

大家才记起可怜的贾斯珀还在外面受冻,赶紧把他叫了进来。

所有的思绪和念想此时都集中在了小玛格诺莉亚身上。

文斯·卡佛见到她后,把她的名字和出生日期小心翼翼地放在《圣经》里。看着自己第一个孙辈可爱的小脸,他对玛戈特的看法第一次有了改观——是因为这个女人和她海岸小镇的接生知识,他的小玛格诺莉亚,才能活下来,此刻如此香甜的酣睡,以及她的母亲希恩,而不是躺在他可怜的伊丽莎白身旁。

几天后,西恩的双脚在玛戈特自制膏药的精心调理下,重新变得白净健康,她突然想起,新生儿是出生在圣诞节的清晨。当她和文斯还在卡罗莱纳州时,这一天通常是他们走亲访友,在邻居家喝蛋奶酒和奶油葡萄酒的好日子。那时候,他们会对着过往的行人大喊"我的圣诞礼物呢"。转眼间,这么多年过去了,西恩看着眼前的玛戈特说:

"我想你不大喜欢这样沉闷的生活吧,这儿的人连什么时候是圣诞节都不知道。"

玛戈特轻轻放下她婆婆的双脚,说道:

"我从来都不在意所谓的海岸生活。我希望人们可以忘记我的那段过去。"

第八章

希恩怀上第二个孩子时，双腿几乎无法站立，更不用说洗衣、擦地、提泔水喂猪，于是伦祖决定送希恩回她娘家。小婴儿玛吉①被宠坏了，时刻拽着希恩的裙子，跟妈妈形影不离，一下没看见妈妈，就会歇斯底里地尖叫、哭闹。

伦祖送希恩回娘家的路上，他挥舞手中的牛鞭，让牛加快脚步。文斯认为，希恩是回到原本就属于她的地方，她父亲家。伦祖带走希恩，在别处安家，他嫉妒伦祖，只是他自己并没有意识到；虽然现在希恩身后已经多了个棕色皮肤的孩子拖着她的裙角，并且肚子里还怀着另一个，但在文斯看来，希恩仍然是以前那个棕色皮肤、双腿瘦弱的小女孩；自从她离开家，开始在六英里外的地方生活，他就从未安心过，时刻担心伦祖会欺骗她，辱骂她，甚至鞭打她或做出其他类似的事情。

文斯渴望家人住在一起。如果伦祖和希恩愿意搬过来，他们一家人就可以生活在一起，他会非常开心——他可以和儿子、女婿一起犁地、耕种，女人们则一起做奶油、织布、养鸡。过去，他们的

---

① 玛吉（Maggie）：玛格诺莉亚的昵称。

先祖——亚伯拉罕、以撒和雅各布就是这样生活的。

文斯希望里阿斯不要急着搬出去,另外再建房子。既然一栋房子住得下所有人,为什么还要建三栋呢?去年春天,他搪塞里阿斯,说:"再等等,我会把挣到的三分之一家产分给你;你自己可不好挣……"到了今年春天,里阿斯急于摆脱父亲的约束,准备出去自谋生计;可文斯又拖延说:"再等一年;咱们有的是时间……"

里阿斯憋了一肚子气,于是挑剔饭菜不可口,抱怨床褥潮湿,需要晾晒;冲玛戈特咆哮,叫她不要只顾着打扮,该学学要往黄油里加多少盐。去年秋天,他从海岸集市买回一个漂亮新奇的烤炉,由三只脚支撑,现在放在他和玛戈特两个人的房间里,立在壁炉边,依然很新,几乎没有一点用过的痕迹。有一次,母亲主动提出要用它来烘烤饼干,但里阿斯阴沉着脸说:"我要把它放在我自己的房子里用……"

里阿斯像头年轻的公牛一样,脾气火爆,狂躁不安;只要有人反驳他,他会立马瞪起眼睛,跟人家怒目而视。

有一次,玛戈特因顶撞他被他扇了下巴。当时全家坐在餐桌边吃晚饭。杰克从小溪里抓回一些鳊鱼和狗鱼,玛戈特把鱼煎成金黄色,当作晚餐。吃饭时,她在男人们身后走来走去,等他们的盘子空了,赶紧往盘子里添上热腾腾的煎鱼。当她为里阿斯添鱼时,紧贴他的肩膀,往他盘子里放了一条很大的狗鱼[①]。那一刻,她与里阿斯脸颊相碰;里阿斯闻到她胸脯散发的温暖、甜润的气味。希恩正好想

[①] 狗鱼(dogfish):即弓鳍鱼(bowfin),一种生活在北美淡水河流中的鱼,类似黑鱼。

找点话聊，于是开口说：

"要是玛戈特什么时候不把最大的鱼留给里阿斯就好了！"

大家都笑起来。

但里阿斯却把盘子推开，脸带愠色：

"你难道不知道，我不爱吃鱼！"

西恩大声辩解道：

"哎呀，里阿斯，我们晚餐只准备了鱼、粗玉米粉和玉米烤饼！"

里阿斯说，"那我不吃了"，然后把椅子一拉。

玛戈特赶紧用空着的那只手按住他的肩。

"里阿斯，吃掉吧！你辛苦一整天了，必须吃点东西……"

她如同满嘴甜言蜜语的轻浮女人，将身体紧紧贴向里阿斯。

里阿斯突然板起脸，推开玛戈特；狠狠地瞪着她，晃开她的手。

"我不想吃了，你没听见吗？"

玛戈特愣在那儿，手里端着刚煎好的鱼，因为里阿斯突然不吃，热鱼正在变凉；鱼凉了就不好吃。只要他想犯傻，没人拦得住。她费力煎鱼，只为让他吃得开心；家里每个人都知道，他喜欢吃刚捕捞上来的新鲜鱼；他只不过想羞辱她。她已经尽心尽力了；因为长时间弓身站在炉边煎鱼，腰都快累断；她确实把最好的鱼留给里阿斯，而希恩这个傻瓜，偏要冒失地说出来！

玛戈特回瞪了一下里阿斯，用眼神告诉他：

"我可不怕你。你不过是个甩老爷脾气的高个子乡下男人。只要你还有点记性，应该知道我是海岸镇的人。"

她开口反击：

"我倒觉得你对鱼喜爱不亚于我们在座的任何一个人！"

她才不是那种会怕他的女人,于是她笑了笑,继续说:

"也许明天的晚餐,你会想要一锅炖好的天鹅舌头!"她转身面向西恩,"妈妈,打听一下……"

还没等玛戈特说完,里阿斯突然扇了她一巴掌,煎好的鱼撒了一地。她抬起手臂护住脸;但他紧闭嘴唇,气势汹汹地皱着眉头,转身从后门出去了。

玛戈特站立不动,昂着头,因羞辱和愤怒而紧咬双唇。她痛恨自己当时用手臂去挡,以免再挨他一拳,让他看到自己惧怕他。她在他身后大喊:

"里阿斯……你?!"

等他们吃完盘子里的食物,玛戈特弯腰去捡散落在地的鱼。贾斯珀把椅子推回去,捡起脚边一条大鳊鱼,鳊鱼的鱼鳍和鱼尾被热油煎得干燥焦黄。当玛戈特经过他的椅子边时,他把鳊鱼放在玛戈特手里的另一条鱼上面。父亲和杰克继续吃,但贾斯珀发现自己不饿,就把盘子推开。西恩低头看着自己的盘子。希恩也继续吃,但不是因为饿;玛吉只能吃大人喂食的热粗玉米粉和黄油,希恩嘴唇翕动,似乎有话想说,而吃东西最能有效地管住她嘴巴不乱说话;其实,这件事根本不能怪她!

其他人都上床去睡觉了,玛戈特还在火炉边忙碌,用沙子和肥皂擦洗烧黑的锅。她今天早上做饭时,豌豆被烧焦,黏结在锅底。并且她还想等里阿斯回来。

贾斯珀坐在火边,没来由地削木头做弹弓;他可能想到,如果里阿斯进门再打玛戈特,他会把里阿斯放倒在地。想到这点,他拿小刀的手不由得有些颤抖。削木头时,脑子里想别的事,结果傻傻

087

地削到手指。玛戈特从壁炉架上取下油膏,握着他的手,用母鸡油脂给他止血。贾斯珀嘴巴真笨,居然说了句有史以来最糟糕的话,要知道,怜悯只会让一颗受伤的心更痛苦。他说:

"里阿斯没资格像打一条狗那样打你……"

她手背抵着嘴唇,以便能顺畅地说出话来:

"他心里明白,要是我知道从哪里可以弄到天鹅舌头,我会去弄来给他吃。"

她起身,把装油膏的小瓦罐放回原位。

她上床睡觉,不敢熬夜等里阿斯;要是他知道她熬夜等他,以后可能变本加厉地朝她发脾气。

后来,他终于进门,摸黑在她身边躺下,知道她一定没睡着,他顺着她长长的胳膊,温柔地抚摸,亲吻她的双鬓以示忏悔,她双鬓的血管像无声的锣鼓,静静地起伏跳动。她想猛甩双臂,狠狠地揍他,想滔滔不绝地教训他,但她不知如何有条理地说清这些事情。

不,她躺着不动,不给他任何暗示:她已经领会他的歉意,知道他后悔像打自己的狗一样打她,这样他才最开心。她假装睡着,但她头上的蓝色血管像锣鼓一样怦怦乱跳。

当里阿斯这样粗暴地对待玛戈特时,文斯也为玛戈特感到异常难过;但很快又从心底里知道,她正在慢慢习惯她所承受的一切。看到她被里阿斯恶语伤害后,独自去附近的小河边待很长时间,他暗暗高兴。家里没一个人敢高声指责里阿斯对玛戈特说话太粗暴;玛戈特也不指望他们反驳里阿斯;连她自己都对里阿斯越来越温顺,何况他们……

文斯理解里阿斯……里阿斯认为自己处处不顺心,是因为没有自己的房子,以及玛戈特还没有一点怀孕的迹象。他们在一起一年多了,她的身体仍然笔直得像棵桃树树干。她以前曾犯下罪过。现在,她的罪过是因自己的美貌而自傲。西恩曾看见她梳理自己乌黑的长发,不停地梳,让它像过去那样乌黑发亮,亮得像一卷卷用土布包裹着,高高地放在海岸集市店铺货架上的丝绸;玛戈特的头发像丝绸一般顺滑,跟丝绸几乎没有区别,这一点连文斯都知道。玛戈特用玉米粉和黄油做成护肤膏,涂在脸上,并且轻轻拍在全身皮肤上。玛戈特发现西恩在看她,会笑着说,她必须为里阿斯把自己打扮漂亮。里阿斯把她带回家后,有很长时间,她身上都喷香水。现在,她的香水可能用完了。文斯就像读一本书一样读懂这个女人。她引诱里阿斯,确实如此,并且里阿斯为此憎恨她。文斯清楚里阿斯的想法;在这个世界上,文斯只会跟里阿斯谈论玉米、棉花和用来繁殖的母猪,除此之外,再无别的话题,但他知道里阿斯心里在想什么。他理解里阿斯的狂躁不安和固执任性。他自己年轻时不也是这样吗?他能安分地待在家里吗?不能!他必须离家远行,扎根在印第安奥尔塔马霍河河岸的这片蛮荒林地,这里的定居点像母鸡牙齿一样稀少;很久以前,他把年幼的孩子埋葬到地下,现在,他必须远离家乡的亲人,在这里艰难地度过余生。他其至不知道自己父亲的生死。老母亲已经去世。她在门阶上摔了一跤,跌倒在地去世,当时他已经离家远行。在他多次旅行中,其中一次是去海岸集市——那年,里阿斯和贾斯珀第一次跟他一起去海岸集市,如果他没记错,应该是在1828年,他们还很年幼——他发现两封从卡罗莱纳州邮寄过来的信。信上满是污渍,并且折了角。西班牙商人维拉隆加保存这两封信有好几个月,预料文斯秋天会来取。第一封信是出自母亲虚弱而颤抖的手，信上的字不像很久以前她写好让他模仿的漂亮字体，那时母亲教他写，"游手好闲是万恶之源；罪恶的代价是死亡。"即使到现在，如果他努力回想，也几乎能一字不漏地记起信的内容，而不必走到柜子前，取出信来看：

亲爱的儿子，
我提笔是想告诉你，我身体还行，希望你也一样。伊凡琳生了个壮实的男孩，苏珊娜今年秋天失去了她最大的孩子，是因为百日咳。我心情很沮丧，希望不要再躺在家里抱怨好几个月。如果我能见你一面，心里会感到安慰。西恩和伊丽莎白还好吗？我从没听说你离开人世，同样也从没收到你半点消息。难道你们不能一起回来看望我们吗？
爱你的母亲。

第二封信比第一封信简短，但折叠得跟第一封信一样，并且同样用干胶密封：

佐治亚州
文斯·卡佛先生，
您的母亲于6月19日，周一，因背部中风而去世。她生前想见你。祝好！
约翰·卡佛

从那以后，阳光明媚的卡罗莱纳州乡村再也没有传来任何音讯；

佐治亚州这片土地对他和西恩来说也显得更加孤寂，但这种感受，他从未向西恩提过只言片语；西恩本来就对他搬离卡罗莱纳州这件事非常不满。他不得不让自己保持乐观……

但有时，他真想收拾行李，锁好屋门，带上粮食，踏上归途，回到家乡的亲人身边。他们跟自己骨肉相连，而每十年才通一封信是远远不够的。现在，里阿斯想要搬出去，自立门户。有时文斯不解，以前自己的老父亲为什么竭力把自己挽留在他身边。如今，文斯理解了，他也理解里阿斯。他在里阿斯这个年纪，不正像里阿斯一样吗？那个女人以及其他的一切都不能让里阿斯满足。就算你用金子做的餐具喂他吃蜂蜜，他也不会满足——要是他感到满足，就不是里阿斯了；他骨子里就没有过满足感。当他一个欲望得到满足，又会产生新的欲望。

文斯总有操不完的心：希恩住在他家，行动不便，又思念伦祖，心烦意乱；里阿斯一心想离家单过；西恩那双老迈的双腿走路一瘸一拐，都是因为迪茜·史密斯那个傻瓜粗心大意，害得西恩被绳结绊了一跤；文斯自己的身体也大不如前，受不了正午地里的炎热，贾斯珀不得不承担起农活。似乎他年老时比年轻时过得更艰难。假如一个人年轻时喜欢争吵和焦虑，那么老了就应该享受安宁。如果西恩愿意，文斯希望回到卡罗莱纳州，在那里安度晚年，死后葬在一个信仰基督教的乡村，那里有牧师将他安放在一块葬着他逝去亲人的墓地里。而在佐治亚州这块土地上，没有牧师为逝者祷告，除非有旅行中的牧师恰好经过。许多个夜晚，秃鹰站在屋子附近的树上哆嗦，厉声尖叫，警告他，死神就潜伏在屋子周围等待某个人，这让他彻夜难眠；他躺在床上，无法合眼，想知道死神等待的是谁……

秃鹰能看见死神，但人类不能……这个春天，他好几次在衣服上看见绿色的小尺蠖，便捏起扔掉，这难道是死神派来的狡猾间谍，特意来丈量棺材尺寸吗？还有许多次，他发现尺蠖正在往他的马裤裤腿、衣服袖子或衬衣上爬，他赶紧抓起扔掉。他讨厌自己死后葬在这里，只要下点雨，这里就会积水，因为在这片乡村，每个地方都容易积水，自己很快就会腐烂！伊丽莎白的坟墓好几年前就坍塌了，这个塌陷的小坑跟伊丽莎白的身体大小、长短相符，文斯把这个小坑重新填好了；他知道，她早已连同棺木以及棺材里的一切腐烂。秋天的夜晚，他能听见松球掉落到她坟墓上发出轻微的撞击声。西恩经常清扫掉落在泥泞坟堆上的松针，但第二天，坟堆上又会积满松针，每根平躺的松针上有三根分叉的尖头，已经枯死但仍带点光泽，尖头从末端的棕色松帽开始分布，松针掉落前，松帽曾将松针牢牢固定在高高的树枝上，让松针抵御过数次大风的侵袭。他年轻时从未想过，他会最后安息在这个火炬松松针掉落的地方；他原本只想匆匆赶到佐治亚州，在肥沃的土地上发大财，然后又匆匆赶回家；他曾想过他的坟墓上会掉落不同的树叶……他发现年纪越大，对死亡之类的事情就想得越多，这也不禁让他感到担忧……当他动身前往佐治亚州时，他母亲双眼噙泪，苍老的脸颊紧绷；父亲紧拽他的手，文斯觉得父亲几乎要把他的手扯断……文斯慢慢悟出其中的道理，而父母亲当时已经懂得这些道理，等贾斯珀、里阿斯和杰克到了一定年纪，也会明白这些道理；但糟糕的一点是等你开始悟出一些道理时,你也行将死亡。人只有像玛士撒拉①那样长寿,才能有时间去洞悉很多事情。但有谁想活得那么长呢?文斯·卡佛可不想。他想比西恩和孩子们先离开人世;他不想再埋葬另一个亲人;埋葬伊丽莎白已经让他痛苦得要命。

希恩会做些力所能及的家务,但做得不多,因为大多数时间她必须躺下或者坐在椅子上。但她待在娘家的这段时间,仍然为玛戈特缝制了两块被面,缝制过程中,玛吉把希恩的小方块布撒得到处都是,每块布的颜色混在一起。一天,玛吉还弄丢了希恩缝制被面时使用的金顶针,这可是西恩的一件贵重物品;他们上上下下,里里外外找遍整个屋子。每个人都找得筋疲力尽。杰克甚至跑去牛栏里翻找——只要是任何人可能携带金顶针到过的地方都没有放过;但仍未找到……希恩哭了,因为自己的孩子闯了祸,并且母亲也责怪她粗心大意;西恩自己也哭了,一方面是因为这个金顶针是三十年前文斯在佐治亚州的都柏林为她买回来的,另一方面她也为自己责怪了可怜的小希恩而感到难过,虽然希恩没经历过什么争吵,但却有够多烦心的事情。

玛戈特竭力安慰希恩,劝她不要哭;但里阿斯冲玛戈特吼道:

"玛戈特,别添乱了。金顶针这东西哪儿没有?"

但是他说完便沉默了,因为他知道的确不是哪儿都有。玛戈特做晚饭时,低着头,眼睛朝下看,心想:"不!不!不!这个世界并非满地都是金顶针;一旦丢失,就不会再有……"想着想着,她也哭了。

---

① 玛士撒拉(Methuselah):《圣经》中以诺之子,据传活了九百六十九岁。

晚饭后，贾斯珀帮玛戈特清洗锅碗等餐具。他能看到热泪从玛戈特的脸颊滚落到洗碗水中，于是在一旁默不作声；当一个女人哭泣时，最好不要打扰她。

玛戈特使劲把堵在她喉咙口，让她感觉疼痛的东西咽回去；但眼泪却先夺眶而出，打湿她的脸颊。令她为自己感到羞愧的是，当里阿斯提高嗓门吼她时，她无法忍住不哭。现在，她本该习惯他的臭脾气；如果她精明一点，就该懂得，他的心肠并没有舌头那么狠毒。她心想——我应该了解——里阿斯是爱我的，否则不用等我自己说走，他早就会乘牛车，把我送回海岸镇……他爱我……他爱我……但为什么他想得到某件东西时不能有点耐心呢？他天生就是个急性子，难道这是我的错吗？如果嫁给他之前，我没有给他充分的理由小瞧我，他就不会这样对我了……一个女人被男人欺负，只能怪她自己……但是，以前的我可以为自己做主……我不会一而再，再而三地忍受下去……任何一个饥饿、下贱的妓女，如果被你折磨得太久，也会咬你……我再也不会忍受里阿斯胡作非为！他要好好对我，否则我会离开他，没有他我照样能过……跟他在一起之前，我自己过了十九年……我想，以后的日子若没有他，就算我会感到致命的痛苦……就算感到致命的痛苦……我照样能过下去……

情绪平复了一些，她才发现身旁的贾斯珀一直在和自己说话：

"……后来当她听到马蹄声，立即跑到前门迎接他，前门一片漆黑，她发现他被绑在马鞍上，露出血淋淋的白色头盖骨……他从马鞍上垂下来，早已死去，鲜血淌到她手上……有麻烦了……"

玛戈特叹了口气。贾斯珀继续说：

"他们说，数英里外的邻居都听到她的尖叫声。"

玛戈特把另一个油腻腻的盘子浸泡在装有热肥皂水的锅里。她心想："我在胡思乱想什么？"

贾斯珀说："我想有一些人生来就是制造麻烦的……而有些人生来就是忍受麻烦的……"

如果我够疯狂，我可以走，离开他……但我不会恨他太久……我会原谅他……他知道这一点……如果他哪次盯着我看久一点，或者把手搭在我肩膀上，我就会原谅他……但是我应该离开他，让他尝一下我离开他的滋味……也许，这样他会醒悟过来……

玛戈特用手将洗碗水上面的一层油脂浮沫向四周拨开。

她叫"贾斯珀"，心里盘算着——不如问问他，看他愿不愿意送我回我父亲那里。

贾斯珀一边小心翼翼地用浸在水里的抹布洗着湿盘子，一边应道：

"嗯，我在这儿，女士！"

她知道他是想逗她笑。她朝他伸手过去，想从肥皂水里抓起一个盘子：

"贾斯珀，他们都不像你，你是万里挑一的好男人。我怕你不知道这一点……怕没人告诉你，所以我告诉你……"

盘子上沾有肥皂水，跟油脂一样滑，玛戈特一下没抓住，盘子滑落到地板上，摔得粉碎。

西恩当时正在横穿过道的起居室纺纱，听到盘子摔碎，非常恼火；她向来脾气暴躁；于是责骂贾斯珀，仿佛他是个不懂事的六岁小孩！

"听着，贾斯珀！每一个瓦盘都很难得，不许再摔碎任何一个。你要知道，它们可不是树上长的……"

贾斯珀笨手笨脚地捡拾散落一地的碎片，尽量把盘子拼接起来。玛戈特大声嚷道：

"妈妈，盘子是我摔碎的，不是贾斯珀……"

贾斯珀撅着大屁股蹲在地上，像一头偷吃蜂蜜的熊一样惶恐不安。虽然他已经成年，但仍害怕挨母亲骂。玛戈特在一旁悄悄地嘲笑贾斯珀；两个人为一个打碎的盘子，像两个孩子似的笑了起来。

里阿斯点了一根蜡烛，坐在玛戈特床边，修理他大衣被撕破的衣襟。他太要强，所以不想开口叫玛戈特为他缝补。他走进厨房，看见玛戈特和贾斯珀两个人正笑得前俯后仰，顿时前所未有地生气，告诉她，她不用给他补大衣，他自己已经补好了，然后摔门出去。

但贾斯珀和玛戈特两个人还是笑个不停。玛戈特说：

"让他自己补。明天我再把大衣偷出来，把他缝得又疏又长的针脚拆掉，重新帮他补好。今晚就让他噘着嘴生闷气，自己补衣服……"

第二天，希恩发现了全家找翻天的金顶针，原来是玛吉吞食了金顶针，然后拉出来。全家为此欢欣雀跃。就连里阿斯都笑得合不拢嘴；他淡茶色的眉毛下，蓝色眼睛闪闪发亮，顺滑的胡子下，露出雪白的大牙齿。玛戈特看见他笑成那样，忍不住伸出手臂，抱住他的脖子，靠在他身上，亲吻他。希恩觉得玛戈特真是个不知羞耻的轻佻女人！但里阿斯低头看着玛戈特的眼睛，突然抱起她，抱到跟他一样高，并用力亲吻她的嘴唇。然后，把她放下来，笑着走出房间；玛戈特的嘴角也同样保留着亲吻时的笑意。她明白，就算你载着里阿斯，把他带到开阔的天堂门口，他也不会满足。当她悟出这一点时，内心感到欣慰……

希恩思念伦祖。她从不确定，伦祖长得是否英俊。因为他是自己的丈夫，所以自己觉得他长得英俊。毫无疑问，里阿斯长得就很英俊，他的头部很好看，未经修饰的头发，是秋天里扫帚秸秆的颜色，当他跟你说话时，蓝色的眼睛直视着你。现在，希恩觉得伦祖长得很好看，尽管他没有里阿斯身材高大，腿也不像里阿斯的那般笔直修长。里阿斯的腿笔直得如年轻公鹿的腿。伦祖的背则有点弯曲，听你说话时，脸也有点往下倾，仿佛生怕听漏一个字。他的眼睛乌黑如沼泽，即便是背部宽大的鲶鱼，都能安全地藏匿其中。伦祖的眼睛里你始终看不透到底藏着什么，但跟希恩在一起时，他眼中的深情却无处藏匿。当确定希恩怀上第二个孩子时，他哭了；但对希恩来说，哭也没用。她觉得最糟糕的是不得不离开伦祖，不管他能不能从耕种中抽出空来，都要隔上两三周才能见他一次。上一次，他过来看她时，告诉她，他最近几乎都在忙着为快出生的婴儿做东西。希恩想，应该不是摇篮，也不是买回来的那种精美礼物。希恩经常陷入甜蜜的猜想当中——他做的东西究竟会是什么呢？

她想赶快回家，让第二个孩子出生在自己家里。她希望这一天快点到来，因为父亲家似乎有点拥挤；家务活也繁重，家人之间话又太多，喜欢争论不休。她喜欢自己家里，异常安静，只有玛吉咿呀学语和哭闹的声音，以及钟摆摆动时的轻微响声。这个时钟是伦祖从海岸集市为她买回来的，几乎能像太阳和星辰那样，准确地显示时间。哦，希恩为这个时钟感到自豪。它很漂亮，高挑的木框周围雕刻着褐色的葡萄藤；顶端的木头里面雕刻着一串葡萄，圆形的黄铜钟摆上面覆盖着一层玻璃，玻璃里面有两片黄铜藤叶。黄铜像镜子一样闪亮。每天早上，她用抹布擦拭玻璃，透过玻璃，可以看见长长的黑色指针绕着白色钟面转圈，转得很慢，慢得你几乎看不清它在动，但它又如北极星般真实地在动。它从不说谎，任何时刻，清晨、晚上或者深夜，你都可以检验它，凡是你能通过阴影或星辰判断的时间，时钟都能为你显示：太阳出来前的两个小时和天亮前一个小时等。时钟就放置在炉架中间，只要她在家，炉里的火几乎从未熄灭过，因为要在炉火上烹煮食物，加热熨斗，或者晚上点火照明；不管冬夏，炉火都在燃烧。时钟就在屋子中央——嘀嗒嘀嗒地响动——就像人体的心脏——扑通扑通地跳动——只是更急促。她曾经留意过自己心脏的频率，它比时钟金色锃亮的钟摆摆动的频率还要慢。在她注意到时钟匆匆的脚步后，总是感到内心烦乱，匆忙去做手上的活儿，比如纺织、缝补，或者用切肉刀削土豆皮。玛吉好奇的小手喜欢到处抓东西，所以希恩总是很谨慎地把切肉刀放在玛吉抓不到的地方……万一孩子绊倒，碰到刀口上怎么办？鲜血会从她脖子里喷出来，就像猪血从乳猪被刺穿的喉咙口涌出来一样……但时钟不会有丝毫哀伤，只会照常摆动。不，是不一样的！是，就是一样的……

伦祖送完希恩后独自回家，要么待在地里，要么待在有时钟的家里。当他告诉希恩他如何擦洗地板时，她心中暗笑。他坦白说，吃东西时，猎犬就围在他椅子边，他会给猎犬喂一些食物，有猎犬的陪伴，他很开心。希恩可以想象，晚饭后（因为白天他都在地里劳作）他来回刷洗粗糙地板的样子；刷子是用一块沉甸甸的带一根长柄的木块做成，木块上有一些小圆洞，玉米苞皮穿过圆洞，固定在木块上。玉米苞皮一遍遍蘸着肥皂水，刷过一根根松软、细密的原木，每刷一下，肥皂水就沙沙地在地板上漾开一大片。

难道伦祖会知道往地板上撒点白沙，可以摩擦掉地板上的灰尘和油脂吗？没有自己在身边帮忙，他怎能过好？她笑了，想到这辈子能帮助伦祖——照顾他和孩子们，她感到很开心。

希恩厌倦了仰躺在床上或小心翼翼地坐在椅子上，总是急于起床走动，在屋里转转，缝缝补补，洗洗刷刷，或者播播种子。今年她不能和去年一样，帮助伦祖播玉米种子，因为她身后多了玛吉，总不能拖着孩子来回在垄沟里走，让烈日炙烤她的头。有时候，夏天的太阳足以烤熟一个成年男人的头颅，仿佛在热锅上煎煮的生鸡蛋，有人甚至会倒地死亡。一个小孩更是经受不了这种暴晒的……而且自己必须待在家里，免得他们接近火，洗涤槽和蛇洞等危险东西。要过多久，她才能又跟在伦祖身后，亲手播下光滑的黄色玉米种子？像以前那样！一粒种子被切根虫吃掉，一粒被乌鸦啄食，还有一粒生长，抽穗，长高，结满玉米，供家人食用，或磨成玉米粉。当玉米成熟，长长的叶子往下垂，沉甸甸，硬挺挺，并且一天天枯萎、干燥，等待着伦祖一排排地收割，每一排玉米就像一栋着火的房子，随着他那双坚硬、黝黑的手快速而坚定的移动，玉米茎秆被一刀刀从上到下割断，一排排推倒，先是左边一排，再右边一排。一些生手和半大男孩收割玉米时，经常被锋利的刀划伤手，伤口鲜血直流，但伦祖从没受过伤。不，他的手习惯了干重活。她喜欢他粗糙的双手捏她脸颊，捏得有点红的感觉……以前她脸颊粉红，步履轻盈，腰枝纤细，但这是多久以前的情景了？唉……

连里阿斯都很同情希恩——他从不怜悯任何生物，除非是一头绵羊，它的羊羔被野兽吃掉。有一次，他射中一头鹿角很大的公鹿，打断了它的脊椎，当他追上去时，它艰难地拖着身体往前走了一段，前腿艰难地支撑身体的重量,最后,倒在地上,急促地喘气,看着里阿斯,哀怨的琥珀色眼睛里充满恐惧。那时里阿斯确实为公鹿感到难过——这只漂亮、勇敢的动物,它的脊背被射穿,再也不能慢慢地跑向远方——再也无法穿过那些密密麻麻、层层叠叠的黑松林里细长通畅的小径,直到远处的地平线变成一堵黑墙,封住平坦的树林。

他的确很同情希恩……事情做过头,是没什么好处的。还没带大一个孩子,又要生一个。令他高兴的是,玛戈特依然身材匀称、苗条;如果她也像希恩一样一年生一个,他可能会恨死她……但伦祖不恨希恩;他对希恩很温柔,就像她母亲对她那样温柔;他看她的眼神充满渴望,似乎想把她吃掉——不,似乎他能永远安静地看着她,即使不碰她,也能至死不渝地爱她。为什么里阿斯对玛戈特没有这种感觉?她美丽动人;他根本找不到她任何过错,除非他编造一个。所有的过错都是里阿斯造成的;他本该更加明事理一些,不该像出膛的子弹一样仓促结婚。他难道不知道,女人只不过跟小母牛一样?但是上帝几乎无法阻止他娶玛戈特。父亲曾竭力阻止,但他不听。如果她跟希恩一样——跟别的姑娘一样——棕色皮肤,双腿细长,有人情味,父亲还能忍受。可是玛戈特几乎没有人情味;她长得太漂亮,太伪善。她总是睁着一双绵羊般温顺的眼睛忙前忙后;照顾父母,柔声细语跟希恩说话,嚼碎食物喂玛吉,就像天堂里的天使一样看着玛吉吃东西!母亲喜欢玛戈特;杰克可以为她牺牲一切;甚至贾斯珀都认为她是个"完美女人";里阿斯知道希恩讨厌他对待玛戈特的方式——玛戈特看他时,眼睛闪着灼热的光芒,像马车车夫的眼睛一样,炯炯有神,一眨不眨。

他们不知道，玛戈特本性就是如此，连里阿斯自己也不知道。里阿斯相信自己可以杀了她，并且感到心安理得，她是他合法的妻子。他时常记起他曾经对她的爱意，试图重新专情于她，并为自己的心不再专一、热情、安定，不再按照男人应有的方式去感受对方，而在心里咒骂自己。究竟是什么心魔，阻止他做个像父亲、伦祖和贾斯珀那样正直的男人？

当初他们是夜里偷偷溜去牧师那里结婚的，因为文斯天亮就要动身回家。里阿斯左手臂揽着缩在斗篷里瑟瑟发抖的玛戈特，用拳头捶开门。他们站在小教堂里有坡度的狭窄走廊上，她感到寒冷，里阿斯抱着她，给她温暖，当时屋子里有人开始交头接耳，窃窃私语。他们借着烛光结为夫妇，他的手臂始终揽着她。玛戈特站在半明半暗的地方，白皙的脸庞上，一双眼睛乌黑明亮，就像停落在栀子花上的甲壳虫。她的眼睛本来是蓝色的，但当她焦虑或兴奋时，就会变成乌黑色。黎明时分，他们启程，开始长途跋涉回家；一路上，他几乎没有离开过她，就算你用绳子把他拉到你身边，他也会像一头小公牛一样赶紧回到她身边。他们的胸脯互相有着某种吸引力，你无论如何都无法将他们分开。他曾制定过美好的计划，像一些男人正在开始做的那样，乘着木筏，顺着奥尔塔马霍河漂流，运送木材，并且砍些大松树，采集树胶，运到海岸集市上去交易，可当他们回到家，母亲把她的樱桃木床架放在多余的空房间里让他们睡时，他曾经的计划都去哪里了？它们统统葬送在这个女人的手里！

但只要他一脱离父亲的掌控，就可以大干一场，出人头地了。他注意到，父亲以前住在卡罗莱纳州时，就不安心待在爷爷的掌控下生活。不，他要尽量离得远远的。只要里阿斯一有机会也想这么做，并且还将履行他的一系列计划。树林里有上百万棵松树等着他去砍伐和采集树胶。

躺下休息对希恩的身体有益，一个月后她就能行走自如。下次伦祖过来，她就可以跟他一起回家，家里放在炉架上的时钟悄悄地嘀嗒走动，计算着时间。

终于到了她离开这里的日子，但那天也成为一道伤痛，久久地印刻在她心坎上。

玛吉戴着她最好的围嘴和领布，在院子里玩耍，在栀子花花丛之间跑进跑出。男人们在屋外的牛栏里，夸赞贾斯珀的一头奶牛上周产下的一对双胞胎小牛犊。

希恩站在敞开着的百叶窗前，母亲坐在床边一边整理干净的抹布，一边叮嘱希恩：

"你必须让伦祖提水、砍木头、干重活。你要小心照顾好你自己，否则如果你病恹恹，爱唠叨，又没用，伦祖会后悔当初娶了你……"她轻声细语向希恩传输女人的苦水。

希恩静静地聆听母亲的絮叨，微风吹过百叶窗，轻拂她的脸庞。她的思绪跟随着母亲的话语，眼睛却盯着玛吉蹒跚的脚步，她正离开玛戈特伸展开的双臂，在栀子花花丛之间走进走出。玛戈特总是花很多时间跟玛吉待在一起。沿着院子的一边密密地长了一排黄杨树，围成一道高高的树篱，黄蜂在树篱间飞进飞出；他们一定在树上筑了巢。院子里，白色沙地清扫得干净、整洁，灿烂的阳光洒在沙地上，玛吉在这里可以无忧无虑地玩耍，短靴在沙地上留下一道道印记。玛戈特弯下腰往前走，伸开双臂，等着玛吉扑向她的怀抱。院子里能听见孩子的嬉戏声，偶尔还能听见从屋后传来杰克的猎犬老"少校"长长的吠叫声。这几天老"少校"生病了，杰克正在喂它喝新鲜的甜牛奶……

突然，希恩看见"少校"从屋后跑了过来，杰克紧跟其后，追赶"少校"。它迈着大步，从她所站立的窗户这边的角落附近，跑到树篱尽头，在玛戈特和玛吉站立的前门台阶上转圈，然后又跑过窗下。希恩看见"少校"松垂的下巴滴着冒白沫的口水，赶紧冲着杰克尖声喊道："它疯了！"一下子她整个灵魂被恐惧包围，不断尖叫，重复着那句话，并怒气冲冲地跑到前门，迅速地从玛戈特身边抱走玛吉，尽管当时玛戈特已经把玛吉带回屋内，希恩狂乱的手臂紧抱玛吉，她无法忍受玛吉细嫩的手臂脱离自己的保护。西恩厉声把杰克唤回屋内。杰克看着自己年迈的猎犬不停地跑，说：

"妈妈，它没有发疯。它只是肚子痛……'少校'，过来！'少校'，过来……"

希恩仍在不停尖叫，完全意识不到自己在做什么。男人们听见希恩的叫声，立马操起木柴、大铁钉或其他能拿起的东西，从牛栏跑过来。里阿斯穿过屋子，从壁炉架上取下猎枪，跑过来。

杰克清楚里阿斯会做什么。一种大难临头的感觉让他鼓起勇气做出痛苦的决定——他跑过去，抓起抵住前门的那根木棒，跑到口吐白沫的猎狗面前，朝着它宽宽的头颅猛击下去，直到杰克确信头颅打碎了，以前杰克与"少校"玩闹时也曾打过它的头。"少校"抬起充血模糊的眼睛，惊恐无助地望着杰克。鲜血从它的鼻子里流出来，耳朵无力地耷垂着，四肢渐渐瘫软，它死了。

杰克走回屋内，藐视那几个手里攥着木头、铁钉和猎枪的男人；此时他显得有些面目狰狞；因为哭泣，嘴里几乎说不出一句连贯的话：

"你们以为，你们可以杀它，是不是，你们……"接着，他把脑子里能搜到的最恶毒的话一股脑倒出来，狠狠地诅咒他们。

文斯一巴掌扇到杰克态度决绝的下巴上，呵斥杰克："闭嘴，不许胡言乱语！"

杰克闭了嘴，在屋子一边转来转去，胸口堵得慌，因为他不想哭出来。

希恩跑到杰克身后，想跟杰克说点什么，但杰克晃开她的手，对她咆哮，但他故意把声音压低，不让文斯听清他说什么，这样文斯就不会又扇他耳光。杰克说：

"别管我！你得逞了，你这个笨蛋……疯狗……"他压抑心中的悲痛，以此嘲笑她的尖叫；他甩开希恩，突然朝小河边跑去。她从他绊倒的样子知道他眼里一定噙满泪水，所以才看不清脚下的路。

文斯把死去的猎狗拖到玉米地掩埋。西恩弄了一些白沙，盖住门前沾染狗血的沙地。文斯和贾斯珀要为小杰克的猎狗挖个墓穴，这条猎狗是杰克从小的玩伴。当文斯把还是小奶狗的"少校"带回家时，杰克还没穿上马裤，正光着小屁股到处跑……文斯一铲一铲地挖出沙质肥土，然后贾斯珀和文斯一起抬起老"少校"，扔进墓穴，让它侧身躺在里面，它的头皱巴巴地贴在没有一丝杂毛的胸前，耳朵耷拉，盖住一只眼睛。他们将墓穴填满泥土，踩在上面，把土压平后，才回家。

文斯害怕回到家面对杰克；就算他不扇这小子一巴掌，也还是会教训他，谁叫他口无遮拦，不知道自己在胡说什么。文斯心里很难过，他自己也年轻气盛过；看样子他要学下如何管教这几个年轻气盛的儿子；但他一路走来，总是接二连三地犯错。

希恩要求伦祖等杰克，一直等到很晚，希恩想在动身回家之前，看到杰克回来。但杰克一直没有出现，最后希恩只得跟伦祖先走。

杰克来到小河边的沙洲上，清风习习，碧绿的柳枝垂在河面，随风摇曳。沙子很粗，散发一股清新的味道。沙洲上留下他两行足印，河水轻柔地拍打岸边，激起一层层细浪，向远处散开，化入又深又宽的水流当中，杰克记得很久以前，有一根滑溜溜的黑色木头卡在河里，河水漫过木头向下流走。风吹起他脑后棕色粗糙的头发，也吹起他举过头顶的手臂上的金黄色汗毛。男性只有在极度痛苦时才会哭泣，此时，杰克的情绪有所缓和，停止了哭泣。他曾在心里大声呼喊。哭也没用。

空气中逐渐透出凉意，柳树也似乎瑟瑟发抖。夜幕已经降临，但杰克仍无动于衷地躺在沙地上，因为他觉得自己失去了所有人——父亲、母亲、希恩，还包括"少校"。他把前额埋进被眼泪打湿的沙子里。被父亲扇过的下巴还在疼痛。他回想起希恩挺着大肚子蹒跚走出后门，玛吉紧跟在希恩身后，张着嘴盯着他看的情景。以前，他经常跟希恩一起睡在阁楼上，希恩会伸出手臂抱他，他能感受到希恩的气息呼到他脖子后面，有点像现在刮起的风。那时，他非常爱希恩，现在，则非常恨希恩，有多爱，就有多恨。

他翻过身，侧躺在沙地上，回味她以前抱他的手臂的重量和她呼在他脖子后面的气息。他就这样躺了很久，回忆着往事。但没有躺太久，因为夜晚的凉风刮过一阵又一阵。他再也不是希恩曾经疼爱的那个小孩了。

十月底，希恩第二个女儿特丽莎·基茜出生了，但他们没有劝杰克跟他们一起坐车去看望希恩刚生的婴儿。

母亲笑着聊起伦祖用柔软的兔皮为婴儿做的小斗篷，他在兔窝里捕到一窝小兔子，然后熏制兔皮，让它们变柔软，最后缝制成一个小斗篷，给希恩一个惊喜。

杰克转过身，嘴角露出一丝冷笑。

第九章

　　基茜甚至从出生那天起就让希恩十分省心。希恩忙里忙外干活，基茜就安静地躺在摇篮里睡觉。希恩洗衣服或做饭的时候，玛格诺莉亚就在院子里玩耍，只待在听得见母亲声音的地方，从不跑远。希恩把孩子当成甜蜜的负担，无时无刻不牵挂着孩子，即便偶尔与孩子分开——伦祖有时会用一头奶牛拉车，带上孩子坐上牛车去他父亲家，或者去文斯·卡佛家换一头猪或一车玉米。每次，希恩会给玛吉洗澡，给她穿上干净的围裙，戴上她奶奶做的婴儿帽。帽子有点硬，帽沿搭在玛吉小小的肩膀上，她的肩膀跟伦祖很像，表情也像，从帽子的褶饰边下看过去，那黝黑的小脸像是绿叶丛中走出来的小浣熊。她坐在伦祖身旁，表情有些得意，当马车快要消失在斜坡下的沼泽地时，希恩向玛吉挥手道别。逐渐远去的小身影牵动着希恩的心：伦祖会不会小心提防她摔下车？靠近陌生牛群时，记不记得看紧她？还有遇到别人家的猎犬呢？它们可分不清能不能朝她吠叫，能不能撕咬她……哦，这个把头藏在奶奶做的白色遮阳帽里的小人儿，万一有什么闪失，她就算用一车金子，也换不回来呀！希恩一边喃喃自语，"愿上帝保佑她"，一边转身回屋，继续做家务，照顾另一个还依赖着她的孩子。她心想，玛吉离开我的视线，我照顾不了她，上帝，请保佑她吧！一整天，她总是忍不住抬起头，搜寻宝贝的身影，呼唤宝贝的名字。

玛格诺莉亚性格像她父亲伦祖！安静，不苟言笑，可以独自玩耍几个小时，对别人不理不睬。她有时会抱怨希恩，但稍稍长大些以后，便不再抱怨。要知道，作为第一个孩子的玛吉几乎没来得及独享母爱，妹妹就出生了，并迅速抢占母爱，母亲只能把玛吉放在心里。大的孩子不得不学会独立成长，把爱让给小的。一想到这点，希恩心里就难受。记得自己的母亲说过，老大就应该这样。但希恩觉得没有给予玛吉足够的母爱，她躺在摇篮里那阵儿，没有经常摇她，哄她，甚至在老二出生后，都不能再给老大喂奶，因为老二的嫉妒像毒药。

但小基茜的确人见人爱，就连爱挑剔的玛吉也喜欢她。她让母亲特别省心，自出生以来，她白天大部分时间躺在胡桃木摇篮里睡觉。到了晚上，基茜睡在妈妈身边，玛吉睡摇篮……玛吉本来睡床上，睡在爸爸妈妈中间，可出生不久的小基茜占据了她的位置。

可在希恩心里，两个孩子分量一样重，谁也不会挤占谁。希恩母亲告诉她，女人怀孕后，心会像身体一样伸展变得更宽广……孩子成为心里的负担，心再也不会摆脱这个负担；随着一个接一个孩子的降生，心就一次次地伸展，变得更包容，更温柔，也承载更多痛苦。当婴儿们长成魁梧的男人和丰腴的女人，母亲的心也会因不断加载的重负而疲惫不堪，因为母亲的心从不会释放一丁点负担：即使孩子夭折，也仍会在母亲心头，母亲不管走到哪儿，心里都会装着她的儿女，因为她的儿女已经成为母亲身体的一部分；即使儿子长大成人，一旦陷入困境，母亲仍会接过他肩上的担子，替他承担，因为她在怀孕时就承载着他的全部重量，让他免受寒冷、烈日和痛苦的折磨。希恩母亲说，这就是母亲们坚持与死亡抗争的原因，就算老态龙钟，精疲力尽，她们也会抗争，甚至闭了双眼，眼睑不情愿地被压上铜币，再也无法睁开，老迈的双手交叉放在停止跳动的胸前，她们也仍会抗争。母亲还说，没有人能像母亲们那样坚决地对抗死亡，因为母亲永远不会撇下自己的孩子，让他们无依无靠，艰难地活在世上。

有位叫维妮·威克斯的老姨母，去年去世了，九十多岁，儿孙们定居各地，全都能自食其力，孙女们也都出嫁，有自己的家庭。但是老姨母仍不愿离开，她求儿女们帮她，她不想死，不想丢下儿女，让他们失去父母，独自奋力打拼。她无法安详离去，害怕儿孙被拉去参军，就像1776年她的父亲和兄弟们被迫参军一样，也害怕家里其他男丁，到了征兵年龄，不得不背着军粮去行军打仗。孩子们只得宽慰她说战争不会爆发，但她却变得更加烦躁不安。

"你们要多笑，要坚持。你们还年轻，你们最好按我说的去做。他们都是好战分子，你们应该听说了，老人比年轻人看得更清楚……"

坦白说，听到她的话，人们有时会胆战心惊，因为她有第二视觉，能够预知未来，这是众所周知的。她曾经预测她丈夫去世的具体日期和时间；声称因为信仰而看见一些别人看不见的东西。在安息日，许多衣着光鲜的年轻情侣坐车去她家，请她算卦。她用茶叶渣做道具：茶叶渣中若出现一条蜿蜒向东的细长通道，可能预示有一场前往海岸镇的旅行；十字意味着爱情可能触礁；成团的大块茶叶旁边，若出现一小堆湿茶叶，预示着婚事将近……如果卜算到哪对情侣有好运，维妮姨会大叫，发出一阵狂笑，然后猛拍年轻小伙的后背，小情侣双双脸红起来，同时脸上也挂满自豪，对他们来说，最大的好运莫过于跟对方结为夫妻，生下一堆孩子。

希恩后悔当初没有跟伦祖一起去维妮姨那里占上一卦，看看命运如何。现在她要活得长一些，才看得见；命运其实就摆在她面前，仿佛第二天就能看清，但等她快要看清时，眼前却突然一片漆黑……她有生之年会遇上战争吗？伦祖说她胡思乱想。谁想打仗？既然没谁想，就不会有战争。

战争是件糟糕的事情。男人要分清阵营，然后拼命厮杀，好些人丢了性命，尸身被秃鹰啄食。父亲的叔叔贾斯珀就是在跟红衫军[①]打仗时丧命的。仔细想想，他已经死了半个多世纪了！战争最糟糕的是男人不管愿不愿意，都得参军，谁也躲不了；他们手里有名单，会把征兵文书发到你手里。希恩不想看到他们来抓伦祖和杰克他们，让他们去送死，她不想自己活到那一天。

但希恩并不总是为打仗的事烦心。一些老人会说起黑人战争，但也只是毫无见地的闲聊而已。海岸镇才有黑人，他们在数百英亩的地里采棉花、割稻子。希恩想不通，人们为什么喜欢用黑人干活！她听说一些黑人是用船偷运过来的，他们一句英文都不会说，工头把他们当成牲口一样，拉到棉花地里采棉花，或者拉到湿地种稻子，其中不少人在稻田里被一种叫嗜鱼蛇的毒蛇咬伤致死。在富裕的海岸镇，女人们把黑人留在家里干活，帮自己做饭，给孩子洗脸……但希恩受不了！她可不想用黑人去照看孩子或者收拾屋子，她家地板擦得很干净，屋顶的椽子很结实，她不需要黑人帮她干活。

当他们需要更大空间时，伦祖装上顶棚，做了个小阁楼，拓展

[①] 红衫军（the Redcoats）：泛指十八世纪的英国军队，由于打仗时会穿着醒目的红色衣服，头戴三角帽，所以被称为"红衫军"。

空间。现在屋子够大了。希恩喜欢头顶上那个昏暗的空间,角落里有灰黑色小蜘蛛结的网,希恩觉得这些灰蒙蒙的蜘蛛网能给房子带来好运。她深爱自己的房子;她在房梁上挂满金红色辣椒串,准备晒干做腊肠调料,用细绳晒豆子好过冬。种子都是当季的,很新鲜,希恩用干净的碎布捆扎好,挂在贪吃的老鼠咬不到的地方。她讨厌那种尾巴黑黢黢的野生棕色老鼠,老在夜里沿着屋椽嗖嗖乱窜。

不过,小白鼠就另当别论了;它总能挑最好的东西吃,在木板条后面等着希恩放它出去,它就可以爬上希恩的手臂,紧贴她的喉咙。希恩曾经非常喜爱这个不会说话的傻乎乎的小东西,但它还是死了——希恩母亲说,因为上帝想让女人只把爱给自己的小婴儿。小白鼠死了,可粉红色的眼睛还睁开着,希恩把它僵硬的身体包好,埋在一<u>丛</u>粉红色紫薇花下面,这丛紫薇花还是母亲托伦祖捎给希恩的。

她把小鸡的尸体埋在一排黄杨树下;把伦祖病死的小猪埋在门边的栀子花<u>丛</u>下。尸体能为万物生长提供最肥沃的泥土……埋在她家房子四周的所有东西一定程度上滋养了泥土;现在院子里也跟房子一样充满生机;每一棵灌木除了享受泥土本身的滋养外,还享受其他东西的滋养,因为历年的植物、雨水、阳光和阴暗一起促成灌木生长,而且灌木的根部埋有小鸟、小猪等小动物的尸体,它们活着时曾在这里噜噜、唧唧、吱吱地叫唤。知道这一切后,希恩有一种满足感。

现在,她很少去看望母亲,满足于待在家里——她称这是要维持家庭的运转。基茜出生前,她从娘家回来,发现时钟停了,原来是伦祖忘记拧发条;希恩觉得,时钟的嘀嗒声犹如屋子急促的呼吸声或者心脏平缓的跳动声,失去嘀嗒声的房子就像失去了生命力。

只有时钟继续走动，希恩才觉得一切恢复正常。

她扫视屋子里宽敞的房间，内心感到满足，脸部变得柔和。墙上挂着一面小镜子，是伦祖从海岸集市买回来送给希恩的，让她可以对着镜子梳头；镜子下面是一个窄窄的书架，放着一个精致的骨梳和猪鬃毛刷，一小罐用金缕梅茶和玫瑰花叶子混合制成的油膏，希恩用她搽嘴唇和双手，防止皲裂。地板上铺着她亲手编织和缝制的黄色玉米包衣地毯，还有深色的熊皮地毯，这是不怕死的里阿斯在沼泽地猎杀几只偷吃蜂蜜和小羊的熊，然后从熊背上剥下深色毛皮制成的。角落里放着她的床，床边是孩子们睡觉的摇篮。样样东西都不过时。这就是她的婚姻给她带来的一切——一个宁静的房间，只有婴儿轻柔的声音和时钟急促的嘀嗒声。她很知足。嫁给伦祖，不就是为了帮他打理他的房子，为他生儿育女吗？

希恩有时不知如何判断伦祖是否在乎她，因为他很少跟她说想念她的话。伦祖跟她谈恋爱时，也像其他男孩一样，悄悄穿过房间站在她身边，跟她一起榨花生汁，做糖果或者剥玉蜀黍发育不良的穗。她跟他谈恋爱时，也像其他女孩一样，低着头不去看他，隐藏对他的好感，不流露出想跟他白头偕老的心思。他从不在她耳边说甜言蜜语，也从不许下动听的诺言。她知道罗安·史密斯拥有多少田产，也能猜到伦祖将分到多少；而伦祖从希恩娘家里的布置，能看出希恩会是哪种类型的家庭主妇。那还需要说什么呢？其实，当伦祖看上她，选择娶她时，任何话语只会破坏他眼中的温柔。他是那种准确判断一头健康的小母牛或者一片林地有什么优点，然后就下定决心，"我要了"的人。她跟着他，默默听从他的选择，就像漂亮温顺的小母牛跟随着手里轻柔地拉着缰绳的陌生主人，又像一块林地自然地接受新主人对它的所有权,如同接受某个季节的来临一般,因为林地总是服从季节的指令。当年轻人因相互渴望而悄悄牵手又颤抖着分开时,当他们的内心为了彼此而承受他们无法理解的伤痛时,话语只会破坏他们偶然相聚建立起来的亲密感。

在罗安·史密斯家碾磨甘蔗的时候,伦祖向希恩表白,让希恩悸动、失落的心归于安定与快乐。那是发生在大约三年前,那时希恩还想不到会跟伦祖生活在这所房子里,跟他生这几个孩子。她和伦祖近距离接触过好多次,但每次伦祖靠近她,她就觉得有一团热乎乎的东西堵在喉咙口,除了说些,"看样子要下雨了"或者"这个时候居然这么热",就再也想不出说什么了。但是,在碾磨甘蔗的时候——

罗安·史密斯院子里有个露天棚,棚下架着一口煮糖浆的锅,甘蔗汁在锅里沸腾冒泡。夜里,烟从头顶的黏土烟囱里盘旋冒出,又在屋檐下折回打转,熏得年轻人的眼睛有点疼,但也逗得他们大笑,因为人们都说,烟雾总是跟着人群中最漂亮的姑娘跑。伦祖往锅下的敞口炉里塞了一些松木节,向大家表明这里由他做主,因为这是在他父亲家,是他邀请附近的年轻人过来煮糖浆。迪茜和她的女儿们把泡沫舀到长柄过滤器里,然后再适时倒回去,免得糖浆煮过头。半明半暗处有一个碾甘蔗的石磨,榨了很多甘蔗汁,白天,公牛身上套着沉重的木轭,拉着石磨的把手,吃力地绕石磨转圈,地上被公牛踩出一圈凹陷的蹄印。夜里,石磨静止不动,公牛放出去休息了,但桶里还留着许多甘蔗汁。希恩喜欢沿着铁锅边缘耙一下甘蔗皮,然后吮吸一下甜甜的冒着泡的浮渣。烟总是跟着她跑,那些大嗓门的年轻小伙忍不住哄笑,他们像牛圈里的年轻公牛一样,在咯咯笑个不停的羞涩女孩之间转悠。伦祖的目光没有离开过希恩·卡佛，一直看着她从锅的一边跑到另一边，躲避紧追不放的黑烟。他听到其他男孩在嘲笑希恩，笑声中夹杂一种厚颜无耻的谄媚的味道，他内心顿时感到一股强烈的嫉妒，开始闷闷不乐起来，一个劲地往炉子里添火，再也不说一句让人开心的话，甚至当希恩笑着说，"如果伦祖·史密斯不再往炉子里塞松树节，大家就不用担心有这么多黑烟了"，伦祖也只是盯着火看。希恩以前从没故意伤害过他，他也从没介意过她的话，所以这次希恩觉得自己取笑了他，有点过意不去。很快，年轻人在火炉前的亮光下跳舞、嬉戏，但伦祖没有跳舞。看到希恩的身影在人群中闪现，杰贝兹·霍利斯牵着她的手，小心翼翼地配合她的舞步，伦祖内心的痛苦燃烧起来，令他有些眩晕，心中的焦灼不安仿佛要溢出来，就像迪茜、艾普斯和奥西一不留神，糖浆的泡沫就漫过铁制锅沿，流到硬硬的黏土火炉上一样。年轻人重新回到火炉边，虽然天气寒冷，但他们仍然浑身发热，谈笑风生，准备结束聚会。这时伦祖看到希恩一双棕色眼睛似火般温暖明亮，嘴唇快乐得几乎合不拢，伦祖郁积的感情终于迸发。他回到呼呼冒烟的烟囱后面，躲在黑暗处，看着她，双眼噙满泪水。他觉得这是愤怒的眼泪，想要杀了她，因为她那么欢快，而他那么悲惨，还因为火光中，她那迷人的笑声被热烈的目光所围绕。当她缓缓走向黑暗中的伦祖时——因为她知道他在那儿——他的内心完全被愤怒所占据，以至于差点不清楚自己在做什么，他突然抓住她，把她拉进黑暗中，手臂压着她，嘴唇闪电般重重地吻她，如同一个口渴难耐的人无意中走到一条小河边，然后尽情畅饮一般。当伦祖的嘴唇松开，不再紧压希恩的嘴唇，手臂也放开她时，他对她说："你嫁给我，我要告诉他们。"伦祖确实这么做了,他带着希恩,从烟囱后面走出来,向其他人宣布他们要订婚,他们看到这种订婚场面,纷纷起哄,开些粗俗的玩笑。面对他们的疑问,伦祖回答说,他和希恩准备今年春天结婚。杰贝兹·霍利斯看到希恩闪亮的眼眸,感到希望落空,不禁妒火中烧,大叫道:"喂,伦祖,春天可是野生动物才交配的季节!"伦祖仍然牵着希恩的手,回击杰贝兹·霍利斯:"没错,就是这样!"然后笑起来,这下他一点也不害羞。倒是希恩听到他们粗野的玩笑,害羞得低下头,但随后心扑通扑通跳着,既骄傲,又兴奋——这个男人要娶她。

他们谈论着玛戈特被求婚时是如何趾高气昂。希恩也可以像别人一样,把头抬得高高的,比玛戈特还要高,因为里阿斯对玛戈特有点薄情,而伦祖一向对她不错。希恩很同情玛戈特。有时玛戈特会到希恩家串门,跟希恩待一整天。两个女人谈的都是一些鸡毛蒜皮的琐事。玛吉总有一些奇怪的念头,而玛戈特总会迁就她。希恩忙着做饭时,玛戈特就让基茜坐在自己的膝盖上,逗她玩,还会对着基茜唱一些荒远边地的歌曲,哄她睡觉,这些歌是她来这儿以后学会的。

枣黑色的绵羊,
你的羊羔哪去了?
沿着山谷走下去;
秃鹰和蝴蝶在啄它的眼;
可怜的小绵羊哭着喊:妈啊——妈——

基茜安静地躺在玛戈特怀里，听着似懂非懂的歌词和轻柔的旋律。玛戈特以前听希恩哄玛吉睡觉时唱过这首歌，听了很多次，所以学会了。希恩很喜欢这首歌，但玛戈特觉得它对于睡在妈妈温暖怀抱里的小婴儿，显得太哀伤。基茜似乎也喜欢这首歌，她安静地躺着，双眼来回打量玛戈特修长白皙的脸，从玛戈特抱她开始，她的身体就不曾乱动过，舒缓的歌曲让她的心绪平静。

夏末，伦祖在棉花地较远的一侧割干草，一连几天希恩在那里摘下满满一围裙豌豆，她站的地方，是一片没过膝盖的草丛，草丛中夹杂着紫白色豌豆花，豌豆茎秆汁液饱满，上面结满一串串碧绿的豆荚。她爱那块豌豆地，就像爱伦祖地里的一切。豌豆虽是野生的，但跟自己种的差不多。它沿着一个斜坡生长，一直长到一块沼泽地，伦祖在这块沼泽地的阴凉处放了几个蜂巢。在远处那块沼泽地，如果熊没把蜜蜂酿的蜜全部偷吃掉，伦祖就算幸运。他说，这些小蜜蜂喜欢在隐蔽的地方筑巢。在这片地周围的林子里，冬青长得跟啤酒花一样繁茂，百花盛开，所以蜜蜂能找到成千上万朵五颜六色的花，花蜜甘甜诱人、充盈饱满，等着蜜蜂去采集。希恩喜欢琢磨他们的土地，这块地一直延伸到沼泽地边缘，即使在这人迹罕至的边界地带，它仍是她所拥有的某些小生灵赖以生存的地方，包括初春她蜂巢里的蜜蜂和孵化的幼蜂，以及向东六英里外她母亲的蜂巢里孵化的蜜蜂。伦祖从地里回来，可以替她看护孩子，这时她喜欢傍晚去地里摘豆荚，做第二天的晚餐。她弯着腰，绕着正在开花的豌豆藤和蛛网般的草丛，慢慢向前挪动，四周万物生长，散发淡淡的芬芳，成千上万的昆虫在这片黄色的干草堆里安家，发出各种声响。当她采摘完第二天做晚餐用的豌豆时，太阳已渐西沉，一团团阴影向东蔓延。

空气中沙沙作响，闷热的雾气和空旷净朗的田野几乎吞没了这个个子瘦小、棕色皮肤的女人，她正为家人寻找食物，好让丈夫更健壮、孩子能成长。她偶尔抬头，看一眼阴沉沉的黑色沼泽地，或者依附在摇摆的豌豆藤蔓上的大黄蜂，它笨拙的黑色身体在细长的藤蔓上显得特别巨大和沉重。在她头顶，白茫茫的天空渐渐变成淡蓝色；云团反射着太阳光，让人眼花目眩；空中出现一道拱形圆屋顶，将聚拢的热气往下压，罩住五彩光芒，使夏日的世界充满雷鸣前的压抑。

伦祖挥舞镰刀，借助身体一侧的大幅摆动，割下一列列豌豆藤蔓，豌豆茎秆渗出稀薄的汁液，像一串串珠子；汁液的气味与各种气味混杂在一起，有干草的气味、掉落的种子的气味，空气中扑鼻的森林的气味，还有泥土特有的芬芳，让人呼吸酣畅，心旷神怡。

伦祖割草的那天，玛戈特沿着斜坡步行来到希恩家，希恩意识到不对劲，默默地把玛戈特迎进屋。玛戈特刚从文斯·卡佛家走过来，浑身发热，满身灰尘，有点筋疲力尽，她在希恩门口的台阶上坐下来，只说了一句："我跟里阿斯分手了。"

此时此刻，无需多说。希恩的心往下沉；母亲经常说，分手比死亡更可悲，因为两个人一旦分手，对于彼此而言就等同于死去，而实际上却继续活着——就好像你把身体劈成两半，让它们分开，任凭它们绝望地为对方流血。分手会摧毁男女许下的最神圣的誓言。"万能的上帝啊，保佑我们不要分手，直到死亡把我们分开。"

那伦祖知道后会说什么呢？

希恩抱着基茜站在门边，基茜看到玛戈特，立即张开双手，兴奋地朝玛戈特探过身去，弄得希恩的手臂和背部很累，几乎要折断。玛格诺莉亚严肃地坐在玛戈特旁边的台阶上，跟玛戈特脚并脚，紧贴在一起。

希恩没说什么,只是听玛戈特倾诉,也许里阿斯和玛戈特两人只是拌了一下嘴,过段时间里阿斯就会低头认错,来接妻子回家。她把这些话在心里酝酿了一下,才对玛戈特说。

玛戈特盯着那条昏暗的小路,沿着这条小路,拐过一个弯,就可以回去找里阿斯。但她摇摇头,一双乌黑的眼睛布满忧伤。

"不,他不会来接我。我是自己跑出来的。我等不到他来求我回家,就已经死去。我死了,他一定会高兴。何况,他从不为任何事去求别人……就连上帝他也不会去求……"

希恩想说:"哎,玛戈特,世上还有什么能让你这样离开里阿斯呢?"

她说:"哦,如果我是你,我不会放在心上。里阿斯一向被惯坏了……"

玛戈特生气地说:"他固执,我忍了,但他勾搭别的女人,我忍不了。明理的人都知道,我不比布利斯·科温差,甚至比她更好。如果她不纠缠里阿斯,我会感激她。"

希恩想,原来是小布利斯·科温,她不过是个没长大的孩子,脚都踩不到她母亲的织布机踏板。所以,玛戈特分明是嫉妒……

玛戈特继续说:"她还嫩着呢,根本不懂得保护自己!才十五岁……迷上一个已婚男人。那男人也是不明事理的!她需要她妈妈把她揍清醒,就是这样……如果我有机会,我会亲自教训她。"

希恩默不作声,因为她不知道该说什么。但玛戈特误解了她的沉默。

她怨恨地吐出几个字:"我觉得你向着里阿斯。"

希恩说:"就算伦祖做错了,我也绝不会偏袒他。"她的口吻很像她母亲。然后,她极力平息玛戈特的怒火,说,"也许你只是有点嫉妒……"

玛戈特还是坚持己见:"我亲眼看见里阿斯吻了她……也许他以为,如果他碰她,她可能会挣脱逃走。"

希恩问:"那妈妈怎么说?"

玛戈特说:"她还不知道。她对我的事会有她自己的看法。我只告诉她,我来你这儿。里阿斯不知道我看见他吻布利斯。昨天晚上,我和贾斯珀坐在牛栏角落的空桶子上,等着给奶牛挤奶。差不多到了晚上,布利斯赶着一头一岁的牛过来,这头牛是她父亲卖给贾斯珀的。里阿斯正在填粮仓。他一定看见布利斯了,因为他朝牛栏这边走过来。但他没有看见贾斯珀和我,显然,他眼里只有正要赶回家的布利斯。里阿斯跟着布利斯走到冬青灌木丛的另一侧,他们俩鬼鬼祟祟地躲起来,里阿斯双手捧起她的脸,吻了她,而她没有反抗。"

希恩没说什么。玛戈特继续滔滔不绝地讲,尽管她说每一个字,都呼吸沉重,脸上的表情从愤怒转为痛苦:

"贾斯珀也看见了……但他让我什么都不说,什么都不做……我只能静静地坐在那儿看……贾斯珀叫我闭上嘴,不要乱说话……"

她把头埋在膝盖里,说不出话,哭了起来。

哭够了,她停下来,告诉希恩她有一些简单的计划:在希恩家里待一阵子,直到伦祖去海岸集市。她会摘棉花、拉草料,什么活都能干。如果今年伦祖可以找到某种借口,不跟其他同伴去海岸集市,并且带上她去,那她可以将自己全部精美的首饰送给伦祖,作为报答。她从怀里掏出精美的皮包,皮包里有晃动的耳环,拇指大小的绿宝石，闪闪发亮的月亮水晶石，还有一个镶猫眼石的金戒指，但是希恩不太喜欢这个戒指，因为她看上去有点像一个盲人浑浊的眼睛，她有一次看到那个盲人，吓得发抖。但这些可都是海岸集市的首饰，就算希恩不喜欢，猫眼石也仍然是人们想要拥有的好东西。玛格诺莉亚看到这些漂亮的东西，感到很惊诧。基茜用手去抓。希恩眼睛也忍不住充满渴望地盯着这些首饰，但也为自己的贪婪感到愧疚。

伦祖从地里回来，玛戈特把她告诉希恩的计划简单地跟伦祖讲了一遍，简单得像是一个男人告诉另一个男人他来年的耕种计划。伦祖几乎没说什么，但希恩看得出，他并不赞同一个女人逃离自己的丈夫。其实玛戈特也觉察到了这一点。

于是，她对伦祖说："他对我，可不像你对希恩那么好，他从不。我觉得他以前也很会为我着想，但现在，哪像你，处处都为希恩考虑。"

伦祖听了玛戈特一番话，心里感觉好受些。一直以来，他在其他方面，总是不如里阿斯——里阿斯比他更聪明、高大、敏捷；但在眼前这件事上，伦祖强过里阿斯——希恩没有抛下他跑掉！但他在里阿斯面前，甚至在他自己心里，并不会幸灾乐祸，他只是为自己感到一丝得意——希恩没有逃跑！

伦祖很清楚，如果跑去告诉里阿斯，他一定会发怒，然后要揍人，因为每次有人插手里阿斯的事情，他都是这种反应。所以，这样做不仅于事无补，更会把事情搞砸，伦祖打算让这件事不了了之。

第二天，玛戈特像黑奴一样在地里干活。她紧跟在伦祖后面，沿着棉花地一排排垄沟采摘棉花。希恩一直想着里阿斯会来——因为他一定知道玛戈特在这里，不会去其他地方——或者父亲会过来劝玛戈特回家。

玛戈特在棉花地里弯着腰,背对着炙热的阳光。她从未这样兴奋过,也从未这样沮丧过——兴奋的是她坚信自己这样做是正确的,沮丧是自己的一颗心总是悬着,无法专心致志做事——就像天空一边下雨,一边却出太阳,阳光穿透云层,形成一道雾气缭绕的奇美景象。

玛戈特在伦祖的棉花地里劳作时,正是昼夜平分的季节,天气变幻莫测,阳光照在玛戈特身上的同时,雨水又落下来。她站起身,抬头看向天空,被雨水打湿的头发和脸颊熠熠发光;她弯下腰继续津津有味地干活,太阳渐渐烘干了雨滴。在深绿色的棉花叶子之间,一群群美洲鹑急速掠过,犹如狂风中的落叶。此时没有什么能烦扰玛戈特的心,她只享受这里的美好。的确如此,她捏起一条在她手臂上蠕动的绿色虫子,扔到地上,红色的蚂蚁蜂拥而上,狠狠地叮咬它,折磨它。在棉花秆底部,一只带翼的会飞的小虫,疯狂挣扎,企图摆脱狡猾的蜘蛛结下的网。这些画面虽充斥着某种罪恶和残忍,但这是事物本来的面目,跟真正的罪恶和残忍不同,尽管她理不清到底有什么不同。蜘蛛结网,只为获取食物,并且,这一切……也许原本就是如此——她和里阿斯之间发生的或许也是这种罪恶。但棉花地里有种东西潜入她内心,将她心灵涤荡干净,就像一个发烧的人喝了兰草茶后,疾病全消。现在她心里强烈的不满已经消退,每一道伤口,只要没有腐烂,虽有锥心疼痛,却一定可以治愈。

夜幕降临,伦祖动身回家;他想希恩可能需要劈好的柴火做饭。玛戈特要在天黑后不久干完这块棉花地的活。她把头发松开,遮住脸颊,以往她就喜欢这样。她乌黑的长发松散地飘在缓缓流动的空气中,内心倍感珍惜的秘密因此变得真实,但又不可捉摸,无论是言语,还是思想,都无法表达。她整个身心似乎跟头发一起得到放松和自由，不用理会各种礼节，不用每天忙忙碌碌，处理各种让人难以应付的琐事。

此时的天气凉爽宜人。长长的一排棉花，她快要摘完。干燥粗糙的棉荚，长满尖尖的角，在她的手指下臣服，让出了棉花，棉花内蕴含种子，这个小小的硬核是孕育生命的地方。挂在她身上的布袋子沉甸甸的，装满棉花；淡淡的夜色中，她已走到了这排棉花的尽头。天空中星星闪着微光；半圆的月亮像东南边燃烧着的一支奇异的蜡烛。一群萤火虫在温暖的暮色中飞舞，一只困在她脸颊下面一团乌黑的长发里，奋力挣扎，发出断断续续的荧光，传递痛苦的信号。她注视着荧光，虽时隐时现，却比星星还闪亮。过了一会儿，这只困在迷宫般的头发里的萤火虫停止挣扎，但荧光还在，只是微微闪烁，然后渐渐消失，就像在一个无法想象的窗户里面有一支小小的蜡烛，反复点燃又熄灭——发出一种微弱得让人无法领会的无声信号。

远处希恩家牛栏里奶牛的铃铛声传入她耳中；奶牛低声叫唤着，等待主人给它们挤奶；她想过去帮希恩挤奶，但并没有动身。听着奶牛的叫声，看着困在头发里的萤火虫发出的绿色荧光，荧光像水银，肆意地射入夜空，她脑海里浮现出那天晚上的情景：里阿斯双手捧起布利斯稚气未脱的脸，嘴唇悬停在布利斯嘴唇上方，然后把她的头揽入怀中，她闭上眼，他的脸凑近她的脸，遮挡了玛戈特的视线，玛戈特看不清他们的脸，只看到他亮棕色头发落到她灰棕色头发上面，混在一起，玛戈特愤怒得大口喘气，要跑过去咒骂里阿斯，但贾斯珀从背后把她推回到小木桶上，致使她摔倒，手先着地，插进牛栏里湿软的粪便中，贾斯珀叫她："闭上嘴。"

萤火虫带细微绒毛的身体有规律地跳动，发出绿色荧光。玛戈特把它捏起来，小心翼翼地用手指一挤，顿时手指上沾满萤火虫的残留物，她在棉花叶子上涂了一下手指，残留物就转移到棉花叶上。天色越来越暗，一大群萤火虫围绕着她。她把遮在脸上的头发向后拢，扎起来，然后继续往希恩家里赶。

她看见里阿斯在那儿。

他正在前门台阶上兴致勃勃地跟希恩、伦祖聊天。当玛戈特进屋时，他大声喊道："喂，老婆，这段时间你跟希恩一起吗？"

她不知道如何回答他。看见她没回应，他的脸严肃起来，话也清楚了：

"如果是，我来接你回家。"

她去拿梳子和睡衣，跟着里阿斯，朝牛车走去，两人都不说话，希恩和伦祖只得说说话，打打圆场。

玛戈特又转身回屋，并叫希恩。希恩跟进去，玛戈特从挂在脖子上的皮包内掏出猫眼石戒指，塞到希恩手里。

玛戈特和里阿斯在夜色中赶路，走到一半，他转过身，对玛戈特说："你肯定还敢离开我！"

她把手放在膝盖上，没吭声。

"你在听我说话吗？"

她想也没想，就回答："不要碰到什么小蠢货，就去亲人家。"

她听到里阿斯长长地深呼了一口气。他想，她是怎么知道的？然后，他说："我只亲我喜欢的人，你也可以。"

他的话让她震惊。她想，里阿斯，我除了你，还能亲谁？

"贾斯珀告诉我你跑到希恩家去了。你在那儿一定很舒服，可以向好友诉苦！"

玛戈特手松开,放在膝盖上——里阿斯,你也知道嫉妒了!

公牛在夜色中蹒跚向前迈步。

她一只手搭在里阿斯肩膀上。"我没有向贾斯珀诉苦,"她加重了力道,用双手把他掰转过来,"这你是知道的。"

他悄悄松开手里粗糙的牛皮鞭,摸索着她的肩膀。她侧过身,把头躺在他坚实的膝盖上,用双手捧着他的脸颊,慢慢地靠近自己的头和嘴。

这个夜晚跟海岸镇的夜晚一样。在海岸镇,海水冲进小河,又奔流而出,树上晃荡的苔藓,如同紧裹在粗糙寿衣里的亡灵。

此刻夜已深,母亲可能还没入睡,正担心他们这么晚怎么还在外面。侧耳聆听,你会听见从远处沼泽地传来的夜猫和美洲豹猫,饥饿的吼叫声。

当玛戈特把镶有猫眼石的金戒指送给希恩时,心里隐约有点负罪感,因为猫眼石代表某种诅咒。这个戒指会给希恩带来厄运吗?不,不会的!希恩有个好丈夫,运气对于有好丈夫的女人来说是无关紧要的,运气也不会改变伦祖!

希恩不会戴这个像盲人眼睛的戒指,因为戒指太贵重,再说有点暗淡,缺乏光泽,她不太喜欢。玛戈特和里阿斯走后,她把戒指放到一个樱桃木做的小箱子里,然后把箱子放到一个大柜子深处,跟戒指放在一起的还有希恩的几个金币、银汤匙和玛戈特以前穿过的旧靴子。

此时正值深秋,人们用羊毛混合干燥的苍耳、蒺藜草和山蚂蝗种子,做成垫子。用来做扫帚的秸秆长得高大茂盛,色泽明黄,等待着人们收割,做成家用的扫帚。麒麟草的花大多已凋谢,除了一丛盛开较晚的花，从茎秆上喷涌而出，像孔雀骄傲地开屏。有时，玛戈特会设法抓一对孔雀送给希恩。当玛戈特描述海岸镇上富裕的种植园主家里一群孔雀昂首阔步时，就会两眼放光。

里阿斯喜欢麒麟草。细想起来，大概是因为它美观，赏心悦目。他在玛戈特卧室窗台下挖了个花坛，移栽了几束野生麒麟草，让它长在自家房子旁边。现在，麒麟草快要凋谢、枯萎，但根部还活着，明年秋天，又会开花，只要打开百叶窗，就能看见。里阿斯认为，老泥深处新发的未受损害的麒麟草会比现在活着但茎秆卷曲的麒麟草长得更艳丽。

里阿斯觉得自己现在比以前更爱玛戈特。自从上次她离开两天，便有所改变，但究竟哪方面改变，他也说不出，弄不明，并且他还想不通玛戈特怎么知道他吻了布利斯。毫无疑问，是贾斯珀看见并告诉了玛戈特。贾斯珀是自己的亲兄弟，居然多嘴多舌，破坏我们夫妻感情！但那时他为什么要吻布利斯呢？哎呀，对他来说，她只是个孩子，一个棕色皮肤的小孩，越过栏杆羞涩地朝他微笑。她牵一头小牛犊过来卖，而无意间出现在牛栏。他当时为什么要戏弄她？她稚气的眼神透露出对他的崇拜，但作为成熟女人的玛戈特，也是用崇拜的眼神看他。他当时为什么要吻她？他隐隐记起，有那么一个让他感到愧疚的瞬间，她和他的脸颊相碰，她娇羞地与他的嘴唇相贴，她柔软的发套挤到他的眉毛。感受到她的靠近对里阿斯来说是一种全新的体验。他以前不知道男女之间会产生这种感觉。如果要形容它，那他会说，这是一种不掺杂物质在内的感觉，然而又如天空的色彩一般真实，又如蓟花盛放时的茸毛状花朵那般轻盈，和风轻轻一吹，茸毛状的花朵便四处飘散。但对玛戈特来说，这种全新的感觉就是里阿斯吻了一个孩子,而这个孩子即将成熟,变成女人。

当里阿斯把玛戈特接回家时,贾斯珀觉得两人之间的嫌隙消除,替他们感到高兴。但他也觉察到,似乎有一个滚烫的熨斗在他们中间来回移动。为了安慰玛戈特,西恩说很多男人一生中都会遇到这种事,母亲为此受到的伤害比妻子更大。但玛戈特并不这样认为,她坚信,当她不辞而别,独自跑去找希恩时,没有人比她更受伤害。她的双腿如同灌满铅,沉重得无法挪步,因为每挪一步,她跟里阿斯的距离就拉远一步。杰克觉得这一切的没有意义——男女其实都是超级大傻瓜。将来他即使成年了,也不会结婚!文斯这些天比以往话说得更少,他说,年纪越大,越弄不明白年轻人之间的事儿了,但有一点他可以确定,就是妻子没有权利在乡村到处乱跑,丈夫也不能允许妻子这么做……

希恩在回家途中,经过一个低低的斜坡,斜坡旁长满做扫帚的秸秆,秸秆随风摇摆,斜坡四周还有成片耕地,耕地上方被挺拔的松树和明亮的圆屋顶般的天空所遮盖。希恩向上帝祈祷,不要让她有任何理由离开伦祖;但是每天,她做完其他事情,就会在心里对着圣坛祈祷,祈求自己有足够的耐心——耐心听孩子们吵闹;耐心忍受伦祖因天气不好或肥猪死了的抱怨;耐心热爱上帝,做到这一点很难,因为只要她活着,就永远也不可能见到上帝。

第十章

里阿斯没想过要跟小布利斯·科温有任何纠葛。他觉得自己并没有玛戈特想象的那么大过错；她以为自己以后还会去找布利斯，跟她说话，心里记着她。

如果不是玛戈特老在里阿斯面前提起布利斯，里阿斯相信自己已经忘了她——很高兴忘了她。有时，里阿斯在黑暗中伸手抱住玛戈特，玛戈特会把脸凑过去，紧贴他的脖子，轻声问他："我有布利斯那么好吗？"当里阿斯在为火凳雕刻凳脚时，玛戈特问："是为我还是为布利斯做的？"他不知道如何回答她，尽管她当时带着笑，但里阿斯还是觉得自尊受到伤害。要不是玛戈特的刺激，里阿斯雕不出漂亮的凳脚。如果里阿斯因她的幼稚生她的气，她又会焦虑不安，认为他生气是因为她提到布利斯；如果他嘲笑她，她又会断定，他对布利斯·温斯这件严肃的事情，态度过于草率。如果她以前跟他吵过架，他就会知道如何应付她；但她从没有。有时他独自静坐，为某件事情陷入沉思，她会轻轻走到他身后，平静地说："告诉我你在想什么！"他知道，她认为自己在细想布利斯的事。

里阿斯认为，他本来已经忘记布利斯，这对他来说是件愉快的事情，但是玛戈特偏不让他忘记。

这是他跟玛戈特结婚的第三年。他们度过了凉爽、多雨的春天，度过了让人晒黑皮肤、缓慢难熬、令人萎靡的夏天；当人们还没适应过来，秋天已经不期而至，玛戈特在院子里忙个不停，为她房间百叶窗下的石竹花催芽。鲜亮的叶子随风摇曳；松针无声飘落，犹如细沙从指间流走；狂风把烟囱顶部的黑烟吹平。冬天即将来临。在这段时间，阿里斯见到布利斯不超过两次，并且都是在人群中遇见；他再也没有吻她，也不想吻；他只是把她当成一个漂亮的孩子，不久的将来，某个邻居家有前途的小伙子会追求她，娶她。

十月，经历第一次突然降温之后，天气重新变得晴朗舒适，这期间，玛戈特整天忙着缝被子。要不是布利斯要来，玛戈特什么也不会做。她让里阿斯送她去里戈·科温家，谨慎地邀请里戈·科温的妻子苏珊娜和他的胖儿媳麦希以及布利斯一起去她家缝被子。其实每个人心里都清楚，布利斯还没到跟成年女性一起缝被子的年纪。但布利斯高兴地来到玛戈特家。她穿着一件天蓝色裙子，裙子布料刚织好还不到一个星期，头上戴着粉红色头巾，头巾边缘点缀了一些毛线织的黑色小花。

男人不参与女人这些事，会刻意回避。文斯虽然身体不太舒服，但还是骑马去看里戈·科温；杰克出去钓鱼；贾斯珀和里阿斯要么坐车在附近转悠，要么磨犁头，或者做其他事情，好让自己在外面忙碌。在家里，玛戈特反复搅拌锅里的食物，给大家准备丰盛的晚餐；布利斯给她打下手。椅子背撑着几个用来缝制被子的架子，足足有房间那么宽，女人们围站在架子边，忙着缝制被子；空气中回荡着她们无聊的说笑。她们捏着针，一小针一小针，仔细地穿透被面、棉花和内衬，缝上她们在脑子里已经构思好的图案。希恩也在其中，她的孩子们拉扯着她的膝盖，哭闹不止，想让她停下来，不要缝被子。

伦祖两个姐姐也来了,还有些住得较远的女人绕道而来。她们动作娴熟利落,太阳还没下山,就缝好了四床被子。所有人都在忙碌,整个屋子洋溢着欢声笑语。

半上午的时候,玛戈特也在缝被子,但突然她停下手中的针,并摘下顶针放到针旁边,认真地舔了一下嘴唇,似乎有话要说,但又难以启齿。她走到壁炉边,布利斯安静地坐在那里,仿佛变成了一个小妇人;玛戈特弯下腰,对布利斯说:

"你能帮我去找下里阿斯吗?告诉他我找他。"

当布利斯抬头看到玛戈特时,眼睛睁得大大的,但她还是说:"好的,我很乐意。"

但其实她不乐意,里阿斯先生让她害怕。她从后门出去寻找里阿斯。玛戈特继续缝被子,眼睛泛着光,欢快地聊着天;甚至跟丽莎·琼斯聊起她去年冬天得流行性感冒的事。

布利斯没有找到里阿斯先生。贾斯珀正在锉锄铲,看到布利斯,很惊讶,仿佛从没见过她一样。布利斯朝贾斯珀走过去,她身上散发着一种成熟的味道。

"你能告诉我在哪儿可以找到里阿斯先生吗?她妻子找她。"

贾斯珀沉下脸,回答:"不,我不能告诉你。"

然后不理会布利斯,径直朝玉米地走去。

没过一会儿,布利斯看到了里阿斯;他正在阁楼门里面,在她上面,正在嘲笑她,仿佛她是个傻瓜!

"你找我有什么事?"

她眼睛朝下瞥,因为她不喜欢被人嘲笑:"你妻子找你。"

"那她为什么叫你来找我?"

他俯卧在她头顶的干草堆上，双手托着脸颊。

她手指拨弄着袖口，那是妈妈给她做的，有点紧。

"是她叫我来找你的……"

"玛戈特不会叫你来找我的！"

她脸涨得通红，但又不知道如何回应里阿斯先生；确实是他妻子叫她来的！他把手从脸颊上放下来，长长的棕色手指垂在阁楼门那满是干草的门槛上。

"哦，如果真是她叫你来的，那你为什么不上来找我？"

她转身回屋，但并不是很想离开。当他叫她的时候，她没有理睬。他舒展了一下长长的手臂，然后摇摇晃晃从阁楼上下来，走到平地上。

屋子里没有人；一只老母鸡带着一窝小鸡仔在后门边刨土；房子四周静悄悄的，只有喷泉周围的树上珍珠鸡的欢叫声和屋里传出的女人的欢笑声。

他想："你比外表看上去更聪明，小罪人，你有天使的脸庞！"然后他板起脸，从他张大的鼻孔到抽动的嘴唇之间出现两条淡淡的白线。

"玛戈特小姐找您……"

"你告诉她我现在过不去！"他笔直地站在那儿，手臂交叉放在胸前，"你回屋去吧……等一会儿再回来。"

她不知道，是他不相信玛戈特会叫她来找他。

她回到屋内，把里阿斯的话转告给玛戈特。玛戈特笑了笑。

"哦，我想我可以去取些我们需要的水……"

但是，布利斯去取水时，玛戈特继续缝被子，针在她的拇指指甲下飞快移动，因为她在想："就算我伤透了心，我也要让他看看，我可不是个会吃醋的傻女人……"

十一月，玛戈特劝他们为杰克这帮年轻人举办一个剥玉米的聚会。布利斯也参加了。玛戈特让布利斯和杰克配成一组。杰克真幸运。他发现了一根红色的玉米穗，因此，只要他愿意，可以吻一下布利斯；但他不想吻她，尽管在场的人起哄，鼓动他去吻布利斯；他只说："不，谢谢，我不会接吻！"

玛戈特比任何人都说得多，直到杰克羞得脸色发紫，她还不停地说："可怜的小布利斯！难道没有人替杰克吻她吗？"里阿斯终于站了出来，但比他晚了一步的贾斯珀，却抢在里阿斯前面说：

"我来吻她……让杰克学学！"贾斯珀响亮地吻了一下布利斯；他的脸和脖子涨得通红，血往头上涌，像发烧一样。

之后，你应该想到，贾斯珀爱上了布利斯。那天晚上，他目送布利斯回家，每个礼拜两次，他会去找她爸爸，借口无非就是小猪生病之类。里戈和苏珊娜·科温也怂恿他去，并且对贾斯珀极其热情，还送西恩一小桶猪油和自家吃不完的熏香肠。贾斯珀对他们来说是女婿的理想人选。虽然不及里阿斯英俊，但更稳重，更何况他其实也很英俊，乌黑的头发垂到乌黑的眉毛上，眼睛又黑又亮，宽阔的肩膀像破城槌一般结实。贾斯珀想，只要他发现自己很喜欢布利斯，就会闪电般向她求婚。

但有件小事，让他退缩：如果他跟布利斯谈到堆土种番薯，她就会说一些无关紧要的小事打断他的想法，比如，"你们喜欢喝淡水吗？我好像记得里阿斯先生说，他不太喜欢"；有时他们谈到小猪，她会说，"里阿斯先生把他的大母猪当成他的骄傲，对吗？"

因此，贾斯珀想娶布利斯的热情一点点冷却；他再也不找借口去里戈·科温家了。

三月，里阿斯用车拉他的大猪去里戈·科温家。

举目望去，松树下的草地夹杂着木紫罗兰花，呈现一片淡紫色。里阿斯跳下牛车，看了看木紫罗兰花，然后随手摘了一些，有些花的茎秆有他的手那么长，花的颜色是那种有点褪色的蓝色，跟天空或海洋一样暗淡，叶子呈心形，如幼犬的耳朵般大小；花的表面看起来都是暗淡的蓝色。他摘了一把，继续赶路，去找布利斯。

布利斯拿出新鲜酪乳和刚烤好的甜面包招待里阿斯。里阿斯嘴里塞满甜面包，跟里戈聊天："从我家来这儿的路上，有条小溪，溪旁的斜坡上，长满靛蓝色的紫罗兰，景色看起来很美……"

里阿斯离开后，布利斯趁里阿斯还没完全消失在她的视线内，出门去看那些紫罗兰花。

里阿斯的牛车就停在溪水边的斜坡上。他正在连根拔起一些紫罗兰，带回去家去，种在他卧室窗台下的花坛里。布利斯也决定带些回家，所以里阿斯也给她挖了一些，挖得双手沾满泥垢。然后两个人到穿过小路的溪水边洗手。为了好玩，他们脱下鞋袜，揉成一团，尽管溪水仍带着冬天的寒意。

她再也不怕里阿斯先生了，因为里阿斯先生说，叫他里阿斯就可以，他看上去并没有因为胡子和深沉的嗓音而比她老。

溪水在上涨，水里立着几根原木，支撑着这条横跨溪水的小路，溪水拍打着原木的底部；布利斯从溪水中爬上来，爬到独木桥上；她站在岸上，双脚冻得通红，瑟瑟发抖，说她必须穿上袜子回家。但就在那时，她看见不到两英尺远的独木桥的一边，一只蝎子摆动粉红色、光溜溜的脑袋。她害怕极了，不敢走过去。里阿斯便把她抱下来，蹚水走了一下，再把她抱上去，他的马裤卷到膝盖上，臂弯里挤满布利斯亮绿色的裙子、蓬乱的头发和带笑的嘴唇。

他把她放到地上，给她穿上袜子；粗糙的手感觉到她的皮肤像羊羔般柔软嫩滑；最后还给她的小鞋子系好鞋带。

他们坐在紫罗兰花丛上，仿佛坐在普通的泥土上一样。

他拔了一束很嫩的花，根上还沾着野外肮脏的泥土。花香很淡，他用手挤了一下，让它们闻起来更香一点。他把花放在布利斯凌乱的头发上，那只带有紫罗兰花香的手抚在布利斯喉咙上，布利斯对着他笑，他吻了一下她，然后又飞快地吻了一下。

春雨给溪水带来泥沙，浑浊的溪水中，柳树也为之意乱情迷，垂下了头。褐色的浅滩上，小青蛙用银铃般的声音交谈。高涨的溪水急促地拍打着独木桥，滚滚向前，奔向大海。

一周后，里阿斯去布利斯家接他的大猪，他没有再提起紫罗兰，因为它们的盛放期已过。但他在回家的路上等布利斯，看她会不会再来看紫罗兰。

她来了。

九月，里戈·科温放下自尊，来到文斯·卡佛家，两个男人跑到十英亩外的野地长谈。当他们回文斯家时，很难知道，谁的脸更黑，谁的嘴巴更倔。文斯赶着牛车送里戈回家，至于他们在野地谈了什么，文斯对家里的女眷只字未提。西恩和玛戈特目送两个男人离去，不知道发生了什么……

布利斯的脸憔悴不堪，两眼深陷在黑眼圈中；现在，她虽直言不讳，但已不再是小孩；她有成年女性的勇气，来说孩子的谎言：

"我没有怀孩子！"

文斯用手遮着脸，为这件麻烦事直摇头，一言不发。里戈·科温简短地来了一句:"说出他的名字,我宰了他。"

但布利斯矢口否认自己有孩子,直到一天夜里,孩子出生。尽管布利斯的母亲满脸哀怨,既羞愧,又悲伤,仍然不能让布利斯开口说出真相。布利斯无比坚决地否认她的爱情。

布利斯父亲看到无法撬开女儿的嘴,只得说:"你不说出他的名字,我自己去查……"

文斯两眼盯着地板,双手放在膝盖上发抖,不知是因为恐惧,还是什么,脸色变得铁青。话到嘴边,但舌头不听使唤,说不出来。其实也没必要说,里戈很清楚没有必要,但他实在忍不住。其实他跟大家一样心知肚明——说得越少,挽救的余地越大。最后,文斯还是竭尽所能,安慰里戈夫妇:"既然孩子生下来了,我会照顾的……"

他回到家,尽量用最简短的话,把这件事告诉西恩。西恩又告诉玛戈特。即使玛戈特曾为此伤心大哭,他们也从未见过;即使她在心里对里阿斯说过狠话,也从未在现实中说过。

文斯独自回到房间,在里面待了很长时间;他跪在床边,但无法祈祷,因为他正紧闭嘴巴无声地啜泣,背部因此上下起伏,啜泣中似乎包含某种欢乐,而欢乐中又夹杂可怕的痛苦。他正跟玛戈特一起饮下玛戈特的苦酒,像胆汁一样苦。

在文斯·卡佛的餐桌前,布利斯一言不发。没人知道里阿斯会说什么,因为根本就没人问他。

因为玛戈特没跟里阿斯吵架,所以里阿斯像一条遭到鞭打的小狗一样,惴惴不安地偷瞄她。他把父亲的话当作法律来遵从——现在文斯对这个他最钟爱的儿子异常严苛。里阿斯只得远离布利斯,不敢去看她。倒是布利斯会假装驱赶小牛群,过来找他,她会转动某根栏杆，让有树皮的地方朝上。这是他们之间的暗号，意思是明天他干完活后必须来见她，见面地点就在那条小溪，黑色的溪水蜿蜒流淌，缓慢地流经弯曲的河道，再适时汇入大海。在溪水边，他会把布利斯那痛哭流泪、楚楚可怜的脸抱在怀里，吻她，给她大胆的承诺，以此抚慰她的心；有时他躺在地上，头枕着她的膝盖，脸朝着天空，她会安慰他，并且低下头，将脸凑到他的脸上方，为他遮蔽天空的强光，免得光线照射他的眼睛。尽管她已不再是孩子，但在他眼里，她仍是个孩子，他必须安慰她，而她也用孩子特有的天真给他安慰。

布利斯是在一个寒冷的冬夜，生下孩子。她母亲愁眉苦脸地照料她；父亲远远地避开她。西恩也没有去看望布利斯，尽管那时附近的女人，都是她帮忙接生的。这是一个难以启齿的秘密。就连布利斯的亲生父亲都说，她若死了，他是不会难过的；他认为布利斯死了更好。而文斯则在默默祷告，祈求上帝不要让这个孩子活下来，尽管他知道这样做是一种罪过。

孩子出生后，布利斯脸上失去血色，笑容消失，脚步也不再轻盈，她故意对孩子视而不见，只有当母亲走出房间，她才看一眼孩子；所以直到她独自一个人在房间时，她才第一次好好地看了看孩子那小小的头和紧握着的小手。单独跟女儿还有上帝在一起时，她才会解开孩子的双脚，好好看看它们天生的模样——脚踝有点弯曲，是出生时带着的瑕疵，因此这孩子无法在世间正常行走。当母亲端着热粥进门时，布利斯迅速把孩子的脚藏起来。

孩子出生后三天，文斯和西恩过来，把她接回家，跟她父亲住一起。当布利斯跟她跛腿的小婴儿分开时，西恩也有所触动，她对布利斯说：

"布利斯，你什么时候想她，就来看她……"西恩出门时，突然转身说，"你给她取个名字吧……"

布利斯抬起肘部，虚弱地躺在床上；她双眼空洞黯淡，噙满泪水说："如果你不介意，就叫她菲尔比吧。"于是，他们都叫这个婴儿菲尔比。

菲尔比这个名字是布利斯自己编造的，因为这让她想起一首老歌，大约十年前甚至更久以前，她还很小，手臂下面夹着一个洋娃娃，无数遍地唱过那首歌，直到现在，她还喜欢那首歌：

从前有位小姐，她美丽白皙，
爱上了一位迷人的绅士——啊，唉！
她交以真心，被甜蜜蒙蔽！
他说："你真美丽！"
然后，她看见他转身离去——啊，唉！
向一位贵妇献殷勤，她的富有无人能比！
她拉他的手，叫他的名字，她真是个可怜的傻瓜！
因为他不再跟她说："你真美丽。"

第十一章

基茜长到两岁,希恩才能自由地弯腰、奔跑,嬉戏——比如摘棉花,抬起伦祖种的大南瓜,用热肥皂水洗刷墙面——再也不用担心会伤害到一个成长中的小婴儿。

她想恢复以往苗条的身材。在棉花地里,她居然向伦祖挑战,要沿着垄沟跟他赛跑,但伦祖没理他,出于男人的自傲,他不赞同这种无聊的游戏。很多次,希恩把基茜和玛格诺莉亚往上抛,再伸出双臂,迅速接住她们,抛出时,她们不笑,接住时,咯咯笑个不停,希恩喜欢听她们这样笑。玛吉现在是个大女孩了,能照顾她自己和小基茜,所以希恩可以帮伦祖一起春种。

希恩真心想把菲尔比·卡佛这个没妈的孩子接过来,抚养她,让她享受正常孩子应有的生活。玛戈特不懂怎样照顾她;只有生过孩子的女人才懂得如何做母亲。现在希恩懂——她只要摸一下小婴儿的手和脚,就知道他/她是否发烧,发烧多少度;不管小婴儿因什么啼哭,她都能把他/她哄安静下来。

但伦祖不同意希恩接布利斯·科温的孩子回家抚养。"让里阿斯去照顾她!"文斯也摔门而出,扔下一句,"不能让希恩这么做。玛戈特可以抚养她!"

玛戈特几乎一直抱着这个小婴儿。她悄悄在她扭曲的小脚上涂药膏，希望随着孩子长大，脚会变直。

希恩一直想要这个孩子，但当菲尔比三个月大时，她庆幸父亲和伦祖没让她要菲尔比，因为她又怀孕了。

她思索了很久，痛苦而绝望。在她和玛戈特还有上帝之间，她从未想过还会有一个孩子插入。在告诉伦祖或母亲菲尔比的事之前，她苦思冥想了一两周；之后她又哭了一两周，只为缓解内心的焦虑；再后来，她就恢复如初了。正如母亲曾说，这件事让她吸取教训，更懂得生活的道理。现在，她醒悟过来，一个人渴望过无拘无束、没有负担的生活，是一种罪过。她就曾犯下罪过，罪在企图在世上寻欢作乐。希恩用寥寥数语跟伦祖讲些道理，就让他心里感到温暖和满足。在他看来，自己从未跟风犯下罪孽，并很容易就原谅希恩的任性和对人之常情的背叛。但希恩没有告诉伦祖，在过去的两年时间里，她打算并尽力不生育。伦祖要是知道这一点，是不会原谅她的，希恩心里很清楚。

希恩向伦祖坦白她从没想过会怀上这个孩子——这样伦祖可能会原谅她，让她心里好受些；但她不会向母亲坦白"深重"的罪行。哦，她在很多方面都有罪——大笑、嬉闹，把这个世界当成乐园。现在她看得更清楚了——在这个世界上，每个人都须各尽其责，证明自己比不说话的动物要强。她必须尽责，生几个孩子，为他们洗衣服、照看他们，直到他们自己能走，然后接着再生一个。但是她无法安心地生儿育女，尽管她嘴上不说默默地履行着自己的职责。

一天，伦祖看见她在仔细观察做扫帚的秸秆的叶片，霜冻来临之前，叶子绿油油的，承载着一簇簇绒毛，里面有它的种子。她注视了许久，伦祖想知道她究竟怎么了，最后她说："它开始抗争过，然后放弃了!"伦祖不知道她在讲什么。

希恩和伦祖结婚的时候,主婚的老人对希恩和伦祖说了一些话,希恩到现在才更加理解这些话的含义。

他们春天结婚的消息四处传开;但其实很早以前,希恩织的土布已漂白并叠放在她母亲的阁楼上;她的鹅毛每周拿出来晾晒,以保持味道清新;还有牛皮鞋子、新做的素色软帽、黑色的熊皮斗篷,还有白色的短衬衣,这些东西使她内心想要退缩,但又感觉甜蜜,它们等啊等,熬过了整个寒冷、多雨的冬季,小草开始从黑色泥土中抽出嫩芽,蓝知更鸟像接近大地的蓝色云朵一样敏捷地飞翔,美洲鹑成对地离开过冬的鸟群,开始筑巢。一天下午,天空格外晴朗,只有西边的高空聚集着一团团云朵,像一堆堆粉红色的棉花,一位老人来找希恩,他花白的胡须一直垂到腰部,希恩对这位老人有一种前所未有的敬畏,因为他有权决定她明天嫁给伦祖。

婚礼当天,伦祖穿着牛仔裤、土布衣服和牛皮靴子,头上戴着从店里买来的帽子,手里拿着他亲手为新娘做的小饰品。他的新娘,瘦瘦的,棕色皮肤,身上散发着晒干的杨树片的清新气味。他没有告诉任何人他的婚期,甚至包括他母亲。伦祖羞于启齿自己的终身大事。

老人说主婚词时,没有一点书本上说教的感觉,人们对他更加尊敬。他说:"你愿意娶这名女子,希恩·卡佛,让她成为你合法的妻子,跟她缔结神圣的婚姻关系,共同生活吗?有生之年,你是否愿意为她舍弃一切,珍惜她,保护她,不论顺境还是逆境,不论健康还是疾病,不论贫穷还是富有?答案是,'我愿意,直到死亡把我们分开,上帝啊,请成全我吧!'"

伦祖许下誓言，希恩紧随其后，希恩的誓言跟伦祖的誓言几乎一样，不同的是，她必须在任何情况下忠于他，伺候他，凡事顺从他。希恩拿出结婚誓言，嘴里反复念着银白胡子老人在婚礼上说的话，祈求上帝帮助她信守婚姻诺言。在这个荒野地带，这位老人就是上帝的先知。

大约五年后的今天，让希恩深感愧疚的是，自己有两年都没有真正履行誓言；她想要顺境，不要逆境，想要健康，不要疾病。伦祖一直以来珍惜她，保护她，但她却没有完全忠于他。

当希恩有了孕早期反应时，在心里面埋怨过伦祖。任何事情都会触发她悲伤的情绪；她四处追打孩子，驱赶猎犬，狠狠拍打不乖乖让她挤奶的奶牛。伦祖从不知道她会这样，无法理解她的行为，直到一天夜里，伦祖看到希恩无法哄基茜睡觉，这个小家伙哭着爬到床上去，抽着鼻子睡着了。没等希恩亲口告诉他，伦祖已经猜到希恩苦恼的原因了。他后来知道希恩为基茜的事感到内疚，因为她半夜紧紧抱着基茜，轻声哭了。她哭是因为那时基茜已经睡着，感受不到妈妈的怀抱，因为另一个孩子正在把小基茜从妈妈的怀里推开，并且她无法让基茜、玛吉或其他孩子一直那么小，小到能够一直睡在妈妈的床上，软绵绵地躺在妈妈的怀里。

伦祖从没责怪过希恩。他心想，只要默默等待，事情总会解决；后来确实如此，希恩也从中吸取教训，但是对于伦祖而言，事情并没有解决，因为干旱来了……从希恩有早孕反应开始，就一直没下过雨，直到第二年冬天。当最后一场雨降临，酷夏的炎热扑面而来时，玉米还在土里。那场雨过后，庄稼几乎没有生长，以至到了夏末，玉米穗细小干瘪——此情此景除了哭，人们就只有苦笑了——它们长得还不及婴儿的手那么长。棉花也结得很少,看上去比暴风雨过后的棉花还糟糕。甚至连干草和新鲜草也没有,奶牛也可能死于干旱。一团热烘烘的浓雾聚集在低洼地带,黑色暗沉的河水奔向大海。伦祖家的泉水几乎干涸,于是他挖了一口井,但并没有打出水,只好冒着酷暑,到八英里外的河里运水,供牲畜饮用。夏末,家里的猪一头接一头地病死,只剩两头老母猪,伦祖不需要它们繁殖小猪仔,但它们的肉质太老,也不适合明年食用。去年的玉米已经吃完,肉猪也放出去找草吃,瘦得像穷人削尖的背脊。希恩的第一头奶牛——老贝琪——没有哼一声就倒地死了……哦,它的肉那么多,埋在地下,可以滋养土地,让希恩的黄杨树、紫薇花和英国胡桃树长得更茂盛。于是,伦祖用牛车把老贝琪鼓胀的尸体拉到牛圈后面的桃树苗下。老贝琪拖走后,地上还留着倒地时的擦痕,宽阔且干净,希恩几乎不忍心看一眼这擦痕。这个冬天,希恩和伦祖他们必须吃鹿、熊和其他野生动物的肉为生,但他们跟其他村民一样,并不残忍野蛮,他们习惯了鲜美肥腻的猪肉和上等牛肉这类自然风味,因而并不热衷于享受野生动物肉稀奇的味道。希恩觉得,可以杀自己养的家禽,但他们如何得到粗磨粉、玉米粉、糖浆和培根呢?父亲和其他人一样,没剩多少玉米;这块土地,这个乡村的每个人都面临同样的困境!庄稼歉收,并且人们也无法像过去埃及人那样,建起足够储存一两年口粮的大粮仓。日子过得十分艰难,跟过去父亲和母亲刚埋葬伊丽莎白的时候一样艰难,不同的是,现在,人们联系更紧密,更懂得同舟共济,共渡难关。

整个夏末,伦祖都在不停地捕杀鞭蛇,把它们挂起晾干,以此祈求上帝降雨,尽管现在就算下雨,对庄稼也没多大作用。希恩也祈祷过，但她认为，干旱是对她的惩罚，她不可以祈祷停止干旱。

伦祖和他父亲、卡佛一家、霍利斯一家以及维克斯一家——附近所有男人——今年必须提前去海岸集市，在大法庭开庭前一个月就要去。他们可以错过精明的律师的辩论，错过圣灵牧师们的祷告，但必须获取食物。他们手里几乎没有东西可供交易，全部农作物歉收或颗粒无收。伦祖说，就连最聪明的蜜蜂都几乎酿不出蜜，填不满蜂巢。

除非伦祖带些希恩的金币去海岸集市，否则他也无法从那里带回食物。因此，伦祖出发时，希恩打开柜子，把她的金币、戒指还有银汤匙，统统交给伦祖，因为仅此一次，她有东西可以变卖。

但当伦祖过了转弯处时，希恩哭了，玛吉和基茜也跟着哭起来，为了两个孩子——还为肚子里快要出生，还不会哭的胎儿，她平静下来。有一种说法称，如果怀孕的母亲老是哭，孩子出生后会是一个性格消沉的人。希恩为很多事情伤心，但这个说法最让她伤心，因为她断定哭泣会伴随这个孩子一生。当她得知怀上这个孩子时，几乎哭得泪流成河，那时她还没在意这孩子一生会哭还是会笑。现在，如果可以重来，她宁愿把那些眼泪喝下肚去，宁愿把它们熬煮成盐；但她明白，已经太迟了。

伦祖走后，希恩总是夜里哭泣；她日夜愁闷，每天心神不宁，孩子们要反复叫她，她才听得见；她从未感觉如此糟糕，腹中的胎儿从未如此沉重、活跃，压迫着她的呼吸和心跳，而此时她却不仅要干自己那份活，还要干伦祖的活。也许是因为上述某一种或全部原因，孩子没等父亲回来就提前降生了。希恩生产的时候非常艰难，因为除了玛吉和基茜，身边没人帮她。玛吉看到妈妈脸上极度痛苦的表情，感到很惊讶，而基茜则哭着要妈妈抱。为了照顾孩子们，希恩尽量熬夜。在孩子们面前，她有一种莫名的负疚感，而在别人面前，甚至包括伦祖，她从未有过这种负疚感。也许她想在女儿们面前隐瞒这种残忍的痛苦，因为她们长大后必须亲自品尝这种痛苦。

这一天，天气闷热。太阳一直照射到下午，大地变成火炉，万物都在忍受炙烤。没有一条小虫，能够指望爬到木头下面，躲避九月的酷热，因为热气像一团燃烧的羊毛，笼罩着世间万物。

希恩的手臂和双腿上，每个毛孔都像在天气寒冷时那样起鸡皮疙瘩，每根微小得几乎看不清的汗毛后面潜伏着疼痛，导致她全身被疼痛包围。希恩擦拭完手臂和腿上的皮肤，身体有点湿黏。她在地板上踱步，几乎没有听见孩子们的哭闹；因为母亲没有理睬她们，并且身上的痱子又痛又痒，她们开始烦躁不安。天气太热，希恩让玛吉自己脱掉衣服，还让玛吉帮基茜也脱掉，这样两个孩子光着身子到处跑。她们对这种新奇的玩法感到满意，高兴地在房间里追逐打闹，很快她们柔软的身体大汗淋漓，明亮的眼眸笑意盈盈，将母亲的疼痛抛之脑后。晚饭时间，希恩无法做饭，便给她们几碗加红糖的酸牛奶。天黑后，她们哭闹着想睡觉，就自己睡到希恩床上，像刚出生时那样，衣服也没穿，只剩希恩一个人没睡，她尽情地哭起来，祈求上帝让伦祖赶快回家。

大概是午夜之后，希恩听到小婴儿第一次大声啼哭，便抱起来安抚，家里没有热水，因为之前她不小心让火熄灭了，当时她全然忘记一切，只记得那阵撕心裂肺的疼痛，使她眼前一片漆黑，牙齿打颤，手臂和腿上的肌肉像强壮的巨蛇一样拧作一团。

她把木头塞进火炉，生火烧水。但在水烧热之前，她把没洗过澡的婴儿裹好,爬上床,拉过被子,盖住自己和婴儿。尽管昨天出了太阳,屋子里依然很热,孩子们身上也渗着汗珠,但她还是感觉异常寒冷。

夜里,门和百叶窗都没关,但她并不害怕,门外有猎犬,一旦有人闯入,猎犬会吠叫,提醒她,她也从来没有惧怕过黑暗,她认为黑暗是友好、不怀恶意的,当然,如果她不再是她自己,也许她会感到害怕。

她抱着婴儿,躺在冰冷的被子里,筋疲力尽,半睡半醒。这是她生下的第一个男孩,还没有名字,要等伦祖回来取。

门外一片黑暗,蝗虫发出长长的有节奏的鸣叫声,尖厉得让人耳聋;以前听到这种声音,她会感觉更加燥热;现在她却一点也听不到。

突然,猎犬开始吠叫,背上的毛沿着瘦削的脊椎骨竖起来。希恩听见一只美洲豹猫在尖声吼叫,另一个豹猫则用嘶哑的吼声回应同伴,它们的声音听起来像女人痛苦地大声哭泣。因为声音听起来很近,所以她确定有一只就在门外。猎犬惊慌地吠叫着,循着豹猫吼叫的方向,奋力追去,地面尘土飞扬。希恩吓得血液几乎凝固,身体动弹不了。那两只豹猫一定是来找她和刚出生的孩子的。她怎么可能没听母亲说过,豹猫如何在几英里外闻到女人生孩子流血的味道?况且,在这屋子里,另外两个孩子还光着身子躺在床上,她唯一的男孩,就和他出生时一样,下巴和紧握的拳头还挤在胸前,粉红色的腿和脚交叉,高高耸起。

她看到后门敞开,赶紧去关拢,把躲在远处某个地方,对她孩子垂涎欲滴的家伙挡在门外。猎犬的吠叫和豹猫的吼叫划破黑夜的宁静。她关上百叶窗,用木插销闩紧,防止豹猫从外面用爪子挠开窗户。她虚弱得差点晕倒,转身打算回到床上。

这时,希恩简直不敢相信自己的眼睛。她摇晃地往前走了一步,以为自己看到的不过是因虚弱而产生的幻觉,或者是烟囱中冒出的高高的黄色火光下的幻影。一只像巨型家猫的动物四肢舒展,躺在她家后门和高脚床之间的地板上。它的肚子在粗糙的地板上微微抽动,臀部悄悄挪动,大尾巴上下扫动,拍打着地面,却并没有飒飒作响;眼睛贴着前爪,盯着希恩的床,床上躺着棕色皮肤、没穿衣服的的孩子们——还有刚出生的小男婴,蜷缩一团,躺在妈妈的床上,他什么也不知道,只会把这个大家伙当成妈妈的身体。

当她看到这只黄色的野兽蜷伏在离床不到三大步远的地方时,几乎不知所措。此刻上帝拯救了她,她发现壁炉架上一杆上了膛的火枪,于是拼尽全力,扣动扳机;她不清楚自己做什么,只是盲目射击。要不是看到那野兽直挺挺地倒在地板上,确定已死,她不会相信自己亲手杀了这只讨厌的家伙。

希恩在床上睡着了,她太累了,累得没有力气盖上被子。婴儿开始呜咽,她赶紧把胀得发痛的乳房送过去让婴儿吸。睡着后,她做了个噩梦,梦中再次感受到那野兽呼在她脸上的热气,手上触摸到它胸前温热的皮毛,肩膀上留下被它的爪子撕裂的伤痕。她坐起来,大声喊伦祖,却看见那具尸体还瘫倒在地板上,头部中间中了枪,舌头垂在她的羊皮地毯上;野生动物浓稠的血液也喷溅在地毯上,这地毯是伦祖送给她的结婚礼物,现在被血液弄脏。她知道这次的恐惧只是无意识的梦境,便重新躺下,接着又睡着了,呼吸声跟孩子们的混在一起,平稳、轻微的呼吸声是玛吉和基茜的;还有一种呼吸声短促、缺乏规律——有点震颤的呼吸——不知为什么,跟其他三种呼吸声隐约不同,因为它从未出现过,是一种属于男性的飘忽不定的呼吸声,这个男婴在他父亲的房子里感到安全,但在母亲的怀抱里更安全。

玛吉和基茜醒来发现地板上的豹猫尸体,兴奋得对着尸体大喊大叫,还告诉她们的小弟弟,又充满敬畏地看希恩受了伤还在流血的肩膀。这时希恩也醒了。

她清洗肩膀上的伤口,伤口沿着手臂往下,越来越浅,最后只是一些小划痕。她用清澈的松节油溶解牛脂,涂在伤口上,让它结成块。滚烫的油脂烧灼伤口,她感到一阵剧痛,但必须这么做,否则可能感染败血症,或者伤口愈合时可能出现脓肿,并伴随高烧,也许还没等伦祖回来找她,她已撒手人寰。

直到三天后,伦祖才赶回来。他的牛在从海岸集市回家途中,全身浮肿而死,伦祖没有时间掩埋它,只好把它留给秃鹰啃食。后来是杰克赶着文斯·卡佛家的牛车,送伦祖回家的。希恩认为它是到了寿命……这头牛曾卖力地拉着她和她的家人,走过遥远的路程,可现在,模糊的双眼在高温下死死地睁开,被绿头苍蝇和秃鹰争抢、啄食。伦祖和杰克回到家,看到空地边缘躺着两条死去的猎犬,尸体被美洲豹猫撕成碎条;内脏闪着亮光,如希恩戒指上猫眼石反射的光,已被吃得所剩无几,残留物弄脏了地面。门外躺着那只闯入希恩家、被希恩杀死的美洲豹猫的尸体,因为希恩只能拖这么远,便拖不动了……它该死……伦祖回家之前,豹猫的尸体上站满绿头苍蝇,离房子太近,一股难闻的腐臭味飘荡在空气中,令她作呕,把吃下的食物都呕吐了出来。

伦祖掩埋了猎犬,但没有掩埋美洲豹猫。他剥下豹猫的毛皮,这个过程很恶心,但他并没有因为恶臭而放弃。他打算把豹猫的毛皮做成一块地毯,让希恩虚弱的双脚踩在上面,或者做成一条披肩,盖在她撕裂的肩膀上,亦或做成一个漂亮新奇的顶篷,罩在她床上。哦,他愿意做任何事来取悦她,因为她在他的眼中熠熠生辉。他能感受到,但说不出,也理解不了:她像春天的悬铃木树干一样洁净;勇敢得能够一枪击中美洲豹猫坚硬的头颅;像夏天挤满蜜蜂的蜂巢的气味一般甜美;像仲冬时节的蜂箱一样安静,蜜蜂在里面冬眠,当你敲击桉树,听到的只有成千上万只蜜蜂昏昏欲睡地拍动翅膀,它们层层叠叠,挤成一堆,蜂箱里的空气温暖、甜蜜。

是杰克给孩子取的名字。

当杰克跟随伦祖走进希恩的房间,看到小男婴,听到希恩大战豹猫的英勇故事,惊讶得眼睛眯成一条缝。他几乎更加爱希恩了;但希恩变化太大,他几乎认不出她。她眼神空洞,皮肤黝黑,沉默寡言,但他仍看得出,她想哭,因为他曾看到自己的母亲这样。许多次,希恩双唇紧闭,眉头紧皱,眼神游离。要是母亲知道希恩的遭遇,一定会慌乱无措。他必须赶紧回家,把这个轰动的消息告诉家人。

伦祖看着希恩的肩膀,牛脂已经密实地把伤口封住,直到伤口愈合。他感到有点尴尬,因为他觉得自己永远落后于这个女人;他永远也赶不上她。但他并没有因此不开心,反而很骄傲。她所有的缺点对他都无关紧要。她难道不完美吗?她在同一个夜晚,既生了一个儿子,又勇敢地杀死了要吃他们儿子的美洲豹猫。想到她受伤的手臂,他不由得伸出手臂,紧紧抱住希恩,但他没有告诉她自己的感受;那种感受像是问候上帝。

等希恩能忍住泪水，便叫伦祖给儿子取个名字。伦祖嘴上夸着海口，开着玩笑，心里却认为，虽然是他按照自己的模样创造了这个小生命，却不配给他取名字。究竟取什么名字，他完全没有感觉。怎么办呢？什么也不做——对，什么也不做。

伦祖突然扭捏不肯给孩子取名字，希恩觉得有点难堪。为了掩饰这一点，她转向杰克。杰克正站在希恩旁边看着她，希恩用没有受伤的那只手臂抱着婴儿坐着。

"难道没人能给他取个男孩子的名字吗？杰克，你可以给他取个名字吗？他真可怜，没人给他取名字……"

她对着怀里的小家伙，淡淡微笑着开玩笑。

杰克的目光投向壁炉里的火苗，然后又回到希恩脸上。他为自己能给这个小生命取名字感到自豪，毕竟不是人人都有这种机会，在自豪感的驱使下，他想到一个好名字，跟他在海岸集市听到的故事有关……今年，他跟贾斯珀、里阿斯去海岸集市，文斯从去年开始一直生病就没跟他们一起去。他突然说："就叫他卡尔霍恩吧！我听说妈妈家乡有个人叫这个名字……"

希恩把这个名字的音节重复念了两遍："卡尔——霍恩……卡尔——霍恩……"

她觉得，身旁的伦祖，一定是太得意了，才取不出名字。她说：

"我想，伦祖·卡尔霍恩非常合我意。"她偷偷地笑了笑，知道伦祖的心思。

伦祖哼了一声，支支吾吾说：这名字对这么小的婴儿来说显得太老气了！

希恩笑了，杰克听了，不由想起她以前活泼开朗的笑声。

"哦,那我们就叫他卡尔吧!"

伦祖表示赞同,想到孩子不用叫伦祖这个名字,他如释重负,因为若把自己的名字给孩子,会显得过于骄傲,让人觉得有点厚颜无耻,并且像从偏远地区出来的行为不得体的普通人。

现在,杰克可以回家,把孩子出生,希恩大战美洲豹猫,还有他给孩子取名字这些事告诉父母他们了。

让希恩感到意外的是,伦祖只卖了金币,换回粮食和物品,把希恩的银汤匙和戒指又带回来了。

第十二章

希恩的体力恢复很慢，慢到她对自己的身体感到绝望。在她生孩子并杀死美洲豹猫的那个夜里，她的生命力和勇气几乎耗尽。现在的她弱不禁风，并且无缘无故落泪。她总是哭，原本就眼睑肿大，皮肤粗糙厚实，脸上有些雀斑，不太漂亮，现在由于哭得太多，变得更加不好看。她喉咙上方，眼睛后面的泪腺，总是源源不断地制造眼泪，眼泪从泪腺流出，顺着脸颊滑落。她觉得自己再也不想跨坐在牛背上，从棉花地里骑回家；再也不会在清晨高唱"苏珊，跳起来"，以前她总是没来由地开心，静不下来。她认为自己不能恢复，就必死无疑，小婴儿也活不了，因为她几乎无法从床上爬起来照顾他，也没有奶水喂他；这个小家伙日夜啼哭，除非太累哭不出来，才会睡着，瘦得皮包骨。希恩把牛奶、羊奶、米汤加热，喂给婴儿吃，但似乎不对他的胃口。他总是因腹绞痛而尖声哭叫，伦祖有时抱他来回走动，一直熬到天亮。

希恩从小对四季变化非常敏感和熟悉。她能通过北风或南风轻松判断新的季节何时来临，也能通过观察某个夜晚的天色，判断新的季节何时已悄然到来。十一月希恩的小婴儿长到八周大时，又一年的冬天来临，东北方向下起一阵冰冷的雨，让希恩家周围的树林归于沉寂，林中的野生动物不再发出断断续续或尖锐刺耳的各种叫声，鸟儿也停止了歌唱。后来，希恩听到松鼠在寒冷的天气里尖叫，啄木鸟也厉声呼号，但是，这些声音是夏季才有的忧郁回声。以前当希恩在冬季的第一天去树林里闲逛时，她知道松树树干的鳞片外皮何时会剥落；当她边走边看向远方，却不知道自己到底想看什么时，她知道脚下何时会踢到掉落的松塔。但现在，发生了很多事，时间的界限已经模糊，以至于她都没有注意到，冬天已经发出信号，催促她关上百叶窗和门，给孩子们裹上厚衣服。

她曾打算入冬前回趟娘家，但又感到力不从心。母亲来看过她，带了几捆新织的斜纹棉布和土布过来。西恩在这儿待了一个星期，做家务，缝制希恩一家人的冬衣，尽管文斯还卧病在床，但她仍在希恩家里做着这一切。虽然牵挂着家里，觉得文斯一定在埋怨她，但她仍放不下希恩的小家庭，因为自己的女儿在这里承受着无法承受的负担，西恩希望自己多长几双脚，多长几只手，身上有使不完的力气，只有这样，她才能如愿地照顾好挚爱的亲人，为他们分担生活的重负。

西恩要回家了，想到希恩和她的孩子们至少这个冬天不会受冻，心里才感到安慰些。她必须回到文斯身边，因为担心文斯熬不过这个冬天，并且文斯被里阿斯和布利斯·科温的事情伤透了心。

现在，玛戈特到哪儿都抱着布利斯·科温的孩子，对这孩子视如己出。科温一家——除了孩子的母亲布利斯，都很乐意把孩子丢给文斯家。但布利斯的眼泪并没有打动文斯，也没有打动西恩，虽然西恩有一丝触动；布利斯难道不知道，她对这个会遭邻居耻笑的私生子没有任何权利？文斯把孩子抱回家，免得别人嘲笑她的身世，把她当成罪孽。至于布利斯·科温，就让她自己去受过吧！他跟布利斯本来就没有任何交集；他只关心这个孩子，是他自己的血脉。他会照顾这孩子，尽管他曾无数次地祈祷，愿这孩子胎死腹中，但是，每次看见这孩子，他都会觉得羞愧。现在，玛戈特·金布罗享受太多甜蜜滋味后，正在品尝苦果！看到玛戈特不得不照顾另一个女人所生的孩子，文斯心情舒畅一些；这样也好……也好……但是，哦！他心里仍然痛苦万分，从未得到片刻安宁，因为儿子犯下罪过。西恩说他的病好不了，除非他不再为里阿斯的事犯愁，也许她说得对——他不可能不犯愁。当你上了年纪，认清沙子往下流动时，要放下心中的忧愁，是不容易的。啊，上帝！人生总是伴随着辛劳与烦恼，除了上帝，没人能够摆脱烦心事。上帝似乎不会介意什么，也许正因如此，他才能确立永生的荣耀。

文斯想，如果他严重的褥疮能治好，身体将会恢复。几个月前，他还像年轻人一样，踮着脚尖大步走，但现在他脚痛，不管敷什么药，都无济于事。相反，疼痛一直扩散，最后双腿都痛，只能躺在床上，西恩自制了一些药膏和油膏，抹在文斯脚上，再用干净的碎布包扎。他说自己没事，这一年半以来，他都没事，只是要忍受这糟糕的疼痛和身体的虚弱。他已经管不了要不要播种，种子能不能长出粮食。他日渐消瘦，当西恩用猪油和绿矾粉给他擦背，以缓解他因卧床太久导致的背痛时，能触摸到他坚硬的脊椎骨。他上下颌骨凹陷在宽宽的脸颊骨里面，前额皮肤很薄，似乎没有血液流动。红润的气色和宽阔肩膀上发达的肌肉已不复存在，当西恩亲自照顾文斯时，不会让他照镜子。但有一点让人欣慰，不管她给文斯什么食物，文斯都会吃，这让她很开心。她做很多好吃的，满足他的胃口。十一月，家里宰杀了第一头大猪，她放些猪肉在炖锅，又放些在平底锅里，盖上盖子，又是炖，又是煎，用不同方法为文斯烹饪香甜美味的猪肉。他多么喜欢这鲜美的味道！尽情地吃，吃到双手和胡须上沾满油脂。

谁知道，这是文斯吃到的最后一餐。

也是西恩煞费苦心为文斯准备的美餐，西恩余生都为此感到欣慰。

那天深夜，她醒了，发现躺在身边多年的老伴呼吸有点异样。叫他名字，也没回应。她赶紧点上蜡烛，发现他快不行了；他的身体散发一种阴森的难以名状的气味，是一种药物的气味，但不是明矾，不是绿矾，也不是她认识的任何一种药物。房间里分明是死亡的味道！他可能想掩盖这种气味，但又无法消除。

她爬楼梯去阁楼，根本没察觉自己是光着脚踩在又冷又硬的楼梯踏板上。当她走到贾斯珀床边时，贾斯珀醒了。西恩用平常语气，低声跟贾斯珀说话，但还是惊动了睡在另一张床上的杰克，杰克一时动弹不了，躺在床上，浑身颤抖。西恩说：

"贾斯珀，你父亲，快不行了……"

然后，她下了楼梯。贾斯珀起身，穿上马裤，走过去拍了拍杰克的肩膀，摇了摇杰克，却发现杰克已经醒了，便没有吭声，走下楼梯，只剩杰克一个人留在阁楼，恐惧扼着他的喉咙，摇晃着他，直到他的牙齿咯咯作响。他起床穿上马裤，沿着楼梯下去，脚步拖沓，心里却急着赶去父亲房间。曾经高大强壮的父亲，现在却变成阴森可怕，虚弱无力的陌生人。文斯盖着被子，头露在外面，花白的胡须被昨天所吃食物的油脂粘连成一缕一缕；嘴唇变成紫色，张开着，发出鼾声，眼睛紧闭，深陷在黑黑的眼窝中。里阿斯、玛戈特、贾斯珀站在床边，西恩也在那儿，仅穿着衬衣。贾斯珀生起火，给母亲拿去外套，帮她穿上。她没有穿袜子，仿佛着急赶去做什么；贾斯珀又拿了一双厚重的羊毛袜，穿在她脚上，她的脚以前被烧伤过，所以粗糙、扭曲，疤痕累累。

西恩似乎有些精神恍惚，没有立即意识到自己在这件事上的责任。她其实处理过许多丧事，但这次是她自己家的，是她自己的悲痛，不是邻居的。以前死神也来过一次她家，但伊丽莎白那时还太小，还不懂死神是什么。那时，西恩还有文斯可以依靠。

她猛然清醒，意识到自己的职责。她知道，死神有个习惯，就是偷偷地潜入房子，偷走一些人的灵魂，这些人从未料到死神是为他们而来——除非上帝告诉了他们。正因如此，很多人在自己的罪过中死去。文斯是一个好人，上帝应该告诉他，死神来找他了，尽管这样做很难，因为他只剩半条命。死神偷走西恩的力气，让她迈不动步子。贾斯珀站在她身旁，抱着她的肩膀，给她安慰，还为她穿上袜子，仿佛她会在意自己有没有穿鞋袜！

她用力拉文斯，直到脾气暴躁的里阿斯责怪她：

"妈妈，看在上帝的分上，放过他吧……"然后，他嗓子哑了。

尽管每次松开文斯，文斯还是双眼紧闭，但西恩仍然试图叫醒他。她必须确定他有意识，这样的话，如果他有事情想交代，他就可以交代。人死后，若在世间还有未了的心愿，在坟墓里是无法安息的。

她没有直截了当地告诉文斯；因为她知道，文斯很精明。

"文斯，你能听见我说话吗？"

他嘴巴张开，咕哝了一声，双眼看着西恩，表示"听见了"。

"你有什么想对孩子们说吗？"

他们听着，竭力听清他的遗言。他们必须知道他的遗愿，然后去执行——因为在上帝面前许下的誓言，或《圣经》中的箴言，都不如一个将死之人的临终遗言那么令人敬畏,那么强制性地要执行。

文斯嘴里咕哝着,发出不自然且让人毛骨悚然的声音。里阿斯连忙转过身去,走到火炉边,但贾斯珀始终站在原地,他的脊椎跟母亲的一样僵硬。

老人的眼睛搜寻到玛戈特,然后盯着她。长期的卧床,让他看上去像一件寿衣,并且让他感知不到,也不关心死亡的临近。

西恩知道,文斯没有罪过需要忏悔;他是一个好人,一直都是。

老人的目光立即定格在与玛戈特目光相遇的地方,直到身体冷却,西恩把他的眼睑合上,压上铜币。

天快亮时,西恩清洗文斯的遗体,玛戈特在一旁帮她。面对这个突发情况,两个女人镇定自若。她们唠着家常,用聊天来掩盖可怕的寂静。她们清洗着这具赤裸的、瘦弱的,被痛苦吞噬的遗体。一个人一旦停止呼吸,就变成一具污秽的尸体,等着被埋葬在干净的泥土里。西恩此刻不允许自己记起,这块死亡的肉体曾经无数次与自己肌肤相亲,创造了一个又一个生命奇迹——儿子们,此刻他们正被关在门外,与父亲赤裸的遗体隔开,站在那里为父亲哀悼。她抬起无力的尸体,玛戈特帮忙给他穿上干净衣服。西恩再把手伸到他的下巴下面,看他的上下颌骨是否合拢,用棕毛刷子给他刷头发;尸体在她手里,温顺得任由她摆布,就像他生病后那么温顺一样,但在生病前,他可从来没有温顺过。最后,玛戈特抖开一条干净的床单……

但西恩不忍心将床单盖在他脸上。

上帝啊,她在装殓的是文斯!她把文斯的气味隔绝在一条干净的床单下!她刚清洗的是文斯的头发和胡须,她手里托着的是文斯更加瘫软无力的脖子！他让她做这一切；但他本来很谨慎，不想提醒她正在做的一切，直到她全部做完——她在装殓的尸体是文斯。他的双手按照她的摆放，交叉放在胸前。

西恩把床单盖下去；床单在他胸前起皱,扫过他刚清洗过的胡须。她迈着沉重的脚步，茫然地穿过厨房。贾斯珀碰到她，把她抱在胸前，她用前额撞击贾斯珀年轻坚硬的胸膛，不停地哭，并跟贾斯珀说：

"哦，贾斯珀——你爸爸已经走了……你爸爸已经走了……"就好像她刚刚才得知这个消息一样。

里阿斯坐在餐桌旁，头埋在臂弯里。杰克站起来，嘴唇翕动了几下，但没说话，走到屋外。贾斯珀把脸贴着母亲灰白稀疏的头发。他们像坚强的灵魂那样哭泣，哭声发自他们人性最根本的痛处；他们又像有些人那样哭泣，那些人知道命运的堡垒已然坍塌，从此以后，他们自己经过考验的灵魂必须成为命运的堡垒，站在孤寂的前方，奋力抗争。

玛戈特听到他们恸哭；她待在停放遗体的房间没有出去，这个被盖在床单下的人，现在已离他们而去，他们因此对他的爱，比他活着时对他的爱更加强烈。现在她几乎也很爱他，全然忘记曾经对他的憎恨，这种恨从她爱上里阿斯那一天开始。现在床单不会弄皱，除非另一只手掀起它。西恩帮他合上嘴，在他眼睑上压了铜币；玛戈特现在不需要恨他，也不需要怕他。他躺在床上，身体很长，一动不动，死亡怪异地延长了他的身高。现在他可以等待时机；他知道死亡的全部秘密，比语言或思想更珍贵的秘密，因为她能感受到，在一个恐怖的瞬间，他的眼睛从遮盖他的床单下盯着她，这双眼睛里藏着死亡的魔力，仿佛在嘲笑这没用的床单和眼睑上薄薄的褐色铜币。他现在已经不再受身体的束缚，能够看到他想看的东西，不管是光明还是黑暗，亦或是任何愚蠢的障碍物。她是这个跟她共处一室的"物体"旁边可怜的生物。但她必须站在自己的立场！她无比冷漠地往下盯着这个"物体"。有一刻，她可以发誓，床单升起来了，越来越白，越来越高，并且在移动；但下一刻，她知道，这不过是她因恐惧而产生的幻觉。她听到他们在另一个房间哭泣，是这个筋疲力尽的男人的孩子们在哭泣，是这具瘫软无力的尸体的亲人在恸哭。她低着头，双手抚着脸。她曾经惧怕这个又穷又病的老头，现在他死了。世间没有鬼魂——如果有的话，文斯·卡佛应该是一个善良的鬼魂。他不是不愿承认她是里阿斯的妻子吗？临终前不是张开嘴有话对她说吗？她现在可以告诉他，她是个正派的女人，比他认为的要正派。但也许他已经知道，因为他到了另一个世界，在那里，他可以洞悉一切。她放松了一下膝盖，竭力为这个刚去往另一个世界的灵魂祈祷："感谢你……感谢你……"她把头放在床沿，希望得到老人的宽恕，因为她曾令他伤心。她想告诉他，她并非如他想象的那样是个罪恶的女人，但他永远也无法听到。突然她感到他在她手下面动了一下，不由得吓得浑身冰凉。

后来她才意识到，只不过是她自己动了一下，碰到他的手，他的手还没有完全僵硬。突然，她明白为什么她想对他说："谢谢你离开，谢谢你从里阿斯和我之间退出……"

里阿斯赶着牛车出门，把消息告诉邻居，贾斯珀去接希恩。太阳升起已经两个小时，希恩惊讶地发现原来还是上午；她觉得天色像是临近傍晚，似乎是疲倦的一天快要结束。

他们吃玛戈特做的早餐，但其实只是做做样子，没人咽得下。

文斯虽然在床上吃了很多天，但餐桌的首席座位似乎在今天才正式被遗弃。空荡荡的椅子残酷地提醒大家，即使是一个信誓旦旦说自己如太阳般刚强的人，也可能停止吞咽和呼吸。现在，他们知道，他再也不能跟他们在一起吃饭，除非等他们到天堂，跟他坐在一起吃肉。将他们分离的是死亡，死亡比天空由东到西的最大距离更遥远，比通往故国的中央航路（旧时奴隶船航行到加勒比或美洲的最长行程）更深邃，比夜晚更黑暗，比地狱的魔鬼更可怕。他们明白这一切。然而西恩却跟大家说，文斯现在抱着小伊丽莎白，一定很开心。她说着说着，眼里噙满泪水。她多么渴望能爱抚伊丽莎白这个小天使，也多么希望得到文斯这个高大健壮的大天使的爱抚。文斯现在正在天堂抱着伊丽莎白，迈开大步往前走。他的肩膀又像年轻时那样宽阔厚实，而伊丽莎白的肩膀上折叠着一对银色翅膀，穿着上帝送给她的蓝色小长袍，跟母亲梦中的她一样甜美。哦，屋里所有人都为文斯悲伤，西恩在为文斯心痛的同时，也为伊丽莎白心痛。那时西恩看到文斯在屋旁为伊丽莎白挖墓，那情景仿佛就在昨天。西恩走到百叶窗前，打开窗，眺望松树下那片草地。四周一片寂静，只有一点点凉意，因为寒潮过后，天气已经回暖。伊丽莎白的小坟就在斜斜的松树下，显得有些寂寥，但马上它就有伴了。今天早上，邻居们会在旁边挖一个坟，把文斯安放进去。

玛戈特在炉火边忙着为赶来的邻居做饭。就在她来来回回，忙个不停时，手里还抱着布利斯·科温生的小女孩，孩子遗传了布利斯·科温向上噘起的漂亮嘴唇和里阿斯·卡佛往外扩张带有轻蔑表情的鼻孔，还有魔鬼撒旦丑陋的畸形足。

西恩闩上百叶窗，回到炉火边。她紧靠炉火坐下，慢慢意识到她的生命即将分割成两半，就像锋利的小刀划过光滑的水果，把它分成平整的两半。前半生直到昨晚结束，后半生从昨晚文斯去世时开始。前半生就是下地劳作、照料丈夫、四处奔忙，安顿家庭，抚养几个大个头儿子和一个好女儿；今天是文斯下葬的日子，也是她后半生的第一天。（由于天气不够寒冷，不能把他放在外面过夜，除非把他放在没有生火的房间，即便如此，也要把他的鼻子和嘴巴清理干净。）她的下半生将不需要下地劳作，不需要照顾他，不需要奔波劳碌，因为她的家庭已经安顿好，孩子们也长大成人；下半生就是疲惫地等待上帝的召唤，召唤她回家，回到文斯身边，那里才是她该去的地方。

西恩没有把这些心里话说出来，但孩子们已经觉察她的变化，她已不再是他们以前熟悉的那个母亲；他们忘了，而她自己还记得，她在成为他们的母亲之前，是文斯·卡佛的妻子。

贾斯珀对父亲的离世比任何人都表现得更冷静。里阿斯无法理解贾斯珀这种行为。邻居说，贾斯珀最像他母亲，其实希恩也像。

贾斯珀经受得住痛苦，就像石头能够经受风雨。希恩带着她年幼的孩子们坐在桌旁，一直控制自己的情绪，只是默默流泪。杰克离开家大半天了，一个人情绪低落地待在河边，他像小兔子一般胆小，当有某种东西让他无法承受时，他会躲起来……

里阿斯不理解贾斯珀、希恩和母亲怎么能够如此镇定。他走到树林里，坐在一根大木头上拔狗根草，一根根地连根拔起；然后又一根根地扔掉。他停了一下，把手放在交叉的膝盖上，但还没等他意识到自己停了手，又开始拔起来，他的脚在两簇草丛之间蹭来蹭去，把地面蹭得很干净。一只灰色的小蜥蜴沿着木头，飞快地朝他爬过来。他坐在那儿，一动不动地看着它。小蜥蜴也伸直脑袋，一动不动地看着木头上这个陌生的庞然大物，然后越过一个边缘粗糙的洞爬走了。洞里裸露着木头已经腐烂的褐色木芯。里阿斯看到蜥蜴经过树洞的时候，身上的灰色变成腐烂木头的褐色；然后当它沿着木头上已风化并且很光滑的那一侧滑行，再爬过一簇草丛时，身上的颜色又变成草绿色。当它爬过他黑色靴子的尖部时，又变成黑色……里阿斯抬起另一只脚，用靴子跟部重重地踩在蜥蜴身上；它身体扭动了几下就再未动弹，挤出的汁液弄脏他的靴子，他觉得那汁液不是褐色，绿色或灰色，而是跟他的血液一样，是红色。他抓起蜥蜴的尾巴，把这只踩扁的蜥蜴拎起来，用力扔出去，然后抓起一把草，把靴子擦干净，嘴上还说，"讨厌的东西！"

他心想："他不能死，不能死……"

父亲曾是他最好的朋友，也是可怜的小布利斯的朋友。他知道，里阿斯想抚养布利斯的孩子，即使这孩子的腿将终身残疾。她出生三天，父亲就带母亲去看望她，还把她带回里阿斯的家，让玛戈特照顾。母亲说，布利斯哭着要看一眼这个被从她身边夺走的小家伙，但苏珊娜·科温却很高兴，因为有人要把这个因罪而生的孩子带走。谁都知道，她的脚丑陋、畸形，她一生都无法摆脱罪恶的身份。

现在，里阿斯可以把玛戈特送回海岸镇……不！他不能这么做。父亲在坟墓里会不安的。因此，里阿斯必须继续偷偷摸摸地溜进布利斯家，只要布利斯一有机会逃脱她母亲喋喋不休的唠叨和她父亲冷漠的嫌恶，里阿斯就在小溪边跟她幽会。

哦，父亲劝告过里阿斯，说他会让布利斯和他自己都成为邻居的笑柄……但里阿斯不听，因为他可以躺在草地上，在布利斯身边，感受她凉凉的双手抚摸他的前额，倾听她柔柔的嗓音平息他的争吵，忘记自己是一个凡事都要忧虑的人。布利斯身上有某种东西，像一剂甘菊茶，对里阿斯很有益处。如果他死后下地狱，她会来找他，说，"里阿斯，你又争吵，快闭嘴"，然后他会平静下来。她总是知道他对一些事的看法，但她从不觉得这些事值得担心或争吵。她很温柔，致命的温柔……

里阿斯经过松树林时，听到母牛铃铛发出的银器碰撞的声音。他听出来，是父亲的牛群脖子上的铁铃铛发出的叮当声。他的目光落在一只蚂蚁身上，它正沿着离他靴子两英尺的松树根部爬行，虽然他没有移开目光，却能叫出每个铃铛对应的每头牛的名字——邦妮、吉普赛、贝丝或者杂色的小母牛斯波特。铃铛的音调似乎一个比一个更深沉，亦或更高亢；各种不同音调混合在一起，并不会扰乱人的思绪，而是让人心绪平和，因为铃铛是通过平稳、耐心的碰撞发出叮当声的，母牛正在安静地吃草或休息，只有在赶跑叮咬它们的苍蝇时，才会触碰脖子上的铃铛。从地势更高的东边，传来羊群更加清脆悦耳的铃铛声，循着声音，可以看见羊群迈着碎步走在草地上，它们的脚柔弱、纤细，似乎支撑不起满载羊毛的身体。一只红褐色的老公羊带领着羊群，脖子下面的小铃铛随着鹿皮带子来回摆动。里阿斯也听得出这种铃声。每一种铃声以及对应的每一只羊，他都了然于胸。这些牲畜是他的家人；不是血缘上的，而是境遇上的。文斯·卡佛的庄稼收成好，它们可以填饱肚子，长得膘肥体壮，背脊宽厚；但庄稼歉收，它们就要像文斯·卡佛一家人一样饿肚子，谁也好不哪儿去。里阿斯倾听着牛群脖子上铃铛摆动的声音，这群不会说话的动物，无论白天还是夜晚，每一天都要被挤干奶水，供卡佛一家饮用；这些年，里阿斯都会听到这只老公羊带领羊群，等待主人给它们剪羊毛的声音，它总是最先贡献出自己红褐色的羊毛，其他羊看到后就不再惧怕剪毛了，当文斯·卡佛小心翼翼地用大剪刀给它剪毛时，它会半闭着温顺的眼睛。从里阿斯小时候开始，这只红褐色的老羊就是领头羊。杰克小时候有一次，妈妈给他唱一首关于红褐色绵羊的老歌，他嚎啕大哭，以为是父亲的红褐色公羊掉到山谷里，被秃鹰和蝴蝶啄了眼睛，因此弄丢了它的小绵羊……现在，大家把这件事当成杰克的笑话来讲，因为老公羊再怎么努力也不可能生小羊。

里阿斯觉得铃铛声是孤独凄凉的丧钟的哀鸣声，因为曾经评判、保护又屠宰这些不会说话的牲畜的人，即将长眠在这块属于他的土地下，而属于他的羊群和牛群仍在按照他生前的意愿，在这块土地上边走边吃草。

他们站在墓穴边，看着湿湿的泥土重重地落在黄松木棺材上。这个春天，老人都到齐了。他们要用最好的方式安葬文斯。里戈·科温声音哽咽地在祈祷，但并非全心全意；邻居们围着坟墓，真心实意为文斯·卡佛的死感到难过，但除了用泥土将棺木掩埋，他们实在不知道说什么或者做什么。

湿透的泥土一铲一铲地抛在文斯的棺木上，西恩把目光移向别处。她不能失去内心的安宁；只要再等几年，她就可以在天堂再见到他和伊丽莎白；他们将一起爬上金色楼梯，走向上帝的白色大宝座，在那里，来自悲伤尘世的祷告者聚集在上帝耳边，倾听上帝的审判，他们浑厚悦耳、引人入胜的祷告声激发着上帝的记忆。

当晚，希恩待在母亲房间，她们躺在文斯床上，猎犬的哀嚎刺痛她们的耳朵。从来没有如此寂寥的声音……猎犬们夹着尾巴，悄悄潜入夜色中，在苍白的坟堆旁徘徊，文斯·卡佛就躺在这潮湿的坟堆里，紧靠着伊丽莎白的坟墓。猎犬在新翻动的泥土上嗅探，只嗅到清新的泥土气息；但从黏土、雨水、草地、树木的气味中，也能搜寻到主人奇怪而微弱的气味。

第十三章

这个冬天，气候温和宜人。树叶很少因落霜而变白，整个冬天几乎都能听见蛙鸣，如金属碰撞的声音般悦耳动听，由于天气暖和，青蛙误以为春天到了，纷纷离开洞穴。这个季节，人们必须早早地开始春耕，庄稼才能在入夏前生长旺盛；而且庄稼要经受足够的低温，才能杀灭讨厌的虫子，否则天气一热，地里就会爬满虫子。

暖冬过到一半，菲尔比迎来了一岁生日。

玛戈特烘焙了一个甜蛋糕，贾斯珀削了一根小蜡烛，晚餐时，他们把蛋糕和蜡烛放在饭桌中间。菲尔比用力吹气，小脸涨得通红，想吹灭小小的烛焰。烛焰很敏感，再小的风都能改变它的方向；但她没有将蜡烛吹灭。她坐在里阿斯用胡桃木给她做的高高的椅子上，脚抵着桌子，那双脚弯弯的，像被一只强壮的手折断过。

他们享受着快乐的生日晚餐，因为谁会不喜欢这个小女孩呢？她眼睛蓝蓝的，像里阿斯，嘴唇湿润并且线条优美，像她那不可能生活在一起的生母，她小小的腿像木头腿一样笨重，越过地板，从一个人的怀里转移到另一人的怀里。她无法决定待在谁的怀抱里；当家人一起用餐时，总有不同的人抱她，她就在他们之间传递，先是坐在里阿斯肩膀上，然后是坐在西恩、杰克或贾斯珀的膝盖上。但当她伤心时，她会跑去找玛戈特，靠在玛戈特胸前寻求安慰，玛戈特的胸脯依然美丽、高耸，犹如郁郁葱葱、渺无人烟的山峦。

西恩特意为菲尔比做了一些奇特的姜饼人，就是先生和小姐形状的姜汁饼干。姜饼人摆在桌上，非常漂亮。桌子中间摆放着一个大瓦罐，里面插着从玛戈特卧室窗下的花坛里新摘的白色石竹花，大家围坐在桌旁，讲笑话，为菲尔比唱生日歌，其乐融融。

每个人都沉浸在欢乐的气氛中，这时布利斯和她父亲意外地驱车来到屋前，只听见里戈大声喊道："有人在家吗？"仿佛科温和卡佛两家的纠葛就像肌肉馅饼一样简单，确实简单，因为只能这样。当布利斯带着送给菲尔比的礼物进门时，非常温顺、怯懦，跟西恩要求她做的一样。

此刻，谁会想到，布利斯会突然出现呢？

里阿斯的脸一下子红得像雄火鸡的鸡冠，手指僵硬、笨拙。玛戈特去为布利斯父女拿椅子和餐具时，发觉自己浑身发抖。西恩开了一罐腌黄瓜和一罐香肠，加上鸡肉饺子，一些绿叶蔬菜，以及菲尔比的甜蛋糕，足够大家吃了。

贾斯珀、西恩和里戈一直大声聊天。布利斯只是谦恭地问候西恩"祝您身体健康"，就再没说过一句话。她也不敢看里阿斯，里阿斯也小心翼翼地提防着她。菲尔比的眼睛来回打量着这两个陌生面孔，最后小嘴开始抽动，哭着要玛戈特抱她。玛戈特把她从高高的椅子上抱下来，菲尔比便紧贴着玛戈特的胸脯，把脸藏在她怀里。

布利斯吃到一半，突然把藏在膝盖下的包裹拿出来，放到桌上，推给玛戈特：

"我们想起来今天是孩子的生日……妈妈要送点什么给她……"

然后她继续啃鸡胸骨，啃得干干净净，其实她并不饿。她上嘴唇冒汗，手心也湿了，眼睛里流露出焦躁的神情。

玛戈特只是一个劲地唠叨布利斯包裹里的红色小毛线头巾、披肩以及让菲尔比戴在脖子上的蓝色白杨木珠子；布利斯的包裹里还有摇篮大小的被子，上面有粉色和白色斑点，填充着苏珊娜·科温家的鹅毛。西恩以布利斯送的东西为话题聊了很多，为了让布利斯开心，她说：

"布利斯，我敢打赌，这个被子是你亲手做的！"

布利斯红着脸，说：

"是的，夫人，是我做的……她还需要很多东西……"

但菲尔比始终把头埋在玛戈特怀里，没有抬头看布利斯送的东西，甚至包括漂亮的蓝色珠子。当玛戈特把红色的小毛线头巾戴在菲尔比头上时，她嘟起下巴，撕心裂肺地哭叫起来，里阿斯只得把她带到外面空地上，安抚她。西恩连忙打圆场，说："你以后要经常来，她不喜欢生面孔……"

布利斯和她父亲没待多久。里戈说，他们很匆忙，因为苏珊娜要他们赶快回去。他们讨厌一吃完就走，但是……

回家途中，布利斯几乎一直哭。她想从此远离趾高气扬的卡佛一家！也想远离里阿斯，这个骄傲自大，藏不住事的家伙！他们总以为有了菲尔比，可以传宗接代，认为这对普通人来说是好事。就算西恩·卡佛一家求她回去，她也不会再踏入他们家的大门。她要做给里阿斯看……给玛戈特看……给他们所有人看……

她再也不会为那个骄傲自大的菲尔比纺一根纱，染一块布，或者缝一针线。她现在像是玛戈特的孩子，仿佛布利斯没生过她。她不看她母亲一眼，就好比在说："你尽管为我心痛，为我痛苦吧。"

是玛戈特·卡佛偷了孩子。那个女人用狡猾的手段偷了孩子，却没有人怀疑她；她对下一步想要得到的东西，早就谋划好了；真是卑鄙，在每个人面前耍威风……"布利斯，坐我的位置吧……我不饿……"她把座位让给布利斯，仅此而已，布利斯可不感激她……那是我的孩子，她偷了我的孩子……就像其他偷窃一样，但我也不想要那孩子了……随她对孩子怎样……这孩子跟她接触这么多，除非有一天，离开自大的卡佛一家的视线……她再也不会打搅他们，至死都不会。

那根栏杆再未被转动，灰色小蜥蜴在它的树皮里面繁殖。它像西恩·卡佛家牛圈其他被风化的栏杆一样，不断腐烂。每天早晚，玛戈特和贾斯珀都会去牛圈挤奶，如果天气暖和，菲尔比也会骑在贾斯珀背上，跟他们一起去牛圈，她还学会了叫奶牛的名字。

布利斯和她父亲离开后，玛戈特感觉浑身力气被抽走。她想："只要我不用见到她，我还能忍受。但我不能忍受她跑到我家来，逼我见到她，激我采取行动。既然她来了一次，以后肯定还会来，想用礼物诱使菲尔比回到她身边。如果布利斯想要她，为什么当初不留下她？不，她一声不吭就放弃菲尔比，现在她又决定要回她。只要她想，她随时都会带走菲尔比，我还不能说一个字，因为菲尔比属于她。所有一切都向着她那边。里阿斯会向着她……甚至母亲也会向着她——贾斯珀也会。尽管我照顾了菲尔比，学会把她当亲生孩子一样爱他，她也还是会把菲尔比带走。"

玛戈特心想，即使菲尔比是她亲生的，她也无法给予她比菲尔比更多的爱，因为她已经把全部的爱给了菲尔比。她还清楚地记得那天，文斯把一个边哭边呕的小东西塞到她怀里，说："玛戈特，现在由你来照顾她。他们俩什么事也没有了。"

有半天时间，玛戈特不知道菲尔比的脚是弯的，因为谁都不愿提起她，觉得她的存在是一种罪孽，让每个人承受耻辱和折磨；玛戈特也几乎无法容忍自己的手触摸布利斯·科温的孩子，这个出生才三天皮肤发红的孩子。

第一天夜里，玛戈特给她穿衣服让她睡觉，才发现她的脚有异样；她的双脚湿黏，冰冷，玛戈特心里顿时只剩怜惜。她把孩子的脚凑到火炉边，用热牛脂擦拭，并抱在怀里温暖，还用一个带奶嘴的小瓦罐喂热羊奶给孩子喝。孩子身体变暖，肚子喝饱后，躺在她怀里睡着了；她能感受到孩子呼出的气扑到她脸上；只要她转一下头，她的脸颊就能贴到孩子的脸颊……她的脸抵着孩子的脸，与孩子肌肤接触的感觉令她惊讶，因为孩子的脸比丝绸还柔软，比任何可以想象的东西都更柔软。她的肌肤那么柔嫩，是刚从上帝手里捏出来的。经过上帝之手的触摸，所以那么柔软；经过上帝鼻孔的吹气，所以那么温暖。既然上帝是最近才让她降临人世，所以她才柔软得无法形容。魔鬼撒旦的手指没有碰过菲尔比，玛戈特清楚这一点，但没有把这种异端想法说出口；她认为上帝是按照自己的喜好，塑造了这双脚踝——他的脑子里一定有某种秘密的想法，也许是一个神秘的意图。

从那时起，玛戈特爱上了这个没人要的小东西；她认为上帝在她耳边吐露了一个秘密：请照顾这个孩子；是我创造了她，来实现我的意图。玛戈特就是这么认为的，甚至还有更进一步的想法：上帝的意图就是让里阿斯回到我身边。这是上帝堵在她喉咙口的东西——一种用痛苦做掩饰的补偿，她还为此抱怨过上帝。因为布利斯·科温的孩子，她为上帝曾带给她的所有幸福与不幸全都由衷地跪谢上帝。她想：下次在我抱怨上帝的严厉之前，我会先等一等，去了解他的意图。她想，上帝正在教她一种强有力的斗争方法——一种比力量更强大的力量；他在她耳边低声说出一个秘密——忍耐。

但现在，布利斯想要回菲尔比。玛戈特无法忍耐。如果布利斯把菲尔比带走，玛戈特无能为力，但她不会在意；不会为此伤心。如果她愿意，她可以坐下来哭一个礼拜，但她不会那样做。她不会让里阿斯伤她的心，如果里阿斯伤不了她，那布利斯·科温也很难伤她。

布利斯登门的那天晚上，玛戈特照顾菲尔比上床睡觉，用带粉红和白色斑点的被子盖在摇篮上。她想，我不会让他们看出我在乎布利斯夺回孩子。

然后，她有力扯掉自己的鞋底，好让里阿斯在大家上床之后熬夜帮她换鞋底。其他人都入睡了，整个屋子静悄悄，玛戈特坐在里阿斯身旁，靠在火边给菲尔比缝制新灯笼裤。她把裤子紧紧攥在手里，以免双手发抖。

她把头压得更低，好看清针脚，她的脸上有一圈圈红晕，像一个傻乎乎的小姑娘，因为她发现很难把自己下定决心做的事情告诉里阿斯。

"里阿斯……"

他边用锥子穿透她的皮鞋，边"嗯"地应了一声。

"我想要一个属于我自己的孩子……"

他停下手中的锥子；她看着他，确定他的脸比她还红，这令她感到高兴……

"我想要一个男孩，眼睛和头发都像你……一个小里阿斯，只要我活着,我就会抱他,给他喂奶,把他养大……"她对自己这番讨好里阿斯的说辞感到满意。

里阿斯脸上露出惊诧的表情……玛戈特真是最大胆的女人!想象一下你的妻子毫不隐讳地提出那种事情!玛戈特盯着他的时间越长,他的手指越笨拙,窘得满脸通红。她想说"里阿斯,你真笨",她想拥抱他,让他领会她的意图。

他说:"我不明白你对这双鞋做了什么手脚,让它需要修理……"

她收起菲尔比的灯笼裤,站起身,走过去,把头凑近他耳边,含笑低语:"你下次去海岸镇,看能不能设法给我找个小男孩。"

他随口说了一句:"你根本不知道自己想要什么……"

然后她说:"我看是你没有决定要……"

他知道她是在想布利斯的事。她上床睡觉,他继续补鞋。要是玛戈特不是远远好过布利斯,要是他没朝那根栏杆看过去,不去管他到底朝哪边,那现在情况可能不一样。

三月,西恩的蜀葵和笑靥花像往常一样开花。和煦的春风吹过树林,如群马喷着鼻息,疾驰而过,扬起漫天灰尘。门前庭院种了一排排花,蜜蜂上下翻飞,冲进马鞭草花丛中,蝴蝶飞过院子,停落在玛戈特卧室百叶窗下的花坛上,迟疑着上前吮吸花蜜。一只老母鸡在石竹花花坛中间,在尘土上刨了个坑,趴在里面打瞌睡,一群黄色小鸡仔爬到她身上,把她包围。但除了菲尔比,没人关心这些,她喜欢用小围裙"嘘嘘"地赶小鸡。

四月的阳光下,沼泽地里的水开始回暖,贾斯珀、杰克还有玛戈特三个人去沼泽地围网捕鱼。玛戈特和杰克把鱼往围网里赶;她穿着里阿斯的旧马裤,卖力地赶鱼。贾斯珀用手在老树桩里面掏,把躲在里面的大雨逼出来。他们在齐腰深的水里费力地蹚来蹚去；玛戈特能感觉到有大鱼在双腿间挤来挤去、拼命逃窜。他们把围网拉上来，放在泥地上，网里的鱼多得连一支军队都吃不完。

这是玛戈特第一次捕鱼。她还打算去；谁都希望从煮饭、缝补衣物中暂时解脱出来；况且母亲随时可以帮她照顾菲尔比……

但不久后，她没有再去捕鱼，因为上次她居然傻到在齐腰深的冷水里面蹚来蹚去，然后迎着冷风，全身湿漉漉地回家，里阿斯为此暴跳如雷，责骂了她一通，但她把脸别开，不让里阿斯看到她嘴角的微笑。你会以为里阿斯之所以这样做，是因为她是用糖捏的！现在，只要她拎起一桶猪油，里阿斯都会跳起来阻止，仿佛她拎的是一条响尾蛇！你会以为他的孩子是纯金或玻璃丝等类似东西做的，里阿斯关心玛戈特，就是因为玛戈特肚子里有他的孩子。他甚至不让她再挤奶了，怕奶牛踢到她；也不想让她离开他的视线。每次从地里回来，如果没看到玛戈特，他冒出的第一句话就是："玛戈特去哪了？"有时，她会待在阁楼很长时间，整理存放在那里的羊毛、皮革或调味品，但其实只是为了听到里阿斯嚷嚷着叫她待在自己应该待的地方。她会听他的话，反复回味、享受他的话，就像一个濒临饿死的人品尝到了新鲜食物里面海盐的味道。

她现在可以管束里阿斯了。他吵架，故意对她吹毛求疵，掩饰对她的温柔，但她感到很知足；她快乐地享受怀孕时光，仿佛日夜心里都哼唱着歌曲，像钟摆碰撞所激发的音乐。里阿斯会因为她不好好卧床休息或不多吃东西而跟她吵架，但她觉得他吵架的声音是她听过的最甜蜜的声音。有时，她会发觉他正在打量她，仿佛她是个陌生人，正在专心致志地做着一件他无法理解的秘密而重大的事情。

她高傲地享受着他的关注——哦,我亲爱的先生,你比以前更在意我了?

他没有跟她说出他内心的担忧——你年纪太大,不能生孩子;你会死的,我会感觉到深深的自责;你年纪又大,身体又强壮,所以肚子里的胎儿一定个头太大,你生不下来……

今年的日子拉得很长,大地充分滋养着果实根部,加速果实的生长;种荚沉甸甸的,并适时爆裂开。里阿斯从没见过自己地里的玉米长得这么高,棉花这么饱满。玛戈特九月就要生产,他心里既期待又担心那天的到来,因为一个善良的女人即将为他的丈夫生孩子。至于菲尔比,只是他半个孩子,他对菲尔比的所有感情只不过是一种怜悯。玛戈特的孩子才是真正属于他的孩子,是他婚生的合法的儿子。布利斯本来就不该引诱他。一个男人接受一个主动投怀送抱的女人,并没有过错。里阿斯想:我要找个时间告诉玛戈特,布利斯是什么时候到牛圈找我,又是什么时候走到小溪边找我的。我不会提到第一次吻她的时间。如果贾斯珀非要告诉玛戈特,那就让他说去吧……让他说……

他一想到贾斯珀可能告诉玛戈特他什么时候第一次吻布利斯,就异常愤怒;他这辈子都会认为,如果贾斯珀不告诉玛戈特,那玛戈特就不可能知道。

玛戈特生了个儿子,是她第一个孩子,而希恩也生了个女儿,是她第四个孩子。两个婴儿出生时间仅相差一天。

如果西恩想要顾及自己想做的每件事,那她会忙得不可开交。像往常一样,希恩自己照顾自己,还让伦祖第二天捎话给母亲,说他们一切安好，等她身体恢复，再回家探望母亲。伦祖告诉西恩，他们已经给孩子取好了名字，用了孩子祖母和孩子小姨伊丽莎白两个人的名字，叫拉维迪·伊丽莎白。

玛戈特生产前，伦祖到西恩家里，在牛圈等贾斯珀回家，好托他把希恩的话转告给玛戈特。杰克正在粮仓剥玉米，同时看着菲尔比，不让她在屋子里碍手碍脚，他还吹着口哨，似乎没有任何烦心事。他们能听见他尖细而清晰的哨声；整栋房子一片寂静，他的哨声显得有些突兀。

贾斯珀对玛戈特生孩子的事异常担心。他站在牛圈边，把刀扎进饱经风吹雨打的栅栏最上面的栏杆里；削了一根木片下来，劈成一根根木头丝，再用手指一根根掰断，扔掉。他不惜任何代价也要坐在一个离她近点的地方，以便在她需要他时，随时可以叫他。只要玛戈特提出要求，他愿意为她忍受一切痛苦煎熬；他几乎像爱自己的母亲一样爱她。每天早晚，他和玛戈特一起挤牛奶；只要他愿意，他随时可以回想起许多冬日，想起牛奶中袅袅升起的热气，如冬日清晨的薄雾，想起脚下被奶牛重重踩踏过的地面，想起阴沉萧瑟的天空——天亮前和天黑前的黑暗，想起奶牛慵懒的腹部，紧抵着他的前额，他往旁边侧一下头，看见玛戈特抓着奶牛温暖、长有绒毛的乳房，挤出一股细流般的牛奶。正是这一天，玛戈特告诉他怀孕的消息："贾斯珀，我希望你帮我一起抚养他。对里阿斯，我指望不了太多。"在家里，她总是默默不说话，耐心听里阿斯的训斥，对母亲言听计从，哄杰克开心。而在牛圈里，她会把脸转向贾斯珀，向他倾诉她在意的事情。他很少回应她，因为没什么话可说。

玛戈特生产时，西恩完全无力招架。她上了年纪，站立不稳，头脑也不清醒,更别说帮玛戈特接生了。她太老了……除了闭上眼睛为玛戈特祈祷,她不知道还能为玛戈特做什么,里阿斯的脸像床单一样惨白,像女人一样大喊大叫。玛戈特嘴唇发青,双目紧闭,满脸痛苦。于是,西恩又开始祈祷……

玛戈特睁大眼睛,喘着粗气:

"哦,里阿斯……让妈妈出去……我现在不需要祈祷……去叫贾斯珀进来……你听到我说话了吗?去叫贾斯珀!"

里阿斯冲到后门,大声呼喊站在牛圈那边的贾斯珀。

贾斯珀的脸慢慢变得惨白,手开始发抖,丢下手里削好的木片,合上小刀,朝屋里奔去。杰克虽然继续剥玉米,但停止了吹口哨。

当玛戈特的孩子顺利降生,母子平安时,全家紧张的心才舒缓下来。当时大家担心玛戈特会难产而死,所以家里气氛凝重。很难说,究竟谁更该为里阿斯这个漂亮的儿子自豪——是里阿斯还是贾斯珀。这孩子很帅气,从一出生就跟里阿斯长得惊人地相像,高高的前额,跟里阿斯一样;鼻孔也跟里阿斯一样,朝一侧张开,仿佛老是在自找麻烦;小小的手指甲干干净净,卧在指肉里,而不是像大多数人的指甲那样嵌在手指的角落里,这一点也跟里阿斯相似。哦,孩子的每个指甲,肌肤上每个毛孔,玛戈特都记得清清楚楚;很早以前,她就揣摩过他的外貌特征;现在,这个小里阿斯跟她的大里阿斯的每一个相似之处,无论是明显还是不明显的,她都能看出来。对她来说,这个孩子就叫里阿斯。但里阿斯跟在后面,扯着大嗓门说,除了里阿斯这个名字,他们给他取什么名字都行,他不介意。

因此,玛戈特就给孩子取名叫文森特,但在她心里,他永远都是小里阿斯。事实上,她爱他胜过爱里阿斯,这对她来说算是一个小小的奇迹，而伴随而来的更大奇迹是躺在她怀里的这个鲜活的小生命没有一丁点骨骼缺陷。

饭后，里阿斯抱着儿子坐在火炉边。玛戈特睡着了；西恩带着菲尔比，在另一个房间休息。贾斯珀和杰克去地里干活了。伦祖带着母亲捎给希恩的话回家了。

不知为什么，里阿斯脑子里突然闪过一个念头，布利斯会怎么想玛戈特生下儿子这件事？他记得布利斯的反应，虽然他竭力去忘记，但失败了。里阿斯记得，当很早以前告诉布利斯，玛戈特怀上他们俩的儿子时，布利斯哭得死去活来。由于布利斯没有再转动栅栏叫他去找她，他就以菲尔比为借口，冒冒失失地跑去她家找她，跟她说悄悄话，后来她就又在河边跟他幽会……她如饥似渴地吻他，嘴唇滑过他扑闪跳动的眼睑，经过这段时间之后，他在跟她接触的过程中更加了解她。他把玛戈特怀孕的事告诉布利斯——仅仅是为了让她心生嫉妒，惩罚她在自己面前趾高气扬——她停下来，不再吻他；生气地拍他的脸，抓他的脸颊，咬他的手腕。里阿斯试图安抚她，但无济于事，布利斯把他的嘴撞开，把头埋在他头发里哭泣，在他脸上、手上抓出一道道血痕。她哭着、吵着、打他的脸，但他坚硬的手一直揽着她的腰。她说了许多冷酷无情的话，但他始终忍受着，等着她把牢骚发泄完，冷静下来，然后亲吻她的嘴唇，让她说不出话。

一只松鼠吱吱、吱吱地叫，一只雄冠蓝鸦尖声询问它的伴侣；雌冠蓝鸦安静地回应，仿佛在说：没什么大不了；他们只是小小的人类，跟我们无关……

里阿斯心里明白，不应该在这个时候想起布利斯，此刻，自己怀里正抱着第一个光明正大生下的孩子,而玛戈特还躺在那儿,被疼痛折磨得筋疲力尽……

但是,上帝啊!他怎能将布利斯从脑海中抹去?她永远都会浮现在他的思想里,像一个轻飘飘的软木塞,只会浮在水面,不可能沉入水底,除非你在水里握住它。

小婴儿长得很快,难道他不应该这样吗?玛戈特除了照顾婴儿,无暇顾及别的事。她再也不会焦急地等里阿斯回家,里阿斯进门后喊她,她也不会跳出来迎接,不会问他需要什么,这一切让里阿斯心烦意乱。不管怎样,她不再为他做任何事,因为她始终围着婴儿转。他再也无法搅动她的安宁;他称之为安宁,因为他想不到更好的词来形容。她变了,变得总是背对着他,他再也无法让她转过身来,像以前那样面对他。她怀里永远抱着婴儿,几乎注意不到他的存在。

当小文森特满月时,里阿斯认为,是时候把他放在摇篮里单独睡觉了,他哭闹,就让他哭闹,别管他。但是,不行!玛戈特还是到哪儿都抱着他,不忍心让他哭一下。如果他只是张开嘴想哭,她就会亲他或者给他喂奶,她甚至注意不到,里阿斯此时已经脸色阴沉,闷闷不乐……

小文森特满月没多久,里阿斯觉得应该送一两样东西给玛戈特。他看到她独自一人抱着儿子,便假装匆忙赶去哪里,跟玛戈特说:

"如果你要找我,我在老科温家里……"

他以为她会哭泣,也许,还会跟他吵架。但是她的双手仅仅停了一会儿,然后又继续拍趴在肩膀上的婴儿的背部,慢条斯理地说:

"你啊,里阿斯……"

她跟他说话的口吻,像是一个活了一大把年纪的老人,而他像是个小孩,她似乎在说:要是你能理解,我会给你讲许多事情。

她的手继续轻拍婴儿的背,生怕弄疼了他的小内脏。

他原本并不打算去见布利斯,只是想折磨一下玛戈特。现在,他不得不去见布利斯,让玛戈特见识一下,他是个说话算数的男人。

里阿斯回到家,还是闷闷不乐。玛戈特不会让孩子睡在摇篮里,虽然他本该睡在那儿。她不得不抱着他,让他睡在她和里阿斯中间。

因此,里阿斯便搬到阁楼上,跟贾斯珀和杰克睡一起。他想,凡事都该适可而止……

贾斯珀和杰克忙着侍弄父亲地里的庄稼。里阿斯只在迫不得已时才出手帮一下,但大多数时候,贾斯珀由着他的性子,随便他。

贾斯珀差点杀了里阿斯的时候,玛戈特的小文森特快到半岁。

小文森特总是吐奶,病了一个礼拜,玛戈特很是烦心。贾斯珀唯一一次失去理智,把一件深藏在心底的事告诉了脑子犯糊涂的母亲。

当时正值冬天,气温很低,除了喂家畜这类的活,并没有多少农活要干。一个男人的手这时候闲下来了,脑子就会被这样或那样的事情占据——比如去年损失多少,明年收入多少,或者做了什么,想做什么。

有件事是贾斯珀想做的。这件事一直压在他心头,一下子变得轻松好办,一下子又变得沉重危险;上一刻他还认为这是自己义不容辞的责任,下一刻就悟出,是他对玛戈特的爱,像溃疡一样,吞噬他的心灵。

母亲有第三只眼,她总是知道做什么是明智的。他打算向母亲提及此事……但在这个疯狂的故事中,他会隐瞒自己和其他一些情况,这样,他就可以依靠母亲做出明智的选择,母亲自己对此浑然不觉。他和母亲一向关系亲密;几乎不会对她隐瞒什么……但这次他要提出的事,母亲还是始料未及……

此刻,母亲一个人在房间,落寞地坐在火边,给大家织袜子,她视力不错,一针也没遗漏,脚踝处的弯也转得很平顺。她给希恩的每个女儿都织了米色的连指手套,也给菲尔比织了一些。当她把手套给菲尔比戴上时,菲尔比笑着说:

"奶奶,我想要你给我织可以露出手指的手套,这样你就可以看到我的手有没有洗干净,不是吗?"西恩认为这是菲尔比最聪明的想法!

贾斯珀在关着的门这边,紧挨着母亲的膝盖坐下。玛戈特抱着文森特在外面做饭。里阿斯坐在后门台阶上,在微弱的阳光下缝自己的靴子。杰克去邻居家玩了。菲尔比在希恩姑姑家里,一有机会,她就会待在希恩家。

贾斯珀搓了搓双手,然后垂放在两个膝盖中间。他研究了一下慢慢燃烧的炉火;扫了一眼红通通的炭炉;炭炉里积满细细的白灰,就像橘红色柿子上的白霜。

贾斯珀能用三言两语说清这件事,因为他在脑子里已经演练了很多遍:

"妈妈,前几天我听到一件很有意思的事……"

编织针轻柔地在她手中拍击,发出嘀嘀声,像时钟周期一样有规律,又像人的呼吸一样急促。在鲜红的炉膛内,红色的炭火微微晃动,看似平静,但贾斯珀知道,这炭火强烈得足以熔化像铁一样又冷又硬的金属。

"有人告诉我……我猜不出是谁……他们说是一个男人在河边……"

贾斯珀继续说:"这个男人对妻子不忠,爱上另一个女人,并因为那个女人不再爱妻子;这个男人有个兄弟,愿意娶这个男人的妻子,让这个男人去娶那个邻居女人……贾斯珀认为,如果那个男人肯放开妻子,娶那个正在追求的女人,那他的兄弟娶他的妻子,这样安排也是合适的。"

西恩眯着眼睛盯着贾斯珀;在她突出的眉骨上,总是因悲伤而紧皱眉头。她轻轻动了一下舌头:

"罪过,鬼迷心窍……"

她没有等他开口要求她预测这件事,就说,一个男人不能抛弃他合法的妻子,除非有《圣经》上提到的正当理由。

贾斯珀大吃一惊,他不知道,她到底有没有看透自己的心思。他很后悔向她提起这件事。

一整天,他都被这个想法所困扰——我本来可以对这件事保密的……

当母亲泄露了秘密时,贾斯珀并没有感到惊讶。吃晚饭的时候,她叫里阿斯去她房间。贾斯珀在起居室,坐在火边,在一块小磨石上磨他的小刀。听到母亲叫里阿斯,他心一抖,然后在小磨石上吐了吐口水,继续磨他的小刀,刀片周围不断冒着他的唾沫,他的手掌突然潮湿起来,因为隔着紧闭的房门,他依然能听到母亲说话的声音,但听不清内容。

过后,里阿斯猛地拉开母亲的房门喊贾斯珀。贾斯珀放下小刀和磨石,走进母亲房间。玛戈特正在灶台上煎多余的肋排,只听到

179

嗞嗞的煎炸声，没有注意到发生的一切。文斯就躺在玛戈特伸手可及的简陋小床上；他用菲尔比的蓝色小木珠敲击一个小瓦罐，听到叮当的声音，咧嘴笑了。

贾斯珀走进母亲房间，轻轻地关上门。里阿斯背着双手，身体前倾，靠在炉膛上。贾斯珀透过他僵直的长腿中间的空隙，可以看到炭火烧得正旺，火苗蹿得很高，炭灰像一层白霜。

贾斯珀走向火炉，不敢正视里阿斯那张因愤怒而铁青的脸。里阿斯说：

"好，你现在跟妈妈讲你听到的故事！"

贾斯珀支支吾吾地说：

"不，我不明白。你们在谈什么？"

"妈妈说，如果我放弃玛戈特，你愿意娶她。"

贾斯珀看着母亲；她正把她编织的东西紧握在胸前，声音颤抖地说：

"不，里阿斯。我是说，如果你不能放弃布利斯，那么你应该纠正错误，娶她，然后贾斯珀才可能那样做……我是说，如果你放弃玛戈特，她不会缺少什么，因为贾斯珀可以养活我们……"

贾斯珀想不出说什么；他可能说什么都是错的。最好的方式就是保持沉默。

里阿斯对着贾斯珀，全身肌肉崩紧，紧握拳头。

"我想，是时候让我教下你怎样管好自己的事。"

贾斯珀也被激怒了，反击道：

"我想除了你，任何人都可以教我！"

里阿斯突然把贾斯珀打倒在地，西恩尖叫着从椅子上站起来。

贾斯珀爬起来，脑袋嗡嗡作响，里阿斯的身影在他眼前晃动。他朝里阿斯一拳打过去，里阿斯一个趔趄，后退到壁炉架边，头磕到壁炉架的拐角上。鲜血湿透他的后脑勺，头发粘结在一起。

里阿斯跳起来，骑到贾斯珀身上，就像一只美洲豹猫压在一只小鹿身上。他被杀人的欲望冲昏了头脑，疯狂地抓住贾斯珀，猛扭他的头，似乎要把它拧下来。西恩缩在角落，可怜巴巴地哭泣。玛戈特跑到门边，瞪大眼睛站在那儿，吓得瑟瑟发抖，说不出话。

两个男人势均力敌；个头和体重都差不多，谁也占不了上风。他们重重地摔在地板上，就像公牛被枪击中而倒地一样，然后扭成一团，上下翻滚，你压我，我压你。两兄弟互相死抓不放，脸部因仇恨而狰狞，被胡须遮盖的嘴巴扭曲，眼睛透着杀气，手胡乱地搜寻对方绷紧的身体。里阿斯跟贾斯珀说了一些狠话，西恩听完吓得直哆嗦；他指责贾斯珀，说贾斯珀的行为会让男人互相残杀。要是贾斯珀的手能够扼住里阿斯的喉咙，就可以让里阿斯窒息而死，但里阿斯的力气和体重都能与贾斯珀抗衡，并且里阿斯一直在拼命还击，所以贾斯珀一直没能得手。里阿斯还说了很多污秽、粗野的话，让人听了会羞得面红耳赤，一个女人几乎不会承认听过这样的话，这些话也一直在贾斯珀、玛戈特还有西恩脑海中回荡。

他们就像两条狗一样扭打在一起，差点掐住对方的喉咙，像野兽一样咆哮、怒吼。里阿斯头上的血沾到贾斯珀手上，并且像溪流一样慢慢往下淌，模糊了里阿斯的脸。

西恩虚弱无力地站在房间中央，突然昏倒在地板上，这是她有生以来第一次昏倒。

贾斯珀和里阿斯从地板上爬起来，羞愧万分，生怕会害死自己的老母亲。

玛戈特假装没看见他们俩儿打架，赶紧去取冷水，帮西恩恢复知觉。

贾斯珀把母亲抱到床上，里阿斯透过她的裙子摸她是否有心跳。贾斯珀看见母亲的眼睑跳动了一下，猛然意识到，母亲是假装昏倒……但他没说什么，因为两兄弟总算找了个理由停止流血搏斗。他已经弄得里阿斯头破血流，也许还伤到头骨，大脑可是极其脆弱的东西。他说："里阿斯，让玛戈特给你洗下头。你全身都是血。我会照看妈妈……"

里阿斯走出房间，用手把头发往后推了推。

西恩睁开眼睛，慢慢地流下两行老泪。

她说："哦，贾斯珀，我不是有意要伤害你，孩子……"

他搓了一下她的手，仿佛在搓菲尔比的手。

"妈妈，我没事，没有受到伤害，都是我的错。"

没有谁受到伤害。生活在同一个屋檐下的兄弟是不会记仇的。贾斯珀不恨里阿斯，并且相信里阿斯也不恨他。

无论如何，当你做了罪恶的事情，你唯一能做的就是把它藏在心底，让它像泥土下的尸体一样慢慢腐烂。

第十四章

希恩跟伦祖一起在地里劳作，她干得一点也不比男人逊色。这也是件好事，起码不像表面上那样，只会为伦祖生一大堆女孩。她七月又生了个女孩，脸细细长长的，取名叫卡蒂·卢克丽霞。伦祖嘴上没说什么，但希恩知道，他希望她接连生一两个男孩。

卡蒂大概晚拉维迪两年出生，现在三个月大。希恩虽然瘦得皮包骨，但在地里干活时，仍然跟得上伦祖的步伐，除了几次，她实在筋疲力尽，才不得已回家躺下。

像许多男人一样，伦祖并不要求妻子在地里干活。但希恩愿意。房子很吵，似乎把她困在里面。但是地里静谧安详，让她心旷神怡，脑子里不再去想一些不切实际的东西——过于愚蠢的东西，比如漂亮衣服，可以服侍她的黑人等。上帝啊！她愿意拿一切东西去换黑人！你可以在海岸集市上买，但一个年轻力壮的黑人比伦祖拿去海岸集市交易的东西贵多了，跟买一个年轻女仆的价钱差不多。也许再有一个风调雨顺的好年成，可以多拿些东西去交易，到时伦祖就可以买一个黑人……不！还要搭间屋子给黑人住，并且要供他吃喝。一个黑人用处不够大；要花足够的钱，买很多黑人，住满长长的几排刷白的房屋，有海岸镇种植园主家里的黑人那么多。他们还买些年轻女仆和黑人小伙，让他们配对、生育，几年之后，就会有许许多多身强力壮的黑人，摘棉花、磨甘蔗、剥玉米、犁地；主人还可以把他们卖到附近赚取利润。哦，不过希恩知道，这一切对她来说是不可能实现的。她只能跟伦祖一起在地里拼命干活，永远也不可能像海岸镇的小姐们那样生活。她们穿着丝绸衣服，戴着胸针，打扮得花枝招展；用鞭子任意抽打黑人，也许仅仅是因为她们坐着华丽的马车经过时，黑人的腰弯得不够低。这些女人提着一个挂满钥匙的大铁环，可以打开遍布农场的熏制房；打开堆满从海底捞起来的大箱子的房间，箱子里装满银器和一捆捆从爱尔兰买来的亚麻布床单；打开地下储藏间，里面存放着西班牙的朗姆酒和甜酒，还有印度干坚果或香料，以及跨越中国海的护卫舰运来的珍奇调味品。大块头的黑人厨师会用糖和香料为海岸镇的小孩制作蛋糕，那些小孩穿着薄薄的白色连衫裙和干净铮亮的鞋子，他们的父亲通常会买一条船，而不会让他们坐在一艘从海底打捞上来的锈迹斑斑、几乎没人愿意坐的旧船上，而伦祖就只能坐这种船。

希恩在地里采摘棉花，以便为孩子们缝制过冬的衣服和厚被子，八月的炎热让她汗流浃背。她戴着一顶旧帽子，帽尾垂到她细细的脖子上。她瘦削的肩膀有点往下垂，使得她看上去矮了几分，不如八年前嫁给伦祖·史密斯时那么健美端庄。小时候，她母亲总提醒她挺直肩膀。现在如果有人叫她挺直肩膀，她可能会挺一会儿，但立马又会深呼一口气，垂下肩膀；因为肩膀太疲惫；希恩怀孕五次，因此肩膀五次长时间，不厌其烦地往下压；并且为了将摇篮里的孩子摇入睡，肩部无数次向内弯曲。希恩的手指采摘过无数个棉花荚，扎过无数捆玉米叶。从地里挖起大堆土豆，穿着围裙，把一小块地里的西瓜拉回家，让孩子们开心。不，她太累了，身体再也不够强健结实，总是渴望躺下休息。她曾经也像里阿斯一样，头抬得高昂，肩挺得笔直——但现在不像了。

但不管里阿斯的头抬得有多高，现在他喝醉的时间要比清醒的时间多。布利斯经常为他哭泣，就像从前玛戈特为他哭泣一样，因为里阿斯在海岸镇又有一个女人。他一年内去了三趟海岸镇，只为看那个女人。这种事真是闻所未闻！正如里阿斯母亲所说——对一个女人不忠的男人对其他任何女人都会不忠。

希恩喜欢在地里劳作，因为在那儿可以任意遐想，而在家里空气中回荡的都是孩子们的吵闹声。里阿斯的女儿菲尔比，也经常来希恩家，并且很受欢迎。菲尔比总是不愿回家，希恩也不怎么责怪她，因为伦祖说娘家里一定很沉闷，母亲已处于半疯癫状态，沉迷于向去世的父亲倾诉不顺心的事，仿佛父亲现在无所不能！哦，母亲真可怜，希恩几乎不忍心去看她，或者听她让伦祖捎来的话，"告诉希恩，她爸爸说了，一切都会好起来的"。现在，一切都变了。母亲只会坐在凳子上编织衣物。家务全靠玛戈特一个人打理，上帝仁慈，让他们有玛戈特可以依靠。就连玛戈特也变了，没人看得出她是里阿斯当初从海岸镇带回家的漂亮媳妇；她头上长出一缕缕白发，但她似乎并不在意。去年，她在意过一次；那次里阿斯发现她用鼠尾草茶梳头发，想把头发染黑，他还拎起装鼠尾草茶的小瓦罐扔出去，不料小瓦罐击中她的脸，磕掉她一颗雪白的门牙，直到现在，她下巴上还留着一道细细的红色疤痕。如今的玛戈特跟边远地区的女人一样朴素，并且牙齿残缺不全，黑发中夹杂一缕缕白发，脸颊晒黑并起斑块，像其他女人一样长雀斑。

她比希恩大一点——她说她1817年出生，44减17，等于27。

玛戈特今年二十七岁，那希恩就是二十六岁。

贾斯珀和杰克两个人在父亲地里耕种。贾斯珀早已长成了健壮的男人，但总是没有谈恋爱或想要妻子的迹象。确实，去年他跟母亲说，想让村里的老人出面，让里阿斯放弃玛戈特，他来娶玛戈特——或者一些类似的话。但母亲搞砸了整件事情，没有想过要保守秘密，害得贾斯珀为顾全大局，使用了不太光彩的手段，才把事情解决。玛戈特告诉希恩，贾斯珀和里阿斯像两条狗一样打斗。贾斯珀着手解决里阿斯制造的混乱局面，想让玛戈特成为自己的妻子，让里阿斯像一个体面正直的男人一样娶布利斯，跟她一起生活，但里阿斯得知后觉得受到莫大的羞辱，所以你一定认为，里阿斯至始至终爱着玛戈特。

屋子里，玛吉让锅下面的火一直烧，以便到晚餐时间烤玉米饼和煎肉。有时希恩很高兴，自己五个孩子中有四个是女孩，女孩会煮饭，拖地，让妈妈背痛时可以休息。男人们总想要男孩，但希恩有时为自己有很多女孩而开心。只是女孩不能像男孩一样为家里挣口粮。玛吉和基茜会照顾卡尔、拉维迪、卡蒂，还会做好饭等伦祖和希恩中午从地里回来，但伦祖仍然必须一个人犁所有的地，除非希恩帮他。让他遗憾的是，自从他够得着犁的横杠，就开始犁地。他该休息休息了。等卡尔长大，可以学会犁出笔直的犁沟，就像乌鸦笔直飞过田野，他就准备让卡尔帮忙。

一想到卡尔要学会犁地，希恩的心就感到很无力。他还这么小，今年刚满三岁。在她能够歇口气之前，他一个半大小子，就要在烈日下，吆喝着牛，辛苦地犁地。难道她没有看见玛吉像潮湿天气里的淡甘菊一样疯长吗？在希恩可以四处转转之前，玛吉帮她料理家务，看管其他孩子，不让他们靠近火。哦，时光匆匆而逝。她必须教玛吉和基茜认字，否则等她们长大，会觉得让母亲教是件难为情的事。希恩的父亲以前教过她……A 是 Apple（苹果）的首字母……希恩现在耳朵里仍回响着父亲跟她讲苹果的样子：圆圆的，表皮红色，有光泽，味道香甜。卡罗莱纳州的山上就可以种苹果。但希恩从没吃过苹果。这一带种不了果树。她有一些桃树，是从母亲的桃树分出来的秧苗，但结的桃子跟树林里的野生桃一样有虫蛀。A 是 Apple 的首字母……希恩一直很喜欢父亲教给她的东西。父亲自己编的儿歌比他从书中挑选的儿歌还要精彩，比如：

亚当堕落
我们皆有罪过
历经残杀，
猫儿依旧玩耍
薛西斯[①] 已逝
我也必将赴死。

"A 是 Apple 的首字母"更妙——苹果成熟，会从树上掉落。有一次父亲教她摇晃苹果树，让成熟的苹果一次性掉到母亲的裙兜里。那时树上的苹果还没成熟；有一个苹果掉下来，砸到母亲前额，前额上立即隆起一个包，有希恩的拳头那么大。父亲大笑不止，不过

---

① 薛西斯 (Xerxes)：古波斯帝国国王，公元前 485 年—公元前 465 年在位。

说实话，那时希恩的拳头并不大。当母亲的头被苹果砸中并起包时，父亲吻了一下那个包，那也是父亲第一次亲吻母亲。"A 是 Apple 的首字母。B 是 Ball（圆球）的首字母……世界就是一个圆球……"但希恩不相信。从树干望去，如果松树林像皮革做的面包盒一样，笔直、平坦地向远方延伸，那世界就不可能是圆的。"C 是 Cat（猫）的首字母……"

孩子们把母亲的椅子调低，当成马车，坐在上面假装去海岸集市，希恩家里顿时充满神奇的魔力。孩子们把绳子绕在椅子把手上，然后抓着绳子，坐在椅子后面的踩脚上，雄赳赳、气昂昂地向海岸集市进发。还有两个多月，父亲就要去海岸集市了；她们五个都是女孩，本来去海岸集市，是想也别想。但现在，她们踏上了去海岸集市的旅程，假想着经过浅滩，她们的布偶差点掉落到危险的深水中，所以尖叫起来；此时希恩不在家，猎狗全身放松，躺在地板上，被孩子们震耳欲聋的尖叫声吵醒，然后狂吠起来，仿佛看到豹猫、老虎、响尾蛇……甚至更可怕的东西，也许是不露痕迹又让它们吓破胆的骷髅头和交叉骨！

基茜带着拉维迪同坐一辆牛车，因为拉维迪还小，一个人坐在椅子后面的踩脚上不安全。玛吉抱着卡蒂，总是说："等等！我不玩了……"然后下车，穿过愤怒之河或沼泽地的恐怖之路，走到火炉边，把做晚餐的火拨旺，或用长柄勺搅动锅里的食物，那勺差不多有她一半身高那么长。卡尔是个十足的男子汉，有一辆自己的牛车。菲尔比则独自骑一匹马，除了糟糕的畸形足，没什么让她苦恼；她把兽皮铺的椅子底当作坚硬而光滑的马肚子，让其他孩子在上面猛敲。他们从没见过马，但他们听说，海岸集市有很多马，是供那些光鲜富有的恶霸骑。既然可以随心所欲地选择骑乘工具,菲尔比就选择骑在马背上。

菲尔比的叫声比谁都大,她戴着金配饰的马腾空跃起,可能吓到卡尔的牛,所以卡尔试图让她安静。他们长途跋涉,赶往海岸集市。离开这个荒凉的印第安奥尔塔马霍河河岸,横渡斯塔福渡口,穿过炎热沙地,沿着奥尔塔马霍河河岸走,经过麦金托什县神秘迷人的海岸村的斜坡,再沿着白人河岸走一段安全平坦的小路;过了麦金托什县,就到了一片奇怪的海域,有狭长的裂口,还有泛着肥皂泡般的白色泡沫,走完全程后,就抵达美丽又恐怖的中央航路。这些都是杰克舅舅告诉他们的。他们将从那里带回许多稀奇古怪的物品。

玛吉想带一只玛戈特舅妈讲过的猴子回来,好逗小卡蒂少哭点。想到这儿,她不禁在小妹妹长着绒毛的棕色头顶上亲了一下。小卡蒂开始长头发,跟里阿斯舅舅的头发差不多颜色。菲尔比想带回一车胸针和戒指,把自己打扮漂亮。基茜学着外婆西恩·卡佛的口吻,严肃地说:"我看你不如骑回一匹马,那才合适。"

她的话带有明显的轻蔑。

基茜的话冷漠却又是事实,菲尔比听了有点手足无措,但一下子就好了。转瞬间,像流星划过,像轻风吹过,她把马换成牛车,但比其他孩子的小牛车大得多——大到装下海岸集市上所有的金子。

当轮到卡尔宣布他想带的东西时,他还在认真思考。

卡尔是一个性格刚毅的孩子,这种刚毅既来自伦祖肩上沉重的负担,也来自希恩很少哭泣的脸上那股不动声色的力量。他说:

"我想给妈妈带回一百个黑人。"

所有人都低下了头;觉得他这个男子汉确实比自己有想法。

八月的阳光炙烤着希恩下弯的肩膀。经她手指摘落的棉花，提醒她需要缝制更多棉被；今年秋天，她必须让玛吉和基茜学会纺纱；她们已经不小了。一家七口要吃饭，每个人都得出力。可其中五个都是小孩——还有更多出力的人吗？她叹了口气，根本没有合适的办法，让女儿们不用干活。她们必须干活。并且她必须让玛吉和基茜学会认字。卡尔和拉维迪还可以再等等。卡蒂，上帝保佑她，她还小，什么都不懂——只会吮吸妈妈的乳汁。她是天使，妈妈太爱她了。

摘完这一排棉花，她便收工，回家照顾孩子们。离开孩子们久了，心里很不踏实。卡蒂应该饿了。

伦祖在孩子们面前也一向腼腆。

遇到孩子们问他问题，他总是快速而简短地回答，并为自己对他们怀有强烈的感情而窘迫。有一次，一向机敏的基茜羞怯地站在他膝盖边，问他："爸爸，妈妈告诉我，海岸集市上有孔雀和鹦鹉，是真的吗？"

他立即回答："妈妈说有，就真的有。但我没见过。"

希恩听了他的回答，赶紧把脸转开。不！就算有金银羽毛的孔雀昂首阔步在他面前经过，他也看不见；就算鹦鹉的爪子和嘴巴是用红宝石做的，他也同样看不见！他的眼里只有一秆秆玉米，一排排棉花或者用来宰杀的肥猪。不过希恩立马又觉得羞愧。可怜的伦祖！为了养活她和孩子，要操劳一辈子。

有时，伦祖心里也会懦弱地问自己，为什么希恩不能像玛戈特那样；玛戈特的生育能力似乎比较弱，只生了一个儿子。他自己的母亲也只有三个孩子；西恩·卡佛也只生了四个，夭折的不算数，因为他们不用吃，也不会打扰人睡眠。多少次，他累得要死，夜里却被希恩吵醒,她不是生火给孩子暖脚,就是给孩子换下尿湿的衣服,或者把孩子放在肩上摇,帮他们缓解胃绞痛。

但希恩是个好妻子。他母亲迪茜·史密斯对希恩也是赞不绝口,世界上没有夸奖比婆婆的体谅更令人欣慰了。

迪茜和罗安现在是两个人过。爱普斯和奥斯都已结婚,有了自己的家庭。老史密斯家已不如以往热闹了;自伦祖离开家,家里的地缩小了,离家远些的地都荒废了。老两口不需要太多口粮,所以罗安让以前雇的那个男孩回河对岸的家去了。现在,若父亲有东西需要交易,都是伦祖帮忙,因为只有强壮的男人才能在往返海岸集市的途中睡在外面过夜,罗安再也称不上强壮。两位老人再也感觉不到明显的饥饿,对他们来说,牛奶、黄油、一点糖浆还有一小块菜地,就够他们生存。如果罗安有蜂蜜和兽皮可以卖,伦祖会帮父亲拿去卖。

伦祖很担心自己的父母;无论如何,他和希恩不该住得离父母那么远。去年父亲因为严重的疟疾,在床上躺了一个礼拜,伦祖后来才赶过去;当时妈妈独自照顾父亲,还要拎泔水喂猪,干所有的活。他希望自己和希恩的家就在附近,但男人建新家,不像小鸟筑巢。父母总有一天会离开;不如在他们活着时多尽点孝心。父亲六十岁了,对一个人来说已是很大的年纪,大到可以在某个寒冷的夜晚,听从上帝的召唤。老人有时会在睡梦中死去,像楔子一样直挺挺地躺在床上。对母亲来说,比较好的结果是,某一天早上醒来,发现身边的父亲,在被子里已经身体冰凉,眼睛翻白,像新钱币一样没有一点光泽,死死盯着天花板。

哦,很多次伦祖一想到这些,就焦虑不安,但希恩在身边时,他似乎没有足够的精力去担忧。希恩怀里抱着一个婴儿,床边伸手可及的摇篮里躺着一个孩子,阁楼床上还有三个稍大点的孩子!男人要为两个家庭操心,这真是上帝糟糕的安排。

然而,伦祖有时也会笑,笑得像公牛吼叫。希恩不喜欢听他笑。有时附近的男人会顺道拜访,往往会待到日落才走,他们站在栅栏边,一只靴子挤在栅栏裂口处,喷着带烟味的唾液,溅湿某一根杂草的茎秆,互相谈谈收支情况,聊聊这个或那个定居点的新闻。她听过一个笑话——伦祖后来为此笑了很久——这也是希恩花了最长时间才弄懂的笑话,是关于蝈蝈儿的。一天晚上,布勃·阿尔诺希听到几个邻居家的女孩在自家屋子里唱歌;他的兄弟谢柏·阿尔诺希当时也跟他一起在门廊,但谢柏听到的是屋外蝈蝈儿的叫声。布勃说:"是不是很动听?"谢柏以为布勃指的是蝈蝈儿的叫声,于是回答:"是的。他们一起摩擦后腿发出的声音。"男人们一听到这个笑话,就狂笑,拍大腿,咳出痰,吐掉,再狂笑,只要看到别人在笑,就又开始笑,个个兴致勃勃。希恩后来终于理解那个笑话,并且觉得笑女人的大腿是低俗、无耻的。

伦祖认为,不管发生什么,应对的办法只能是接受并尽全力补救,此外没有其他办法。如果希恩生四十个孩子,且都是女孩,那也总会有办法生活下去的。但如果庄稼没有收成,或粮仓空无粮食,那就毫无办法,他只能尽力熬过去,顺其自然。有些人不管做什么事,对什么人,总是急不可耐,结果毁了自己的一生。不,即使希恩生了一百个孩子要他养,他也不会责怪她。这个冬天,他要为她的屋子添置点东西——也许是一张新做的床,用新编的绳子交叉缠绕,做成一个牢固的床底,再把床垫放在上面,因为在漫长而寒冷的冬日,他的手闲下来，会觉得时间过得缓慢无聊。他会在床头和床尾雕刻一些图案，跟母亲那张床的图案一样，母亲的床是一个熟练木工做的。希恩应该跟附近的女人一样，拥有一张好床，上帝知道，她是一个如此贤惠的女人…日复一日，年复一年……他们会老，日子会宽裕，儿女们会结婚，然后穿过这片松林，在别处安家。但是，见鬼，希恩一开始就得住在这片蛮荒的林地里！他心里苦笑一下，笑里带着遗憾。他娶希恩过门的时候，希恩还是一个漂亮的小姑娘；当她跟着他来到这里时，肯定没想到，要干这么多重活，生这么一大堆孩子。很久以前，他告诉希恩，里阿斯带了一个海岸镇的漂亮老婆回家，他永远忘不了当时希恩对他说的话。希恩说，不知道她爱不爱里阿斯，懂不懂他想什么，能不能为他生儿育女……可惜伦祖只记得这些话，因为那时希恩即将生第一个孩子，从那以后，希恩又生了四个孩子，负担变得沉重不堪。不，希恩要是知道现在的状况，是不会嫁给他的。他回忆起一长串快乐的事，思绪飘回到过去的岁月。不知为什么，在他八九岁时，无论有什么想法，他只会坚持一天；但现在，他对希恩的想法一直未变。奥斯和爱普斯比他大几岁。有一年夏天，三个孩子紧挨着后门，坐在地板上。屋外下着倾盆大雨，雨点打在地上，从门前台阶溅到门里。清凉的水气喷到他们脸上，他们欢快地唱起一首古老、幼稚的儿歌：

雨儿，雨儿，快点停：
改天再下行不行？
小小伦祖想出门，
玩耍玩耍真高兴！

他当时还很小,为了哄他开心,两个姐姐总是把他的名字放进儿歌里。

雨水从房檐倾泻而下,飞溅在坚硬的地面上;无数雨滴与泥土碰撞,化作白色雾霭,低低地笼罩在地面上。一阵阵风刮过院子;孩子们的清脆、响亮的歌声随风飘散,渐渐消失。在他们身后的屋子里,母亲在炉火边烤玉米饼;透过被风吹动的雨水,他们看见父亲远远地站在栅栏门边,等雨变小,再穿过雾气腾腾、到处水坑的院子,跑进来吃晚饭。

此刻,伦祖沉浸在这首儿歌当中。他想,孩子们有时也可以在屋里唱一唱。如果现在他们像他小时候那样唱,那拉维迪、卡蒂或者卡尔的名字都可以放进去,让每个孩子都开心地露出羞涩的笑容……啊,算了!那个时代已经一去不复返。

他抬起头,目光从棉花秆上移开,擦了擦脸上的汗水。希恩在那边不停地摘棉花,挂在她身上的麻布袋跟他的一样沉。她是一个能够自己维持生计的妻子!他要在屋前的斜坡下,为她种两排粉红色的紫薇花,形成一条紫薇花小道。她一定会喜欢。他几乎可以想象这样的场景:几年后的某一天,她坐着牛车,从她娘家回来,许多粉红色紫薇花飘落在她和车上的孩子们身上。还有最重要的一件事:她将为他生下一对双胞胎男孩!然后每个人都对他和希恩刮目相看。男孩们会选择一个坚强的女人做他们的母亲。坦白说,他并不希望她像一些当家做主的女人那样强势。在这个家里,他才是一家之主!他让手放松下来,绕到背后。他背上总是隐隐作痛,痛到他的肾脏里。然后又弯下腰,继续摘棉花。

第十五章

　　一年多以后，希恩仰躺在床上，她又生了一个孩子，取名叫维尔斯·田纳西，倒不是因为有人在意孩子叫什么，而是因为玛戈特觉得这名字合适。希恩生产前已精疲力竭，所以伦祖只得去叫玛戈特过来，这也是第一个孩子出生以后，伦祖唯一一次知道希恩生孩子这么辛苦。西恩·卡佛对着玛戈特絮絮叨叨："你爸爸说了，希恩会没事的。"玛戈特没管她，急着赶去希恩家帮忙。

　　希恩身体异常虚弱。伦祖知道这绝不是装出来的，希恩但凡能走一步路，都绝不会待在床上。玛戈特在希恩家待了好些天，有一半时间是抱着她的儿子四处走动，孩子是她的独子，所以被宠坏了。他个头很大，脸颊肥嘟嘟的，明亮的蓝色眼睛、俊俏的嘴巴以及趾高气昂、专横跋扈的脾性统统都像里阿斯。里阿斯不在时，玛戈特总说小文森特跟里阿斯一样，完全被宠坏了！

　　希恩的孩子们经常在外面到处跑；老大会摘棉花，挖土豆；他们兴奋地在地里穿梭，就像一群快乐地拱着荸荠的小猪。而希恩带着她最小的孩子躺在床上。她现在无论如何都恢复不了体力。小婴儿出生三天时，她试着从床边走到壁炉，却昏倒在地板上；直到伦祖用长柄勺泼水在她脸上，差点把她呛得窒息，她才恢复知觉。她从来没有这么难过，这么可怜。伦祖给她熬煮了一瓦罐专治女性体虚的汤药——三及耳[①] 竹野蔷薇草根、一及耳山茱萸树树皮、两及耳樱桃树树皮、三十六根毛小金梅草草根、十六根蛇鞭菊草根、两及耳红橡树树皮、两及耳黄樟树树根、两壶水（煮沸成一壶）、两及耳朗姆酒、两及耳糖浆；最后将这些混合物放置一天一夜不动它。希恩早中晚各服一剂；即使药对她有些效果，她可能也感觉不到。

她蜷缩在一堆枕头里，想念母亲，母亲身体太虚弱，不能来看她，并且人也糊涂了，即使来了，也不知道怎么照顾希恩。

泉水边有个洗涤槽，周围有点树荫遮蔽，玛戈特让孩子们到树荫下玩耍，他们的噪声和嬉闹声就不会干扰到希恩。除了文森特，玛戈特这次还带了菲尔比过来。希恩五个孩子也都大了，个个会跑，会在血腥谋杀的游戏中尖叫，会在地板上弹跳。所有孩子凑在一起，能制造很大的噪音。孩子们也乐得待在屋外。他们在斜靠洗涤槽的红花槭树下玩耍；树上的叶子掉落一些，毕竟已到十月中旬。但天气还是温暖如夏。孩子们做上学游戏，假装有一个学校，样子跟他们想象中海岸镇的学校差不多，跟一个北方女教师在达里安山脊上白房子里建的学校一样好。玛吉年龄最大，所以扮演穿燕尾服的家庭教师，他来自北方，住在庄园的大房子里，被一个富裕的农场主雇用，屈尊教小农场主们认字。

玛吉又高又瘦，比许多九岁的同龄人更聪明，因为他们没有承受太多成年人的责任和知识。而她就不同，当这次小婴儿快要出生，父亲出门去请玛戈特舅妈的时候，难道她没有一直陪伴在妈妈身旁？

[①] 及耳(gill)：英美制液单位，已被淘汰，1及耳=0.118升。

难道妈妈没有教她关于小婴儿的常识？没有教她，万一妈妈太虚弱，神志不清，她该怎么做？

孩子们坐在玛吉前面的地上，每个人屁股下面画了一个粗糙的正方形，假装正方形里面坚硬而温暖的泥土是学校从英格兰买来的凳子。玛戈特的儿子，三岁的文森特，穿着用亚麻羊毛织的漂亮马裤，但另外两个年幼的孩子，拉维迪和卡蒂，则光着柔软的小屁股，光洁无瑕的皮肤直接贴着泥地。妈妈生病了，玛吉也厌烦了帮她们换尿布，换也没用，刚跟一个换上干爽的尿布，另一个又尿湿了。那就干脆不用尿布，省得洗，反正玛戈特舅妈不会告诉妈妈，妈妈带着刚生的小宝宝躺在床上，也不会注意。

玛吉小心翼翼地提防着孩子们靠近水火等危险地方。她仍然长得像伦祖，眼睛乌黑明亮，笔直的黑发从中间分开，梳成一根辫子，沿着后背垂到腰部。辫子有点蓬乱，已经有三天没人帮她梳理，她自己又不方便在背后梳，因为辫子是从她脑后开始扎的，要把手指反过来。每天早晨孩子们起床，她会帮她们梳头，她自己的就不管了，除非等妈妈身体恢复。她的嘴巴像伦祖，比较大，但不太爱说话；不像小菲尔比喜欢尖叫和大声编儿歌，但她会管教弟弟妹妹，如果其中一个抢另一个的玩具，或者说脏话，她会严厉地制止。在这方面，她也很像伦祖；他们从不敢跑到玛吉前面，因为玛吉会迅速让他们回到原地。

在孩子们当中，基茜最会跟玛吉吵架。她黄色的头发卷曲、蓬乱；是妈妈让她把头发松开，散在脖子周围，因为基茜喜欢这样。当卡尔叫她乱蓬蓬小姐时，她会甩甩头。海岸镇的小姐们不就留着乱糟糟的卷发吗？

卡尔才四岁,但如果他们不让他在游戏中充当首领,比如英国红杉军的将军、对印第安人作战的统帅、攻破西班牙法拉瑞德要塞的将领,他就会给他们制造麻烦。他认为自己跟基茜一样大,比年仅三岁的拉维迪大四十岁——并且他是爸爸唯一的儿子。哦,爸爸会把他抱到膝盖上,教他怎样用带叉的棍子抓响尾蛇,怎样抓住蛇尾巴把蛇拎起来,怎么弄断蛇头。每当这个时候,他都会瞧不起其他孩子。妈妈说,在所有孩子当中,爸爸最偏爱卡尔,但爸爸总是否认。卡尔长得更像希恩;眼睛是棕色的,不是特别有神,不像伦祖的眼睛乌黑发亮;前额像希恩,微蹙眉头,似乎在探究什么。

拉维迪有双胖嘟嘟的腿,有点淘气,喜欢恶作剧,走路蹒跚不稳,嘴里爱唠唠叨叨,手指头总是指东指西。她坐在地上,两条短胖的腿向外伸展,光着的小屁股随意地坐在温暖的泥地上。

菲尔比五岁,年纪还小,还不在意自己的脚直还是弯,跟四肢正常的孩子一样,玩得很开心。

玛吉讲关于苹果的首字母是 A 的故事。苹果又红、又亮,比下过霜的柿子还甜;如果有人爬到树上,摇晃树枝,你就可以在树下用裙兜接苹果。卡尔凡事都要插嘴,争当第一,所以这次又跟往常一样,打断玛吉:

"我想摇那棵树!我先说的!"

屋子里,玛戈特用一块干净的碎布蘸一点糖,安抚婴儿,给她喝温热的猫薄荷茶,让她的胃好受些,但她还是哭,靠短促的呼吸来释放痛苦。

希恩也哭,把脸转向墙壁。玛戈特本想把婴儿抱出去,免得她的哭声让希恩烦恼,但她才刚满八天,其实现在是十月,天气晴朗,跟七月一样暖和，但她不想在自己照顾婴儿期间，让婴儿着凉，然后病死。

希恩提出要抱下婴儿，给她喂奶，让她少哭一会儿。但喂奶会给她带来肉体上的剧痛，她不得不忍受这种剧痛，由此造成她心理上的痛苦与这种肉体上的剧痛同样让人难以忍受。乳房让她饱受折磨，不管涂多少油脂和药膏，都不管用，乳房硬得像石头，而且发烫；剧烈的刺痛沿着鼓起的蓝色乳静脉急速游走，而乳静脉就像她体内一条奇异的蓝色血管，从她洁白的胸口向四周扩散。

希恩咬紧牙关，紧握双手，给孩子哺乳。孩子吃饱了，也许就会睡着。汗水汇集在她的双鬓，玛戈特拧了拧泡在金缕梅药水里的碎布，帮希恩擦汗。

伦祖已经去海岸集市了。他带了一牛车好东西——熏烟草、粗梳棉、压缩蜂蜡、蜡烛、熊皮以及许许多多鸡蛋……

杰克和里阿斯去海岸镇了，玛戈特也去照顾希恩了，只有贾斯珀留在家里照顾母亲。他喜欢跟母亲两个人待在一起。母亲现在身体孱弱，让人怜悯。每天晚上，他要给她搽金缕梅药膏，防止她受褥疮折磨。玛戈特在家时，是玛戈特帮她搽；但贾斯珀不介意帮母亲搽药。他想，母亲为自己做得还不够多吗？

他睡在母亲房间，因为总要有人照顾她。

如果没人在她身边，她半夜起床，会跟跟跄跄，四处乱走，容易伤到自己。夜里，他不得不反复提醒母亲："妈妈，安静地躺下。他们没事。快睡吧。"

但她就是不肯睡。躺在床上说话，一直说到半夜，有时贾斯珀在黑暗中感到毛骨悚然——本来作为成年男人，他极少会害怕什么。

是母亲说话的样子，令他恐惧：

"文斯，贾斯珀床边有个凳子，你就坐在那儿。我背疼得不行，疼得头脑不清醒……不，不要吵到贾斯珀。他明天还得干活儿。你要是有话想对他说，跟我讲就好，我会告诉他。"她不停地讲，直到贾斯珀发誓，他父亲确实坐在那儿，在他伸手可及的地方，沉默不语，似乎有话想对他说。

这是一种可怕的幻觉，贾斯珀看到父亲脸上可怕的死亡印记，双眼呈现病态、目光呆滞，而曾经那双眼睛看着他时，总是流露出一种亲切感。样子像父亲的那个人坐在椅子上——如果那儿有椅子的话，并且如果母亲因为年迈多病而真的拥有第三只眼——浑身散发着来自坟墓的阴森恐怖的味道，带着一种无比庄严又深不可测的神秘感，贾斯珀吓得毛骨悚然。他希望母亲能够恢复神智；晚上，他爬起来很多次，双腿发抖，点上蜡烛，陪她熬夜到天亮，光线从墙里的裂缝射进房间。母亲现在都由贾斯珀和玛戈特负责照料；她的关节有风湿；膝盖和脚踝肿起大包，要贾斯珀和玛戈特两个人轮流给她按摩、涂膏药。她要去哪儿，贾斯珀就抱她去，就像抱婴儿那样。但是，贾斯珀想，很久以前自己不就是她生下来的吗？

不管是干草地被雨淋湿，还是奶牛因肠绞痛快死，西恩都会早晚在家做祷告。她会唱一首赞美诗，读一章父亲留下的《圣经》，为他们每个人祈祷。有很多次，母亲都唱她最喜欢的那首赞美诗——《根基永固》，为他们一行行地唱。只有玛戈特会跟她一起唱，她的儿子们熟悉这首赞美诗的歌词，如同熟悉上帝的名字，但是作为男人，他们骄傲得不屑于参与女人这种软弱无力的祷告。

母亲唱赞美诗时，最让人心疼，她的嗓音微弱而沙哑，你简直

听不清音调,但她唱到每一行末尾,都会清清嗓子,继续唱:

> 主之信众门徒,根基何其稳当,
> 主妙语降旨意,助你坚定信仰。
> 主言全备真切,何须再求增添?
> 投向耶稣庇护,助你安定无忧。

母亲唱赞美诗时,总是把音调抬得太高,以至于老迈的嗓音几乎到不了高音部分,最后就变成刺耳的尖叫。当她唱到她最喜欢的这首古老赞美诗的最后几行时,她的孩子们几乎无法忍受:

> 所有我的子民,年老终归看清;
> 我赐至高之爱,永世不变不移;
> 当乌发变斑白,老态尽显双鬓,
> 仍必重获新生,如我怀中羔羊。
> 凡虔诚信靠我,寻求安息之灵;
> 我必不离不弃,免他受敌欺凌。
> 地狱震撼难平,引他落入火井;
> 我必不离不弃,将他救拯到底!

西恩嘴里微弱地唱着,把上帝的承诺重新投射在他永恒的面容上。他一再承诺,会把她视如羔羊,抱入怀中,永远,永远,永远,不离弃她。

她已是风烛残年,有点神志不清,让人心生怜悯,死亡的脚步已向她逼近，因为她总喃喃自语，认为在跟上帝或者文斯·卡佛说话，就仿佛在跟玛戈特或杰克说话一样。孩子们知道，他们的母亲跟亚伯拉罕一样，是上帝虔诚的圣徒，期盼着回归故土。操劳、忧虑和痛苦，让白发爬满她的双鬓；她盼望上帝拥她入怀，就像贾斯珀把她从床上抱到椅子上那样，玛戈特在椅子上放几个枕头，保护她老迈的脊椎。她的脊椎非常疼痛，仿佛那是一条病猫的脊椎。整个头部瘦骨嶙峋，头上白发稀疏，有几处已经掉光头发，秃得像手一样，剩下的头发呈螺旋状，在背后拧成一小团，因为发量太少，发夹很难固定。夹在她这一小撮头发上的是一个老旧的带结节的雪松发夹，她第一次用这个发夹是在嫁给文斯·卡佛那天。那时这个雪松发夹像芦笛般干净，颜色像蜂蜜般透亮；但现在，尽管玛戈特会仔细清洗，但它仍然颜色发黑，看上去有些油腻。

　　西恩无法让孩子们反对她。他们宁愿跟上帝顶嘴，也不愿粗鲁地回应母亲的奇怪念头。不管她做什么，他们都会继续迁就她。如果他们有谁顶撞她，父亲会从坟墓里爬出来教训他们；因为她仍然是他们小时候那个母亲，那时，她年轻力壮，可以像母熊拍打淘气的幼崽一样，追打他们。只要她活着，就是他们的母亲，他们想，母亲死后，如果俗世的亲人在天堂还能相认，那她也还是他们的母亲。正如母亲所说，天堂里，一个人都不会少，她可以亲吻伊丽莎白，坐着跟文斯聊天；她想不通，如果一个寡妇再嫁，那她在天堂如何面对两个丈夫，怎样让他们开心。但既然她只有文斯一个丈夫，为什么还要费心去想这种问题呢？

　　贾斯珀思念不在家的玛戈特。他感觉跟玛戈特比跟其他人都亲近。她走进了他的内心，成为他最亲近的人。他生活中所有的忧愁，她都知道，并且感同身受。没有哪个姐妹能做到这点。跟玛戈特比起来，希恩对于贾斯珀来说就很陌生。母亲跟他都没有这么亲密，父亲和两个弟弟也没有。所以他一定是爱上了玛戈特，这种爱就是母亲有时提到的：它不会靠近俗世中每一个悲伤的灵魂，但一旦靠近，便不再离开，只为守候脱离躯壳的生命。任何一个男人内心都渴望有爱的性，但贾斯珀不会这样。他不会对弟弟的妻子有非分之想；坦白说，他真是愚蠢，居然跟母亲说，如果里阿斯征得主持婚礼的老人的同意，和玛戈特离婚，他愿意娶玛戈特。直到现在，贾斯珀一想起这个错误，就会面红耳赤。他原本只想弥补里阿斯犯下的错……他在黑暗中思索许久，越来越理智，一个怯懦的问题冒了出来——他真的想娶弟弟的妻子，并用其他冠冕堂皇的理由来掩饰自己的欲望吗？但他一直回避这个问题，让这个错误慢慢成为过去。

贾斯珀和里阿斯，谁也没有打赢谁，只是两人都筋疲力尽，身上有些擦伤，挨了几拳，出了点血。他们倒在地板上打滚，用牙齿咬对方的肉，手臂和大腿绷得像钢铁一样紧。他们两个都没赢；记住这点之后，他们便不再打架，并且互相保持极大的尊重。从此，贾斯珀对里阿斯罪恶的行为举止有了新的看法，觉得里阿斯其实跟他差不多，所以他有什么权利去评判里阿斯呢？玛戈特始终是里阿斯的妻子。

玛戈特让贾斯珀想起他小时候见过的一个女人。那时冬天刚好过完一半，有一辆马车经过，是赶往海岸镇的。这是前所未闻的事情，因为冬天根本不会有人想在外面长途跋涉。车上的人在文斯·卡佛家过夜；那个男人和他的妻子、孩子，只想尽早离开地狱般的乡村，回到海岸镇，根本不管是在冬天，也不管他们留在西边的一块空地和一栋房子。他们跟卡佛一家讲了一个残忍的故事。这个故事连同那个女人凹陷的眼睛、光滑却带疤痕的前额、脸上和脖子上正在愈合的伤口，全都深深印刻在贾斯珀记忆中；她向西恩·卡佛展示她全身的伤口。当男人在讲述这个故事时，女人会尖声打断，那种惨状更加真实，仿佛卡佛一家亲眼所见一样……

那女人在她家房子西边的一块地里，设陷阱诱捕美洲鹑。她知道如何驯化这种小野鸡，并让它们在她家门前繁殖、筑窝、奔跑。以前她从田纳西州翻山过来，带了很多鸡蛋，但是鸡蛋在旅途中打碎了；在从田纳西州赶往佐治亚州的路上还带着一只母鸡，母鸡会下蛋，但鸡蛋孵不出小鸡，因为她没带一只健康强壮、有大红鸡冠、能大声啼鸣的公鸡。在男人跟卡佛一家讲这个故事的时候，那只母鸡在树林里要么已经变成野鸡，要么被野生动物吃掉，因为他们离开家已经六天。女人想让家门前有许多小鸡，所以才去诱捕美洲鹑。陷阱离她家很远，并且她是单独去的。后来从松树灌木丛中突然冲出一大群野蛮的印第安人，撞见了她；然后抓住她，用鹿皮皮带绑住她的手腕和脚踝；大声呼唤他们又瘦又饿的猎狗，让它们上前撕咬她。猎狗开始围攻她，像追捕猎物一样欢快，而这群野蛮人站成一排，看着一群猎狗追赶一个白种女人，就像追赶一只野兔，个个闭着嘴偷笑，笑得身体抖动。等他们悄悄地笑够了，就唤上猎狗，往西边回去了。天黑后，男人出来寻找女人；他发现她脸上的鲜血模糊了双眼，晕晕乎乎，像一只潜鸟，还在摸索回家的路。鹿皮皮带已经嵌到她手腕和脚踝的肉里面，在软骨贴近骨头的地方仍然绑得很紧。后来猎狗的咬伤溃烂、流脓，花了很长时间才慢慢愈合。伤口愈合之后，这对夫妇非常厌恶那个地方，所以决定朝东边迁移。

玛戈特总让贾斯珀想起那个女人,但他又说不出原因,也许是因为她们眼睛长得像,或者挤奶的样子像。玛戈特跟他一起挤奶时,会突然转身,坐在一个小三脚凳上,跟他讲一些最近的伤心事,会咧开嘴,露出细细的牙齿缝,像只剩下微弱的呼吸却拼命喊叫一样,倾诉她的心事。

"我宁愿死……"

他不知道玛戈特为什么会让他想起小时候见过的那个女人,那时他太小,根本记不清楚。

此刻,在海岸镇,里阿斯用力吻一个女人,然后推开她,让她再次倒在床上。她已经酩酊大醉,里阿斯忍不住说出他内心真实的想法:"你不过是个臭婊子。"

女人被激怒了,把前额厚重的红头发往后一撸,说:"那也是你主动找我的……"

里阿斯摇摇晃晃地站起身:"就是个臭婊子……"

他走出房子。他醉得厉害,胃里翻江倒海,想吐。

从悬崖吹来的海风冷冷地扑到他脸上,让他陡然清醒不少。他迎着海风吹来的方向往前走,在阵阵令他作呕的海风中艰难地呼吸,跟跟跄跄地寻找一个偏僻无人的地方,可以避开路人独自躺下来,免得他们嘀嘀咕咕议论:"那是文斯·卡佛家的里阿斯……又喝醉了……"

他朝着悬崖走去。悬崖突出水面,高耸挺拔,根基牢固。海边沙滩上长着一片茂密的槲树林,郁郁葱葱,低矮处的树枝伸进干燥的白色沙子里。苔藓挂在树枝上,高高低低,像一块寂静无声的灰色帘子,将海水挡在房子外,也将房子挡在海水外。

里阿斯全身舒展躺在地上。海风在林间呼啸而过。他翻了一下身，折断大腿下面一根小树枝。当他把脸贴在沙滩上，顿时感觉脸颊上粘着一层细细的、如羽毛般柔软的沙子。这时，他的胃开始翻腾、作呕。

海浪拍打着悬崖底部，形成黑色漩涡，往回奔腾。里阿斯听着海浪的声音——呜嘘……嘘……嘘……海浪把一片片海岸的沙滩冲刷得很干净。海浪的声音让他想起什么，但又记不起来。他希望这声音消失，不想被它搅扰——呜嘘……嘘……嘘……

他睡着了。海风轻柔地拂过他的身体，吹向细细的、如羽毛般柔软的沙滩。

第十六章

1849年夏天，天气干燥得如同火药库。一头奶牛跺跺脚，地上灰尘四起，如烟雾般弥散。沼泽地的水越来越少，干裂得只剩一些小泥坑，野生动物只好躲到离希恩家很远的深沼泽去了。（向南五十英里处，有一个更深的沼泽地，是附近这些小沼泽地的源头。这些沼泽地只是辽阔的下沉海底所覆盖的一层湿黏的泥土；你踩在上面，泥土会因为你的体重而颤抖，尽管你可能并不重；印度安人称这些泥土为奥克弗诺基，他们不知道异教徒称之为"颤抖的大地"。）

在希恩家附近这个沼泽地的边缘，水褪去之后留下大片淤泥，干裂得出现一道道沟壑；到处是腐烂的死鱼，引来成群绿头苍蝇叮咬。有些地方的水没有完全褪去，伦祖带卡尔去那里赤手抓鱼，希恩则每天晚上用鱼做晚餐，吃得基茜开始抱怨。希恩让孩子们提井水去浇玫瑰花丛，免得花干死，到后来就连井里的水也少得可怜。希恩也不能擦地板，除非等到下雨。

希恩的眼睛受过寒，导致充血，视力差。她试过用五月的雨水冲洗眼睛。每年五月份下第一场雨时，她就在屋檐下放几把杉木长柄勺，接些雨水；雨水还能治疗孩子们夏天患上的眼睛疼痛。希恩用五月存好的雨水洗眼睛，但没什么效果。她想，有些病是无法治愈的；你只能去适应它们。对希恩来说，治不好的病便是她痛失一对双胞胎儿子。他们是在维尔斯满一岁半的时候出生的，但生下来还没开始呼吸就死了。

用一条新织的土布包好这对小婴儿，放进一个小盒子，埋入土中，就像处理两只流产的粉红色小猪，让人心生怜悯。伦祖几乎无法承受，希恩也是，她是多么悲痛！仿佛除了这对双胞胎，身边再无其他六个孩子。很久以后，她还会在黄昏时分坐在门前台阶上，遥望那块沼泽地，为两个孩子默默流泪。这时，也许其他孩子正在院子里玩耍，嬉闹声回荡在温暖的空气中，飘到她的耳朵里；她却似乎听不见，还沉浸在失去儿子的悲痛中。

她尽量克制自己少哭，因为哭泣会让眼疾加重。她知道，她的视力可能像母亲以前那么弱；现在母亲几乎失明。确实，如贾斯珀所说，母亲现在一定有第二视觉。他们试过；当他们蹑手蹑脚潜入她房间时，她能感知他们进了房间。

希恩小心呵护自己的眼睛，每天用五月雨水混合盐水，清洗眼睛好几次，并且尽量避开阳光。她不想失明；这个世界有太多东西值得看。他们说第二视觉是好东西，有了它，就能看到普通眼睛看不到的幻象以及形形色色的人或物——比如天堂的街市、地狱的痛苦深渊、已经死去但又游走在尘世的人，这些都只有第二视觉才能看到。但希恩不愿意失去第一视觉。有时她会用一些有滋养功效的白色大花朵制成的膏药敷在眼睛上，这时，她心里会想，要是眼睛瞎了，很多美景就看不到了。

当你放眼望去，会发现上帝赐予你生活的地方多么美好。遗憾的是，还没等你去看，他就吓唬你，说要夺走你的眼睛。她的眼睛上敷着冰凉的膏药，思绪蒙在黑暗中，但她却看清了很多景象；假如时间可以延续下去,她可以静静地躺着,躺到有人进来叫她,她可以从一件往事想到另一件, 每一件都揣摩、回味,再不慌不忙地跳过一件,去想另一件事,这件不一定更愉快,但或多或少有些不同。很久以前,她刚嫁过来,认为蛇是一种外表漂亮,又充满力量的动物,直到有一次,她被响尾蛇咬伤,怕得要命。不过现在她还是觉得响尾蛇很漂亮!她决定坚持这个想法,因为她认为,响尾蛇咬了她,并不能证明,上帝没有赐予它漂亮的外表,它的美只是跟浣熊、活泼的小松鼠或者花丛不一样而已。她小时候,会跟贾斯珀他们骑着小牛犊,离开牛圈,下到小河里玩水,在那里,他们忘记了母亲嘱咐他们割满几袋甘甜、湿润的鲜草。太阳出来应该有一个小时了,因为离给奶牛挤奶,赶它们出牛圈已经过了很久。在一个清晨,他们又是这样出门玩耍,希恩看到一棵老树桩前面有一条母嗜鱼蛇,还有五条皮肤熠熠发光的红色幼蛇盘踞在母蛇周围的地上,那树桩可能是它们的窝,这种景象非常罕见,因此希恩永远也忘不了。你几乎不可能同时抓捕到一条老蛇和它的幼崽;母蛇会把幼蛇分散开,不怕你去找它们。希恩从没跟父亲讲过这里有个嗜鱼蛇的窝。老蛇在烂树桩里安了家,就让它待在家里吧!它可能会碰到某个成年男人,烧掉老树桩,把它驱赶到空地,用棍子打扁它的头。即使没有,它也还要应付很多野外的敌人。

啊!当希恩试着在大脑中看一些景象时,竟然真的能看见。当你在某个秋日清晨,透过松树林,眺望远方时,会看见一层浓雾笼罩大地。雾对希恩来说很神秘;它跟烟相似,就像两个豆荚很相似一样,但又有不同——雾没有气味,一点都没有。太阳一出来,雾就散了,但低矮灌木丛的叶子却非常湿润光滑、闪闪发亮,上面结满蜘蛛网,跟头一天晚上的空气凝结在一起。也许你会看见在一朵百合花上，有一滴晶莹剔透的露珠，或者看见一只绿油油的捷蛙正在酣睡，一上午都没有醒来。哦，人眼可以看见成千上万不同的景象！

但有时，她闭上眼睛，脑海里也会闪过一些伤心的镜头，便侧下头，跳过这些镜头；琢磨一些你无能为力、无法改变的事情，是毫无意义的。但希恩一想到那两个长得几乎一模一样的孩子，心绪就无法安宁。那两双小手皱巴巴的，两双小脚叠在一起，两双眼睛茫然地对着她的脸；他们的眼睛呈暗淡的灰蓝色，这是新生儿眼睛的颜色，能够保护他们呱呱坠地后，眼睛不受到第一缕强光的伤害。在她看到这些样子之前，她觉得这会是一个崭新的奇迹；他们还有四只小手放成一排，有二十个小手指，每个都有指甲，还有二十个小脚趾。最让希恩感到惊讶的是，这四十个小指甲（手指甲和脚趾甲）都出自她的身体，个个都很完美！不，不完美！因为它们像鱼肉一样白，而不是新生儿该有的粉红。哦，伦祖想尽办法让他们活下来……但是他们还是没有呼吸过一口气。

希恩会在傍晚坐在门前台阶上哭。令她心痛的是，她的两个小宝贝从来没有呼吸过，哭过，被妈妈抱在怀里哄过，尝过妈妈的乳汁。

希恩想不明白他们为什么不能活下来，除非这是上帝在提醒她。为一件罪恶的事情祈祷和哭泣，是不能逃脱惩罚的。上帝会向你施压；让你终生反复想起，要你不停地忏悔。从基茜出生到怀上卡尔，中间不是有两年时间，希恩都竭力避免生孩子吗？唉，好吧！这两个一出生就在她怀里死去的孩子，是她十年前在心里谋杀了的孩子。她谋杀了他们，因为有两年时间，她拒绝再生育，直到上帝机智地战胜她，让她怀上卡尔。她曾以为，忏悔、哭泣，以及怀孕时保持耐心、缄默、平静,就能免受惩罚!上帝用他特有的方式告诉她,她孩子的死是她的自私造成的,是她听从玛戈特的蛊惑,亲手杀死了孩子。玛戈特告诉她海岸镇的人不生那么多孩子。那天,伦祖把两个小男婴放进一个盒子,再放在颠簸的牛车后面,坐着牛车出门了,那时,希恩几乎要崩溃。希恩想把他们埋葬在他们的外公和伊丽莎白姨妈的坟墓旁边。希恩家离父亲的坟墓有六英里远,如果把他们埋在希恩家旁边,他们一定会感到孤单,因为逝去的人也需要同伴。

哦,希恩心情沉重得无法呼吸,但她没有告诉任何人。伦祖以为她只是体弱多病;孩子们根本就不会去想双胞胎的事情,他们早已对母亲这个样子习以为常;其他的一切对他们来讲才是新奇的,值得关注的。

希恩总有干不完的活,分散她的注意力,使她不会一直沉湎在悲伤的往事中;但也总会发生一些新的伤心事,她觉得其他人都能很快恢复过来。一只啮龟咬掉卡尔左手食指,后来,希恩总是因卡尔少一根手指,而觉得自己的手指太多。当时卡尔那一小截残指不停流血,希恩给他包扎,听他断断续续地喘气,诉说他不是有意要伤害老龟,这真让人心痛。其他孩子都围拢过来,被这种突发状况震惊得说不出话,甚至有点羡慕卡尔。菲尔比安慰卡尔说,老龟咬断他的手指总比紧咬不放好得多,因为大家都说乌龟咬住东西是不会松口的,除非天上打雷(乌龟很怕打雷,听到雷声,会赶紧躲起来)。后来,卡尔手指的疼痛渐渐消失,咬到的伤口也在愈合。但他每天不得不解开包扎好几次,让孩子们看看他的断指,因为他们轻信,从卡尔皱巴巴的皮肉上可以看到乌龟的牙齿印。父亲说过,乌龟是有牙齿的!

希恩手头总有各种事情要处理。在一年中寒冷多雨的时期，维尔斯和卡蒂，甚至有时还有拉维迪，轮流患上喉头炎，总在晚上发作。希恩要把牛脂、松节油和樟脑混合，放在炉子上加热；孩子们因受寒而胸闷，她要在他们胸部上敷药、按摩，有时忙到公鸡打鸣，才能爬上床打个盹儿，但睡在身边的伦祖又鼾声如雷，并且等孩子们醒来，希恩也得起床，因为他们会大声争吵，抢着穿羊毛袜和头天晚上放在火边并且打过油的兽皮鞋子。有一次，基茜跑的时候，被一块很大的木头碎屑刺到脚，刺得很深，伦祖不得不把基茜脚上的肉割开，就像剖开一条活蹦乱跳的鱼那样，然后伦祖把木屑一点点挑出来。希恩不得不像对付野猫一样，费力地抓住基茜，不让她乱动。基茜的个头和力气现在差不多赶上希恩，所以希恩和伦祖调换位置，由伦祖抓住痛得全身抽搐的基茜，希恩从基茜脚上流血的口子里挑出碎片残渣，基茜脚前端的皮肤被拉扯得通红，像一块加工过的生牛皮。希恩再用干净的松节油涂在基茜伤口上，她心里清楚，这种油涂在肉上，孩子会感觉被火烧一般灼痛。唉，坏事总是接踵而来……就连做事一贯小心谨慎、慢慢吞吞的玛吉，早上切土豆时也切到手，希恩像缝土布一样，给玛吉缝合伤口！但玛吉的皮肤硬得像皮革，针几乎无法穿透。

但也会有好事发生。伦祖从海岸集市给希恩带了一小盒普罗米修斯火柴，给了她一个大大的惊喜。他在牙齿上划了一根火柴，嘴里居然点着了火，简直不可思议，她尖叫起来；吓得浑身哆嗦。孩子们为了看父亲在嘴里点火柴，变得特别乖巧听话。希恩也对火柴很满意；因为可以用它们对付卡尔的逆反心理，比用鞭子抽他还管用。

希恩的柜子里有一些金币和银币。每年伦祖都会拿一些货物换成银币，带回家交给希恩；他自己对这些钱币倒不怎么在意，仅仅是存起来而已，但希恩会得到巨大的满足感。去年，希恩向双胞胎男婴的鼻孔吹气，但他们还是没有呼吸，伦祖忘不了希恩看婴儿时那张绝望的脸，所以他把一牛车货物换成两个金鹰币，带回去送给希恩。希恩看到两个金币时，便不再抱怨伦祖没给她带她想要的东西——胡椒、肉桂、丁香（也许产自巴西或中国，也可能俄国，谁知道呢？），还有玛戈特家里那种三脚炉，以及一个属于她的蜡烛模具，因为她厌烦了从母亲那里借模具做蜡烛。

希恩看到金币和银币，简直欣喜若狂！晚上，她坐在火炉前，棕色的手指抚摸着钱币，仿佛生怕它们从指间溜走。钱币发出轻柔的当啷声，并在火光的映射下熠熠发光。尽管伦祖没有买自己喜欢的东西，但当他看到希恩抚摸钱币的样子，他觉得这样做是值得的；希恩会给孩子们讲述黄澄澄、沉甸甸的金子怎样藏在很深的黑色泥土里，然后有敢冒险的人找到它，把它开采出来，卖到一些贪婪的人手中。孩子们听得很认真，就连卡尔也很安静；他们从母亲一连串的叙述中，仿佛看见一些对淘金热厌倦的人，步行或者坐着牛车赶往西部，穿过没有路、没有树，只有太阳和沙子的沙漠地带，漫无目标地一路西行；看见一些船迎着强风，一路扬帆向西。如果佐治亚州德洛内加的中心地带蕴藏大量金子，伦祖可能也会奔过去挖金子，即使他已经老了，只要他下定决心，就会去；挖金子一定比在地里年复一年汗流浃背、倾尽全力的劳作更轻松，更快速地挣钱。况且下不下雨，根本无法掌控，即使在最好的季节，也不见得有好收成。但伦祖不会为了发财而贸然去淘金；这不是他的风格。

但他在海岸集市给希恩带回两个金鹰币，或许是明智之举。本来伦祖想给自己买一顶新羊毛帽、一双里面带木尺的新鞋子、一些铁门钉和锋利锃亮的新犁头。但他想起希恩的脸，当她看到两个新生婴儿那么甜美，却被死亡无情摧残时，她的脸惨白而惊惧，于是，伦祖把西班牙商人维拉隆加从账房叫出来，把牛车上所有货物都卖给他——一些兽皮和蜂蜜、许多雪白的棉花、一些上好的玉米种子、糖浆、红糖、香喷喷的熏火腿，用所有东西换回两个金鹰币，希恩看到会开心地笑起来。伦祖没有选择交换一个双鹰币，而是选择两个金鹰币，因为希恩喜欢借着夜晚的火光，让金币从指间滑落，两个金币显然比一个金币的效果更好。

夜里，有时希恩会反复琢磨金币的事而睡不着觉。她柜子里有十四枚金币。必须攒够十枚这样的金币，才能从奴隶贩子手中买到一个小黑奴……但在加利福尼亚州，地里的金子像花生或水一样越长越多。海岸镇的女人们除了用红黄色的毛线在丝绸上刺绣外，什么事也不干，但她们却吃着丰盛的食物，穿着兽皮大衣或丝绸裙子，不用流汗、挖地和囤积粮食……希恩想不通其中的道理……为什么有些地，会在很深的地方悄然长出金子，而有些地，比如她和伦祖的地，只会长杂草，除非把它当作病婴一样细心照料？她想不明白……

杰克也很想去西部；但去不了，他必须待在家里，帮贾斯珀给菜园施肥、往母亲的火炉里添柴，如果菲尔比和文森特想要骑公牛，就要把他们抱到牛背上，再抱下来。但最主要的原因是他年龄还不够大；他羡慕贾斯珀和里阿斯，他们成年了，长了胡须，嗓音变得低沉。他希望自己也长出胸毛，说话时可以吼叫，腰部像贾斯珀那样强健；但恰恰相反，他的胸部像女孩一样白净，青筋暴出；个头虽高，但双腿不能像里阿斯那样迈开大步，手臂也不及里阿斯的粗壮；嗓音也只是比玛戈特低沉一点。杰克嫉妒两个哥哥。

他喜欢躺在树林里；母亲说，他胆小得像只小兔子。现在，既然他已经长大，可以带着被子去小河边躺几天几夜，晚上生一堆火取暖。饿了，就在火堆里烤几个土豆，还可以杀野生动物，把肉洗干净，支一个烤肉架，把肉挂在上面烤；半天就可以烤熟一大块鹿腰肉。杰克有时想，他像一只刚刚出生在这片树林里的小野兽，被迫自己寻找食物，因为胆怯而四处躲藏。如果没有湿冷难熬的冬天，只要带上火绒盒[①]和犬齿刀，就可以生存了。如果有必要，可以像只负鼠一样睡在一根空心木头里面，抵御外面的寒风，或者像熊一样睡在黑暗的洞穴里。他不会受到熊或响尾蛇的伤害，因为它们也在冬眠，如果遇到饥饿的美洲豹猫，可以生一堆火吓跑它。野生动物怕火；一旦有火烧毁它们的巢穴，烧焦它们的幼崽，也许它们自己也被逼到两堵火墙中间，快被烤成流油的灰渣，它们会冲出滚滚浓烟和翻腾烈焰，闪电般掠过树林。

杰克只要带上父亲卧病期间给他做的火鸡口笛，就可以躺在一根倒下的木头后面，如果有足够耐心，对着涂了树脂的小盒子认真吹奏，就会引来一只铜绿色雌火鸡，昂首阔步走过来，在木头另一侧窥视他；他会绷紧全身肌肉，一动不动地躺着，让它从这个长长的，几乎没有呼吸，像木头一样躺着不动的人身上看不到什么。它便继续昂首阔步地离开，去寻找口笛发出的那个焦躁不安的求爱呼叫。

[①] 火绒盒（tinderbox）：旧时取火用的。

雄火鸡比雌火鸡更难骗，它们靠近后，如果听出口笛弦的刮擦声中有某种陌生元素，就会产生恐惧；但它们会因为听不懂的口笛声而烦躁不安，大声鸣叫，叫声穿透静谧的树林。黄昏时分，一些大鸟会在夜色中拍打宽阔的翅膀，飞回树上安顿已久的巢窝中，它们睡下之后，杰克会悄悄爬上树，找到它们的巢窝，把它们吵醒；它们会一阵骚乱，叫唤，羽毛蓬起，昏昏欲睡，无法容忍这个夜幕降临却不是归巢休息的家伙。

有时杰克迎风躺下，看鹿吃草，觉得它们像一群漂亮、神奇的雌牛；它们有许多角，步态优雅，如果他去招惹它们，它们会从他身边大步慢跑过去，几乎不怕他；他会对着它们产生一种无望的向往。"如果你们让我跟你们一起跑，跑到你们那奇特的家和野生的沼泽地，我就不会伤害你；我会跟你们一起吃草，一起喝泉水；如果这些草和水能填饱你们的肚子，那为什么不能填饱我的呢？我们的血肉和骨头是一样的——只不过因为你们吃的是湿润的草，喝的是清澈的水，吹的是新鲜的风，所以你们的动作更敏捷、肉质更鲜嫩、血液更透亮、骨头更白皙。"但他不能跟它们走；如果他要跟，它们会害怕，会赶快跑，甩开他，最后只在泥土上留下密密麻麻的脚印，像紫罗兰叶子的印记；它们似乎在地球上销声匿迹，它们的脚停落在地上，只为撑起身体，然后飞掠而过。杰克尽力去学鹿那样奔跑，像踩着音乐节拍一样快速跳跃……但他的脚和身体都太重。他天生就只能穿着宽宽的鞋底步履沉重地在地上行走，不像他们那样拥有轻而尖的脚，能够飞跃而行，只偶尔轻盈地回到地面，做短暂停留。想到这些，他不禁很失望，并且有些愤怒。

恰巧有一天，杰克去河边看之前放在岸边水紫树枝干上的钓鱼线，突然听到一些声响。于是，他蹑手蹑脚地向声音靠近，就像荒野中的印度安人那样，印第安人到一个地方，会注意放轻脚步，浅浅地踩在地上，让自己的脚步声听起来像松鼠匆匆跑过，或者枯死的松球突然掉落。杰克可不关心会发现谁；但他想学印第安人，偷偷地过去，又偷偷地离开……

他看见里阿斯和布利斯两个人。

然后他又偷偷地离开。

但他并没有走远，只是过了小河的拐弯处。从那天起，杰克几乎不想见到里阿斯。

杰克为自己难过。就连躺在床上的父亲临终前，都遗忘了他。母亲现在也不能跟他说话；她的嗓子只能发出微弱的咕哝声，眼睛偏离他的视线，看向他看不到的地方。杰克喜欢干活，也喜欢为他牵挂的母羊、快要干涸的水井或类似的事情担忧；贾斯珀并没有注意杰克；尽管杰克已经发育完全，个子跟贾斯珀一样高，但贾斯珀更年长，并且有了少许白发，他仍然把杰克当成小孩，杰克厌恶这一点。除了玛戈特，他讨厌所有人，因为玛戈特不会取笑他，惹他生气。

小菲尔比喜欢杰克；要是她年龄大些，杰克愿意多花点时间跟她待在一起；但她还是个不到九岁的小女孩，并且满脑子问题。她觉得杰克是这个世界上最好的男人；杰克喜欢她把自己当成一个成熟的男人，能够干男人干的活，能够赢得一个小女孩对男人的崇拜。杰克叔叔能偷到蜂巢，还不被蜜蜂蜇到；他很有办法；蜜蜂认识他；他能屏住呼吸很长时间，轻轻取走蜂蜜，几乎不惊动蜜蜂；也从未被蜜蜂叮咬过，他把蜂蜜搜集到瓦罐里，用来做蜂蜜蛋糕，或者填入一种冷面点的小孔里，给菲尔比或文森特充饥。杰克会从天花板上摘下泥蜂的蜂巢，给菲尔比看，让她知道这种聪明、长翅膀的小生物如何把卵排在干燥的泥巴巢室里，这一间间巢室里储满小虫和蠕虫，它们还活着，但被一种神奇的东西麻痹；它们是供幼蜂在生长期间食用的，就如同小鸡在破壳而出之前吃蛋黄，同样，幼蜂在蜂王的蜂房里也需要食料。这一切都是蜜蜂充满智慧的设计。杰克经常说，野生生物的感官要比家养的更灵敏。他还给菲尔比讲许多千奇百怪的故事；给她看许多用小树枝和软毛搭建的巢窝，以及许多捕食猎物的蜘蛛，它们狡猾地躲在树叶下面，脚踩着蛛丝，等待猎物的到来，直到另一种活跃但不警觉的有翼生物撞上来，它们展开殊死搏斗，蜘蛛在蛛网上摇晃，而另一种生物则试图把蜘蛛从带黏性的蛛网上摇下来。

如果有人可以走进杰克的心，那一定是菲尔比。

但就在一个有风的日子，伦祖一家杀小猪以后，就连菲尔比也不在人世……

希恩家，伦祖在杀三只小猪，他用斧头朝它们眼睛中间敲下去，它们的眼睛很小，露着贪吃的神情，边缘上稀疏地长着短而粗硬的睫毛。希恩把一个大桶斜放在地上，准备好了烫小猪的热水，两个洗锅装满井水，架在炉子上煮，孩子们在旁边不停地添柴火。

当第一只小猪躺在围栏里泥泞的撒了谷壳的地上，停止短暂的垂死挣扎时，伦祖把它拖进大桶，希恩朝桶里不停地倒开水，直到水从倾斜的包了铁籀的边缘溅出，猪在桶里烫一段时间，然后孩子们帮忙刮白色猪皮，把猪鬃刮下来；所有人都在忙碌。风把孩子们的头发吹进眼睛，把希恩的裙子吹得紧贴在她瘦弱的身体上。很快，小猪就被剥了皮，断了蹄筋，粉红色的猪身挂在房椽上，烫过的猪皮在冷风中显得洁白干净，细长的肋骨悬在空荡荡的腹腔上，腹腔上被刀砍出一条长长的口子，从喉咙往下延伸，贯穿整个身体，里面的内脏通过这条口子被取出。猪前额上被斧头敲打留下的紫红色伤痕已经褪色，当时伦祖用斧头力道精准地敲击猪的颅骨，这样，猪脑就不会被震碎，也不会被猪血所破坏。猪身倒挂时，猪嘴张开，露出褪色的牙齿，猪血会把猪嘴弄脏。

这几只小猪是用玉米喂养，准备作为冬天的肉食的，这是这个冬天第一次杀猪，伦祖觉得有些自豪。小猪很肥，屁股很饱满，这样的肉在腌制时不容易萎缩。这些肉足够家里所有孩子享用，那么多张小嘴向他张开着，巴望这些天能吃上食物——猪肠、猪内脏、肉汁、新鲜猪肉；到明年，还会有干干的香喷喷的熏火腿，可以做成红色的肉汁，还有一罐罐白色的猪油和一串串熏腊肠，还有大桶的腌制肋肉，明年夏天可以搭配豌豆和秋葵吃。

秋风扫过，院子里干干净净；铁质的洗锅边缘被熏得乌黑，下面的火苗呼呼地打着旋。

桶里烫过小猪的水已经冷却。伦祖和希恩在洗涤槽里切割猪身，从布满脂肪的皮肉里分离出肋骨，砍下整条脊柱骨，下面连着的猪尾巴则切下来，放在米饭里面煮熟，给小婴儿维尔斯吃。

这对希恩来说是忙碌的一天：把脂肪挑出来，炼成猪油，剁肉、调味等，做成香肠肉馅，洗净猪头，熬煮成肉汁。猪肉用盐腌好后，伦祖就在熏制房的泥巴地面中央，用山核桃木生起火，熏制房里，火腿、猪肩膀肉和香肠被挂在熏得乌黑的房椽上，做成熏肉以便保存。伦祖喜欢熏肉，让浓烟持续很长时间。他熏的肉很香，不比村里任何人熏的差。希恩认为，熏肉是个需要耐心的慢活儿，适合伦祖做。里阿斯就不适合，他不会熏肉；他会在山核桃木燃尽之前，熏秋刀鱼，更糟糕的是，连蛆虫都拿来熏，因为他热衷的是熄火和毁灭一切。

明天等罐子里的猪油冷却后，她会把剩下的残油做成油脂皂，并把一串串香肠挂到熏制房去。并不是每个女人都做得出又好又硬的肥皂。当大块的肥皂放在熏制房的架子上时，好肥皂是不会融化的。但希恩知道，因为母亲在她很小的时候，就教过她。像熏肉需要耐心一样，要做一块好肥皂，也是没有捷径可走的。要等到月黑时，把油脂皂和草碱混合熬煮，煮沸后，用黄樟木棍子从左往右搅拌；等它变得浓稠，并且稳定时，就把火熄灭。第二天早上，就可以发现肥皂收缩了许多，跟锅的边缘剥离开，并且上面聚集了一些像露水一样的小水珠；最后，把它切成块，储存好，这样第二年就可以用上又好又硬的肥皂。

希恩和伦祖把猪肉放在洗涤板上切碎，再放入洗涤槽中，冲掉猪肉上面的淤血。孩子们刚拿来新鲜的木柴，堆在一起，让锅下面的火烧得更旺。风刮过院子，而孩子们的叫声和笑声也穿过院子，向四周飘散，因为杀猪的过程是快乐的时光。孩子们——七个，加上里阿斯的女儿菲尔比——提水、添火，并把这些活儿当成做游戏。

一个小火苗，嘶嘶地吐着火舌，蹿到菲尔比的裙子上，用它明亮的分叉的舌头，抓着、推着、咬着菲尔比。一阵风刮过，吹起孩子们的头发，煽动木柴上的火苗，制造美丽的恶作剧。

卡蒂站在菲尔比旁边。她还很小，这个月才满五岁。她看见淘气的火苗蹿到菲尔比的裙子上；火苗在菲尔比长长的连衣裙上显得奇怪又好看；她从未见过火苗出现在一个人的连衣裙上。刚开始，大些的孩子没有看到火苗,直到火苗往上蹿,点燃菲尔比的头发,又像一条活跃的蛇,跳到卡蒂的袖子上,然后迅速越过她的身体,顺着风飞走了。玛吉、基茜和卡尔正提着猪肉去熏制房。菲尔比和卡蒂又惊又怕,她们太小了,根本不知道不能在风中跑,结果她们跑了起来,火苗紧咬着她们的身体不放。就连冷冷的北风吹到她们身上,都变成热气。

希恩在刮猪皮上的猪鬃,因为粗心的孩子们并没有把猪鬃刮干净。

希恩和伦祖听到菲尔比和卡蒂的尖叫,连忙扔下小刀跑过去。但那时,两个小身体已经被火苗吞噬,就像森林大火中的枯死的松树木桩。

当水泼到她们身上时,菲尔比美丽的眉毛烧光了,跟里阿斯一样黄得像秋天的扫帚草的漂亮长发也烧没了;小脸被烧得干巴巴,像一块烤肉皮,脸上露出死亡的痛苦表情。

希恩把卡蒂抱进屋,只要是她接触到孩子的地方,那里的皮肤就滑动并脱落。

傍晚,希恩和伦祖的手起了硬邦邦的透明水泡,是在给孩子们灭火时烧到的,但他们丝毫没有在意。

他们把菲尔比放在床上,给她盖上干净的床单。希恩调制了膏药,跟猪油一起涂在卡蒂烧伤的身体上,并把烧到的地方包上一些散热布。卡蒂痛得不停尖叫,以至于后来,希恩要想记起卡蒂说话的嗓音,必须先回忆卡蒂被烧伤后,起泡的嘴巴发出的痛苦的叫声。

伦祖去找玛戈特,他整只手缠着白色布条,一路上,他绞尽脑汁地想却始终想不出,该如何告诉玛戈特,菲尔比在他家,跟他的孩子们玩耍，被烧死了，而他当时在洗涤槽边屠宰小猪。

卡蒂一定是吞了火到体内，那是必死无疑的。第二天，她果真死去。他们曾以为，如果诚心诚意地守护她，及时给她换膏药，为她酿制冷却用的沐浴液，她就能挺过来。但她一定是吞了火焰。一旦火焰侵入体内，即使身体能勉强支撑很长一段时间，最终还是活不了。

山坡两边是光秃秃的紫薇花花丛，沿着山坡往下走，绕过沼泽地，穿过六英里萧瑟的荒野，到达娘家，在那里埋葬菲尔比和卡蒂。哦，这是一条叫人肝肠寸断的路。

这条路似乎从没像现在这么崎岖。她的孩子僵直地躺在松木盒子里，每颠簸一下，她的心就揪紧一下。哦，她想抱着卡蒂，让她免受颠簸之苦，给她温暖，她只穿着一条白色裙子，没有穿外套，也没有盖被子，在松木盒子里一定很冷。如果装殓时能让卡蒂穿厚点，可以御寒，希恩心里会好受些，尽管这样想可能有点傻。

在伦祖和希恩的牛车后面，布利斯·科温带着她的孩子坐在另一辆牛车上，这是第二次，孩子从她身边被夺走，这次离别也更加残酷。玛戈特同样非常伤心，她说："让布利斯跟菲尔比同在一辆车上吧。"布利斯哭得撕心裂肺。希恩也哭了，但哭得很少；她看上去神情呆滞，眼睛近乎失明，心里像压着一车钢铁那么沉重。她想：布利斯·科温爱她的孩子没有我爱卡蒂那么深，没有，因为我有六个孩子，但最爱卡蒂，似乎现在也是。为什么其他任何一个孩子都可以从她身边夺走，唯独卡蒂不可以，卡蒂不可以，她想找到原因……在回娘家的路上，她一路颠簸，也一路想着这个问题。

走在前面的玛戈特，在菲尔比一周大，甚至更小，就开始照顾她。

玛戈特没有哭，但痛苦令她佝偻着身子，像冻坏的野草。她爱菲尔比也没有希恩爱卡蒂那么深。哦，没有……希恩是这样认为的。卡蒂多可爱啊……她是妈妈的心头肉……希恩在心里细数卡蒂在屋子里、院子里种种可爱的表现以及种种小趣事，那时，她经常跑到希恩身边，用孩子特有的急切语言，跟她讲述这样或那样的事情。希恩满脑子想的都是卡蒂。维尔斯也跟希恩在一起，她的头枕在希恩膝盖上睡着了。在另外几辆牛车上，邻居们带着希恩其他的孩子……希恩和伦祖带着他们最小的两个孩子回娘家，一个是把头枕在希恩膝盖上睡觉的小宝贝维尔斯，她的头很温暖，而另一个就是躺在牛车底部的盒子里的小宝贝卡蒂，她的头则像黏土一样冰凉。此刻，希恩终于理解了那句话："耶和华神用地上的尘土造人，将生气吹进他的鼻孔，他就成了有灵的活人"。一旦你亲身感受过失去上帝生气的死亡肉体，你就知道这句话多么准确，因为你能真正地体会到，任何死亡的肉体都像湿湿的泥土般冰冷。地上的尘土被上帝的唾液浸湿，我们所有人都是上帝用湿湿的尘土所造。

　　希恩几乎心碎；要不是伦祖把缠着绷带的手重重地压在她大腿上，按住她的肉，给她力量和勇气，她可能会崩溃。她强忍住不哭，看着前方的路，两边的树和灌木丛离自己越来越近，然后慢慢地从身边经过，紧接着其他的树和灌木丛又在靠近。

　　但是，当他们拐过一个弯，看见斜坡上那栋沐浴在阳光下的老房子时——当希恩看见熟悉的门廊向她敞开，迎接她回家时，她再也控制不住，就连伦祖那只搭在她膝盖上，给她力量的手也不能阻止她哭泣，伦祖自己也哭了，没有声音，但胸膛随着呼吸剧烈地起伏。对希恩而言，眼泪、产痛、疲倦或者她所知的各种痛苦，似乎都沉没于孩子所去往的虚无之境，在那里，任何悲伤、恐惧、思念所触发的哭泣都不会有任何回响。

他们站在坟墓边，吟唱哀伤的圣歌。希恩听见母亲嘶哑、老迈的嗓音唱着高音部分，这部分音调使歌声婉转曲折——这是一种奇妙而优美的和声，它让音调重新回到亲切、平缓的小调：

我若清楚得悉，天堂有我住处，
我将告别忧思，擦干泪眼再不哭泣。
纵使大地摇撼我灵，地狱之镖猛然来袭，
我笑对撒旦狂怒，直面这冷漠悲凉之世。

让忧愁如洪水褪去，让悲伤如暴雨倾泻；
让我安抵家园，我的主，我的天堂，我的一切。
我困倦之灵，当沐浴在天堂的海洋安歇，
我平静之心，再无烦扰的波涛翻滚。

希恩从未见过大海或海浪，将来也不会见到，但她能理解这首古老圣歌中所唱的海潮汹涌澎湃。她想，卡蒂从今以后将住进天堂白色屋顶的房子，过上更美好的生活，那里每个人都有住处。那是一座城市，但不是人工建造的，那里圣徒挤满街道，唱着赞美诗，就连小孩也戴着王冠——上面装饰着星星、花朵或者地球之光的光环——所有装饰物都可以当作他们的甜点。但其中有一个孩子，太小了，连很小的王冠也戴不了，除非小心翼翼地把王冠放在她头上，并且她太小，只会唱几句简单的赞美诗，因为她才五岁……但显然我的父亲,她的外公在那里;他会在门口迎接卡蒂,领她进去。卡蒂熟悉的菲尔比也在那儿;她会牵着卡蒂的小手,卡蒂可能会因想家而抽泣,就像她在俗世经常哭泣一样,菲尔比可以安慰她,让她不哭。还有我的姐姐伊丽莎白,能想出很多奇妙的办法,她也会迎接卡蒂这个新来的害羞的小姑娘。

希恩终于感觉好过些;卡蒂不是在冰冷的盒子里,而是在天堂,和着竖琴的音乐学唱赞美诗,感受大天使的翅膀在她身边轻轻掠过。卡蒂将不再哭泣,不再受伤;现在,她穿着白色长袍,脚轻踩在天堂明亮的金地板上,地板上没有蛆虫,没有灰尘,没有腐烂之物。希恩内心终于获得安慰:这个世界多么肮脏,卑劣,令人伤心,卡蒂摆脱了这个世界,希恩替她高兴⋯⋯

但后来,她还是按照母亲所说的做了,她曾听母亲说过:对女人来说,尽管她的孩子死了,她仍然会把孩子放在心里,不管去哪里,都带着他或者她,孩子已经融入她的身体,成为她的一部分。

如果沉浸在悲伤中的身体还能感受愤怒,那么希恩对里阿斯就有一丝愤怒。他没有跟玛戈特和布利斯一起来为死去的菲尔比哭泣⋯⋯里阿斯没有来这里接受上帝的打击,上帝要让他悲伤,为小菲尔比的畸形足,为她靓丽的头发,为她深海般温柔的眼睛,为她快乐的嘴唇而悲伤。她从未说过诅咒的话或恶意的谎言,从未蔑视过任何一个灵魂。现在,她已葬入土中——不管里阿斯身在何处,上帝都会怜悯他的灵魂。

那年秋天,有传言说海岸镇西边有很深的金矿,可以随便挖。要到达金矿,必须穿过许多条河流、山脉以及干燥的沙漠。一年中的贸易季结束后,杰克和伦祖两人一道回家,里阿斯没有跟他们同行,而是让伦祖带话给玛戈特，说他去加利福尼亚的采金区了。

所以里阿斯无法获知菲尔比的死讯；大家都替他惋惜。也许有一天，他将带着几牛车金子回家；然后他们就用金碗喝粥，睡在金丝布做的被子里。菲尔比生前很擅长描述这类凭空想象的东西，在其他孩子中很有发言权。难道不是她爸爸去淘金，然后带金子回来吗？爸爸回家后，妈妈将忍住泪水不哭泣，然后几个手指都戴上跟鸟背上的翅膀一样粗的金戒指。

在这个雨夜，日光已经快速消散在低低的云层之下，风在屋顶呼号，雨重重敲打希恩家坚固的木头，她想知道里阿斯在哪里，进展怎样，孩子们也会私下谈论里阿斯舅舅。一个雨滴可能沿着烟囱，掉进屋子里的炉火中，发出嘶嘶声……在这样一个阴雨连绵的冬夜，里阿斯是否有屋顶可以躲藏，以免淋湿头发呢？当希恩去看孩子们是否盖严被子免得着凉时，她会想，里阿斯睡得暖不暖和，被子够不够？也许在那个海盗和妓女猖獗的野蛮之地，里阿斯已经死了……要不是因为菲尔比，卡蒂现在就还活着……如果菲尔比没有出生……哦，菲尔比是无辜的……要怪就怪里阿斯……是里阿斯为我们酿下这杯苦酒，自己却躲得远远的，让我们替他喝下……但上帝承认是他在报复。难道上帝本来想惩罚里阿斯，却打击到菲尔比？也许，上帝拿里阿斯没办法……但是，不，不能惩罚里阿斯……希恩突然想起一首赞美诗："尽管我展开清晨的翅膀高飞……"

于是，希恩开始为里阿斯祈祷："里阿斯，不管你在哪里，愿上帝怜悯你。"

第十七章

在海岸镇，关于战争的传闻从槲树下的营火向周边蔓延。在伦祖记忆中，男人们很早以前就谈论过跟北方的战争；但现在，支持与反对战争的理由都比以前更充分。那些好战分子头脑也更加发热。一向笨口拙舌的伦祖，没什么可说，只会默默地倾听，保留自己的看法。他会倚靠在一个交易柜台上，听某个农场主家的年轻人滔滔不绝地谈论州权。伦祖想，这些农场主中间有些脾气火爆的人，会为一顶掉落的帽子打起来，一谈起北方的新闻——也许是某个逃跑的奴隶，平常被纵容惯了，需要在他油腻的背上抽五十鞭子——就会两眼喷火，脸色阴沉。富裕的农场主攥紧拳头，渴望爆发一场战争，以便冲过去鞭打那些北方暴发户，那些人还没学会管好自己的事情。农场主认为，只有在奴隶制度下，黑人才能得到良好的照顾。难道工头没在每周六下午发放玉米和培根吗？分量难道不够一个男人加上他棚屋里所有黑人吃吗？难道奴隶居住区的每栋房子没有分配一块菜地吗？难道那些年轻女仆没有每天从早到晚在织布房，忙着给黑奴织布吗？难道女主人没有亲自监督她们，确保她们晚上离开织机前，工作时间足够长吗？女裁缝把织好的布做成衣服；黑人工匠对牛皮进行加工、鞣制、装饰，最后做成冬靴，让老少黑奴穿去教会做礼拜。奴隶制度下，黑奴不会挨饿，种植园主掏钱让他们吃好。如果吃不好，他们会生病。如果种植园主不给奴隶吃肉和猪油，奴隶会骨瘦如柴、体虚乏力，一旦放到市场上交易，会卖不到好价钱。此外，如果每周六工头不给黑人发放口粮，那再怎么鞭打他们，也不能阻止他们饿了偷东西吃——夜深人静时偷一头猪或从熏制房偷一块肉。黑人的确很爱吃猪肉。至于用皮鞭抽打奴隶，都是那些爱吵架、喜欢训诫别人的北方人大肆渲染的。哪个黑人挨过皮鞭？除非他偷主人的东西，装病不工作，或者顶撞白人。海岸镇的工头都有一只僵硬的右手，会像死人一样伸出五指。如果黑人敢顶撞他，他会一拳打碎黑人的头盖骨。伦祖很想看看工头的手究竟是什么样子。

他们继续在伦祖周围高谈阔论；他听种植园主、工头、商人以及来自边远地区的人讲述各种见闻，对海岸镇上陌生的生活有了更多了解。种植园主设法为黑人提供轻松的生活；不管哪个黑人病倒，都能得到药物医治，因为女主人会亲自前往奴隶居住区，送去药物和治疗方法。一些种植园甚至建有医院，黑人在那里得到治疗，正如你把一只上等的肉猪单独放在猪圈，悉心照料它，直到它恢复健康，黑人所需的花费比猪要大。一个健康的年轻黑人需要花费五百美元，除非把他养在奴隶居住区。

这些对于伦祖来说是神秘的——一个人居然值这么多钱。要不是可能挨鞭子，伦祖都愿意卖身为奴。只要他活着，他可不允许别人把他当成卑鄙龌龊的人，用鞭子抽打他。

关于州权的话题对伦祖来说太深奥；大家争论关于脱离联邦政府的州权，伦祖根本无法理解和参与。他们会提及北卡罗莱纳州那些脾气火爆，想要发起战争的人，以及那些在战争中支持南方的北方人，虽然这些话题有点意思，但跟他的生活无关。他一个黑奴都没有，将来也不可能有；他要是跑到北方去为黑人打仗，就是十足的傻子！至于脱离联邦政府的州权，他反正不懂。

他会朝一个角落吐唾沫，带烟草味的唾沫能精准地飞到角落，那里湿湿的，还有其他人的唾液，那些人要么在高声争论，要么像伦祖一样陷入沉思。

如果里阿斯在场，有不懂的地方，一定会插话问清楚，然后像文斯·卡佛生前那样参与争论。但里阿斯远在加利福尼亚。伦祖羞于暴露自己的无知；宁愿静静地倾听，让愿意说的人去说；回家后，他会在磨斧头，修理牛车轮子，或者为维尔斯或拉维迪雕刻木娃娃时，在心里琢磨那些事情。但无论他怎么琢磨，都不明白为什么海岸镇的种植园主希望发动战争。这时他会挠挠头，表现出迷惑不解的样子。

月复一月，月亮圆了又缺，它在希恩家房子上空，渐渐移动、沉落，最后照射在墙上和希恩一家酣睡的面容上。房子坐落在沙地斜坡上，离沼泽地有一段距离。沼泽地覆盖着黑色淤泥，遍布野生生物，蚊子漫天飞。

希恩的房子已经饱经风霜，屋檐有点蓬乱，下大雨的时候，雨水像宽宽的瀑布，从屋檐倾泻而下。由于常年风吹雨打日晒，当初新砍的木头早已不再是亮黄色，整栋木屋呈现浅灰色，略带紫红，风化严重；十四年的时光，可以让一座房子或任何东西老化。

在希恩看来，只要家里的老母鸡和一群刚孵出的小鸡不刨出新发芽的种子，雨量又充足，能保证花丛生长和开花，那她的院子就是一个美丽的花园。

每年春天，她的黄杨树会抽出新叶；女贞灌木一年比一年长得高，不断向周围伸展。夏天，紫薇花盛开，沿着通往希恩娘家的山坡，形成一条花道。历经不同季节后,紫薇花开始脱皮、繁盛的花慢慢凋谢,叶子也纷纷飘落,好似一位美妇为适应不同季节而更换不同颜色和质地的衣裳。希恩有时不理解为什么花或树这种没有意识的植物能够感知冷热,能够像人体一样,计算日期和月份,能够更换不同的装扮,以适应不同的天气。两年前,伦祖从海岸镇给她带了一株龙舌兰(因一生只开一次花而被称为"世纪植物"),希恩把它放在院子里一个偏僻的角落,给它浇水。她想,如果它要满一百年才能开花,那人们怎么知道它到底活了多少年呢?那时,她和伦祖都已不在人世,她能生下的最小的孩子那时也不可能活着。她永远也不会知道;唯一的办法是把它的真实年龄记录在父亲留下的《圣经》上,让子孙们等着看它开花。但是她不想为这种事情思虑太多。一百年后,年历上将显示公元1950年,那时她早已过世,躯体早已腐烂。她所熟悉的一切都已不复存在——她的孩子、奶牛、小鸟。是的,短吻鳄是长寿动物,将继续在春天吼叫;乌龟也会继续从皮革般的脖子里伸出丑陋的头。外面的松树和希恩的黄杨树、常青树都会继续生长。但她自己和属于她的一切都将消失,比如希恩的鸡冠花、长春花和矢车菊,都会因为风霜的摧残而凋零,只留下干燥的种子,也许会有人小心翼翼地把种子储存起来;还有希恩的蛇鞭菊和深紫色的天竺葵,将像野生植物一样,留下根长眠在泥土里;但希恩却不会留下根,让她在另一年的阳光下苏醒。她想,如果孩子们就是她的种子和根,代表新的生命,那这一定是上帝的有意安排。

这件事倒是值得考虑;但希恩责怪自己为这类事情思虑太多。当她化为尘埃,不留一丝气味时,她的龙舌兰可能开花了。遥远的将来,这些皮肤粗糙的短吻鳄可能在温暖的夜色中嘶吼。她离开人世后，将无法看见黄杨树每年春天长出珍贵的新叶时，可能有一群黄蜂在树上建筑坚固的绿色蜂窝。这一切都将与她无关。希恩提醒自己，母亲就是因为忧虑太多，才变成现在这种疯癫状态。

希恩壁炉台上的时钟精确地显示着时间，到什么时候，指针就走到哪里；好像一双手在小心地拨动时钟上那神秘的时针、分针，使它们不会因即将发生的大事而走快，也不会因转瞬即逝的快乐而停滞不走。

月亮升起，高悬在希恩家房子上空。她喜欢印第安人称呼"月份"的方式；她总在心里使用印第安人这些叫法。当然，在记录出生或死亡时间，或者在交易货物的过程中，人们还是要采用正确、合理的方式称呼月份。但希恩喜欢印第安月份名字中的荒野气息：一月是寒冷月；二月是饥饿月（在菜地播种之前，食物不是快吃完了吗）；三月是乌鸦月（玉米种子播下之后，三月湿润的风中不是有成群结队的乌鸦哑哑地叫吗）；四月是绿草月，山坡上长满嫩绿的新草，落满灰尘的紫罗兰已经枯萎；五月是耕种月（但这里不太准确，因为伦祖喜欢在五月以前什么也不种，让地里光秃秃的）；六月是玫瑰月，七姐妹玫瑰和苔藓玫瑰以及烟囱旁的攀缘植物全都开花，如寒空的星辰密密麻麻；七月是雷鸣月，这时，热魔在田间张牙舞爪，炽热的天空被雷声炸裂；八月是嫩玉米月（如果伦祖能踩准节奏，他种的玉米将像头顶那么高，穗状雄花像奶油那么黄，秸秆上的穗粒像鱼背上的鳞片那么密集）；九月是丰收月；十月是狩猎月；十一月是霜冻月；十二月是长夜月……希恩想，荒野印第安人并不像传言中那么野蛮，他们很有进取心，会给月份取名字，要是她被迫给月份取名字，肯定不如他们取得好。希恩从没见过印第安人，但伦祖见过；他们的皮肤是古铜钱色，只用一块碎布包裹臀部和腹股沟，其余地方裸露在外，涂着熊油，溜光锃亮；头上插着鹰的羽毛，脖子、手臂上戴满银质手工饰品，上面镶嵌月光石、玉髓和鸡血石。她想看到一些据称非常温顺、和蔼、对人很友好的印第安人。

又到了十一月——印第安人眼中的霜冻月——到了中旬，霜白色的月亮圆圆的，高高挂在希恩家上空。它皎洁明亮，犹如经过抛光的银器，洁白如静谧树林中厚厚的一层霜。那霜落在每一棵折弯的野草上，每一粒掉落的松球上，以及每一根发光的棕色松针上。松针铺在树林地上，一些胆小的毛茸茸的小动物踩在松针上，就像踩在一块柔软、有弹性的地毯上。

在这个霜冻月，希恩迎来了她人生中第二个儿子。他哭着找她，从她那里寻求温暖，如果她小心抚养，他会长成一个男子汉。

但希恩身体虚弱，又担惊受怕，总为一些小事胡思乱想，儿子这个时候降生并没有带给她太多的欣慰，因为伦祖说，如果海岸镇那些头脑发热的家伙继续发表激烈言论，战争可能很快会降临到每个人头上。女孩不用参军打仗的；所以希恩甚至希望，这次生的又是一个嘤嘤啼哭、脸型瘦削的女孩。

眼下，他们粮食充足。如果印第安人不四处游荡，而是手脚勤快，他们也能收获充足的粮食，这样他们就不会有饥饿月了。希恩听说，印第安女人有时会去定居点，到人家门前，举起双手，讨要食物；她们不懂白人的语言，所以不说话，只用空空的双手表达自己的意图。希恩希望，在冬末的某一天，有个友好的印第安女人到家门口，她会乐意给她一些食物，不仅够她吃，还够填饱她的孩子饿得咕咕叫的肚子。希恩和伦祖的粮食够吃，还有剩余。熏制房里还有几桶猪油、几大块猪肉、香喷喷的熏火腿和熏猪肩肉，以及用猪油煎好的香肠；角落里堆着南瓜，在半明半暗的光线下显得颜色淡白；粮仓后面是成堆的土豆，上面覆盖着泥土和松叶。希恩需要多少，随时伸手进去抓多少；阁楼上有许多晒干的豆荚；石缸里还有希恩保存的各种美味——夏花山楂果酱、黑莓、黑越橘、西瓜皮和野生李子。希恩像她母亲一样，善于摆餐桌，她会把玉米主食和玉米粥、油炸土豆、蘸了糖浆的热点心摆上桌，如果需要，还可以摆上果酱。难怪，只有即将来临的战争才能让她焦虑。摆餐具时，她会整齐地放上瓦盘、带骨头手柄的刀叉和青灰色调羹，这样搭配很好看。玛吉和基茜会从炉子顶部，翻动木炭，或推一下锅下面的木炭，或掀起锅盖，让食物冷却一下。各种蒸煮食物的味道和酸奶脆饼干的面粉清香以及煮豆子、炖猪肉等食物的香味混合在一起——这些味道甚至能挑起一个石头人的胃口。从热灰中取出烤熟的土豆，剥皮、涂上奶油。伦祖坐下来，边吃边说，"真是美餐"；听到他的赞美，希恩嘴角就会露出满意的微笑，然后在下一餐，做一个甜蛋糕，让他高兴，吃得更香。

希恩最小的儿子，文斯特·雅各布在妈妈和姐姐们的照料下茁壮成长。他很健康，胸脯很宽，肚子很大，抱在手里沉甸甸的，伦祖为这个儿子感到特别骄傲。希恩生了这么多女儿后，他很高兴终于又可以抱着儿子坐在膝盖上——这个儿子肩膀宽厚，髋关节粗大，等伦祖老了，而他长大后，他可以靠自己的拳头去打拼，靠汗流浃背地辛勤劳作，养活自己和家人。

当小文斯特长大了些，希恩要伦祖带她去看她母亲；玛戈特派人传话来，说西恩·卡佛快不行了。十二月的一天，他们坐车穿过树林，去看望希恩的母亲。树林里，小鸟纷纷离巢，窸窸窣窣穿过灌木丛，在温暖的阳光下，叽叽喳喳叫唤不停。在寒冷的冬天，它们求偶的歌声被遗忘，但它们震颤的啁啾声，使清晨显得格外欢快，仿佛春天已经来临。

希恩把浓眉、关节宽大的儿子抱上床，给母亲看；但母亲没有反应。她几乎没有意识，很久以来只有一次，呼喊他们其中一个的名字，或者说胡话。

希恩坐在母亲床边。当她的孩子们看到被子里病重的老婆婆时，显得有点笨拙迟钝、局促不安。他们站了一会儿，好奇地盯着西恩凹陷的双眼和干瘪的嘴巴，仿佛在观察一条死蛇或刚出生的小牛犊；然后纷纷跑到院子里，跟玛戈特的儿子文森特玩耍，在粮仓阁楼的干草堆里，寻找母鸡窝，或央求杰克舅舅给他们讲海岸镇的故事。玛吉抱着最小的弟弟出去，留下希恩单独和母亲待在房间里。

伦祖在门廊跟贾斯珀商定日子，让贾斯珀和杰克过去帮忙，把他房子北面那片树林砍掉一些树，开出一条窄窄的空地种玉米。

希恩看着母亲干瘪、不省人事的脸，心情沉重，哭了起来。母亲干瘪、光秃的太阳穴上，一条青筋在跳动；她的眼球已瞎，变成白色且浑浊，眼球里的白内障增厚，像软骨一样白，眼睑时不时抽动。

西恩粗糙的双手焦躁不安地在被子上抓来抓去；萎缩的胸部轻微而急促地呼气，再吸气、叹息。

希恩躬身凑近母亲的脸，握着她的手，轻声呼唤她："妈妈……"

希恩再唤母亲，希望能跟她再像从前那样说话。但母亲没有回应她，只是嘴里含糊地咕哝着希恩听不懂的话。

对西恩来说，她在自己半梦半醒的意识里，和自己的母亲说话。

那时候的她，穿着土布做的宽下摆蓝色条纹长裙。裙子上每个方格花纹中间有一些红色和绿色小斑点；她母亲有一些编织颜色鲜艳的法兰绒布料的秘诀，而且做出的裙子刚好是小女孩喜欢的长度。

西恩对她的裙子很满意；亲自搅拌靛蓝色染料，把土布染成蓝色；织这条裙子的布料时，亲自控制滚筒，从装纬管的葫芦中挑选好的芦苇纬管，一根根递给母亲，母亲再放到织布机上。

西恩喜欢这条漂亮的裙子。她用手将整条裙子抚平，裙子很新，质地厚重、不易起皱，也很长，一直垂到她的鞋尖；裙子后来没穿过，很新，所以也没洗过。

希恩看见母亲的手烦躁地在被子上乱动，心里很担忧。她的手一直抓被子，摸来摸去，甚至在希恩试图抓住她的手时，都停不下来。

漂亮的蓝条纹连衣裙领子围着西恩的脖子，窄窄的腰带紧裹着她的腰，背上从上往下一排小小的骨质纽扣，母亲会帮她扣好。她最大的姐姐，米兰达会帮母亲做蜡烛；她们把蜡烛放在模具里成型、冷却，放在一边后，再让西恩数一数蜡烛的根数并放入蜡烛盒中——总共有四百八十根，够一年使用。做蜡烛是件枯燥的活；要反复把蜡烛模具装满并冷却，共需六十次，每次要从模具里倒出八根蜡烛，然后摆放好。西恩想帮忙，但母亲不让，因为她太小了。此外，她不是穿了新裙子吗？母亲提醒西恩远离滚烫的牛脂；黄色的蜡油在沸腾，冒着气泡……冒着气泡……冒着气泡……滚烫、黏稠。母亲和米兰达把锅从炉子上端下来。但是锅往一侧歪了一下，黄色的蜡油流到了西恩的脚上……然后说也奇怪，竟然是迪茜·史密斯帮她擦脚上的蜡油；结果发现那根本不是蜡油，而是她脚趾之间的糖果泡沫。在场的还有她的女儿小希恩，正在忍受产痛，把一个小婴儿带到这个世界……

希恩俯身靠近母亲，试图平息她微弱、凄惨的尖叫，让她躺在被子里的虚弱身体安静下来。西恩不停地尖叫："哦，烫到我的腿了……"

他们不知道，她已恢复神智，正在回想和重新经历一些骇人的往事。他们的母亲一定看到熊熊燃烧的硫黄石火坑，火焰接二连三在掉落在她的脚上，而她的脚已经踏在另一个世界的边缘。

如果母亲在弥留之际，烈火还要焚烧她的双脚，那他们剩下的人当中，谁还有机会享受恒久的快乐？如果魔鬼撒旦因母亲的灵魂在俗世犯下的罪孽，而将她拉入地狱，那他们所有人必将在地狱忍受最深、最剧的烈火烧身之痛，地狱狂风肆虐，风中裹挟凄惨的尖叫。

但是，圣徒会在上帝面前吟唱赞美诗，在上帝的宝座前摘下他们闪亮的王冠。每一天，都有新的灵魂成群结队地通过无限空间，涌向天堂发光的大门，祈求放他们进去，他们飞得太久，早已疲惫不堪，因为他们像破茧而出的蝴蝶，背着沉重的翅膀。但当他们看到圣母玛利亚的脸时，所有疲倦烟消云散。圣母将脸颊贴近每个新来者的脸，柔声低语："嘘！孩子，痛苦已经结束。"他们看见耶稣所爱的门徒约翰紧握着耶稣的手；他们还发现，门徒彼得改正了说谎的毛病；基督教殉道者、门徒斯蒂芬身上被石块砸伤的痕迹已经消失。永恒之光突然绽放，变成耀眼的光晕，环绕他们的前额，那种景象比俗世中旭日东升或落日西沉的景象还美，或者比黑夜里萤火虫发出的银绿色光还美。天堂的神奇之处在于，新来的灵魂都会有所改变，他不再会注意到自己没有凡人的呼吸；他不会思念他在俗世的肉体，因为肉体会增加他的负担，给他带来罪过，并且，肉体还是一个善于妒忌的恶魔，会劝说灵魂惧怕和抱怨死亡。啊，当该说的一切说完，该做的一切做完时，所有人的身体，甚至新生婴儿的身体，就只是颓废的肉体，生长若干年，被生长的美好所蒙蔽，然后一点点地老化、腐朽。

西恩儿女们的心都在颤抖。他们很清楚，母亲死后，将直接去往天堂，就像必胜鸟去它的巢穴一样自然。如果上帝信守诺言，那母亲一定会进天堂！

但是，就连母亲都在临死前看见炙热的火坑，感受到烈焰焚烧她无助的双脚。他们无声地围在她床边，而孩子们则在院子里玩捉迷藏和不倒翁的游戏，他们的嬉闹声时不时传进屋子。

希恩坐在母亲床边，玛戈特告诉她，母亲因为担心她，做了很多噩梦，产生过很多幻觉。听了玛戈特的话，希恩心里难过至极。

当其他人都出去了，伦祖坐在靠墙的椅子上，陪希恩待在房间。他陷入沉思，舌头反复顶下排牙齿一个空洞，是他让人拔掉一颗牙齿。

贾斯珀走进储藏室，只要夜晚不用看护母亲，他就会去那儿睡觉。他双手无力地垂到膝盖之间；头耷拉到胸前……哦，她的母亲快死了，快死了！连他自己都能看出来；她出现被火烧的幻觉，那是死亡的迹象；她剩下的日子不多了……当一个人看见自己的母亲呼出最后一口气，该是多么难以接受，太难了……父亲只是父亲，母亲就不同，一个人是喝母亲的乳汁长大的，在迈开双脚走路之前，是母亲抱着走过漫漫长路的。

玛戈特轻轻地走了进来；他知道玛戈特看见他脸上为母亲而淌的泪水，但他并没有感到难为情。她走近他，抱住他的肩膀，跟他脸靠着脸。他也伸手抱住她，仿佛早已等着她走进来，投入他的怀抱。

刹那间，他忘了痛苦，她也忘了，再没有什么让他们想起痛苦，在这间储藏室，只剩沉默，填满他们伤痕累累的心。玛戈特内心升起一股柔情，如怀孕时肚子里缓缓的胎动，如春天里一棵去年枯死的树慢慢长出汁液，然后起死回生，如奔腾的河流，将所有小支流汇聚成一条长长的河流，与岬角那边的海洋交汇。贾斯珀不让她的手离开他的肩膀；她的抚摸安慰了他长久以来的饥渴；此刻，他深知，她是甘甜的泉水，而他就是口渴难耐的赶路人。

是玛戈特先想起母亲西恩·卡佛还躺在隔壁房间奄奄一息，便挣脱贾斯珀。当母亲气若游丝，那根丝脆弱得一吹就断时，她却在温柔地抚摸贾斯珀的头。后来她一回想起这一幕，就觉得羞愧难当。他们赶紧回到母亲房里，母亲已经睡着。他们看见希恩握着母亲的手，就像一个母亲握着孩子的手，好让孩子安然入睡，不用惧怕黑暗的夜晚，也不用担心未知的明天。

希恩就这样紧握母亲的手，直到玛戈特抱文斯特进来，要希恩给他喂奶，哄他睡觉。

过了四个晚上，在黎明到来前最黑暗的时刻，西恩·卡佛呼出最后一口气息——比蜘蛛网还细微的气息，灵魂轻轻飘离她的身体。当她颤动的呼吸之线断裂，她的脸上便出现微妙的变化，然后归于沉静，那是一种属于亡者的神秘的宁静。任何躁动的呼吸，都无法破坏她至上的安宁；她的心早已疲惫不堪，现在她的肉体要安息。她撇下他们，独自离开。但他们并不担心她长途跋涉，因为她的灵魂会找到回家的路，就像小鸟没有地图或里程标注的指引，也能飞越半个世界，回到旧巢。

玛戈特和希恩两人装殓母亲被痛苦啃食得千疮百孔的遗体。如果她们一生中从未爱过它，那清洗这样一具干枯、秃头的肉体可能会令她们作呕。

玛戈特和希恩装殓、清洗完遗体后,用一条干净的床单盖好,然后去厨房做饭,贾斯珀走进房间,亲吻母亲的鬓角和脸颊,泪水夺眶而出,打湿母亲干枯的双手。他永远都是母亲的儿子,就像里阿斯永远都是父亲的儿子一样。她走了,正如他所预料的,她会在某个不可思议的清晨离开。她走了,所有的思虑与期盼都归于此——一张干净的床单,把她盖在下面,如果别人不像贾斯珀那么爱她,那么看见她的样子可能会反胃。

贾斯珀取出家庭《圣经》,查了一下年历,在母亲的出生日期旁边写上死亡日期。

西恩·拉维迪·特伦特·卡佛,生于1790年8月9日,卒于1850年12月15日

贾斯珀默算了一下,得出母亲享年六十岁。他常听母亲讲述她跟文斯安家的经过——房子在一个上坡上,如果天气晴朗,西恩·特伦特站在山坡上可以看到她母亲的房子。她种了一些白杨树、黄杨树,还种了一排桃树隔开牛圈。在天气晴好,玫瑰花盛开的日子,她可以坐在门前空地上,边做针线活,边越过玫瑰花和土山,眺望远处山脊上母亲的房子。她第一次怀孕时,修剪了玫瑰丛顶部,穿过朦胧的山脉,远眺母亲的房子,一点都不想家,因为家就在附近——并且女人本应离开娘家,跟丈夫建立自己的家庭。当前院的荆棘玫瑰初次开花时,她的孩子出生了。

但当时佐治亚州被迫全部买下印第安溪的土地,并派人勘查,

仿佛这是一块上好的土地，比他们生活的卡罗莱纳州的硬黏土还好似的。定居者被迫南迁，仿佛这是件好事……

文斯·卡佛不顾西恩·特伦特的眼泪，卖掉土地，迁移到佐治亚州。但更糟糕的是，他不能定居在内地，必须继续南移，因为南方常年牧草丰盛，沼泽地大量淤泥可用作肥料。甜言蜜语、油嘴滑舌的地产经纪人告诉文斯，这里天气晴好，土地肥沃，他可以全年一季接一季地种植农作物。他们说，佐治亚州南部，霜冻不会杀死农作物，冬天孩子们可以赤脚在外面跑。所以谈判成交。虽然地产经纪人说只有一部分所言非虚，但文斯全部信以为真。

但农作物长得并没有在卡罗莱纳州那么快。夜幕降临时，地里蚊子成群，你听到的都是它们时高时低的嗡嗡声，根本感知不到耳边流动的空气。在一个漫长的雨季，西恩·特伦特的玫瑰丛只有两棵活下来，其余全部死掉，她的香柏树和黄杨树也长得不如卡罗莱纳州娘家的那么茂盛，叶子也没那么鲜亮。

但伊丽莎白不幸夭折，葬在湿地。

松树林像人手一样扁平，下雨后，雨水无处可去，因此地上永远积着上一场雨水。哦，西恩从这里再也看不见卡罗莱纳州的山脉，不管天气有多晴朗！在她心里，卡罗莱纳州有点像天堂——遥远，坐落于高山上，凡人的眼睛根本望不到。

但当她年老、痛苦、孤独时——老到学不进任何道理——她就把心寄托在上帝那里，上帝向她透露，她为什么会生活在这片她并不热爱的土地上：她和文斯定居在这里四年后，查尔斯顿爆发了一场黄热病，城里一半居民病死；那些能走的人纷纷躲避瘟疫，也把灾祸传到各地，他们甚至逃回卡罗莱纳州的大山里，甚至有人跑到西恩·特伦特娘家，而她母亲一家把陌生人迎进家门，给他食物，让他睡在家里。但他病死在兹尔菲·特伦特家的空房间；他们照顾他，并不知道他得的是瘟疫，直到最后才知道，但为时已晚。不管如何，你会将一个病人拒之门外，任由他死去吗？兹尔菲·特伦特不会，她丈夫约翰·特伦特也不会。结果，特伦特一家一个接一个地染上黄热病，最后全部病死，除了西恩·特伦特，她当时在佐治亚州，所以幸免于难。

特伦特家一个邻居给佐治亚州的西恩·特伦特写了一封拐弯抹角的信，说一些人被瘟疫夺去性命，从查尔斯顿传来消息：每家每户都有人染瘟疫而死；牛车通宵在鹅卵石路上隆隆地跑，把死者运到一个长长的墓穴中埋葬。不管是病人，还是那些留下来照顾病人的人，都能听见牛车经过时发出的沉闷的声音，牛车的钢轮胎包了一层棉布袋，这样，当装运成堆尸体的牛车碾过石头路时，黑夜里那些住在屋子里的人听见的声音就会小一些。令西恩·特伦特最痛苦的是，在母亲离开时，没能握她的手，为她擦洗发过高烧的脸，安慰她……

贾斯珀合上《圣经》，收起羽毛笔和墨水瓶。

他按照母亲的遗愿，记下她生命的最后一天——今天清晨。在那页薄薄的纸上，左右两边的位置印刻着上帝永恒不变的真理，所以显得更有分量。因此，母亲的信息就记录在上帝箴言的中间。

贾斯珀走出去，轻轻关上门，房间里只留下母亲死亡的躯体，静静地躺在床单下。

第十八章

尽管伦祖从不表达看法，但他心里是支持民主党的。他很难融入谈话中，所以根本没人要他发表意见。但他很清楚自己支持哪边；他属于戴毡帽、穿绿矾色马裤和牛皮靴，坐牛车的那类人。辉格党[①] 跟这些完全没有关系。没有。他们骑着长尾巴的漂亮母马昂首奔驰，给母马取一些类似达芙妮或阿里尔的名字，把它们当女人般宠爱。有一匹母马叫阿拉德妮。当伦祖能够骑跨在它背上轻拉缰绳时，他能感觉它浑圆的身体有所回应，叫她名字时能看见它突然仰头，晃动缰绳；他也愿意倾尽全力，给它最好的照顾。阿拉德妮！虽然是一匹马的名字，但它是伦祖听过的最纯洁的名字；如果希恩再为他生一个女儿，就叫她阿拉德妮，希恩会愿意的，因为伦祖确信，阿拉德妮是一个美丽的女人的名字。海岸镇的纨绔子弟给马取女人的名字，在马的耳边说些伦祖对希恩都没说过的甜言蜜语；母马听见主人叫它们的名字，会眨眨眼睛，侧下耳朵，喷下鼻息，钉了蹄铁的马蹄会轻跺一下地面。伦祖愿意为这样一匹母马奉献自己的灵魂！

[①] 辉格党（Whig）：这里指的是美国辉格党。在美国历史上存在二十四年（1832—1856），出过三任总统。辉格党拥护国会立法权高于总统内阁的执行权，赞同现代化与经济发展纲领，反对总统专断。林肯曾经也是该党派成员。后来因为在蓄奴问题上党内分裂，反对蓄奴的成员成立了后来的共和党。

要是他能绕着棉花地策马奔驰，那该有多惬意！但只有海岸镇的种植园主——保守的辉格党——才拥有马匹。他出售货物换回的全部金子也买不到一匹马。不，他肯定支持民主党。即使他不是因为一匹装有英国制造的马鞍，上面系着一个银喇叭的漂亮坐骑而反对辉格党，他也仍然只是一个笨拙迟钝的庄稼汉，住在偏远地区，穿着牛仔裤和土布衬衫，从没去理发店刮过胡子，不管是笑容，还是悲愁，都隐藏在胡子里。

伦祖虽然嘴上没说反对辉格党的话，但心里仍然讨厌辉格党。他们总是头脑发热，渴望战争；和那些同情南方的北方人保持书信联系。海岸镇上，邮车载着北方来的信件，一周两次，疾驰而来，司机用喇叭喊，让全镇的人都听见。那些信都是写给种植园主的——没有一封是给伦祖的。他见过有人打开信，那些信折叠得像儿童拼字课本使用的拇指纸一样，一端压在另一端上面，并用干胶密封好。他也想收到某个人从某个地方给他寄来的一封信；他会非常重视回信的事；寄信的人必须支付邮费。伦祖会专心致志地削一根翎毛笔，然后回信……但他不知道在收信人那栏写什么名字。哦，既然是他渴望别人给他写信，那他愿意支付车费，像里阿斯那样，坐在邮车上，一路尘土飞扬地去送信！每英里支付十便士；那他在哪儿下车呢？但是，呸！一个成年男人固然可以在外面闲荡，就像一条狗到陌生地方到处占地盘又跑掉一样，但你知道，狗还会跑回来！但里阿斯就不知道要回来，他不该像听到枪响的长腿大野兔那样跑得无影无踪。

现在，海岸镇的纨绔子弟喜欢东奔西跑；有些人漂洋过海，讲述国王骑马去议会的故事；有些人去普林斯顿或费城求学——甚至远去英国——能够死记硬背一些长长的押韵诗，然后脱口而出。伦祖最喜欢听的一首押韵诗是其中一个高个子年轻人念的，当时他正开怀畅饮，灌了半肚子朗姆酒。

　　我叫诺弗尔；
　　我父亲在格兰扁区的山上，放牧他的羊群……

　　伦祖希望别人不要那么吵，让他听年轻人念完那首诗。这个年轻的种植园主念诗时如雷贯耳的声音满足了伦祖灵魂深处的某种需求，但他很难说出喜欢这首诗的缘由。

　　他本来只是不喜欢辉格党，但在年轻的辉格党人蒲伯·阿斯平沃尔杀害了阿拉德妮后，他越发讨厌辉格党。

　　阿斯平沃尔骑在它背上，在大街上横冲直撞，最后冲进了附近一个居住区，里面有很多贸易商的牛车停在店门口；这匹苗条、皮毛光滑的母马突然后腿趔趄，眼睛上翻，然后身子靠着一辆牛车往下倒；它的左前腿像一根晒干的芦苇突然折断，倒在地上，口里还在呼哧喘气，身体两侧剧烈起伏。阿斯平沃尔跪在它身旁，抱起它油亮的脖子，在它耳边低语，仿佛那是他正在分娩的恋人。当他发现它的腿已无法挽救，便从枪套里掏出手枪，脸贴近阿拉德妮的头，跟它道别，然后对准它的头开枪。它拼命挣扎，试图站起来，他把手放在它头上，抚摸它；它的眼睛像人眼一样，充满恐惧，渐渐呆滞，却始终盯着他的脸。

　　当晚，年轻的蒲伯·阿斯平沃尔在金布罗家的酒馆喝了很多酒，嘴里骂骂咧咧，吐得稀里哗啦。伦祖觉得自己也跟阿斯平沃尔一样，心情糟糕透顶，但没有喝酒，因为他不喜欢威士忌的味道，也不想浪费钱。他忘不了阿拉德妮临死前那双眼睛。后来，酩酊大醉的蒲伯·阿斯平沃尔被朋友送回了家；第二天，他乘坐一艘双桅纵帆船离开了，帆船驶往佐治亚州萨凡纳，再到马萨诸塞州查尔斯顿，最后抵达纽约；他为阿拉德妮伤心不已，仿佛阿拉德妮是他心爱的女人，因他的疏忽而死。这种心情，伦祖能理解；他听过不止一个花花公子吹嘘，没有女人能像他的马一样深得他的欢心，因为马不会说话，但能理解主人，充满灵气，又顺从主人；它会控制步法，直到最后倒地死亡，只要这是主人的指令，即使主人不小心让它被马鞍擦伤，它也没有丝毫怨言；虽然伦祖从未骑过马，但他认为马是一种亲切美好的动物，让人愿意一生去爱它。

如果伦祖是一个富有的种植园主，也会渴望拥有一匹马，但这是不可能的。如果他是海岸镇的农场主，那他还想要一些黑人；他想要一个主厨、还有一个给主厨打下手的女仆——尽管"女仆"对他来说似乎是一个厚颜无耻的词——再给希恩安排一个女裁缝，每个女儿配一个年轻保姆，每个儿子配一个黑人玩伴，还要有马夫和车夫、花匠、挤奶女工；此外，他还想要许多年轻黑人放牧奶牛，清扫落叶，洗刷锅碗，只要拍下手，他们就立马跑过来。如果他是海岸镇的农场主，他想跟他们一样拥有许多奴隶。但那是不可能的。

他为带来的长纤维羊毛跟羊毛批发商讨价还价，谈到合适的价钱才成交。之前希恩洗羊毛时，会把长羊毛和短羊毛区分开，把次等羊毛和上等羊毛区分开，然后让伦祖把最好的羊毛带去海岸集市交易；她宁愿把最好的羊毛拿去卖个好价钱，留下最次的羊毛，尽量做成袜子和内衣。

伦祖把鞣制好的兽皮卖给制鞋匠时，也进行了一番讨价还价。

他为希恩买了一双印第安人穿的那种带流苏的鹿皮鞋。伦祖想，希恩现在应该在家给两个小婴儿喂奶，她一定为她的双胞胎儿子詹姆斯和约翰感到骄傲，他们是去年夏天出生的。再也不用担心史密斯的这个姓氏消失在这片土地上了，无论怎样还有他们这一家子！

　　牛车离开海岸集市，沿着回家的路，缓慢前行。杰克和贾斯珀今年买了两辆牛车，因为贾斯珀现在手头比较宽裕；他甚至提到，想在海岸集市买些骡子回去耕地。骡子跟公牛一样强壮，且耕地的速度是公牛的十倍，但是一头骡子最便宜都要将近一百美元。伦祖认为，既然骡子跟公牛的作用一样，那花大价钱买骡子就是愚蠢地浪费钱。他可不愿意用一车货物换回一头丑陋的骡子。但马就另当别论了。要不是为了保住自己的右手不被砍下，他会告诉所有人，他想买一匹马（《圣经》中说，如果右手犯下罪过，就砍下右手，失去右手总比整个身体下地狱要好，此处伦祖觉得自己想买一批马是一种罪过）；他们听了一定会认为他该进疯人院。

　　他们穿过小溪和沙脊，走过一段两边是美洲蒲葵和冬青叶栎的路；他们的心跟牛车一样轻松，因为海岸集市之行是一段快乐时光。

　　当他们快到老卡佛家附近的小河时，听见杰克的一条猎犬在河边沼泽地狂吠，可能是看见狐狸、野猫或兔子；从卡佛家再走六英里，就到伦祖家，希恩一定抱着双胞胎儿子在火炉边等他；他离家去海岸镇很长时间，希恩见到他一定很高兴。

　　伦祖、贾斯珀和杰克三个人再往前走，看见卡佛家的房子，几只猎犬吠叫着，沿着小路跑过来迎接牛车，这时他们看见许多人影站在屋前。伦祖睁大眼睛仔细看，结果很失望，因为他想看到希恩的身影，看到她身边孩子们的身影，看到希恩抱着一个婴儿，玛吉也抱着一个……

伦祖想，自己回来前一定发生了什么，可能是疾病、死亡或灾祸，不由得用力挥舞了一下手中的长鞭，啪的一声打在疲惫的牛身上，周围的寂静仿佛瞬间裂开一道口子。

伦祖离家去海岸集市的那些日子，希恩在家感到格外寂寞无聊。

希恩也不知道原因。家里有一大堆事情让她忙不过来——如果要做，甚至还有更多；餐桌上只是少一张嘴吃饭而已，除此之外，一切都跟伦祖在家时一样——早晨太阳升起，接着到中午，黄昏，夜晚，第二天太阳又升起；但对希恩来说，却有天壤之别。她很庆幸，伦祖一年只去一次海岸集市，因为他离家的两个星期似乎比他在家的一个月还要长。

为了熬过漫漫长日，晚餐后年幼的孩子上床睡觉了，希恩便纺纺纱，或者带着玛吉和基茜在烛光下缝衣服、做棉被。玛吉已经做完并收好三床被面，基茜正在做第二床。看着女儿们的大长腿、渐渐隆起的胸部，还有充满灵气的眼睛，希恩忍不住感叹。她们正在通过双眼学习各种知识，比母亲希望她们学会的还要多。阁楼上，希恩每个女儿的床上都有一个土布袋子，填满了积攒下来的鹅毛。希恩自己床上却没有鹅毛褥子；女儿太多，所以没法为自己积攒鹅毛。玛吉12月25号就满十五周岁，到了出嫁的年龄，尽管希恩不太愿意面对这个事实。基茜只比玛吉小一岁。但在希恩见过的小伙子中间，有谁能让她心甘情愿将玛吉或基茜嫁给他呢？没有一个可以给她大眼睛、天真无邪的女儿们好点的生活。但她仍然不停地积攒鹅毛，一条给玛吉，下一条给基茜；不停地缝制冬天的棉被，还织了很多匹土布，漂白做婚床上的白床单；不停地织布做舞会穿的裙子，另外再织些素色短布，做脖子和手腕处的褶边和伞裙底部的荷叶边。伦祖说，海岸集市上有一个专门卖亚麻布的店；希恩想买一匹亚麻布，为女儿们做婚礼上穿的宽松直筒连衣裙；如果伦祖有空又有钱去买，那女儿们的上衣也应该用买来的好布料做。她究竟为什么既害怕女儿们出嫁，但又忙着提前筹划，仿佛盼望她们出嫁一样？她想不明白。她也会积攒那些因为短小不适合纺纱的次等羊毛，打算为女儿们做颜色鲜艳的簇绒羊毛被；她让玛吉和基茜帮她一起织黄色土布，直到两个女儿抱怨，问她究竟为什么要织这么多黄色土布，放在阁楼上老化腐烂。希恩尖锐地回答："不要问我问题，我不想说谎！"

有时，她眼角扫到玛吉在照镜子。玛吉以为没人看见，便在镜子前抚平头发，扣紧衣领，注视着镜子里那双令人艳羡的大眼睛。玛吉有一双棕色的眼睛，漂亮、温柔，又听话。但如果其他孩子不讲道理，惹恼了她，她也会二话不说，给他一巴掌。

希恩躺下睡觉之前，总是先爬上阁楼，查看孩子们的情况；她看见玛吉在睡觉，年轻丰满的胸部随着舒缓的呼吸上下起伏，她的身体跟脸一样，饱满健美，没有经历折磨。希恩不会凑近看玛吉的脸，也不会特意在玛吉睡觉时站在旁边看，因为她记得，几年前，她没有睡着，看见她自己的母亲，站在床边，仔细端详她的脸。母亲脸上露出一种可怕的神情，希恩到现在都无法理解。所以她无论如何不能吵醒玛吉，让她看见她的母亲正盯着她……

当希恩看见女儿们长大，快要离开家，跟一个陌生男人建立家庭时，她发现自己从没像现在这样爱她自己的母亲，因为她终于明白，母亲曾经有多爱她。她正在走母亲走过的路，直到母亲去世，身边的女儿们长大，她才意识到她在走这条老路。玛吉是她身上掉下的第一块骨肉，遗憾的是，她和玛吉之间能够相处的二十年，就快满期，以后她可能对女儿们会感到陌生，正如她的母亲曾经对她感到陌生一样。

她怎能将自己领悟到的一切告诉女儿们？这些是秘密，植根在一个女人心中，长成绿色植物，然后像黄杨木一样，年复一年，慢慢地、忠实地长出新叶。她不能说出口，只能举着蜡烛，靠在她们的床脚；只能把被子往上拉一拉，盖到她们的喉咙部位，然后赶紧挪开粗糙的手；只能飞快地扫一眼她们柔软、稚嫩的嘴唇，它们曾经吮吸过她的乳汁，但极其短暂，不久以后，就会有男人有力地吻它们。不，她能告诉她们的，无非都是母亲曾经告诉她的那些话——当女孩开始发育成女人时，乳房会增大，女人跟她喜欢的男人一起生活，身体会因怀孕而胀大，生儿育女。希恩只能给她们讲一点点；因为她不想让她们察觉她内心的恐惧，看见她眼里的泪水。

但她能举着蜡烛，帮她们抚平床上的被子；能祈祷日子过得慢一些，再慢一些……直到孩子们离开她，四处安家。

不知何故，伦祖离开家去海岸集市那天，希恩有点神经兮兮。当晚，她让玛吉跟她一起睡。

她说不清究竟为什么惶恐不安；她听到任何噪声，都会心惊肉跳，心情沉重。一定是有哪个孩子生病了没被发现，或是伦祖在路上可能遭遇什么事故，抑或是她自己身体出了问题，只是还没让她病倒。所有迹象都表明，将有灾祸发生。伦祖离开后的第一个清晨，她看到脚下正前方，有根胸针掉在地板上，针头却黏在另一头。此外，她右耳不是整天嗡嗡作响吗？就算她摇头或转头，都不能消除那种声音。第二天早上，她去牛圈挤牛奶时，走到半路才发现没提奶桶。她以前从没做过这样的蠢事！她用左脚在泥地上画了个十字，吐了口唾沫,再转身回屋拿桶子。现在她感到厄运就要降临。但更糟糕的是,当她在天黑前去挤奶时,发现小道上有蛇爬过的痕迹,便俯下身,双手和膝盖着地,用脸擦掉蛇行痕迹,以驱除厄运,但那个痕迹依然在那里,那是沙地的警告。

第二天,她一直待在家,竭尽全力照顾孩子们。但当晚她去挤奶时,在昏暗的光线中,又看见一只兔子突然从她面前的小路上穿过去!

那天晚上,她梦见头顶天花板最左边的角落,有绿色的火焰,大小一直保持不变,因为太高,她狂乱的手抓不到,没法熄灭它。第二天早晨,她不断琢磨这个梦,但还是不得其解。但希恩觉得,这是一个不祥之兆。

又过了三个晚上,当她半夜醒来,发现头顶天花板的最左边角落莫名其妙地出现火苗,才又想起那个梦。

原来阁楼着火了!除了希恩床边摇篮里的双胞胎,其余孩子全部住在阁楼上!

外面的院子里,猎犬开始狂吠。希恩爬上梯子,大声喊醒玛吉和基茜。浓烟已经笼罩整个阁楼,像酸毒一样灼烧她的鼻子,她的肺部像风箱一样,艰难地抽气。孩子们在睡梦中呛得咳嗽,开始躁动不安。

玛吉站在楼梯脚下,希恩抱起迷迷糊糊还没睡醒的孩子,传到玛吉手里,基茜再把他们抱到前院,让他们躺在黄杨树林下面冰冷的沙地上。卡尔半睡半醒,摔了一跤,他的肌肉似乎冷得抽搐。

除了院子里猎犬的吠叫,一切显得出奇地安静。希恩听见木头噼噼啪啪地燃烧,大火低吼,卷起空气形成气流,又加大火势。她大声叫玛吉不要站在阁楼洞下面。阁楼下面没有着火，她在阁楼地板上拖动柜子，推到阁楼洞边缘，柜子立马从阁楼洞掉下去，用三核桃木栓子固定的皮质铰链一下子散开。她把柜子里的物品堆到阁楼洞下面，嘱咐玛吉把它们搬到屋外——被子、几袋羽绒、羊毛、动物毛皮捆扎的大箱子、羽毛褥子、孩子们的牛皮鞋。她在滚烫的浓烟里摸索着前进；眼睛和鼻子像烧着了一样；在黑烟里痛苦地呼吸；她没有哭，却泪流满面。当她意识到不能再待在阁楼时，才赶紧沿楼梯下去，帮玛吉一起把东西拖到院子里的安全地带。

院子里，躺在摇篮里的小双胞胎哭了。拉维迪和维尔斯赶紧把他们抱起来，哄他们。小文斯特也完全醒了，但他吓得不敢哭。希恩指挥着孩子们，仿佛他们是一群用力拉车的小公牛。卡尔哭了，希恩抬手抽了他几耳光，抽得他耳朵嗡嗡作响，然后命令他趁屋顶还没垮塌赶紧把锅端出去。他们就像蚁巢里的蚂蚁一样来回搬运东西。

屋顶倒塌了，红色火光照亮远处的天空，火浪翻滚，像旋涡一样越冲越高。此时，希恩正往熏制房的屋顶浇水。玛吉站在井边，双手轮流以最快速度从吊桶杆取水，直到双手磨起水泡，然后水泡又被磨破。卡尔和基茜提着装满水的木桶，跑过去递给母亲，冰冷的水溅到他们的腿和脚上，他们冻得牙齿打颤，却没觉察。小鸡和珍珠鸡半夜被一家人奇怪的声音吵醒，叽叽喳喳叫唤起来。

在前院，希恩的孩子们挤在一堆物品中间，房子燃烧的火光照在他们身上。拉维迪抱着其中一个哭闹不止的小双胞胎婴儿，年仅六岁的维尔斯抱着另一个。她们高声唱歌，尽力安抚哭闹着找妈妈喂奶的婴儿，让他们安静下来。

但他们的妈妈还在给熏制房灭火，竭力挽救伦祖熏的肉食，听

不见女孩们清脆悦耳的歌声,她们是为安抚婴儿而唱:

枣黑色的绵羊!
你的羊羔哪去了?
沿着山谷走下去;
秃鹰和蝴蝶在啄它的眼;
可怜的小绵羊哭着喊:妈啊——妈——

如果希恩有空思考,她就会发现,大火发生时,刚满两岁的小文斯特坐到姐姐拉维迪身边,看着房子燃烧;他不敢哭,不敢动,但又难以自已地双肩抽搐,牙齿咯咯打颤,但他没有哭喊着找妈妈。他很害怕,尿湿玛吉一床新被子。被子弄脏,必须清洗,铺在婚床上的被子必须干干净净,味道清新,这样,新婚之夜睡在新被子里做的美梦才会成真,不过第二天吃早饭前不能告诉别人做了什么梦。

房子烧了很久,才倒在灰烬中,因为支撑房子的木头比人的腰还粗,用的木料有手掌跨度那么厚。所幸第一次大火后,熏制房和粮仓未遭严重损坏。

希恩、玛吉、基茜还有卡尔走过来,跟年幼的孩子们一起,挤在一堆被子、餐刀、洗过的羊毛、油脂、葫芦、床褥之间。他们眼睁睁地看着房子倒在一堆木头的余烬中——有他们的脚曾经跨进跨出的木门槛,还有曾经给他们遮风挡雨的屋顶的粗制墙板。热气烫灼他们的脸。通红的火光照亮房子周围的地面。希恩看见牛栏里,奶牛惊恐地挤在角落里。在她和孩子们身后,猎犬或蹲坐在地上,或跑来跑去地吠叫。它们也因恐惧而狂乱,但仍然对着火焰吠叫,以示抗议，因为火焰不仅威胁到喂养它们的女主人、小女主人们和卡尔，还威胁到正在哭泣的小婴儿。

狂野漆黑的夜色向四周蔓延，因为在火光的映照下，星星都黯然失色。希恩抱着双胞胎儿子坐下来喂奶，哄他们睡觉。文斯特把头枕在她膝盖上，一会儿也睡着了。她身上的汗水吸干后，觉得阵阵寒意袭来，于是叫玛吉给她围上被子；这样他们就坐在一堆东西上，裹着被子，抵抗深夜的寒气。希恩抬头看着天空，猜想到了几点钟；她的时钟面朝下，躺在一堆婴儿尿布下面，钟摆已经停滞不走了；那个寒夜之后，它再也不能准确显示太阳运转的时间。

婴儿的嘴唇松开母亲的乳头；她把他们柔软的身体放在羽毛褥子上，盖好被子，然后扣紧自己胸前的扣子，免得深夜的寒气侵入体内。孩子们很安静。玛吉把床摊开，希恩让其他孩子躺下睡觉。

她说："闭嘴，睡觉去"。

但其实，他们一直都闭着嘴。

山坡两边是光秃秃的玫瑰花丛，她沿着山坡走了一小段，把双手拢在嘴边，深吸一口气，让肺部能够爆发更大的力量；脸朝着父母家的方向，大声呼救，呼喊声划破夜空的宁静，来自这片松树林的求救信号，诡异、高亢、清晰、持久，只有两个长长的、清晰的音符，像一首恐怖歌曲的前奏，穿透夜间死寂的树林：

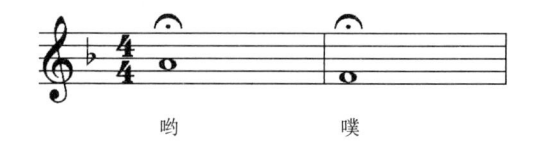

哟　　　　　噗

她在黑暗中一遍又一遍地呼救。也许有人已经看到空中的火光，知道伦祖·史密斯家的房子被烧毁；希恩怕他们没看见，因此竭尽全力叫醒他们。如果他们听见了，一定会骑牛车赶过来；会挥舞鞭子让牛奔跑，因为他们知道有人遭遇可怕的灾难——火灾或残酷的死亡威胁，来不及送信通知。

松树林里可怕、痛苦、哀怨的呼喊声再次响起，穿过沼泽地。寂寥的回声反射到希恩脸上，变成嘲弄的叫喊，轻轻传入她耳中，"哟——哟——哟——哟！"一声声减弱，如同她的勇气在一点点耗散。

哦，伦祖！她的心在呐喊。哦，伦祖！快回家，回到我身边——你的房子被烧成平地，你的孩子们正在外面受冻……

她停止呼喊，双手从嘴边放下。这样喊叫毫无用处；父亲家在六英里外，还是离这里最近的房子。她已用尽力气，但声音还是不够大。

她侧耳倾听了一下；如果夜晚静止不动，留出时间让时钟嘀嗒走一下，哦，那也许，也许！她会听到玛戈特的回应，或听到三声枪响，告诉她救援的人已经出发。来自父亲家的回应可能顺着风吹到她脸上，叫她保持信心和勇气。她面对黑暗，紧闭双唇……

她眼前出现一只夜间出来活动的鸟，有人的手臂那么长——是一只猫头鹰或类似的鸟——在寒冷的空气中，扇着翅膀，笨拙地低飞。它从希恩眼前飞过去，留下一丝野生动物的气息，那种气息转瞬即逝，是属于羽毛脏乱未洗的鸟身上特有的气味。她受到这只突如其来的大鸟惊吓，以致浑身发抖。

除了寂寥的回声仿佛在嘲笑她，没有传来任何回应。她只听见身后房子的木料烧尽后，余火轻柔的嘶嘶声，房子是伦祖为她而建，那时她还像松树苗一样年轻漂亮，说话时像珍珠鸡一样活泼欢快。

没有，没有人来帮忙，男人们都去海岸集市了，在那儿交易、喝酒、亲陌生女人的嘴。伦祖也是！他在意什么？在外寻欢作乐，抛下她独自灭火，处理随之而来的一切棘手的事情？有一次，伦祖闲荡去海岸集市，她不是杀了一只豹猫吗？她和刚出生的婴儿不是差点在寒冷中冻死吗？伦祖回来后提过这事吗？不，没有，他还是冰冷得像块石头，耳聋得像棵柏树，眼瞎得像蝙蝠，呆头呆脑像木头，除了种地和拉屎，种地和拉屎，什么也不会说，什么也不会做，抛下她不管，好像他是男子汉，她配不上他一样！现在他的房子就在她眼前烧毁了……而他，天知道他在干什么——也许在抚摸海岸镇女人的大腿。玛戈特不是告诉过她，一旦离开妻子和孩子的视线，最好的男人到了海岸镇也会胡作非为？愿上帝庇佑那些被抛下不管的妻子和孩子！只有一群猎狗和一杆上了膛的猎枪保护他们。希恩倚靠在一棵冰凉的紫薇树的树干上，被火烫起水泡的脸颊感觉舒服很多。黑暗中，她脸上泪珠滚落；呼吸也变得困难，绝望如暴风雨在胸中肆虐。

她哭了一会儿，才感觉好受些，然后掀起衬衣下摆，擦了擦脸上的泪水。此刻她屹立在寒夜中，衣着单薄，几乎像出生时一样赤裸，这足以让她患上肺炎！到时哭起来会像婴儿，这也不错！难道令她哭泣的苦难还不够多吗？等天亮，她可以把抢救出来的东西连同孩子们一起放到牛车上，让那头老牛拉车——它太老，去不了海岸集市——再唤上猎狗，去玛戈特家等伦祖回来。如果奶牛晚上出来等着挤奶，却没人在旁边，那该怎么办，她不知道；万一小牛犊迷路，她也帮不上忙；她只有一个头、两只手和两只脚；她不能为逃避麻烦而离开这个被摧毁的地方；可是她已经尽力，别无他法，所以哭泣是有助于缓和情绪的……

伦祖也为这个家倾尽全力，确实如此！如果他有机会，就让他抱一抱海岸镇的女人吧！难道他在这片被上帝遗弃的蛮荒林地，不该渴望一点乐趣吗？只要她不知道，就不会受到伤害！

希恩走回去，跟孩子们躺在一起。周围到处是刺眼的光，他们都已熟睡，而她却毫无睡意，又无事可做，以至某种生病的感觉穿透她的身体。破晓时分，她抬头看了一眼灌木丛。靠房子那边的叶子已经熏得乌黑，软塌塌的垂下；后来，灌木丛只有一边仍在生长，因为另一边的枝干已经被火熏死；此后很多年，香柏树树干上长长的烧伤疤痕不断扩大，直到从旧疤痕里渗出白色树汁，才慢慢将疤痕愈合。

晨光直射到孩子们脸上，把他们照醒了。希恩在冒着烟的灰烬旁煎培根，煮浓粥。孩子们吃饭时，她就开始把食物和家具等搬上牛车。

没人赶来帮忙，所以根本没人听到她的求救声。

在海岸集市，伦祖在牛车下面摊被子睡觉，但他老是心神不定，难以入眠。他打了个很响、很长的哈欠，让自己充分放松，然后舒展身体每一块困倦的肌肉。他必须起床走动，因为今天就要动身回家了。

他从铺床的苔藓下面，搜出钱袋、拧好的烟草还有买给希恩的柔软的鹿皮鞋子。他咬断烟草，把钱袋和鹿皮鞋子放进衣服深深的口袋。

第十九章

明年春天,伦祖的新房子就要完工了;伦祖辛辛苦苦干了很多天,每天从天亮前一直干到天黑后,因为马上就要忙着春耕,其他事情都得推后。附近的男人们纷纷从家里赶过来,帮伦祖·史密斯建房子;贾斯珀像为自己盖房子一样卖力;杰克也弓着背,准备房子的木料、横梁和托梁。

砍下的木料用牛拉出树林,一次拉一根。砍树、剥树皮、拖运的活儿,大部分都是伦祖一个人干。砍下的树来不及加工,必须赶紧用来建房子,因为这不是一对年轻情侣等着结婚的房子,而是失去房子的一家人焦急等待的安身之所。伦祖很清楚,他的妻子和孩子们在贾斯珀家住得很好,但他还是希望全家重新住进属于自己的房子。

整个冬天,天气不算阴冷,他睡在被烧毁的老房子的位置上,公鸡还没打鸣,就把老牛拉起来。他在火上煮点吃的,就再次独自为第二栋房子拖运木料,就像他第一次作为单身男人独自为希恩建婚房那样。这是件异常辛苦的工作,但就算傻瓜也不会怪罪一粒火星,它掉落在一栋房子屋顶上的一根干燥的松针上,导致松针着火燃烧,最后把房子烧成灰烬。

三月来如雄狮,去似羔羊,的确,月初严寒冷酷,月末温暖和煦。伦祖定在三月最后一周举行抬木料的仪式。这天，他杀了两头牛和三只猪。杰克在树林里打了两只公鹿带过来，然后又折返树林，带回几只野火鸡、一袋山鹑、一背篓松鼠，还有很多条鱼。玛戈特、希恩还有孩子们乘坐三辆牛车从贾斯珀家赶过来，车上带了锅、洗好的鸡肉、面粉和玉米粉、香肠、野生大米、猪油和调味品。他们用橡木生起火，支起锅；挖一个浅浅的洞，把架子放在上面，把橡树树枝烧成滚烫的、适合慢炖的木炭。男人们带着妻子和孩子过来，庆祝这个喜庆的日子。

这一天是周四，干燥无雨，风和日丽，阳光照在伦祖的地里，一片亮堂堂。沼泽地上没有落叶，非常宁静，也没有任何危害，不像夏天，连热气都赶不走泥土里能引发疟疾的毒气。伦祖犁地的时候小心翼翼，避免犁到沼泽地，虽然在沼泽地上种的玉米可能长得像毒药一样绿(旧时大多数毒药是绿色的)，像房子一样高。即使这样，也不要去碰那些淤泥。如果你胆子够大，就去翻动它们，夏天的烈日会把毒气逼出来，风再把毒气吹遍整块土地、整个乡村。

在这个平静的日子，松树林显得格外静谧，伦祖的房子将再次建起。周围一片寂静，只有男人们的吼声，他们齐心协力把沉重的木头抬起来，垒成墙，每放一根，墙就增高一些。他们用斧头在木头的两端劈出槽口，一块块薄薄的木片从槽口飞落，两根并排的木头通过槽口相接，彼此紧密牢固地咬合在一起，这样垒成的墙能经得起强风来袭，也能抵挡从北边如潮水般涌来的雨水。

女人们反复搅拌冒着泡的锅，锅里装满各种美味佳肴。几个一岁左右的男孩小心地把滚烫的火炭铲进烧烤坑，让热气慢慢渗透到上面的猪肉、牛肉和紫红色鹿肉里。到中午开大餐时，会有炖火鸡加浸在肉汁里的面粉饺,有用热油炸得酥脆,颜色呈棕褐色的山鹑,有用装满米的大锅慢慢熬煮的松鼠,哦,还有很多其他食物——炸鱼、热玉米饼、炖鸡和米饭、煎香肠、蜜饯、几坛子腌黄瓜——还有许多叫不出名字的食物。整个下午,烤肉下面的炭都在冒烟;烤肉是为晚餐而准备的。

男人们吃饱喝足后,在阳光下找个干燥的地方躺下休息,让腹中的食物消化一下。等他们重新开工时,母亲们先往孩子们手里塞满食物,自己等到最后,吃锅里剩下的食物。猎犬在草地上啃咬油腻腻的骨头。孩子们吃了很多肥腻的咸肉,感到口渴,时不时跑到泉水边,他们不屑于使用女人们带来喝水的普通的葫芦长柄勺,而是把月桂叶卷成杯状,用来取水喝。女人们快活地聚在一起,聊着各种家长里短。年轻点的女人抱着婴儿,更大点的孩子则拉着她们的裙子紧跟身后。怀里的婴儿一啼哭,母亲就快速地掀起衣服,手环绕在胸前,让婴儿把头贴在母亲白皙柔软的乳房上,边吸奶,边打瞌睡——刚睡着,就被吵醒,然后又接着睡,因为母亲总是轻声哄劝他/她再多吸点奶。

太阳落山时,他们坐下来,一边享用烤好的猪肉、牛肉和鹿肉,一边满意地看着刚建好的房子。房子已基本完工,只差一点零活,伦祖随时可以完成。它比以前那栋房子还要好;有两层围栏,中间还有一个走廊。伦祖还可以随时增加一个阳台以及一个他喜欢的储藏室;现在,他的房子可以住人了。

第一个晚上,所有的伙伴们都待在那儿没走,给屋子增添人气。再说天色已晚,不适合长途跋涉回家;今晚,他们可以好好休息,尽情地聊天。男孩们收集木柴,烧火烘干黏土烟囱,因为男人们一起涂抹的地方还是湿的。他们把木柴堆在左边大房间里的壁炉上，伦祖弯下腰，用火绒箱对着干枯的松针、腐烂的木头和长叶松碎片打火，顿时火星四溅，一粒火星点燃腐烂的木头，腾起一串火焰，这样火便生好了，人群兴奋地欢呼，因为这是一个好兆头，预示有好运。

夜深了，女人们在草根结成团的泥地上，铺上草垫，摊开被子——等伦祖有空时再铺上地板，再把哭闹、犯困的孩子抱到草垫上躺下，给他们盖好被子，让他们靠着火的热量入睡。壁炉里的大火不仅温暖了整个房间，还烘干了黏土烟囱，使它像燧石一样坚硬。

然后，男人们开始轮番讲故事；他们费力地讲述十年前、二十年前，甚至五十年前发生在哈瑞崁溪区的故事。一个男人在讲，其他男人默默地听，只有带烟草味的唾沫飞到火里的嘶嘶声，快到故事的高潮部分时，讲述者预料会爆发一阵笑声，于是故作严肃地停顿一下。对他来说，自己讲笑话，把自己逗得哈哈大笑，完全是一种自我夸耀。一个故事会引出另一个，可能是关于1776年的独立战争，或者是关于从奥尔塔马霍河到达里的海上航行。故事打断的时候，女人们悄悄地笑一下；她们也会默默地听男人们讲故事。孩子们睡在草垫上，发出轻微的鼾声。两个女人在烟囱侧壁那边低声议论提蒂尔·康斯托克，她没有跟她丈夫一起来，因为她第一个孩子快要出生；但她送来一大锅鸡肉、饺子和一个厚实的越橘果馅饼，庆贺伦祖家今天滚木料，还送给伦祖一根火腿，恭喜他开始居家过日子。"居家过日子"的话一出，大家都反应过来，是开伦祖和希恩两个人的玩笑，他们的脸唰的一下红了，像健硕的公鸡的鸡冠，然后难为情地笑了。"居家过日子"，就像是说年轻男人和他的新婚妻子一样——哎呀!

的确,他们马上要重新开始居家过日子,但是这次跟上次绝对不一样,上次只有伦祖和希恩两个人来到这个偏远林地安家,他们一直为此感到羞愧,因为那是他们第一次单独在一起,并结为夫妇。

希恩听着众人说笑,不觉眼眶湿润,眼前逐渐模糊,再次陷入回忆中……单独跟伦祖在一起的头几个月,是一段甜蜜时光,属于两个人的甜蜜时光!现在,八个孩子睡在她的草垫上,三个跟他们的父亲睡。她和伦祖两个人,已经被单调的时间、悲伤的死亡和辛苦的劳作所隔开,当今晚他们坐在新房子里,中间隔着一个宽宽的房间时,这种隔阂就横亘在他们中间。他们的身体已浸透在劳作的疲惫、沉重的忧虑以及倦怠的岁月当中,而他们当初住进新房的第一天晚上,丝毫没有这些体会。不久后,他们结婚就满十七周年。希恩想:"也许,我生孩子的年龄已经过去了。我头上已有一缕缕白发;身体也沉重不堪。也许我已完成了任务……"

可是,两年后的4月11日,她又生了一个女儿,伦祖给她取名叫依普斯·阿里阿德涅。

次年2月9号,她再生了一个女儿,玛戈特给她取名叫伊莉莎·贝瑟尼。

就在贝瑟尼出生的同一年,12月25日那个漆黑的夜晚,希恩再次生产,但是,这次的分娩疼痛比以往任何一次都更剧烈。她的脸随着血液的冷却而变成紫色,玛戈特低下头,双手蒙着脸,为她最亲近的姐妹痛哭流泪,此时,伦祖对希恩的生命感到绝望,拼命朝她鼻孔里吹气。没人注意到新生婴儿在床上啼哭,因为玛戈特正为希恩将死而悲痛。伦祖顾不上悲伤,不停地朝希恩鼻孔吹气。最后,她接住了伦祖的气，吸到了身体里，重新开始呼吸，但她呼吸的都是伦祖的气，直到死亡那一天。他们认为当时的情况就是这样，因为当伦祖使劲向她体内吹气时，希恩确实死了，没有呼吸。

她的颧骨周围逐渐恢复血色，死亡的灰白色也已消散。当她睁开眼睛，发现身边多了一个婴儿，今后她可能为这个婴儿哭泣，或在某个艰难的日子将婴儿埋葬，这个婴儿也可能在一个更艰难的日子离开她，无论哪种情况，都可能发生。她给婴儿取名叫兹尔菲·特伦特，那是她在卡罗莱纳州已故外婆的名字；她安顿好其他孩子后，给婴儿喂奶；她默默忍受着产后的疼痛，因为每一个坚强的女人都知道，孩子出生，必定给母亲带来疼痛。

婴儿长得很快，希恩也恢复了一些体力，但她很清楚，每次生产，都会迅速损耗一部分体力、血液和寿命，就像有人在猛扭开关，松开对她的控制。

她为伦祖·史密斯生的第一个孩子和最后一个碰巧是同一天出生。圣诞节那天出生的兹尔菲·特伦特是她为伦祖生的最后一个孩子。

伦祖在房子北边开辟一块长条形地时，左脚脚背被斧头砍伤。

家里人口增多，伦祖必须再开垦一块地，种玉米、棉花、豆荚或土豆。他说不清到底是怎样受伤的；一个成年男人像毛糙的年轻人一样，被自己手中的斧头误伤，是件丢人的事情。

他把斧头扎进一棵粗大的去年枯死的松树树芯里，树干上的凹口越来越大，小木屑从凹口飞落；伦祖费力地呼吸，发出阵阵轻微的呻吟。随着凹口越来越深，这棵饱经风霜的大树开始颤动，树枝往下垂，在空中呈弧形缓慢地摇摆，然后轰然往下栽，枝条猛然折断，树干从凹口处撕裂，狂乱地往上冲，继而像一头野兽，带着死亡的痛苦，重重倒地。最后树林恢复往日的宁静；之前为躲避挥舞的斧头和倒塌的大树而默默飞走的小鸟，这时也扑闪翅膀，穿过寂静的树林飞回来。大树枯死前树冠所触及的高处，现在已是空空如也，只有阵阵风吹过，当风从高处刮过时，松针发出怒吼般的咆哮，而风从南方刮过时，松针又如幽灵海般飒飒作响。

伦祖忘记用刀劈奶白色的白杨树或有香味的香柏树的诀窍；所以现在只能靠斧头砍进树干，做成栏杆，围住新开垦的土地。只有卡尔帮他；他十四个孩子当中，有八个是女孩，有两个男孩身体太虚弱，生下来就死了。现在卡尔十六岁，长得跟伦祖一样高，瘦瘦长长；他犁出的沟跟伦祖的一样直，拔饲料或割干草时，跟得上伦祖的步伐。今年夏天，伦祖就四十了，难以相信，因为前一阵子，他还像个一岁大的孩子，雨天在粮仓里边剥玉米边吹口哨；当他摇晃着粘满柏树树胶的石磨时，一边抱怨磨粉作坊，一边往父亲留给他的一个配克[①]容器里面加满面粉。啊，唉！伦祖的父亲是在去年那个寒冷多雨的冬天去世的。

伦祖和希恩把迪茜·史密斯接到家里，跟他们同住，但这样，桌上又添了一张嘴吃饭。可怜的老母亲，瘦小虚弱，又爱挑剔，希恩实在难以取悦她……

伦祖砍树，准备开垦一块新地，然后犁田，播种、收获，正当他脑子里想着这些事……突然，他站在那里，愣住了，钻心的疼痛从脚上传遍全身。他低头看见斧头扎进左脚脚背，割开牛皮靴子——

[①] 配克（peck）：1配克=8.81升。

包括鞋帮、鞋舌和鞋底,并且把他的脚钉在地上,就像有人把皮制铰链钉在柱子上一样。

他拔出斧头,听到寂静的空气中传来皮革的撕裂声,看见鲜血从皮包骨的脚上的伤口涌出,于是叫卡尔过来,卡尔正在远处砍树,听到父亲叫他,便把斧头插在树上,不慌不忙地走过去,以为父亲只是发现一条响尾蛇,或是一只趴在树皮上睡觉的奇特蚱蜢。他走在清新、明媚的阳光下,擦拭着眉毛上的汗水,他的眉毛跟伦祖一样向外凸出。

卡尔挥动巴罗刀,用力切开父亲的靴子,从背上撕开衬衣,包扎父亲割伤的脚。伦祖靠在卡尔的肩膀上,一瘸一拐地回家,一路上,他尽量让伤脚的脚后跟少承受身体的重量。

希恩看见他们,赶紧像风一样,朝他们飞奔过去。她棕色、干瘪的脸像块熏制过的兽皮。卡尔从未见过母亲的脸色像现在这样,死亡的恐惧感让她的脸色暗淡、阴郁。

尽管伦祖脸色苍白,一副病容,而且卡尔从背上撕下的衬衣布已被鲜血染透,就像被斧头斩断的火鸡脖子一样,但他对伤口并不在意。

迪茜站在门里,双手发抖,跑过去挪椅子,嚷嚷着骂希恩不听她话,不去准备热水。

卡尔搀扶父亲在壁炉边坐下,迪茜往炉子里扔长叶松碎片,让火旺起来,然后放了一锅干净的水在火上烧。

孩子们蜂拥着围拢过来。希恩呵斥他们:

"走开!不要站在那儿伸长脖子看!"

詹姆斯和约翰慢吞吞地挪开,还想观看这受伤的壮观景象,希恩生气地扇他们的耳朵,玛吉和基茜把孩子们赶到门外,他们就在外面走廊上等,并睁大眼睛透过门缝往里偷看,既好奇,又恐惧。

希恩浑身颤抖,跑到阁楼上,弓着身子在地板上爬,收集柔软、灰蒙蒙的蜘蛛网,那是没有毒性的灰色蜘蛛结的网,能够给家带来好运。

伦祖的脚流血不止。希恩用带子在脚踝处打了个结,绑紧里面的血管,再用黏性很好的蜘蛛网包住砍得很深的伤口,蜘蛛网比其他任何东西都更容易止血。

等血止住了,他们赶紧拿一些旧棉布放在火上烧,再把伦祖的脚放在浓烟中熏,以便杀死伤口上可能感染的病毒。用铜线绑在伤口上,也可以杀毒,但这么深的伤口,需要多少铜线啊!

伦祖把脚放在浓烟中,一直放到中午,希恩用热水帮他洗脚,再涂上透明的松节油;但他的脚又开始流血,希恩不得不用更多蜘蛛网止血,然后涂抹牛脂和松节油,最后用干净的布条包扎。

伦祖躺下来,在他的记忆中,这是他第一次大白天待在床上。他不得不尽力忍受伤口愈合的疼痛。迪茜和希恩悉心照顾他,但她们并不知道如何治疗伦祖的脚伤。

众所周知,如果一个人不得不忍受伤口愈合的疼痛,那么这种疼痛比生理盐更能净化他的身体。

伦祖的脚伤并没有愈合,不是因为被疏于照顾,希恩四天没怎么合眼,除了在火边热饭菜、水和疗伤的膏药,很少坐在火边的椅子上休息。凡是她知道的和迪茜告诉她的一切方法,她都试过。

希恩想,如果自己的母亲在这儿就好了,她知道怎么做……但母亲不在,六年前就过世了;她那双能治病的手已经变成黏土、水和布满灰尘的骨头，上帝就是用这些东西造人手的。这里只有迪茜在，她只会喋喋不休地抱怨希恩没有用对方法，药膏不是太热就是太冷，或者太普通，没有药效；不然伦祖的脚早就好起来了……

然而他的脚并不见好转；而是肿得有他的头两倍那么大，并且散发恶臭。肉沿着伤口边缘肆意生长，肿胀、苍白、起皱；希恩用烧过的明矾去烫它，但它又长起来。他脚上的肉先是变成紫红，然后转绿；红色印痕沿着脚往上扩散，一直到腹股沟。他发着高烧，失去意识，清醒过来，又痛得发狂。希恩给他喝退烧茶，让他出汗，但还没来得及给他换衬衣，他又发起高烧。有一次，她用松节油烫他的脚时，他像一头公牛一样呻吟，瞪着她，哀求她：

"看在上帝的分上，要么砍掉它……要么别动！"

希恩不会砍掉他的脚，尽管她觉得这样做能够治好他。他已经为这只脚承受着屈辱；它已经变成秃鹰喜欢的腐肉；如果继续这样下去，任毒气往上蔓延，他会丧命。

随着毒气往上扩散，他的膝盖、大腿肿起来，肉色变紫，发出腐败的臭味。

二月的一个早晨，天还没亮，伦祖因肌肉痉挛死去，这时兹尔菲·特伦特还不满两个月。希恩就此再也无法为伦祖生孩子。

孩子们没有看到希恩为伦祖去世而哭泣。她看不起女人大声号哭。父亲过世时，她无声地哭泣，母亲过世时，她啜泣；现在她的悲痛被某种东西束缚，紧锁在心中，这种东西又硬又坚固，就像修桶匠箍在木桶上让它定型并牢固的铁圈。她此刻不能哭，不能当着所有孩子的面大哭，因为她担心有些东西他们无法理解。他们围着母亲站立，默不作声，表情严肃，等着母亲告诉他们如何应付这种紧急情况。

迪茜开始哀号，捶足顿胸，声音发抖，高而尖细，像鸣角鸮的悲号，重复单调，慢慢减弱。

希恩环顾四周；手臂松开死去的伦祖，脑袋里一片空白。摇篮里的小婴儿兹尔菲刚睡醒，饿得哭起来，哭声急促、刺耳。希恩把她抱起来，静静地给她喂奶。不，希恩不能哭，因为母亲的泪水会污染奶水。她摸到兹尔菲的衣服湿漉漉的，一直湿到背部，便叫基茜去房间角落的柜子里拿一块干尿布。

身材苗条、高挑、脸上透着自信的玛吉站在母亲坐的椅子背后。她二十岁了，脸颊粉红，似夏花山楂，眼睛清澈明亮，如小负鼠。她轻声哭泣，由于心烦意乱，呼吸不畅通，好似卡在喉咙里出不来，希恩被玛吉艰难的呼吸声烦扰，心想："她可以哭出来，但我不能。伦祖只是她的父亲，并且到圣诞节早上，她也才刚满二十岁，而我即将三十九岁。对一个女人来说，这个年纪够大了，能够忍住泪水……"

去年十月，玛吉本来要跟多克斯和泽夫·森迪孚家的长子，威尔·森迪孚举行婚礼，但希恩当时怀着兹尔菲，身体虚弱，几乎无法行走，伦祖就劝威尔和玛吉等到今年春天。玛吉快变成老姑娘了。既然希恩现在身体已经恢复，并且伦祖也因病过世。玛吉是时候出嫁，搬进迪茜·史密斯家了，因为迪茜已经决定将自己的房子赠给伦祖第一个结婚的孩子……

希恩突然抓住玛吉搭在她肩膀上的手，紧盯着壁炉里的火，心想："如果伦祖的母亲能闭上嘴，不再尖叫，兴许我能想清楚该做什么……"

但迪茜没有安静下来，希恩能想到的只有肩膀上玛吉的手："哦，你这个小姑娘的手，很快就要在滚烫的三脚架上为威尔·森迪孚烤玉米饼，现在不要离开……现在不要！伦祖走了……我给你取木兰花的名字……因为伦祖觉得这名字适合你……"

大女儿的名字在她脑海里急速盘旋，就像织布机的踏板，不断重复：玛格……诺……莉亚……玛格……诺……莉亚……这声音令人抓狂……

希恩发现自己站在房间中央，对着伦祖一动不动的身体，突然绝望地大哭，怀里的小婴儿兹尔菲猛然惊醒，衔着她的乳头继续吸奶。希恩抱着婴儿走向卡尔，空出一只手来摇他的肩膀，说：

"你站在那儿瞅我干嘛？不知道去喊你贾斯珀舅舅和玛戈特舅妈来呀？"

卡尔很欣慰终于有事可做，赶紧出门去了。接着希恩又凶巴巴地吼玛吉和基茜：

"你们几个女孩，不知道等下有客人来，要给他们做饭吗？看来你们翅膀硬了，想嫁出去，不听我的话了！"

希恩把孩子们赶到走廊，让他们去另一个大房间。她往壁炉里扔了一些柴火，走到迪茜·史密斯的椅子背后，说：

"妈妈，我们俩都要知道，再哭也没用……"

希恩柔声细语地跟迪茜说话，仿佛是在跟兹尔菲说话。迪恩直了直腰，止住哭。

"嗯，不要管我！你们年轻人不懂，我还剩下什么，没人懂……没人……没人……"

希恩把老人带出房间，穿过走廊，走进孩子们待的房间，烟囱下面的火烧得正旺。孩子们纷纷安慰迪茜,有孩子们围在身边,是不容易伤心的。

希恩返回伦祖房间装殓他。孩子们听到房子的木头顶梁从门的一端突然滑到走廊的另一端,又知道母亲单独跟死去的父亲在一起,不觉心生恐惧。不,她不是单独跟他在一起,他最后的孩子小兹尔菲也在那。

孩子们在房间窃窃私语。迪茜跟许多妇女一样,用说话来缓解悲痛。她开始跟孩子们叙述伦祖这么大时做了什么,那么大时又做了什么,她说,伦祖以前是一个性情温和的孩子,从不像有些儿子那样让母亲操心……

玛吉抱着贝瑟尼,称量和筛选材料做玉米饼,准备餐食。贝瑟尼刚学会走路,紧跟在玛吉身后抽抽搭搭地哭闹。玛吉不懂她哭什么,因为她哭得几乎停不下来,只好把她抱起来。

小双胞胎詹姆斯和约翰从阿拉德妮的手中抢小木车的牵引架,害得她摔倒在地,头磕到椅子腿;小木车是阿拉德妮的,是父亲专门为她做的。基茜狠狠地扇了双胞胎几个耳光,把手掌都扇疼了,然后摇他们的肩膀,让他们安静下来,最后派他们去屋外捡柴火。他们四岁半,正是捣蛋的年龄,除了吵吵闹闹,捡捡柴火,什么也不会干。文斯特快七岁,已经会喂猪,而且喂猪的水平跟成年男人一样好。维尔斯十一岁,拉维迪十四岁——两个女孩都体态丰盈,脸颊胖嘟嘟,性情温和。

现在,卡尔不管是否成年,都应该表现出男子汉的样子。玛吉必须推迟婚期,如果威尔·森迪孚不愿意,那就让他去娶个不姓史密斯的女孩。基茜不能再到处闲逛,必须开始磨甘蔗粉,榨花生汁,做糖果，待在家里协助母亲维持生计。拉维迪和维尔斯必须多干点活儿，不能整天在洗涤槽边的树下，跟弟弟妹妹们玩耍。孩子们的父亲没了，他们必须更加团结，填补父亲留下的空缺……

母亲在房间，独自为父亲悲伤……

基茜紧咬着牙，清洗糙米做饭；如果圣诞节前能完成的话，她准备做几根鞭子，若詹姆斯和约翰不听话，就教训他们，让他们学会循规蹈矩，学会在其他人干活的时候照顾阿拉德妮、贝瑟尼还有小兹尔菲。

玛吉坐在火边，把贝瑟尼放在膝盖上，逗她玩，并时不时弯下腰，拨下木炭，木炭上面是煮青菜的锅或煎玉米饼的三脚架，或者安在三脚架上的炉子。

阿拉德妮背靠迪茜·史密斯的膝盖，吮吸着拇指，目不转睛地盯着火，烟囱背面的烟灰在火中上下飞舞、翻腾。房间里温暖舒适，她把头放在祖母膝盖上，慢慢耷拉眼皮，昏昏欲睡。迪茜把她抱在怀里，轻摇着让她入睡，嘴里仍不停唠叨着伦祖要是活到她这个年纪，会做什么事。她时而停下来不说话，只是哭，时而止住哭，继续念叨伦祖的事，伦祖是她唯一的儿子，也是唯一一个承载她名字的人，此外，伦祖生育了这群带有卡佛家一半血脉的孩子们。

希恩打开房门，走到火边，把兹尔菲交到基茜手里，说：

"她裙摆又湿了，给她换掉，免得着凉。"

希恩定定地站在那儿，低头看着火。玛吉看到母亲脸色阴郁，布满哀伤，心里也很难过。

希恩没有把脸转向任何人，但他们知道她的话是故意说给祖母听的：

"唉……我已经尽力把他安顿好了……他的腿就跟受伤前一样……"

她把手放在壁炉架上,遮住脸。他们看到她肩膀有点抖动,但她目光坚定地盯着火苗,火烧得正旺,在煮着孩子们的餐食。

整个屋子寂静无声,只有阿拉德妮时不时吮吸拇指的声音。祖母也安静下来,知道当一具死亡的躯体清洗好,摆放在另一个房间,变得冰冷时,再哭也没用……伦祖现在再也不会去海岸镇,不会去贾斯珀家,不会去邻居家。他跨过一道黑暗之门,永远地离开了。她再也看不到他的脸,听不到他的声音,除非等到她生命终结的那个黎明。如果希恩不刻意紧闭牙关,牙齿就会咯咯颤动;脖子上的领子很紧,仿佛承受着巨大的压力。她身体颤抖,在面对触及灵魂的剧烈伤害时,努力保持镇定。大脑似乎变得呆板、迟钝;要去考虑一件大到平常人的大脑根本无法顾及的事情,是很费劲的。她甚至不敢想象这种痛苦到底有多深。他跨越了那扇通向黑暗的门,消失不见。当听到那扇门轻轻开启,知道自己必将进入可怕的黑暗,没有人能勇敢得没有一丝颤抖;因为那扇门会如开启时一样轻轻关闭,在炙热的太阳或战栗的星辰投向天空一抹亮光时立即关闭,在挚爱之人变得面目丑陋时立即关闭。伦祖走了,希恩想要再见他,必须要在未知的若干年后,跨过那扇他曾跨过的黑暗之门。颤抖的心灵和迟疑的脚步!伦祖现在身在何处?往哪条路离开?以智慧著称的所罗门也无法指引她。

玛戈特和贾斯珀过来帮希恩料理伦祖的后事。

但他们不像希恩那么悲痛,因为他们刚结婚一个月,一对始终相爱却在最近才结合的恋人,是不会被其他伤痛所感染的。

里阿斯离开妻子八年,杳无音讯。伦祖去世前,证婚的老人一月份经过贾斯珀家,贾斯珀向他提及此事,老人愿意宣布里阿斯·卡佛死亡,并让玛戈特成为贾斯珀的合法妻子。村民聚集在贾斯珀家开会,一致认同里阿斯已死。他们听证了整个过程,男人们自由发表意见。最后老人提高嗓门,仿佛通知里阿斯:"现在,我宣布里阿斯·卡佛已经死亡!"

因此玛戈特成了寡妇。

她的呼吸加快,贾斯珀站在玛戈特身旁,面向老人,身体侧倾,将身体的重量集中在一只脚上,这时,他的袖子挨到玛戈特的袖子,这种轻微的接触,让他们感到安慰。尽管他们互相隐藏内心的担忧,但其实都害怕里阿斯会回来,横亘在他们中间;只要里阿斯愿意,他可以变成一个卑劣的魔鬼。如果他知道贾斯珀娶了玛戈特,会跑回来,把她从贾斯珀身边夺走。

老人刚宣布完里阿斯已死,就让玛戈特嫁给贾斯珀。贾斯珀不赞成老人急于宣布他和玛戈特的婚事。在贾斯珀内心深处,无论如何,里阿斯的名字始终跟婚礼誓言纠缠不清;他会硬挤在玛戈特和贾斯珀之间,阻止他们正常的亲昵举动。贾斯珀脑海里浮现不堪回首的往事——为了得到这甜蜜的婚姻,我曾划破他的头,他的血溅到我的脸上;玛戈特也同样陷入回忆——很久以前在海岸镇,我打算嫁给他,他抱着我不放。

贾斯珀在希恩家准备伦祖后事时,视线几乎没有离开过玛戈特;他总是帮她整理披肩,抚摸她的衣领,仿佛衣领皱了。而玛戈特只要坐在贾斯珀身边,手就会轻放在他长长的大腿上,仿佛不管她何时走近他，都要重新宣布，他属于她。

希恩没有注意这些小细节，但葬礼上那些好奇的邻居都想不通，为什么玛戈特和贾斯珀不能收敛一下他们的感情，上帝知道，他们一把年纪，该稳重些，明点事理，不要在这样的场合公然表示亲昵。

对希恩来说，伦祖的死带给她最痛苦的事莫过于收到一封寄给他的信，而这封信寄到家时，伦祖已经下葬八个月，不可能读信了。

秋天，卡尔去海岸集市，帮希恩交易货物，发现维拉隆加的账房里有一封寄给伦祖的信。卡尔看到信上的邮戳，担心出了什么大事，便把信带回家，交给母亲。希恩从卡尔手中接过信，发现信被干胶封口，很难打开，因为她的手指颤抖，不听使唤。这封信的邮费很贵，维拉隆加收了一美元硬币，只找回七美分。哦，它是从加利福尼亚州寄来的，经由船和驿站的马车才到达这里，中途穿越巨浪滔天的大海，跨过高山，也许还穿过荒野。信中说，里阿斯还活着，身体安好，希望伦祖帮他调和跟家人的关系。

告诉母亲（信的字迹潦草粗犷，透着男人味），我给她买了一件朱红色美利奴呢绒裙，是我精心挑选的，还给她买了很多亚麻布料，让她做些好看的衣裳。告诉菲尔比，爸爸给她买了一件丝绸裙子，还有一块插针板，她可以用针自己做裙子，她现在一定是个大姑娘了，爸爸想看到她亲手为自己缝制衣服。告诉她，等我回家那天，要是她成了一个能干的女裁缝，就会得到一条长长的红色头巾。还有我的儿子，小捣蛋鬼文森特，我会设法收集一个溜光锃亮的羊角，一把犹太人的竖琴，一把用来猎杀胆小的棉尾兔的猎枪，但是，如果他敢不听话，顶撞他母亲，我就不会给他带东西。告诉希恩，我给她带了一棵加利福尼亚的李子树，叫她挖个坑准备栽种。至于你，伦祖，只知道杀鹿的讨厌家伙，我会设法给你带一壶威士忌，温暖你的五脏六腑。你看到我回来时，要留意，但我发誓，你看到我时，可能认不出我。

信纸的底部有一行是写给玛戈特的：

告诉我妻子，如果她愿意，我希望跟她重新开始，并且给她一个让她引以为豪的婚礼。

希恩强忍住泪水，表情痛苦。

你的兄弟里阿斯·卡佛敬上。

那封信！将里阿斯带到希恩面前，仿佛他就站在那儿。里阿斯没有按照信的格式写，一些表述也不准确，他说："这让我真心实意希望它发现你也一样。"不，里阿斯写这一页蠢话，是费了一番心思的。

希恩不知道是否应该烧掉这封信，孩子们对里阿斯舅舅的信很好奇，问东问西，最后，希恩让孩子们闭嘴，让卡尔套上牛车，去贾斯珀家，告诉他这封信的事。她不知道还能怎么办，也许里阿斯可能做这种蠢事：某一天坐马车回到家，像撒旦一样狂妄自大，向他们反复炫耀他的财富。所以，里阿斯想买威士忌，温暖伦祖早已腐烂的五脏六腑！为母亲已埋在地下的躯体买美利奴呢绒裙！还买一块插针板，让菲尔比开心，但就算买一打插针板，也不能让她微笑，她的指骨已无法弯曲，学不来针法，就算他坐几匹白马拉的金马车回家，菲尔比也不能跑出去迎接她的父亲。

希恩并不感激里阿斯给她带李子树，作为和解的礼物。这些礼物带来的麻烦比它们能够修复的麻烦还要多。

因为此时，玛戈特已怀有八个月身孕，是贾斯珀的孩子。

贾斯珀读信时，脸色煞白，一言不发。但玛戈特号啕大哭，身体剧烈抽动，无论贾斯珀和希恩说什么，都无法让她平静。等她的情绪终于平复下来，把信合上，说：

"你们不用管我，我受的打击太大，心情沉重……"

所以里阿斯没有死，玛戈特跟贾斯珀生活在一起是通奸，腹中的孩子是私生子……不管上次开会，男人提了什么意见，老人宣布了什么，都无法撤销一对男女在婚礼上的誓言——直到死亡才能把我们分开！

玛戈特去冷藏间取黄油，顺便独自冷静一下——她想，当老人宣布我嫁给贾斯珀时，我仍是里阿斯的妻子，所以那天说出的一切都是虚幻……我再也不是贾斯珀的妻子……从此刻起，我必须离开贾斯珀。下个月我要生下他的孩子，但他不必帮我，因为我只是他的弟媳。我生里阿斯的孩子时，贾斯珀帮了我；如果到时里阿斯在家，我生贾斯珀的孩子时，里阿斯也会帮我。或者里阿斯会杀了贾斯珀？上帝啊！为什么我们不能预知未来，这样就可以避开前面的麻烦！或者干脆闭上眼睛，昂首挺胸，径直走向麻烦！

她站着那儿，看着泉水从黑洞汩汩流出，就像锅里的水在沸腾前形成漩涡，只不过泉水是冰凉的。听说曾经有个印第安女人掉进去，很快就被吸进漩涡消失。泉水深不见底，就算用一根长棍子也探不到底。

如果我跳进去，是否一切会就此了结……但是，这泉眼如同大地长出的宽松的食道，一旦被它吞噬，不知道要在里面搅拌多久，然后天知道会在什么地方被吐出来，也许是一座被火山烈焰烧得滚烫的光秃秃的荒山，这真令人感到恐怖——

她跪在泉水边，用手掌支撑身体的重量，仔细研究泉水的深度。当她俯身观察时，水面出现她脸的倒影，但泉水的喷涌使倒影不停晃动；泉水像一张黑暗贪婪的大嘴。哦，大地长了很多张大嘴；沼泽地上就遍布这样的大嘴，流着涎，贪婪地吮吸，颤抖！

她想——里阿斯还活着，并且身体安好……我希望跟她重新开始……重新开始……就像一只旧鞋。坚硬的新鞋只不过用来试一下脚……里阿斯，我为你流的泪足以填满这口泉眼。就算你曾为我流过一滴泪，我也不知道。

她站起身，因为怀着贾斯珀的孩子而身体沉重，差点掉入泉水中。她想问贾斯珀，如果有人掉进去，是否真的会被泉水吞噬。

希恩把信带回家，放在装贵重物品的柜子里。它跟她的金币一样珍贵，因为伦祖一直渴望收到一封寄给他的信。

每逢孩子们生日，希恩就从柜子里取出信，念给他们听，但从不念里阿斯写给玛戈特的那行字，因为它在信纸底部，玛戈特已经连同里阿斯的亲笔签名，一起撕下来，自己保管。

希恩的双胞胎儿子在山坡上挖了一个大洞，还拉来了肥料，填进洞里，准备种加利福尼亚李子树。小女儿们则盼望能得到里阿斯舅舅送给已经死去的菲尔比的丝绸裙子和插针板。所有的孩子都努力干活，乖巧听话，希望里阿斯舅舅也给他们带犹太人的竖琴、巴罗刀或其他什么古老的东西,只要是从加利福尼亚州带来的就行。

希恩回家后,贾斯珀从悬挂在壁炉上方的鹿角架上取下他那杆用旧的来复枪,用一块呢绒布认真擦拭枪管,拉一根膛线连接火门,装入火药,将后膛装润滑油的盒子弹出,在一块小垫布上倒点润滑油,把有润滑油的那面朝下放在枪口上,再把子弹放在垫布上,用食指把子弹往下压入枪口,小心切除露在枪口外面的部分垫布,再将子弹全部装填进去,最后把上了膛的来复枪放回到壁炉上方的鹿角架上。

不知何故,里阿斯迟迟没有回家。本来这时他应该到家了,却没有出现。

一个月后,玛戈特产下一名男婴;面对里阿斯的傲慢,贾斯珀也莽撞无礼、不顾后果,他用自己的名字和玛戈特母亲的娘家姓给儿子取名字——贾斯珀·奥沙利文。尽管玛戈特不是他的妻子,并且以前上帝也从未让她成为他的妻子,贾斯珀还是无心在地里干活,只想赶回家,看看玛戈特需要什么。他可以抱着孩子坐上几个小时。只要孩子的眉头皱一下,贾斯珀的心就揪动一下;他希望孩子不要像他一样心情忧郁,沉默寡言,而是像玛戈特那样乐观开朗。

贾斯珀发现自己身陷麻烦中,但尽量不在意,因为他把所有的过错都揽在自己身上。一直以来,他心里就清楚,自己没有权利娶玛戈特。

现在,她总为一些琐事跟他吵架,像妻子可能对待丈夫那样,对他说刻薄的话;她说的不是重大、复杂的事,而是挑剔他做的任何事,奚落他动作迟钝,闷声不响。而贾斯珀只是以叹口气、耸下肩回应她。他情愿玛戈特跟他吵架,她的心理负担太重,足以让她疯狂。要是他和里阿斯从未招惹她，她也许过得很开心。对他来说，他是在接受惩罚，他也保证，里阿斯回家后也会接受惩罚。

每天他们都想：里阿斯今天会回来；但日复一日，他并没有回家。他们厌倦了每天望向那条向东延伸的小路；厌倦了挺起胸膛，严阵以待地迎接里阿斯。他们不知道，里阿斯已经回不了家，不管他有多想。玛戈特依然跟贾斯珀吵架，贾斯珀依然低声下气地照顾着她和孩子，他们的生活就跟已婚夫妻一样。

第二十章

伦祖的离世并没有影响地里庄稼的长势；豆荚开花，结豆子，像往年一样沉甸甸；玉米也跟希恩记忆中的丰收年一样，铜绿色的秸秆往上窜，开出金色的花头。

希恩在地里播种，施肥、收割，做得跟以前伦祖一样好。她不像以前那么温柔，变得很严厉，不多说一句话。当她叫孩子们去篱笆角落锄草，栽种卷心菜或挖土豆时，如果语气不够强硬，孩子们就会向她发牢骚，磨磨蹭蹭地跟在她身后，反正伦祖不在，吓唬不到他们了，现在希恩也学会吓唬他们——只要他们干起活来漫不经心，她就吓唬他们。有时她会痛打孩子们，打到她心生愧疚；当哪个孩子不停地抱怨，她责骂他，抬手要打他，然后看见他像一只猎狗躲避棍棒一样躲避她时，她内心无比沉重，因为她不得不使用这些严厉的方式来对待孩子们。哦，他们多么需要伦祖那种方式！伦祖只需简单粗暴地喊一声他们的名字，他们就会乖乖服从。希恩有时会用鞭子抽双胞胎儿子，但抽完，又会爬到阁楼大哭一场。随着孩子们一天天长大，她不知道该怎么做；如果他们忤逆她，反过来数落她，她该怎么办？当有一天她老得抽不动他们，无法让他们顺从，那她该怎么办？她不知道。

她过于操心许多事情，所以没有过多地为伦祖伤心。她曾为失去一对双胞胎痛哭,为吞火而死的卡蒂痛哭,却很少为伦祖痛哭。有太多活儿等着她干,没有时间坐下来为他哭泣;耳边太多张嘈杂的嘴追着喊她,并且互相吵来吵去。但有时夜深人静,只有时钟的嘀嗒声和孩子们软糯的鼾声,她会伸手摸向左边伦祖以前睡的位置,然后觉得自己的一生似乎空虚无望,就像伦祖再也无法用身体温暖的羽绒褥垫。他再也不会亲吻、抚摸希恩,但希恩深知,他像任何一个好男人爱妻子那样爱她——不会有多大的改变,也无需多说,除非其中一个长眠于地下。伦祖去世后有一段时间,希恩希望死去的那个人是她,但现在,她明白了他先走是明智之举。如果她先走,伦祖会做什么好事呢?会不管这一群孩子吗?他会在过新年之前,再娶一个妻子。希恩不希望孩子们有一个年轻愚蠢的继母;不,她看得出,现在这样更好。

乡村到处是开放的,人们可以随意搬过来。有几户人家在希恩家的西边落户了,希恩感到安全了许多。这里离密西西比河还很远,过去密西西比河是县的边界;很久以前,佐治亚州是从萨瓦纳经奥尔塔马霍河,一路向西,到达南太平洋,沿途只有宽阔的河流、传播疟疾的沼泽地和一片片黑松林,风一吹,枯萎的松针沙沙掉落。印第安人时常在莽莽地里出没。人们说,佐治亚州的印第安人很友好,但希恩无法信任像黑熊一样住在野外林地的人。

1858年早秋一个阳光明媚的清晨,希恩和孩子们坐车去玛戈特家,玛戈特和希恩已将一切准备妥当,玛吉将要在那里跟威尔·森迪孚举行婚礼。新的牧师德密·欧康纳已经到了贾斯珀家。希恩希望玛吉和威尔站在母亲西恩·卡佛当年让她和伦祖结婚时所站的位置。

玛吉的婚礼比以前希恩的更隆重。玛戈特和希恩提前几天做好了馅饼和甜蛋糕，擦洗了希恩·卡佛家老房子的墙和地板，所以房子里到处飘着草碱的味道。起居室地板擦得像饭桌一样干净，希恩用熄灭的火炭在地板中央标出伦祖曾经站立的位置，再在左边标出她的位置。她跪在地板上，回忆婚礼当天的情景：母亲站在父亲肩膀后面，旁边站着里阿斯、贾斯珀和小杰克——他在希恩结婚时哭了——现在杰克已经三十三岁了，在父亲家附近的小河对面，往北边开垦土地，也和基什·阿克里谈着恋爱。经过一段最漫长的日子，杰克似乎长大了，终于成了男子汉。基什年纪还很小，还不到杰克年龄的一半——今年六月才满十五岁。一天晚上，杰克取笑她居然能忍受自己有一双这么大的脚，她气得当众扇了杰克的下巴，然后他们都意识到，他将娶她，因为她的脚比小孩的脚大不了多少，并且杰克可能亲眼见过。杰克看见她流泪了，走过去，默默地坐在她身后，周围的人们大声攀谈，尽情狂欢，而杰克则竭力想逗她笑，故意说她的拳头打断了他的下巴，并假装为他的下巴哭泣。他们两个既不嬉闹，也不跟其他人一起唱歌或做糖果，而是远远地坐在角落里。希恩温柔地看着他们，直到现在，她仍然十分宠爱这个小弟弟。基什坐在那儿，微侧着头，孩子气地嘟着下巴，并且下巴往下贴靠肩部，蓝色的眼睛往下盯着硬挺的胸部，手指拨弄着膝盖上的小手帕。杰克也低着头往下看，为自己取笑她，让她哭泣而愧疚不已；他想不出补救的话。但新牧师德密·欧康纳从储藏室拿出五弦琴，以前是母亲的琴，现在归属于杰克，牧师用力拨了一两下厚重的琴弦，高声唱了一首希恩这辈子听过的最动听的歌曲——《我深情地梦见你》——基什棕色的小手藏到紫红色的裙子下面，裙摆铺满墙凳，杰克伸手就可触摸。杰克和基什就这样坐着，听完了这首动人的歌。希恩不得不转过脸去，忍住不哭出来。一切都跟二十多年前一样，只是现在是杰克和基什，而不是伦祖和希恩。在她心境好转之前，将又有一场婚礼……她想：时间不会随着时钟的嘀嗒声而流逝；哦，不！时间像吹过房子北面的阵阵狂风。你待在房子南面的阳光下，不会感受到风在吹，但你跑到北面，迎风挺胸，风会压迫你的肋骨，让你呼吸艰难。风在吹，但你没有注意；时间一直在流逝，但你没有注意，直到自己的孩子，玛丽·玛格诺莉亚站在这儿，嫁给一个男人，即将搬去迪茜·史密斯的房子里生活。

希恩奔前奔后，帮玛戈特准备婚宴。玛戈特按照海岸镇的婚礼规格来筹划；她有充足的食物——肉、果酱、咸菜、馅饼、蛋糕等，阁楼上还有一罐罐野蔷薇浆果酒。希恩觉得父亲可能希望存放在他房子里的是烈性酒，但时过境迁，人们必须随之改变，也许野蔷薇浆果酒没什么不好。无论如何，希恩对玛戈特的筹划没有任何异议，因为很久以来，玛戈特都在为里阿斯回家这件事忧心忡忡，现在有这么一件大事分散她的注意力，希恩也觉得很开心。

当这个爱尔兰牧师站在玛吉和威尔面前，主持他们的婚礼时，希恩看着玛吉的脸，待在原地没有动。玛吉羞涩地站在身材挺拔、瘦削的威尔·森迪孚身边，她的眼睛像小松鼠的眼睛一样明亮，柔和，对一切充满信任，仿佛在说"请不要伤害我，因为上帝知道，我不会伤害你"。希恩不忍心看玛吉的眼神，她挪到贾斯珀身后，这样万一她不争气地落泪，玛吉也看不到。

玛吉婚礼当晚，人们在老房子里通宵狂欢，就连新光牧师德密·欧康纳也参与庆祝活动，用高脚杯倒满野蔷薇浆果酒，一杯接一杯地喝。

在他们大声嬉闹、畅快聊天时——坦白说，希恩过于拘谨——牧师走到她身边，问她伦祖·史密斯走后生活是否顺利；她回答说："手指还在，跟以前一样！"尽管这个玩笑有点伤感，两个人还是笑了。他说："有一个女儿长大嫁人了，有何感想？"她想不出怎样巧妙地回答这个问题，只能简单地说："我觉得跟以前差不多。"他仍没有停下，继续说："别人看见你，会以为你是玛吉小姐的姐姐！"希恩一听，顿时羞红了脸，像少女一样，心怦怦乱跳，尽管她心里明白，是玛戈特的野蔷薇浆果酒让牧师像罪人一样说谎，让她傻到乐意听他的谎言。这么多年来，没有人这样关注她。

希恩趁没人注意，悄悄溜进玛戈特的房间，在墙上镶着铜框的镜子前，仔细打量镜中的自己（镜子是贾斯珀从海岸集市买回来送给玛戈特的礼物，在他心目中，玛戈特就是他的妻子）。

果然，希恩看见自己的眼睛像海岸集市上的球形纽扣一样明亮，尽管她知道，这是因为她在玛吉的婚礼上很兴奋——并且喝了很多野蔷薇浆果酒。她独自在玛戈特房间，用舌头润湿嘴唇，双手抚摸脸颊。不，她不丑，虽然前额和眼睛周围布满深深的皱纹，脸上透着倦容，但只要她像其他女人那样，用粗磨粉和酪浆制成糊状物敷在脸上，早晚用盐水清洗眼睛，用鹅油膏涂抹头发，使头发柔顺亮泽，她依然会很漂亮。

当她返回起居室时，玛戈特正在舀香甜可口的野蔷薇浆果酒，也给希恩倒了一杯，希恩端起酒杯一饮而尽。她坐在靠墙的椅子上，微笑地看着年轻人狂欢。突然脖子后面火辣辣地痛，像敷了膏药一样；然后感到全身暖和，心满意足；她想，到夜半就有喜事了，玛吉和威尔要进新房。贾斯珀特意为今晚腾出自己的房间，让希恩和玛戈特布置成玛吉的新房。为了庆祝他们新婚之夜，人们故意恶作剧，给希恩一杯杯地倒酒，希恩来者不拒，统统喝完，喝到后来头几乎要耷拉到肩膀上。她想——她脑子里一直在想——那是母亲最好的房间，父亲特意在她的樱桃木床架上雕刻图案。两年前，成了贾斯珀和玛戈特的房间。二十二年前，里阿斯把玛戈特带回家，就睡在这个房间……那时，我还刚嫁给伦祖……玛丽·玛格诺莉亚还是个婴儿。

希恩有点伤感，想哭；但她想——我一点也不伤心，可能是玛戈特做的野蔷薇浆果酒在起作用。

希恩坐在墙边，看着那扇紧闭的门里面，人们嬉笑打闹，她恍若梦中，又感到心满意足。此刻，她不受任何东西干扰，即使想起最小的婴儿兹尔菲；如果她醒来哭了，维尔斯会抱她起来，安抚她。

刚入夜时，她朝阁楼的楼洞看了一眼，看见维尔斯抱着睡眼惺忪的兹尔菲，文斯特抱着玛戈特的婴儿莎莉；詹姆斯、约翰、阿拉德妮还有贝瑟尼依次坐在阁楼楼洞边缘的地板上，往下瞟着起居室里发生的一切，就像羞怯的小动物看着人类极其无聊地寻欢作乐。玛戈特与里阿斯的儿子文森特也在起居室。文森特今年十六岁，又高又瘦。他出生时长相就酷似父亲里阿斯，现在比出生时更像；眉宇间仿佛印刻着里阿斯蹙眉的表情，昂着头快步走时，隐约可见里阿斯的影子，仿佛他的身体里住着里阿斯的灵魂。希恩的其他孩子则在阁楼下面跟年轻人一起欢呼跳跃。只要西普·英格尔一开口，基茜就前俯后仰夸张地大笑；卡尔十七岁，不比任何一个年轻人差，几乎是个男子汉了，现在也开始讲笑话，逗女孩们开心；拉维迪跟玛戈特的儿子文森特同年，生日仅相差一天，是希恩所有孩子当中最漂亮的一个。

希恩将头靠在她前天用去污力很强的肥皂水清洗过的木头上。她对今天的一切很满意；只要看到玛吉幸福，付出再多辛劳也值得；看到孩子们一个个结婚，过上富足的生活，她和伦祖所有的劳动都是值得的。只可惜，伦祖不在了，不能目睹玛吉的婚礼……

新牧师的话隐约在她耳畔响起。他向她走来，坐在她身边，周围的人兴高采烈地唱着歌，她几乎听不清他说什么，无法确定他话里的意思，但她的血液似乎在身体里沸腾，就像香甜的野蔷薇浆果转化为美酒。玛戈特教了她送别女儿的方法——不是流泪，不是担忧，也不是庄重地说"再见"，而是边谈笑风生，边喝酒，以此消除内心的不安——女人在孩子的婚礼上必会感到不安。她也要用适当得体的方式送别其他女儿。她要栽种更多棉花，准备更多货物拿去交易，换回亚麻布裙子，让女儿们在婚礼上穿。

在基茜的婚礼上，她要在脸上抹点粗磨粉和酪浆，这样就不会看起来像基茜的祖母。欧康纳说过，她看上去像玛吉的姐姐。她转过头，在一片隆重、愉快的氛围中搜寻牧师的身影，当她发现牧师的脸时，对他笑了笑。牧师回应道：

"希恩·史密斯，你光彩照人，又通情达理，我几乎原谅了自己跑在这边远林地来布道……"她又笑了："你说这种话，几乎犯下邪恶的罪过了……"

她再转过头，背靠着墙休息，闭上眼睛，想到他的谎言，嘴角上还挂着笑意。

等她醒过来，发现玛戈特正在摇她的肩膀，取笑她在婚礼聚会上居然睡着了。很快，东边的天空隐隐出现微光，这时每个人都疲乏不堪，昏昏欲睡。

希恩去取井水做早饭。

她发现德密·欧康纳站在暗光中，正用冰冷的井水浇脸。尽管光线半明半暗，但这仍是她第一次清楚地看他。他跟里阿斯一样高，也跟里阿斯一样有淡茶色的头发和石墨花般蓝色的眼睛，她注意到他脸上有一种新鲜的感觉，确定他们彼此从未见过：他脸颊和嘴巴上棕色的胡子剪掉了，只留下下巴边缘的胡子；嘴巴周围刮得很干净；嘴唇收张自如，牙齿很大，很整洁，带点骨黄色；嘴唇透着欢快，似乎不管发生什么，都始终保持这种欢快。

他朝她微笑，晶莹的水滴像颤动的露珠挂在他头发上，沾在他洁净的嘴巴上。她从未见过他，所以刚才看他时，不知不觉张大了嘴巴，等她反应过来，赶紧合拢，然后说：

"早上好，欧康纳兄弟，但愿你昨晚休息好了……"

他为刚才的尴尬场面笑了笑；她也勉强笑了一下。他跟她道"早上好"，叫她希恩·史密斯，并问她结婚前叫什么，她很惊讶，说：

"既然你问了，我就告诉你，我婚前叫泰莉莎·希恩·卡佛。"

他点点头，嘴里"嗯——嗯"了几声。她看到他牙齿咬着下嘴唇，仿佛在思考什么。她为遇见这个陌生男人而有点心烦意乱。她把他当作一个普通传教士，但结果他是一个四五十岁的男人（这个年龄的男人，心思很难让人猜透），总是对她说些赞美之辞。

她回到屋内，脑子里却一直在想她说出婚前名字的声音，以及他用牙齿咬着光洁的嘴唇的样子。

但当她爬上阁楼去叫醒孩子们，并给兹尔菲换尿布时，她便全然忘记刚才发生的一切。

玛吉和威尔动身去迪茜和罗安·史密斯的家之后,希恩、孩子们和迪茜在玛戈特家又待了一两天。玛吉和威尔走的时候,迪茜站在台阶上,朝他们大喊,告诉他们哪些地从来不长土豆:"只长藤,不长土豆;没有伦祖跟在罗安身后,罗安不能让地里长出土豆。"

晚上,年幼点的孩子睡着了,玛戈特、贾斯珀、杰克、希恩和迪茜以及年龄大些的孩子就围坐在火炉边,听德密牧师讲各种稀奇古怪的事。希恩希望卡尔也在场听一听,但卡尔已经回家照看牲畜和家禽。欧康纳牧师还讲起爱尔兰1839年的大风,大家似乎感觉到房子被强劲的风吹得在枕木上剧烈摇晃。利默里克、戈尔韦、阿斯隆等几座城市都遭遇了大风袭击;房子倒塌,灶台里的火散得到处都是;大风刮到哪里,哪里就被摧毁,像一头暴怒的野兽攻击着弱小无助的人类,他们的房子脆弱得不堪一击,只能任凭风的摆布。

德密·欧康纳光洁的嘴唇说出来的话温柔、清晰,希恩的思路一直追随着他的声音,在这深夜,她双手托着下巴,眼睛盯着牧师瘦削、洁净的脸庞,他一定比希恩年纪大,但他的眼睛如孩童的眼睛般纯真。

贾斯珀也会给他们讲故事,但这些故事,希恩以前听父亲讲过。1804年卡罗莱纳州发生一场飓风,牲畜被弹飞,然而掉落在很远的田地里;烟囱断裂,炉火四处散落,人们不得不灭火或者干脆不管它。在不能立即取到水的地方,拜上帝所赐,房子瞬间迅速燃烧,火光冲天。父亲说过,卡罗莱纳州当时许多房子着火,熊熊燃烧并不时发出鸣响的火焰把夜晚照得亮如白昼。许多房屋像一堆堆劈好的用来点火的长叶松柴火一样烧毁殆尽。

1824年,这边的松树林也发生了一场飓风,当时希恩只有六岁,依稀记得母亲抱着她从房子里跑出去；杰克就是在那天夜里出生的，母亲说，这就是杰克小时候身材瘦小，有点像女孩的原因——他还在母亲肚子里，就受到惊吓。这件事他们听父亲讲过多次；一场持续的风猛烈地刮着房子，停了一阵，又刮起来，并且比之前更猛烈。壁炉边的餐桌上，只有半桶水；如果当时烟囱倒了，那房子就会烧着，没有任何办法可想。是上帝慈悲挽救了这座房子，他们现在才能坐在这儿，讲述另一个年代发生的激动人心的故事。

1838年，德密·欧康纳协助驱赶佐治亚州内地的切罗基人；开始他们人数超过一万四千人——男人、女人还有孩子——但在他们迁移到阿拉巴马州的塔斯坎比亚地区之前，已有四千人死亡。他们为离开生养他们的的沟壑和山川而悲痛，一路上，他们没有食物，大批死亡。一些印第安婴儿喝了母亲的乳汁后病死，母亲背着他们继续行走，直到他们散发恶臭，因为印第安女人不愿意把他们放在陌生的土地上，葬在远离他们先辈的地方。德密·欧康纳学会了像印第安人那样射箭，那段时间，他能射中鹿的腿筋，像咳嗽后把痰吐在野草上一样轻而易举。在田纳西州的罗斯地，有一个名叫约翰·佩恩的罪犯，会拉小提琴，琴声像孩童的哭泣，凄凉婉转。

欧康纳为年轻时粗野的行为举止深感愧疚。他说，那时他愚蠢，爱冒险；现在老了，心也安定了。他的目光越过壁炉，跟年轻的寡妇希恩·史密斯的目光相遇。他从壁炉架上取下五弦琴，弯下腰，坐在另一块很轻的带结节的木墩上，拨动拉紧的琴弦，发出指弹的音律，他年轻时还会跟着琴声跳舞。他用脚在地板上打拍子，他们意识到他要打拍子之前，所有人的脚就已经在打拍子，并且每个人脸上洋溢着笑容，就像听到求偶的青蛙呱呱叫一样开心……欧康纳把五弦琴往空中一抛，又迅速接住，又抛，又接，每一个节拍都不出错。

当欧康纳唱《我深情地梦见你》时，希恩的脸色开始变得阴郁。他的歌声几乎撩动她的心弦，但她并没有表露出来。究竟是哪个女人让他如此痴情，永远都会梦见她？一定是哪个田纳西姑娘。但是田纳西姑娘哪有这么好！如果当初母亲决定留在卡罗莱纳州，那希恩就可能出生在卡罗莱纳州……

也许，他心中的她是美国南方一个富有的咖啡豆种植园主的女儿——或许还是个黑白混血的小姐！

欧康纳曾游遍巴西，那里的燕鸥鸟和鲣鸟在光秃秃的岩石上产卵；蝴蝶跟人手一样大；人们睡在草席垫子上，吃面包果和烤木薯，把豆子叫作"feijao"（黑豆）；常见的沼泽蕨类植物长得像树那么高；吸血蝙蝠会吸马血；蚂蚁筑的巢有十二英尺高；马路上在发生过凶杀案的地方都标有木制十字架；冬夏不分，丁香树和辣椒树跟夏花山楂树和橡树相似；树皮上可能有肉桂。哦，德密·欧康纳还讲到美国南方，希恩仿佛看见带刺的金合欢树长成丑陋的、歪歪扭扭的形状，它们远离大海，不受稳定的信风吹拂。

德密·欧康纳甚至参与过十一二年前的墨西哥战争，而希恩和家人只听说过西边发生过这场战争！

他还提到被围困在阿拉莫城的山姆·休斯敦，听得希恩手脚发凉，心中充满惋惜、怜悯。

她想，还有德密·欧康纳没有经历过的事情吗？他曾经打架，寻欢作乐，驱逐印第安人，从一个地方迁移到另一个地方，仿佛从一个定居点迁到另一个定居点，现在又在传教。他称呼自己为"前往松林的传教士",就像一个世纪前,韦斯利斯到未开化的印第安人地区传教一样。欧康纳知道各种各样的事,还会唱《吹响号角,吹呀》,你仿佛听到《圣经》中的报喜天使加百列[1] 吹响末日审判的号角……

欧康纳将在这里建一座灌木藤架教堂;不久还将为附近的孩子们建一所学校。玛戈特将让她高大的儿子文森特接受免费的教育,她的起居室将被用作教室,欧康纳将跟贾斯珀一起在地里干活,赚取食物。每逢晴朗的安息日,欧康纳就在藤架下布道,女人们将把食物铺在地上。希恩觉得这片土地比以前热闹了。

孩子们可以在欧康纳的学校上学,希恩感到很自豪。那是一流的学校,教学设施齐备,有用来教新生认字母的教鞭,还有用来惩罚落后学生的凳子等。希恩要求欧康纳给她的双胞胎儿子准备两个罚凳,但他却说什么,怀疑他们的脾气像妈妈。学校将开设运算、书法和拼写课。希恩以前拼写很不错,父亲会听她拼单词;她能一口气拼出"abiselfas"(佐治亚州古老方言中对字母 A 的叫法)和"anpersants"[2] 这两个词,拼得跟父亲一样快。她确信德密·欧康纳能教好她的孩子;他能读查尔斯顿——甚至波士顿最近的报纸上最难的词和最长的句子。

希恩和迪茜回家后,希恩每次缝被子或做其他针线活儿时,会哼唱《我深情地梦见你》,她反复唱,唱到想拍自己的嘴巴,让它

---

[1] 加百列(Gabriel):替上帝把好消息报告世人的天使,传说末日审判的号角由他吹响,以示死人的复活。
[2] anpersants:记号"&"的英文名称,意为"和"、"并且"。

唱好一点。她向来不擅长唱歌；她年纪太大了，现在开始学也学不会。有一次迪茜侧身在缝被架对面，看着儿媳妇的脸说，牧师捕获了某个寡妇的心，希恩的脸色顿时难看起来，就像咬了一个没熟的柿子一样，她对着迪茜大吼，仿佛这个老妇人侮辱了她。那是希恩记忆中第一次冒犯长辈，她不知道是什么让她像着了魔一般。迪茜似乎没有介意；她闭上嘴，不再说话，低下头继续缝被子。

次年早春，欧康纳的学校开学了。开学那天早上，希恩和孩子们天没亮就起床，希恩煎了肉，烤了玉米饼和土豆给孩子们吃。希恩要在第一天送所有孩子去学校——所有大到能学知识的孩子都要去；为了让孩子们接受教育，地里的庄稼必须等一等再收割；希恩必须把牛从耕种和犁地的任务中抽调出来，因为大点的孩子们——基茜、卡尔、拉维迪、维尔斯、文斯特还有双胞胎男孩要坐牛车去上学。她会用棉花、猪油或火腿，甚至柜子里的金币支付学费。

她在家照看最小的几个孩子——阿拉德妮、贝瑟尼和兹尔菲。一整天，家里似乎异常安静，只有几个小女孩坐在地板上玩耍的声音，以及壁炉架上时钟有规律的嘀嗒声。希恩偶尔听见迪茜的针穿过被子夹棉后刺到顶针上的声音。这种宁静让她想起很久以前她在家照看第一个婴儿时的情景，那时伦祖在地里侍弄庄稼；现在也是听同样的声音，做同样的事情，享受内心同样的安宁；她几乎相信她可以走到后门，大声呼喊远处棉花地里的伦祖。过去一段长长的时光，看似没有留下痕迹，实际上却留下了。当她因旧疾发作而背部疼痛时，当迪茜不住地抱怨时，当伦祖再也不会从远处的棉花地回家时，她感受到过去留下的痕迹。

这个乡村再也不似以往那般冷清，发生了很大变化；早晚，一辆辆牛车拉着上学和放学的孩子从她门前经过。一些贫穷家庭的孩子则步行或者搭别人家的牛车。这条路经由紫薇花丛的小道，延伸到其他房子前。每天，路上人来人往，络绎不绝，这里俨然变成一个快乐宜居之地。

可看可做的事情多了起来。

六月，杰克地里的玉米长得跟他头一样高，房子后面一排排棉花绿油油，房子是为基什·阿克里而建，希恩觉得基什·阿克里年龄太小，还不到杰克一半岁数，几乎还不会洗衣服。如果希恩看到一个男人把一个女人视为金子般宝贵，那么这个男人就是杰克，这个女人就是基什，确切来说，基什还算不上女人。他们在六月炎热的一天结婚了，德密·欧康纳在阿克里家的旧房子里主持了他们的婚礼。村里主持婚礼的老人已经过世了，接班的老人不再负责这类事务，因为现在大家都喜欢找新光教会的牧师来主持。

基什穿上跟她眼睛一样蓝的裙子，成为漂亮的新娘，高高瘦瘦的杰克站在基什旁边，这种情景让人看了觉得分外美好。他曾经在基什面前有点骄傲自大，现在不得不低头搜寻她的目光，因为她的个头只有他身高的一半多一点。她才十五岁，而他已经三十四岁了，一帮年轻人想到基什出生时杰克已经十九岁，就觉得很有趣。

在婚礼的嬉闹中，希恩比上次喝了更多野蔷薇浆果酒，听到德密·欧康纳站在她身旁，对她说："希恩·史密斯，如果有一个合适的人愿意娶你，你愿意再做一次新娘吗？"

希恩的心怦怦乱跳，她像一个有罪的人一样撒了谎："我也不知道自己是否愿意再犯同样的错误……"

她对他的主动一笑置之，看到他因此生了气后，便转过身，背对着他。她十分清楚他的意图。她看到他咬着嘴唇,欲言又止,因为她太蠢了,居然嘲笑温柔的赞美。

她不假思索的谎话破坏了聚会的心情,她觉得了无兴致。

之后,欧康纳再也没有接近她,她早早地爬上阁楼去睡觉,却整晚失眠。

那年夏天,基茜跟住在河对岸的莉希和马丁·英格尔夫妇的长子西普·英格尔举行了婚礼,婚礼当天,大家在希恩家里喝光了玛戈特的野蔷薇浆果酒。德密·欧康纳也参加了婚礼,但他除了说一些跟婚礼有关的话,几乎再未开口,尤其是对希恩。希恩笑得最厉害,跟大家一起狂欢,连坐在角落里怀着六个月身孕的玛吉都为母亲穿着衬裙跳舞感到害羞。深夜,欧康纳去井边,希恩看到他离开房间,正如他们所说,希恩拔腿跑出去,追赶欧康纳,发现他跟她第一次看他时那样,脸上滴着水,就像毛叶泽兰滴着露水,尽管他已年过半百,但眼睛依然蓝得像炭火中心的蓝焰。

她匆忙说出她不得不说的话:"德密·欧康纳,有时嘴巴说出的话是不算数的……不该说谎时却说了谎!"

她想告诉她:"你上次问我时,我对你说谎,因为我当时局促不安。"

他晃了晃头发上的水珠,用一块亚麻布手帕擦了擦脸,然后,盯着她的脸,像一只鹰一样仔细审视她:"希恩·史密斯,你喝醉了。"

他希望她回答:"不,我没醉,我很清醒。"

但她没有领悟他的意图。

她屏住呼吸,双手交握,转过身,以最快的速度冲回屋内。因为羞愧而满脸通红,她从未如此烦恼,从未对一件微不足道的小事如此沮丧，因为她主动去找他，而他却好像扇了她一耳光，作为回应。

就算他不停地祈求她，求到舌头掉下来，她也会让他承受烈火烧身般的折磨，最后才会嫁给他……但是她一直在想，他是否还会向她求婚。哦，尽管她已四十一岁，但眼里依然闪烁着渴望，但对男人的忽冷忽热，彻底粉碎了她的心动。她再不想有这种念想了。

基茜婚礼后整整一个月，希恩声称天气恶劣，没让孩子们去欧康纳学校上课。但这不是理由，以往她送孩子们去上学，孩子们会把几块牛皮盖在牛车上，免得雨水淋湿他们的头。

欧康纳对此心知肚明。

第二十一章

基茜结婚那年,玛吉因生产而死。孩子出生三天,玛吉开始发烧。希恩抱走婴儿,不让她吸玛吉的奶,改用羊奶兑米汤喂她。婴儿不时哭闹想喝母乳,玛吉又没有退烧,希恩焦虑得一个礼拜没合眼。

玛吉断气并装殓好之后,希恩在迪茜·史密斯家阴冷、潮湿的储藏室里,瘫倒在床上,觉得自己也快死了,她想死。如今在这个世界上,她只不过是一名孤单的旅居者,天堂才是更快乐、温暖的所在。

有些女人会亲吻逝去亲人的脸,表达她们无尽的悲痛,而这些脸给她们哭泣的嘴唇留下的是新挖的干燥黏土的感觉。希恩没有像那些女人一样痛苦地趴在玛吉遗体上。当男人们把棺材往下降落,放入墓穴时,有些女人会放声大哭,因为当一个男人站在墓穴里,扶着松木棺材,让一端先下去,然后爬出来,让另一端砰的一声掉入墓穴中时,任何女人都知道,棺材这样放下去,里面的每一根骨头、每一寸肌肤都会遭受巨大震动,尽管里面只是一具尸体。希恩没有放声大哭,她想,难道死尸比木板或石头更有感知吗?难道比冰冷的泥土、枯死的树叶或白杨木椅子更有感知吗?希恩站在玛吉的墓穴边,感到无尽悲痛。她双目紧闭,一声不吭,也听不见任何人说话,血液因死亡的寒意而凝固。

希恩悲痛万分:"我不够爱我孩子的灵魂。"她爱玛吉的身体,那是她自己身体的一部分,就像她的手或呼出的气一样。"我知道,我太爱玛吉的身体了。"当她必须将玛吉的身体葬入土中,再不能像在现世这样看到它时,她几乎痛不欲生。她对玛吉的悲痛胜过对伦祖,对母亲,对小卡蒂的悲痛。

"母亲是老人,到了离开的时候……卡蒂是小孩,躲过了生活带给女人的一切苦难,但玛吉是女人,能明白她母亲的心意,只是没有多说……我对伦祖的爱比对所有孩子的爱加起来还要多,但近一年来,我没有带着他到处跑,而是等他自己长大,可以为自己呼吸……但我会带玛吉……并且会因为她给我造成负担而跟自己争吵……我没有给过伦祖呼吸、心跳以及血液……也没有抱他在怀里喂过奶,但我给过我的女儿玛吉呼吸、心跳和血液,无数次地抱她在怀里喂奶。"

哦,如果有人从希恩的身体里挖出她的心,放到滚烫的三脚架上煎炸,吃掉,那她就不会痛苦了。她想:"我们年龄越大,痛苦会不会越深?"

她可能精神有点错乱,老在想呼吸就像一台强劲的织布机上的线,拉紧,相互交织,最后逐根断开,正如每个生命经历消磨或缩短后到达终点。她耳朵里尽是织布机踏板踩动的声音——但那其实是她自己的心跳……不,一定是织布机在偷偷织布;踏板每踩一下,她就离呼吸线的终点更近一步,那根线随着她胸脯的起伏,越拉越近;最后被剪断,就像她随手剪断土布的线,然后把留在织布机横杆上的弯曲、松散的线织成一条底边带流苏的毛绒毛巾。伦祖曾经告诉她,她生兹尔菲时没有了气息,是他把自己的气息给了她;也许正因如此,他的气息减少了,所以两年前,还没到老死的年纪,就躺进坟墓。而她失去的气息则转移给她活着的孩子,因为他们出生时从她体内得到气息。每个孩子都用这种方式损耗她的气息。女人生的孩子越多,死得就越早。她的第一对双胞胎没能从她体内获得气息,因为她在很久以前就在心里扼杀了他们;一个女人从出生之日起,体内就蕴含着生命的种子,就是她等待出生的孩子,在他们依次降生之前,她必须照看好自己的头、手、心脏等不受任何损害,所以,成年女儿必须比成年儿子心地更单纯,更小心自己的身体,思想更虔诚,因为她体内孕育着生命的种子,就像一根青豆荚,到了一定的时间成熟,撒播种子,然后变得干燥,枯死,最后化作尘土。

耳朵里织布机的踩踏声、身体上的疲惫,加上长时间的思想负担,让她的精神濒临崩溃。

玛戈特想方设法让希恩振作起来,孩子们也围在她床边看她,但她并不起床,不吃不喝,不论他们叫她做什么,她都无动于衷。她让他们把玛吉送到她父亲文斯·卡佛的墓地埋葬,甚至也不起床去聆听玛吉最后的悼词。她劈头盖脸大骂威尔·森迪孚,因为他也曾这样对待玛吉,并且玛吉临死前,他像块木头一样呆立不动。希恩认为伦祖就不会像他那样;自己的父亲也不会,贾斯珀、杰克、里阿斯都不会。玛吉嫁的不是个男人,而是个两腿瘦长的孩子,只知道双手掩脸,像女人般哭泣。

德密·欧康纳来看希恩,为希恩祈祷,是玛戈特请他过来的。他让大家离开房间,自己单独跟希恩谈一谈,仿佛他是上帝派来告诫人类的天使。但他只能对着她的后脑勺说话,因为她转过头,脸对着墙壁,不听他说话。她很清楚,是玛戈特让卡尔去请他来的。

他的话缓缓而出,轻声细语,她听到他说:

"希恩·史密斯……处理这件事,是你和上帝的责任。任何人都不能插手你和上帝之间的事,但上帝的仆从会热切关注你灵魂带给你的安宁,让你的肩膀能够承受上帝选择让你承受的负担。希恩·史密斯,你的肩膀异常坚实。上帝很少创造你这样坚强的女人。我非常崇拜你,你坚强地承受这些,你非常能干。你的心已疲惫不堪,但你的灵魂依然坚强。上帝早就跟你说过,'来吧,你付出了太多,承受了太多——我将赐你安宁……'"

房间陷入沉默;过后,希恩继续听。欧康纳说:

"希恩·史密斯,你的眼睛里很久没有笑意。痛苦使女人的眼睛因谅解而深邃,因上帝的慈爱而温柔。我的母亲信仰天主教。她在海上失去一个儿子,又在与拿破仑·波拿巴的战争中失去另一个儿子,于是她向圣母玛利亚祈祷,寻求得到灵魂的安慰。她心中默想玛利亚,痛苦得到缓解。当有一天我埋葬她时,我怀疑那个清晨,她和玛利亚坐在一起,聊她的儿子们,她曾和玛利亚一起清洗、亲吻和埋葬他们。你最好也想一想玛利亚。你是上帝的孩子,不会被钉在耻辱的十字架上。跪下吧,你是另一个小玛利亚,上帝会给你安慰……当我为你祈祷时,你的眼睛难道不能转向我吗?"

当他像祈求一个受伤的孩子一样祈求她时,声音异常轻柔。

她说:"上帝早已忘记我的存在……他忘记了……他丝毫不在乎我……"

他抚平她粗糙、棕色皮肤的手,握住,以免她剧烈挣扎,抵触他的劝导:

"哦,希恩·史密斯,你所说的并非事实;你要清楚这一点。

上帝从不会忘记他的孩子,他的孩子也不能忘记:上帝始终惦念着他们。站起身,投向上帝的怀抱,让他听见你的祈祷。希恩·史密斯,爬进上帝的怀抱,将头靠在他的胸前,他将紧紧拥抱你,比你所爱的人拥抱你还更紧。他会抚摸你的头,你将不再焦躁不安地对抗他的旨意。他将让你闭上令人怜悯的嘴,不再抱怨他。你将平静下来,得到安慰……"

她竟敢要求他证明他所说的话:"那你祈求他帮助我!"

他开始祈祷,祷告结束时,希恩决定服从上帝的旨意,她的眼泪变得温柔,心灵也得到安慰。

欧康纳离开时,跟她说:

"希恩·史密斯,好好休息,振作起来。你要考虑身边其他人,而不仅仅是你自己,你不知道,他们都在担心你。既然你的痛苦有所缓解,我想问你一个我一直想问的问题,希望你考虑一下……"

希恩开始寻思欧康纳会提什么问题,当时玛吉三个月大的女儿利维·普莱曾特也在房间。但不久以后,希恩还没来得及回答欧康纳的问题,就又发生了一些让希恩痛苦的事情。1860年春天,利维·普莱曾特和希恩最小的孩子兹尔菲因染上血痢而夭折。

五月初,迪茜深夜因心脏病去世。希恩清晨发现时,她已断气,眼睛盯着天花板,双手僵直地摆在胸前。

灌木藤架下的场地不够大,容纳不下礼拜日所有来这里聆听欧康纳布道的人。

希恩带着孩子们坐在左右两边狭窄的长条木凳上。她的牛车里放着好几个柳条筐,里面装满可口的食物,准备铺在地上吃。

德密·欧康纳没有吃别人的咸菜或果酱,只吃她带的食物,她羞得满脸通红，有点头晕目眩。他讲道时，她身体前倾，觉得他的布道词仿佛只是讲给她一个人听的——别人都听不懂。他的话深入她内心，停留在那里，供她日后细细回味；她反复思考他的话，并为之欣喜若狂，如同一个人收到远方爱人寄来的珍贵信件而暗自欣喜。

灌木藤架教堂周围，停满二轮和四轮马车、牛、骡子，有时还有一匹尾巴蓬松的马，系在一根摇摆的树枝上。天气闷热，让人昏昏欲睡，一些苍蝇叮在牲畜肚子上，牲畜使劲跺蹄子，甩尾巴，想赶走苍蝇。远处，树叶在空气中飒飒作响；一个男人略微提高嗓音，但仍旧轻柔地向众人宣讲天堂和罪恶的宽恕、地狱和罪恶的惩罚。他赞颂"新光"的荣耀，当人们用泪水和祈祷虔诚地寻找上帝时，"新光"会照进他们的思想和心灵。

"当他旅行在外，接近叙利亚的大马士革城时，突然天堂射下一道光，照亮他的周围……"

沙地上堆了厚厚一层去年的橡树叶和松针，上面留下许多动物的蹄印和人的脚印。离定居点三条小路的交汇处不远，有一口山泉，上面有个斜坡，坡上有一片荒地，欧康纳的灌木藤架就坐落在荒地中央。几根柏树树干高高地撑起一个用蓬松的扇形蒲葵叶子盖的斜屋顶。藤架两边排列着一些木块，上面放些木板，组成两排座位，供前来聆听布道的人坐；讲坛是一根高高的柏树树干，后面放置一段半圆木料，作为牧师的凳子。讲坛左边是水架，上面放了一个装满泉水的水桶和一个饮水的葫芦瓢。牧师讲道期间，孩子们可以过来喝水，然后沿着宽宽的过道走回去，沙沙地穿过母亲们的膝盖回到自己的座位上。

这就是德密·欧康纳的教堂最开始的样子，后来才建起装有护墙板的房子；建房的人用扁斧劈开圆木，再进行修整，制成护墙板。人们从会众中推选德高望重的老者担任教堂长老，德密·欧康纳负责把制定好的教堂管理制度写进教堂记录中。

按照惯例，教堂被命名为斯威特沃特（甘泉）教堂。欧康纳把教堂名称挂上去，并专门做了一次讲道，告诫人们如何来这座教堂，饮用甘泉水，缓解罪恶带给灵魂的饥渴感，就像吃了盐产生的口渴感觉一样。

七月的第一个礼拜日，人们第一次听到欧康纳宣读长老制定的教堂规章。他站在松木桌前（桌子有一个抽屉，用来放置教堂记录、翎毛笔和墨水瓶），缓慢而严肃地宣读规章，让每个人都能听清并铭记每一条规则，以决定是否加入圣会。

1. 在教堂内不得传播流言蜚语或对他人不敬，不得打架斗殴或因此使用亵渎性语言。

2. 圣会成员不得窃取他人物品，包括他人的房子、妻子、水桶、小猪等。

3. 安息日不得交换马匹，不得乘坐马车，除非是往返本教堂。

4. 不得发怒，不得有非基督教徒的言行举止。

5. 不得炫耀或虚荣地展示在现世拥有的物品。

6. 不得淫荡堕落。

7. 圣会成员可在圣会上指控其他成员，也可申诉冤情。圣会应帮助他坦白罪过；但指控仅限于在上帝面前，并且仅以救赎不朽的灵魂为目的；在此情况下，圣会可以成立一个委员会帮助作恶者。

8. 圣会成员若意识到灵魂深处的罪恶感，应主动在圣会上进行自我控诉，表示忏悔，获得上帝和众人的宽恕。

9. 只有诚心宣告信仰上帝和见证上帝精神者方能加入本圣会。

欧康纳宣读完规章，就进行了一场铿锵有力的布道，劝诫会众要"忏悔"。当欧康纳吟诵上帝惩罚厚颜无耻的犯罪者时，整个圣会鸦雀无声。欧康纳说，上帝的惩罚降临之日，月亮变成血红色，太阳变得乌黑如发，大地和海洋搅动翻腾，将亡者释出，人类逃亡，祈祷岩石将他们遮挡，让他们躲过上帝的惩罚，上帝忍受人类的罪恶，最后忍无可忍，实施报复。

木板凳上受到惊吓的灵魂发出阵阵低语。婴儿们也开始嘤嘤啼哭，他们的母亲正沉浸在对正义的巨大渴望和对永恒诅咒的恐惧当中，全然忘记孩子已经饥肠辘辘。

他们按照牧师的指令，虔诚地祈祷，祈求上帝示意他们，已听见他们的祈祷，宽恕了他们的罪过。那个礼拜日，人们顾不上吃饭，饿到太阳落山，因为他们忙于让灵魂进入这座新教堂，只有名字载入名册，他们才能在世界陷入火海时进入天堂。

许多母亲来不及等上帝赐福就回家了，因为她们膝上的孩子什么也不懂，只会哭闹，搅得她们无法全心全意地按照指令寻找教堂的入口。但仍有许多人克服重重困难，坚定地留下来，并为此感到自豪。他们一个接一个地将手放在牧师手中，忏悔他们的罪过，请求加入教会，在水中接受洗礼。

德密·欧康纳心里开始产生可怕的疑问：我要求人们把内心完全翻出来，给所有人看，也许做错了。对于一个牧师来说，介入到一个灵魂与上帝之间是不合适的。

但他不知道如何纠正这些错误。其实，他从来不认为这些单纯的人们内心沾染深深的罪恶。

希恩忏悔罪过时，目光坚定地落在打开的百叶窗外随风摇摆的冬青叶栎上，她一生中多次违背上帝的旨意，爱她挚爱之人的身体胜过爱他们的灵魂；她曾自私地活着，考虑自己的苦难多于考虑别人的痛苦；她希望自己到达天堂（也许到达不了天堂）之前，在现世就能享受平静、安宁与快乐。希恩说，她母亲也曾有这种想法并多次为之忏悔，希恩自己也对此深感愧疚。

希恩忏悔时，阿拉德妮和贝瑟尼躲在她裙子里抽泣。她们不懂母亲的话，但能隐约感到是让人哭泣的伤心事。

第二个晚上，她得到上帝的赐福，即上帝恩准的印章。她坚信，上帝在她的睡梦中到过她床边。

她梦见自己穿过沼泽地，双脚陷入温暖的淤泥中，脚趾之间不时有淤泥渗出，这令她心神愉悦。一只红色的鸟落在她肩头，在她耳朵上磨尖它的喙，而她的耳朵已经变成新长出的白色骨头，像小母牛头盖骨上新长出的牛角骨。藤蔓下面的植物和飘曳的卷须长得分外茂盛，她都无法看清自己匆忙赶往何处；目的地就在远方，指引她的脚步朝那里迈进。红色的鸟先是在她长得像小母牛牛角骨的耳朵上磨它的喙，继而在她头顶盘旋，停落在她头发上，用翅膀拍瞎她红肿的眼睛，最后她慢慢走出淤泥，光秃秃的脚趾头露出灰色的骨头，像小母牛的蹄子。她感觉体内的骨头在膨胀、挤压，然后松垮垮地一起塌落，这使得她的身体异常虚弱，随时可能晕倒。起初盘旋在她头顶的红鸟，此刻飞落到她的脚趾上，它长满羽毛、柔软的身体时不时碰触她的身体，然后便再未惊扰她……她又沿着长满绿色植物的山坡向上走,她的身体如羽毛般轻盈,因此走得毫不费力。她知道自己变得美丽而怪异,因为她的四肢虽然保持以前的形状,但仅剩下骨头,就像一个云雾状的发光物质塑造的模型,摸上去很柔软,看上去更是让人无法形容地愉悦。她的肉已被红鸟啄光,看上去像穿着珍珠装饰的衣服,这衣服不是肉,而是骨头,不是真正的骨头,是其他物质。希恩一辈子也无法描述那种物质。她继续像风一样轻盈地往前走,踏过绿草地,走到一个地方,看见一颗苹果树,树上苹果花盛开,结满苹果,沉甸甸的树枝被密密麻麻的花覆盖,苹果如柔和闪亮的暴风雨在她头边倾泻而下,挤在她脚边,使她无法行走,只得飘浮在铺满美丽果实的地面上。孩子们在苹果树下玩耍,最大的孩子是玛丽·玛格诺莉亚,她的身体跟希恩一样白,肉体美丽光滑,就像穿着木兰花做的衣服:她怀里抱着一个名叫利维·普莱曾特的白色小婴儿。其他孩子也在那儿,身体都如月亮般皎洁、柔和:卡蒂嘴角带着微笑;一对全身赤裸的双胞胎男婴,他们闪闪发亮的双手拽着希恩的脚,把她从如猫眼石般发光的空气中拉到绿草地上。两个男孩轻声告诉希恩他们的名字——提摩西和提图斯——如果她能说出他们的区别,那就是提图斯长得更好看……

晚上,幻觉消失后,希恩爬起床,破了斋戒,吃了点冷的玉米面包和烤肉。她的祈祷应验了,并且不是以平常的方式应验;她活着时就见到了天堂,而通常只有圣徒才能看见天堂的幻象。

自从希恩的灵魂得到救赎以后,她开始打扮自己,并且在地里干农活时也有了激情。

欧康纳也开始认真地向她求爱。

他没有直接向她求婚，而是让孩子们给她带去一本小册子——他去年秋天在海岸集市买的，里面写满给希恩·史密斯的情诗。这些诗都是他自己想出来的，向她表白他的爱。希恩每读一首诗，都像十六岁的少女一样，心扑通乱跳。

是谁的美丽脸庞，
用纯洁之光照亮我最深沉的梦境，
我的世界本无阳光，
直到我成为你的，
德密。

希恩从未见过天鹅，但她确定她的脖子不像天鹅；但欧康纳写了一首诗：

天鹅的脖子优雅，
雉鸠的脖子秀美，
但都激发不了我的赞美之辞，
除非其中一个像你，
值得我全心去爱。

当他出现在两旁开满粉色紫薇花的山坡上，问她是否收到一个陌生人送给她的一本小册子时，她早已把里面所有情诗背得滚瓜烂熟。她把孩子们支开，吩咐他们去砍些柴火，拖进屋子。她心花怒放，却故作不知，直到他意识到她在捉弄他，觉得自己是个大傻瓜。

他那只在边缘留着棕色短须的洁净的脸变得忧郁。然后她取笑他：

"德密·欧康纳，如果女人说什么你都信，你就是个大傻瓜！"

他把手放在她肩膀上，她钻进紫薇花枝条里，避开他的亲近，她尽情摇晃着枝条，顿时紫薇花如雨般洒落在他们头上，这时，他忍不住亲吻她的嘴唇。她嘴唇周围布满悲伤留下的皱纹，岁月的折磨将她嘴角往下拉。他们站在这棵低矮的灌木中间，上面盛开着羽毛般的花朵，只要微风轻轻一吹，花朵便飘落一地——更不用说两个强壮的身体倚靠在灌木上——花朵闻起来像紫茉莉，比蝴蝶翅膀还轻薄，摸起来比大黄蜂毛茸茸的身体还柔软，花朵飘落时甚至比长出蓓蕾时更动人。

他把她的头揽在怀里，没有注意她头上几乎全是白发。当希恩背靠洁净的紫薇花树干，头靠在上帝的牧师胸前时，在如潮水般涌动的花朵和绿叶下，希恩自己也忘记头上的白发。他光洁的嘴唇轻触她的嘴唇，比他任何布道词都更亲切、更令她感到安慰。这是一场新的圣礼——以新的方式品尝圣餐，以宽恕痛苦和死亡。

然后她胆怯地抬起头，看着德密·欧康纳，说：

"德密·欧康纳！我从你吻我中找到了快乐，这对我来说可能也是一种罪过！对吗？"

他笑了，看着她，眼睛里闪烁着灼热的蓝光：

"如果你确实如此，那将是可耻的，但是我们要尽我们所能快乐地度过一生，即使我们为肉欲感到羞耻，上帝也会原谅我们……他会原谅我亲吻你，我也将忏悔……"

八月，他们举行了婚礼，希恩在她的二婚仪式上感觉自己像个傻瓜，因为玛戈特让她穿着宽边缩褶的白色连衣裙，下身穿带褶边装饰的女式灯笼裤。希恩不习惯灯笼裤在她内腿之间上下飘动的感觉。

为了显示婚礼的别致，聚餐时玛戈特在桌子中央摆了一盘牙签，大家用完餐，可以边开玩笑边清洁牙齿。

德密的嘴唇用力地亲吻希恩的嘴唇、脖子和她布满青筋的手肘窝，她瞬间忘却刚才她还在哭泣，还像暴风雨中的树木一样伤心地弯下身体，忘却她手臂因失去至爱亲人而疼痛——现在，她的臂弯又被填满。

第二十二章

希恩有了新名字,也因此开始了新生活,它不同于之前两个名字所伴随的两段生活。

希恩·卡佛生性快乐,又有点害羞,不爱说话,手指灵敏,很会帮母亲干活,也会照顾杰克,乐于接受父亲的教导,还是一个脑子里充满幻想和想象力的小姑娘。

希恩·史密斯则是伦祖·史密斯的妻子,伦祖·史密斯把她从一个傻到被响尾蛇咬伤的棕色皮肤的小姑娘变成一个女人。她被咬伤时,腹中正孕育着一朵小蓓蕾,就是玛丽·玛格诺莉亚,一个如白树花般甜美的孩子,不过,她已经跟前年的木兰花一样凋谢了。希恩·史密斯是故意不说话,而不是出于害羞,比起结婚前,她皮肤的颜色更深,手指更灵敏。要是孩子不听话,会扇孩子的下巴;伦祖走后,她决定好好活下去,并坚持到底。她要求孩子们用火炭、盐和嚼烂的香枫树嫩叶的混合物清洁牙齿;晚上上床前必须身体干净,闻起来有清香;入睡前必须做祷告,感谢上帝让他们活着,尽管天堂是奇妙的乐园。希恩·史密斯凡事通情达理、小心谨慎。

希恩·卡佛从母亲那里学会做家务,照顾孩子,嫁给伦祖·史密斯后,自然而然会做这些事。她听说上帝总是默默忍受痛苦,从不抱怨,嫁给德密·欧康纳后,这种信仰又悄然潜入她的意识里。

希恩·欧康纳成了斯威特沃特教堂周边女人羡慕的对象。新光教会像一道耀眼的光芒射进她们的心，那些还未见证圣灵的人像先祖雅各[①]那样，仍在苦苦追寻圣灵。希恩·史密斯被牧师选中，走进他的生活，步入至圣之所。他无疑是真正的牧师，通过布道引导人们走向朝圣之路，走向真理，走向生活。他友善睿智，温文尔雅，宽容地判断他人，耐心地履行牧师职责，因此没有人怀疑他见过天堂，即使他们自己可能到不了天堂。如今，希恩·史密斯将要作为妻子跟他生活在一起，为他做饭，织袜子，擦皮靴，缝被子。

德密自结婚那天起，就与上帝的恩惠有所疏远；不再是一个只关注天堂的耶稣般的圣徒，因为他开始享受一个女人的安慰，他承认，今年十月将满五十一岁，但她是他第一任妻子。自从他宣布自己和希恩·史密斯缔结婚姻后，似乎再也不能在礼拜仪式上显得那么虔诚和与众不同。他现在是希恩·史密斯的丈夫，再也不能作为圣灵存在于心的证人，将手放在其他女人的头上去感化她们。

希恩是德密的好妻子。她把银制的圣餐杯和青灰色碟子擦得亮洁如新。每逢安息日早晨，她趁德密刮脸，准备坐牛车去教堂的时间，为他准备好礼拜用品——音叉、诗篇集和圣言书。她从德密口中了解一些历史，能够讲述1800年发生的伟大复兴以及此前几次更伟大的复兴。当哪个女人气呼呼地上门，揭发这个或那个教会成员不检点的生活时，希恩懂得闭上嘴不言语。对于这种事情，希恩会让她们自己去跟德密讲。但是他从不受闲言碎语影响；从不指控任何成员，

[①] 雅各（Jacob）：《圣经》中以色列人的祖先。

也不让长老指控。德密在布道词中,利用上帝的力量,让有罪的人控诉自己。他奔走各地布道,让罪人忏悔恶行,默默引导他的心灵,从不当他面说严厉的话;他会在高声宣礼时加入一个音调——他可以凭听觉找准音调,就跟使用音叉一样准——这时罪人会沿着过道踉跄走来,抓住德密的手,在会众面前忏悔。这样的忏悔有利于治愈一个人的灵魂;皮肤上的脓肿只有刺破才能治愈。

欧康纳把每月第一个安息日单独设为友好聚餐日。那一天,皈依者分享他们的经验——比如新光洒在《圣经》的某一段文字上,怯懦者更加坚定信仰,或者上帝展现仁慈,理解和回应祷告的普通实例:老太太米斯·奥特里周三丢失金顶针,于是祈求上帝帮她找回,当她双手放在床上,将脸从手中抬起时,突然发现顶针就躺在她的脸刚才所接触的位置;莎莉·纳马拉正在筛面粉做饼干,突然领悟圣言中说"往下压,让其溢出"的含义。每个人提供证词都是怀着对上帝永恒光辉的谦恭之心;德密·欧康纳每次都亲切地点点头,热情地说"上帝保佑你",以示对上帝见证者的认同。

希恩从不在会众面前提供证言,因为她内心感到羞愧。自从德密·欧康纳来到身边,上帝就已离她而去。德密讲到帕特摩斯岛或骷髅地时,她无法认真思考,这些布道词出自他光洁的嘴唇,她脑子里想的是他嘴唇亲吻她的感觉。她已经四十二岁,第三次做外婆(因为基茜已经有了一对双胞胎女儿,名叫爱维莉和安吉莉,加上玛吉之前生的孩子),因此她觉得这种想法是一种可怕的罪过。许多次,德密在布道时,她坐在讲坛下,良心不停地催她,"站起来!向众人忏悔,你居然还沉迷于肉欲之欢。那个牧师是你的丈夫,难道你不更应该坦白你内心的罪恶吗?"

但她坐着没动，心里祈求上帝宽恕，虽然她深知只有通过忏悔才能得到宽恕。这也让她晚上多了一件事可想，就在她左思右想时，睡在身边的德密早已开始打鼾。

当希恩发现自己怀孕，并且时间恰好是基茜第二次生产的月份时，她羞愧得哭了，忍了一周没告诉德密。当他知道后，没有让她伤心，而是笑着责怪她，吻她的脸颊，叫她"亲爱的"，但她并不在意他的感受，因为她想：德密需要把心思放在圣言上，而不是放在一个女人身上。我会害他背离真理。如果将来我到了天堂，两个男人站在门口等我，我该怎么办？

但到了下一个安息日，德密开始宣讲希恩从未听过的"圣灵的见证者"。她渴望上帝让德密昏死在讲坛上，但上帝没有，从那时起，她开始盼望自己在生产时死去，那时德密的孩子会立刻把她带走。

一种从未有过的奇异幻觉困扰着她，因此德密对她更加温柔，脸上也多了几许焦虑。一连几天，她胃部灼热，胸口作呕，整晚出现幻觉。有一种幻觉，她很想说出来；但会众可能因为她是牧师的妻子而觉得她在装腔作势。但她反复回味那种幻觉，以至忘却了俗世的烦恼，因为她见过天堂……天堂四周围绕着雪花石膏做的围墙，围墙很高，相当于她刚离开的俗世的天空那么高。牵牛花从碧绿的泉水中长出来，爬满白色围墙。哦，牵牛花的喇叭五颜六色——有血红、深蓝、月白、紫红、朱红等——所有喇叭一齐吹奏遍及整个天堂的音乐。但那音乐不像俗世的声音那样喧闹，震动耳膜；不，那音乐无声无息，像空气般流淌，那是天堂的空气，正如风是俗世的空气。天使们呼吸着音乐的空气，音乐就是他们的生命。但希恩也跟上帝和圣徒一样，能听见那无声的音乐。她有了新的听觉，以前的听觉消失了。她以前认为,那种音乐是由红色喇叭欢快刺耳的音符、忧郁的蓝色喇叭的舒缓旋律、张扬的白色喇叭的低音符段、紫色喇叭和朱红喇叭的沉重低音交汇而成。喇叭花没有发出任何声音,但希恩能听见那种音乐,这些花长满天堂每一个拱顶。

那种幻觉出现后,希恩向德密坦白她的罪恶,他却开起了玩笑。她说:

"德密,天堂可能是什么样子?"

她想诱导他说下去。如果他的回答合她意,她就把幻觉告诉他。但他满嘴大道理,滔滔不绝地说,天堂并非凡人所想象的样子,而是一个只住着精灵的地方。希恩并不认同德密的观点,因为她知道,如果她在天堂不能触摸德密的脸颊(和伦祖的胡子,但她没有把这个秘密告诉德密),不能看见玛吉手上很久以前帮她做早饭时被切伤而留下的白色疤痕,那她宁可不再苦苦追求上天堂。如果不能看到小卡蒂忧郁的蓝眼睛,不能抚摸她软绵绵、胖乎乎的小手,那她怎能认出天堂里的卡蒂?

德密长篇大论试图说服希恩,天堂里只有精灵,过往的一切全都消逝,她爱的人不会如她所愿出现在天堂里。从此,她心中的天堂幻灭了,这种失落感带给她的痛苦超过她所知的其他失落感带给她的痛苦,因为她心中的天堂,可以让一切恢复原样。失落感再次让她为逝去的亲人感到悲痛,而且还为活着的亲人感到悲痛。一旦孩子们离开人世,就会很快变成精灵,变成母亲认不出的陌生样子,那她就不能像现在这样看见他们,这让她现在就不禁为他们感到悲伤。她跟德密两个人也是如此,当一个先另一个而去,那就再无机会互道早安。随着德密的孩子一天天长大,她的悲伤也与日俱增,因为孩子似乎在提醒她———一旦出生，就注定要死亡！

德密想尽办法逗希恩笑，让她释放压抑太久的悲伤情绪。他唱《小蛤蟆恋爱了》，孩子们都被逗乐了，唯独希恩放声大哭，担心孩子们老了，会和她一样满脸愁云。德密唱《我深情地梦见你》，她却更加伤心，因为他不能把对她的深情带入遥远的天堂。他讲笑话，讲野外探险故事，讲历史传说，但希恩都无法承受，因为她知道那个时代的人早已逝去。

最后，他劝希恩："既然一个人的生命转瞬即逝，那我们不妨趁现在多笑一笑……"但那只是他愚笨的说辞中最简单的话，当一个人目睹一张脸变成狰狞的头骨，还怎能笑出来？当听到丧钟的鸣响，却无法进入天堂，还怎能欢快起来？

玛戈特取笑德密太担心希恩，跟他说，这个季节女人就像个白痴，等开春就会好。但德密不相信，觉得玛戈特只是哄他开心，他忘不了希恩的预言：她下次再生孩子，就会没命。

一天傍晚，阿拉德妮和贝瑟尼用紫茉莉花编了根长长的项链，戴在希恩脖子上。项链让她想起在幻觉中见到的天堂里的牵牛花，于是整晚不停地哭泣，呻吟，像个神志不清的女人胡言乱语。

然而，当南北战争爆发时，希恩反而平静下来，恢复了神志，因为联邦军队传来一位上尉的命令，要招募定居点的男人去参军。

卡尔自愿报名，并通过审查；玛吉的丈夫威尔和玛戈特的高个子儿子文森特两人到了参军年龄，所以都参军了。他们年纪轻轻、了无牵挂，扛上枪便踏上征程，还觉得去打仗是件美妙的事情。

希恩大发雷霆。卡尔在做蠢事，跑去为黑人打仗。黑人要自由，让他们自己去打！哦，这种想法折磨着她！她痛恨制造这场战争的人，并因此失去自己的宗教信仰。她祈求卡尔逃离联邦军队，回家来，她可以把他藏在沼泽地。她不停地想，他可能逃回家，但很多天过去了，卡尔依然没有回家。她知道卡尔并不介意参军，他太年轻了，根本没有学会人生的道理；今年十月，他才二十岁。

今年刚入夏，希恩又生了一个女孩，德密用希恩的名字给孩子取名，为了让两母女的名字有所区别，他叫孩子希恩妮。

孩子出生还不到一周，她就独自步行到井边，放眼眺望她那片荒芜的土地，已经入夏，地里还没有翻耕、播种。德密擅长布道和教书，却不擅长种地。她身体不好，顾不上种子是否播进地里。不管怎样，她预计自己活不过今年，她也为卡尔卷入一场愚蠢的战争而伤心不已。都是那些海岸镇的种植园主头脑发热；他们想要战争，让他们自己去打好了！但她必须埋头苦干，无论如何，地里必须种出庄稼。

德密想法设法让学校开下去，但是关于战争的话题铺天盖地，谣言四起，许多男人都被征召入伍，去了天晓得在哪里的战场，只留下女人带着孩子在家；既然男人们端着步枪在战场，枪上的尖刺能挑破北方军的肚子，那么地里的庄稼就需要家里老少妇孺一齐上阵。

他们养猪，种土豆和玉米。那年秋天，德密没有去海岸集市，因为没有东西可供交易。

战场需要越来越多男人填充，征兵命令也就越发频繁地传来。家门前响起军号，追踪犬拼命追赶和围捕叛逃者，以至牵引绳时刻被崩紧。杰克估算了一下自己的年龄，快四十岁了，知道很快就要被征召，于是带着基什和两个年幼的儿子赶到希恩家，然后独自背着猎枪、牛角火药筒、火绒盒跑进漆黑的沼泽地——藏身在那里。

后来，基什偶尔在深夜会听到杰克在她卧室外面敲墙，便起身让他进屋，给他备好食物和弹药，让他带回沼泽地。有一次，她把孩子们托付给希恩，自己跟杰克在沼泽地深处待了一周，他们像两头野生动物一样，睡在紧撑在一起的树枝上。因为有基什陪着，还有小负鼠吃着他手里掉落的皮革面包，杰克突然对战争有了一丝好感。

轮到贾斯珀上战场时，德密决定跟他一道去。他一直就想去，但说不出口；他不想在战争期间跟女人和孩子安然待在家里。玛戈特带着小莎莉留在家里，于是她赶着牛、猪、家禽去希恩家，在希恩的火炉边支了张床。年轻的西普很早以前就上了前线，因此基茜和她的孩子们比玛戈特先住进希恩家。

希恩家的面粉早已吃完，所以他们只能吃玉米饼充饥。盐也吃光了，他们就从熏制房地板上刮土灰煮沸，然后蒸馏出食盐。那冬天的肉，希恩如何解决？没有也行，只能这样了。男人的体力活，她都学会，锯木头，修理房屋漏洞等。她像伦祖那样熟练地宰杀了几头猪和小牛——当年伦祖杀了她在这里养的第一头小牛时，她还伤心难过。想到这儿，她不由得苦笑了一下。

蜜蜂酿造的蜂蜜成为他们制作玉米饼的甜味剂；奶牛早晚为他们提供牛奶；如果棉花成熟，绵羊找到茂盛的牧草，那孩子们就有御寒的衣服。要是他们还能有一块上好的腌肉该多好啊……

在这片边远林地，日子一天天过去，无论寒暑，战争还是和平，人们每天都要去井边取水；尽管黑人可能随处流窜，但人们还是要织布做衣，提水做饭。如果能偶尔收到前线的消息，也许日子不会慢得像停滞不动的钟表。这段时期，人们能做的只有等待。让自己忙碌起来倒是个好办法，因为干活时脑子不会胡思乱想；胡思乱想是干不好活的。

东边，继续征兵的消息已发出；北边，战事正如火如荼，南边，西班牙人的危险已解除；西边，印第安人可能像在远古时期那样，在某个漆黑的夜晚突然出现，甚至抓起定居点正在哭闹的最小的孩子，剥去头皮，露出血淋淋的头骨，头顶柔软的卤门清晰地跳动。

当卡尔自豪的脸上带着天真的笑容出发时，他挥了挥手，向希恩道别，但她没有挥手回应，因为她觉得卡尔还不到参军年龄，自己却主动参军，真是愚蠢至极。现在她为没有跟他挥手道别而心痛。"要是当时我跟他挥手道别就好了！"她有种预感，以后再也见不到卡尔。"伦祖死了，卡尔就是我的依靠，所以他现在不能死。"尽管德密对她很好，但希恩从没打算依靠他。他是个好男人，但不像伦祖那样擅长种地和应付女人。

一天晚上，希恩梦见卡尔，当她醒来时，觉得卡尔已经死了。她是在8月30日晚上做的梦，更确切地说，是个幻觉。黑暗笼罩着无边的旷野，她穿过旷野寻找卡尔，呼唤他。当她叫着他的名字越往前走，天色越暗。在她脚下的土地上，敌人露出狰狞的牙齿；没有眼睛，疯狂地吞噬着土地，流着血红的涎水，染湿了土地。只要她避开敌人，默默地走，敌人就不会伤害他，但是，哦，那你是怎样伤害卡尔的？呜呜——呜呜——呜呜，卡尔，我的儿！妈妈在呼唤你！她发现卡尔倒在地上，脸被滚烫的黑色泥土掩埋，只有她才能认出卡尔的身形，她很熟悉他头发长到脖子上的样子，还有他瘦削单薄的肩膀，自从他父亲去世，他的肩膀就扛起重担，除了他参军时的最后一季庄稼外，每季他都帮她耕种、施肥。她卧倒在卡尔身边，却来不及把他的头从土里拉出来，无法看清他的脸，判断他是否还有气息，因为秃鹰突然从热浪逼人的黑夜中涌出，落在他的腿脚上，用嘴巴疯狂地撕扯、啃咬。然后，她知道，卡尔死了。她从秃鹰的出现判断卡尔死了，但她仍然不想放弃，紧紧抱住卡尔的肩膀，不让他完全陷入土里；秃鹰的爪子落在他的双腿上、脚踝上，啃咬他的膝关节，纵使她再努力，也无法从秃鹰嘴里挽救他的身体。但它们啃咬不到卡尔的头和瘦骨嶙峋的肩膀，因为希恩把他的肩膀紧紧抱在怀里，这些肮脏的秃鹰要想啃食他的头，就得先咬断她的指骨，撕下她的嘴唇和眼睛。她拼尽全力护着卡尔，但还没等她意识到，秃鹰黑色的嘴巴已经在啄她心脏上面的胸骨……

战场附近有一栋很大的砖楼，必要时可用作医院；一条小溪穿过一排杨柳树，溪水可用于外科手术。月光皎洁，溪水潺潺流淌，一些口干舌燥、生命垂危的伤员被搬运到溪水边喝水；外科医生通宵排查伤员身体里的米尼弹头，不停地拿手术刀或锯子给伤员做手术。

有个男孩双腿粉碎，伤口流血不止，失声痛哭。外科医生伸手去取锯子，当他的手摸到锯子的瞬间，男孩猛地摇头，脸歪向一侧死了，仿佛要把脸藏起来。

此后很长时间，希恩脑子里都出现幻觉：卡尔倒在第二马纳萨斯城——并且时间是8月30日，她感受到一种更加深重、无以名状的痛苦……

伦祖去海岸集市期间，我独自生下卡尔……我杀了企图吃掉他的豹猫……他是我生的第一个男孩……上帝似乎本来打算让他死在家里，而不是曝尸荒野，供秃鹰啄食。但也许有人为他挖了坑，让他在里面安息，免受秃鹰贪婪啄食——她不知道，这本身就让她悲痛欲绝；当你埋葬一具尸体，然后深情抚摸盖在上面的泥土时，死亡真是件糟糕透顶的事情……

当玛戈特再次见到贾斯珀时，战争远未结束。

这令人很诧异，原来是玛戈特一天晚上梦见贾斯珀回到娘家里。第二天早上，她告诉希恩："我今天早上要回家……"

希恩劝她别回去，但玛戈特不听。

"你这个时候回去，太傻了。你除了站在外面看看房子外，什么也做不了。房子里没火，又不会烧掉……"

但玛戈特执意回家。

她发现贾斯珀果真在家，患了黄疸病，高烧得神志不清。过了足足一周，他才认出她或看到她；在他病倒之前，他拼尽全力回家看玛戈特。

一天晚上，她抱着贾斯珀的头，免得喂他喝退烧药时，药从嘴边溢出来。玛戈特脑子里突然闪过一丝从未有过的念头，手中的杯子不觉掉落在地。她思前想后，想得越久，这个念头就越美好。她的想法是：贾斯珀，你是为我而回，你的头躺在我的臂弯里，但如果你从未回过家，我就永远不会失去你。当一个女人彻底爱上一个男人，就像我爱你贾斯珀一样，那么时间或距离会产生宝贵的思念。我跟里阿斯之间就是如此。我爱你，也爱里阿斯，尽管我再也无法见到他，但我仍然没有失去他。很快，你们两个都将永远留在我的心里。

就在贾斯珀回家的同一周，玛戈特的儿子文森特搀扶着基茜的丈夫西普也回家了，文森特是在卡罗莱纳州一辆干草车上遇见西普的，西普在弗吉尼亚州彼得斯堡失去一条腿，他的样子令人看了不禁落泪。

希恩翘首期盼德密回家,每天都想见到他。她从未感觉德密死了,如果他想回家,这个时候应该到家了……但是,天啊!德密年近六十,也许病倒在哪里,没人照顾……

今年的春种,她帮不上忙,便教詹姆斯、约翰以及文斯特春种的方法。但她自己做不了,因为受不了炎热的天气,她已经两次昏倒在犁沟里,让他们担心得要命。

她就在房前屋后做些琐碎的家务活。

七月的一天,她正在粮仓另一侧的磨刀石上磨斧头。她慢慢转动石头,时不时向斧头边缘吐口唾沫。下午炙热的阳光照射在她低着的头上,热气让她胸口发闷,喘不过气来。她抬起头,呼了口气,目光恰好落在盛开的紫薇花小道上。

突然,她看见德密沿着小道,缓慢地向她走来,他的脚受伤了——或者已成残疾——他穿着灰色的破烂衣服,形同乞丐,跟伦祖一样脸颊瘦削,胡子拉碴,完全变了模样,但她还是认出了他。

当她看到他时,他朝她挥了挥手,加快了脚步。

他是从弗吉尼亚州走回来的,路上能搭乘马车就尽量搭乘,能睡则睡,睡过干草堆,空地,舒适的床。向别人乞讨饭食,有时找到一些油脂,不管在哪儿发现的,都吃下肚。当他办理退伍手续时,没有分到马。那些分到马的人真幸运,可以将马出售,或者骑回家用来耕种。如果德密也分到马,就可以早点到家;从弗吉尼亚州到佐治亚州步行是很遥远的。

德密缓缓走向希恩,他秃着头,手里拿着一顶破旧的宽边软帽。她看出,他成了弯腰驼背、瘦骨嶙峋的老人,眼里不再有闪烁的蓝色光芒,因为它们已被乌云所遮蔽。他无言地向她伸出手,心想——就算我再努力,也无法形容我见到你有多开心;因此我便不去努力,你可以去猜,或者顺其自然……

他眼睛扫视着她的脸。她也弯腰驼背、瘦骨嶙峋;脸上沟壑纵横,头发灰白稀疏,紧贴在头盖骨上。

她同样无言,甚至没有握他的手,心里在想——我的心被伤得太多,太久,已经麻木,就连你回家,也没有感觉……

他缓缓地开了口:"希恩,难道你不认识我了?"

她嘴角上扬:"我猜一定是德密·欧康纳……"

她靠在磨刀石台子上,试图找些话对他说;他看着她的脸,然后听到她尖声喊道:

"孩子们!德密·欧康纳回来了……"

孩子们立刻跑出来,但是德密已认不出自己的孩子,并且他的孩子有点怕他。

他们聊到深夜,因为他们之间有太多问题要询问和回答;有时一个问题结束,还没开始问下一个问题时,如果语言显得苍白无力,他们就会沉默一段时间,因为当恋人或哀悼者陷入沉默时,语言是无力的。

一阵沉默过后,德密问起里阿斯的情况。希恩慢慢地摇了摇头:

"只要知道他的消息,不管他发生什么,都是令人欣慰的……他只比我大一岁……唉,上帝啊!他现在应该也老了,头发白了,心也累了……我都无法想象里阿斯衰老、愁苦的样子……"

他伸手去寻她的手,握住,把她的手翻来覆去,欣喜地打量着,仿佛那是他刚意外发现的珍宝。黑夜里,他们躺在床上,很快睡着了,时间悄然流逝，壁炉里红色木炭和温暖的霜白炭灰之间的火星渐渐熄灭。

当驿车隆隆地沿着驿路驶向萨瓦纳时，里阿斯头脑清醒，心想，"我要去加利福尼亚。"

驿车驶过之处，后面扬起灰尘，飘在野生桃金娘灌木丛的叶子上，叶子上还残留着夜晚的水气，因而还是湿漉漉、亮闪闪的。清晨的阳光隐约从东边松林的空隙中射下来；里阿斯偶尔可以看到从空地上两棵松树树干之间透出的阳光。

清晨的空气有些凉意，雾气低低地笼罩在舒缓的深色水流上方；但里阿斯裹在崭新的橄榄色大衣里，丝毫不觉得寒冷。大衣宽松的衣襟上打了几个精致的大扣眼——一种无意义的浮华装饰，因为之前衣服上根本没有纽扣需要穿过这些扣眼；现在又钉上了几颗纽扣，可以包住他突出的胸脯，但他还是让衣襟敞开。

里阿斯将头缩在向上翻起的衣领里面，他本想睡一觉，但昨晚拉肚子，肠胃还很虚弱。此外，驿车车轮的隆隆声也扰乱他的心神，还有马蹄敲击地面的声音以及眼前升起的新的地平线。

这条路的尽头就是萨瓦纳，绕过合恩角笔直走下去，就到加利福尼亚州。

但他在萨瓦纳找不到符合他需要的船，那儿只有一艘很小的西班牙纵帆船，船身随着潮水起伏摇摆，此外只剩一些小型单桅帆船、一艘在西印度群岛从事贸易的双桅横帆船、一艘又脏又旧的广东商船，装满铜盆、线轴、粗呢布料、粗呢毯子、火药、铅、枪、肉桂和一英担朱砂，船身几乎被货物压沉，但这艘旧船会沿着海岸前行，在快到加利福尼亚的地方折返。没有一艘船会直达加利福尼亚州。

在一个酒馆，里阿斯端着一个酒杯转悠，老水手一开始都以肠胃不舒服为借口不喝酒。

很快，水手们大声唱起歌《可怜的汤姆·保林》和《船长上岸》，并开怀畅饮起来。里阿斯不懂歌词的含义，便加入低音合唱，边唱边试着学歌词。一个穿红色衬衫、戴苏格兰软帽的棕色皮肤的水手走到里阿斯面前：

"哦，你要去加利福尼亚，那你可以先去波士顿的安街，我给你写封信，你就不会找错地方。在那里，我的罗莉会款待你。你告诉她，是杰克让你找她的，但你记住，不能替我吻她……"

里阿斯到波士顿前，渐渐习惯了听着马蹄声和车轮声入眠；他将看到一片全新的土地，仿佛在驾驶着一艘探索之船前往未知的地方。

一路上，他身后扬起漫天尘土，坑坑洼洼的车轮上粘满泥巴，不到一个小时，他经过的痕迹就被尘土掩盖，或者泥土填平车轮飞速而过留下的车辙。

杰克的罗莉为里阿斯提供了丰盛的食物，他们一同进餐，快要结束时，里阿斯试图亲吻她，因为杰克叫他不要吻她；她在穿过房间时，为他的冒犯扇了他一巴掌。

她带着北方鼻音，冷若冰霜地说："听着，注意你的举止！"

里阿斯气得大声咆哮；他本来就不是真心想吻她，他要是想吻哪个女人，还从未被拒绝过。这个罗莉，皮肤像牛肉一样黝黑，像鞋底一样粗糙，充其量只是一个邋遢的女人。

从波士顿到卡亚俄需要走八十天，算是短途——比里阿斯所期待的要好一些。到达加利福尼亚要花费很长时间，但走旱路同样糟糕，里阿斯还是打算坐船走海路。

在安街，他发现一个运输事务所和海员契约监护官员以及一些空白的船员雇用合同；他在合同上签上自己的新名字，文森特·特伦特，并拿到预付薪水，就这样受雇于戈登当西公司运营的往返卡亚俄和波士顿的西北海岸船"梅登黑德"号，船长叫约瑟夫·泰勒，雇用期为两到三年。雇多久又有什么关系呢？他还年轻，才三十二岁。

罗莉给他配备了一些上岸时穿的裤子、外套、单鞋、袜子、围巾、一件蓝色夹克和一顶草帽；他把这些东西连同包迪奇写的《航海家》、布尔沃写的《保罗·克利福德》以及一本笑话集一起存放在水手专用的储物柜里。罗莉还送了一些书和一块大的丝绸手帕给他，让他在患重感冒时揩鼻子，吃饭时擦嘴上的油脂等。

他从杰克的罗莉身上学到了一些东西。当他离开时，她说：

"既然你即将离开，我们也一直相安无事，我想跟你吻别，祝你好运。但以后不要随便亲别人。接吻让人感觉乏味。"里阿斯忘不了她的话。

傍晚，天空如鸽子般雪白，大海如冷铁般灰白，他们准备起航，顺着潮水和微风，慢慢地将船往下推。船刚开始岿然不动，然后渐渐离岸，滑入水中。灰色的天空、灰色的海水、灰色的帆船，渐渐消失在夜色中；只要睁大眼睛看，还能看到远处星星点点几处灯光，再后来就什么也看不见。

风在里阿斯耳边呼啸而过；船开始雄壮地向前挺进。里阿斯心中涌起一股苍凉感——假如我现在可以回去，我会回去。

微风吹拂着船仓和扬起的帆。他想，我抛下玛戈特，让她独自抚养儿子，儿子跟我一样调皮，她肯定很难对付他，菲尔比身边无父无母。我们将停靠在圣玛丽港取淡水，那里离家很近，但我既然已经受雇于人，就不能回家。

船正驶入合恩角，看着船头晃动，船身紧绷！我却再也看不到我的老母亲。船正驶入合恩角，听着它呼啸前进，排开泡沫的声音！

当饥肠辘辘的水手们重新回到船上时，里阿斯抬头望了望天窗，看见星星忽明忽暗地在空中闪烁。他突然感到一阵不安，感觉像一只手紧攥着他的胃。出海的第一晚难免孤寂，所以男人们放开嗓子唱歌，歌声比他疼痛的胃部更令他难受：

也许他像我一样在悔恨中挣扎；但如果他像我一样爱过，他就不会后悔……

里阿斯倒在吊床上，蒙住脸，尽管黑暗中，根本没人看清他的脸。男人们还在扯着嗓门唱歌，但里阿斯没有加入：

哦，不，我们不要提他……

船驶过合恩角，空桅被雨雪覆盖。

帆向后倾斜，船被浪推着，时而向下俯冲、弹回，时而向上冲高、跳跃。冰冷的海浪汹涌澎湃，加上肆虐的狂风，帆船几乎摇摇欲坠，似乎要倾覆在深色、起伏的海水中，彻底屈服于海水对它的摧残。里阿斯的头发和睫毛上挂着冰，脸皮和手皲裂，渗出血。

海水打湿了两侧船身，在上面结成厚厚一层冰，然后又随着帆船的摇晃被甩落，就这样，帆船缓慢地驶向卡亚俄，不久，一阵暖风吹来，帆船似乎嗅到了加利福尼亚的味道，于是开始迎风加速行进。

但里阿斯患上肺热或其他什么疾病，昏昏沉沉，连船长何时停泊在弗吉尼亚州圣巴巴拉市，把他放在近海一艘小船上，都不知道。

海边低洼的沙滩好似陆地向大海伸出的舌头，远处，几艘小船正在捕鱼。

船长以前在航行途中认识的一位老妇人负责照顾里阿斯。他吐了血，所以船长认为返航途中没必要为这个叫文森特·特伦特的男人而有所耽搁；他活不过七天。

然而，里阿斯·卡佛却活了七年。

有时他一阵阵吐血，剧烈地打嗝，床都被震得摇晃，他离死亡仅一步之遥。但几次吐血之后，他感觉体力恢复些，烧也退了。过了几周，能下床，在明媚的阳光下慢慢走动，眺望远处蔚蓝的大海，点点帆船恰似只只海鸥轻蘸水面。

他有充足的衣服和钱，而且这些加利福尼亚人慷慨大方，心地善良；即使他身无分文，也不会饿死。

老妇人越来越喜欢这个来自佛罗里达州英格利斯的水手。他眼睛深陷，像一个受到惊吓又不敢诉说的孩子的眼睛；双手苍白的皮肤下几乎露出长长的白骨。他从老妇人口中学会了异教徒的语言，并逐渐对她产生依赖感。当她抱着他软弱无力的头时，他身体的血液已吐了一半，他平静地躺在床上，瑟瑟发抖，心中对她充满感激，他从未这样感激过别的女人。

他渐渐爱上烤肉、菜豆炖辣椒和洋葱以及加利福尼亚面粉做成的通心粉的味道；但他很想再尝下玉米面包的味道，还有母亲用猪肉酱调味的绿色蔬菜的味道。

一位老修士跟里阿斯交上朋友。他的头刮得溜光，脖子上挂着一串长长的银链子。里阿斯卧病在床期间,老修士每天穿着便鞋,轻轻走到他床前,陪他闲聊。里阿斯只要状况好些,也会去老修士房间拜访,房间非常简陋,只有一桌一椅,一张硬邦邦的床,墙上贴着几张圣徒画像。

当里阿斯虚弱的身体再也无法支撑灵魂的重量时,老修士帮他了却心愿,以便灵魂能够安然逝去。

然后就有了那封里阿斯的家信。

他为这封信深思熟虑。

他说:"我想让他们一直盼着我,直到他们临死都会说:'里阿斯可能明天到家。'"

老修士劝他不要在临死前,还向其他人撒谎,但里阿斯坚持他的想法:

"我想让我母亲和玛戈特还有我的孩子们都知道,只要可以回去,我一定会回去。如果他们知道我已经死了,就再也不会盼望我回去了……"突然,他两眼放光,说:"也许我能回家,毕竟,我这样发高烧已经很多次了……"

灰衣修士摇摇头,穿着便鞋在泥地上来回踱步。老妇人则坐在石头门槛外面打盹,双手抱拢,放在膝盖上。一只浑身斑纹的老猫躺在她脚下,在温暖的阳光下,给它三只小奶猫喂奶。

里阿斯写信时,每隔一下,不得不放下翎毛笔,他身体过于虚弱,血液像水一样稀薄。伦祖从未因为他的过错而严厉指责他,所以他打算把信寄给伦祖。

告诉母亲,我给她买了一件朱红色美利奴呢绒裙,是我精心挑选的，还给她买了很多亚麻布料，让她做些好看的衣裳……

他把所能写的都写了。翎毛笔从他手指和头部滑落到枕头上。他冷汗淋漓，泪流满面，闪着泪光的胡须里露出整齐的牙齿，痛苦地裸露在外；嘴巴张开，似乎在为一个奇怪而残忍的笑话而笑。过来一会儿，他再次提起翎毛笔，写道：

告诉菲尔比，爸爸给她买了一件丝绸裙子。
告诉我妻子，如果她愿意，我希望跟她重新开始，并且给她一个让她引以为豪的婚礼。

里阿斯写完信后大概一周，呼吸越来越微弱，苦苦挣扎了一天一夜，气若游丝，恳求造物主："求你怜悯！"

里阿斯清楚老修士热心帮他，但对老修士的祈祷并不完全有信心，他重新求助于他母亲所信仰的神："求你怜悯！"

太阳还未完全落下，只在远处平静浩瀚的海面，扎进海水中休憩，以熄灭胸中沸腾的火焰。激荡的海水弄皱日落的金色轨道。里阿斯停止祈祷，因为胸口那种强烈的饥饿感，突然停止对他的折磨，他听到老妇人在他头顶低声啜泣，像潮水上涨时激起的小浪花，轻抚着沙滩，发出单调的嘶嘶声，这声音如泪水般珍贵。

远处，几艘小船正在捕鱼。
希恩说：
"唉，上帝啊！他现在应该也老了，头发白了，心也累了……"
在希恩跟德密重聚的时候，里阿斯其实早已离开，他的心没有饱受忧愁之苦,当他安详地躺在棺材里时,头上还没有长出白发,头发依然是黄玉的颜色、秋天盛开的藏红花的颜色,抑或是金箔做成的金叶的颜色——仍然是菲尔比头发的颜色,让人赏心悦目。如果希恩知道这一切,或许会感到安慰。

——完结

图书在版编目（CIP）数据

上帝怀中的羔羊 /（美）凯洛琳·米勒著；陈辉，黎志萍译. — 成都：四川文艺出版社, 2018.5

ISBN 978-7-5411-4939-9

Ⅰ. ①上… Ⅱ. ①凯… ②陈… ③黎… Ⅲ. ①长篇小说—美国—现代 Ⅳ. ①I712.45

中国版本图书馆 CIP 数据核字 (2018) 第 092204 号
著作权合同登记号 图进字：21-2018-266

First published in the United States
Under the title **LAMB IN HIS BOSOM**, by Caroline Miller, ©1933,1960 by Caroline Miller.
First published in 1933 by Harper & Brothers Publishers. First Peachtree edition published in 1993, Published by arrangedment with Peachtree Publishers.

This Simplified Chinese translation published by arrangement with Peachtree Publishers through Bardon-Chinese Media Agency.
All rights reserved.

SHANGDI HUAIZHONG DE GAOYANG
上帝怀中的羔羊

[美] 凯洛琳·米勒 著
陈辉 黎志萍 译

出 品 人	刘运东
特约监制	黄 琰
责任编辑	邓 敏
特约策划	石 木
责任校对	汪 平
特约编辑	石 木 苗玉佳
封面设计	
封面插画	金 婵

出版发行	四川文艺出版社（成都市槐树街2号）
网　　址	www.scwys.com
电　　话	028-86259287（发行部）　028-86259303（编辑部）
传　　真	028-86259306

邮购地址　成都市槐树街2号四川文艺出版社邮购部　610031
印　　刷　北京市松源印刷有限公司
成品尺寸　145mm×210mm 1/32
印　　张　10.5　　　　　　　　字　数　240千字
版　　次　2018年5月第一版　　印　次　2018年5月第一次印刷
书　　号　ISBN 978-7-5411-4939-9
定　　价　39.80元

版权所有·侵权必究。如有质量问题，请与本公司图书销售中心联系更换。010-85526620